dtv
premium

W0312384

Ausführliche Informationen über
unsere Autoren und Bücher
finden Sie auf unserer Website
www.dtv.de

D. W. WILSON

Als alles begann

Roman

Aus dem Englischen von
Eike Schönfeld

Deutscher Taschenbuch Verlag

MIX
Papier aus verantwortungsvollen Quellen
FSC® C014496
www.fsc.org

Deutsche Erstausgabe
2014
Deutscher Taschenbuch Verlag GmbH & Co. KG, München
© DW Wilson 2013
Titel der englischen Originalausgabe:
›Ballistics‹
Erschienen bei Bloomsbury Publishing Plc., London 2013
© 2014 für die deutschsprachige Ausgabe:
Deutscher Taschenbuch Verlag GmbH & Co. KG, München
Umschlagkonzept: Balk & Brumshagen
Umschlaggestaltung: Wildes Blut, Atelier für Gestaltung,
Stephanie Weischer unter Verwendung von Fotos
von Arcangel Images/Jinny Goodman
Gesetzt aus der Arno Pro 10/13,4
Satz: pagina GmbH, Tübingen
Druck und Bindung: GGP Media GmbH, Pößneck
Gedruckt auf säurefreiem, chlorfrei gebleichtem Papier
Printed in Germany · ISBN 978-3-423-26056-5

Für Loon

Dieser Glaube ist unser Ausgangspunkt:
Der Mensch soll das Gemeinwesen wieder kennen

F. R. Scott – >*Villanelle für unsere Zeit*<

EINS

»Und nachdem sie in ihrem Dasein nur einen kleinen Teil des Lebens geschaut haben, fliegen sie davon, zum raschen Tod bestimmt, wie Rauch in die Höhe getragen, nur davon überzeugt, worauf jeder Einzelne gerade stieß.«

Empedokles

An einem Freitagabend im September, es ist einige Zeit her, kippte sich eine Freundin von mir eine Flasche Lager über den Schoß und bekundete nuschelnd ihre Neugier. Wie denn damals in dem Sommer, als ich suchend die Kootenays durchstreifte, alles angefangen habe. Sie fuhr mit dem Finger durch den karamellbraunen Schaum, der sich auf ihren Schenkeln kräuselte. Ich überlegte, ob ich ihr ein Papiertuch holen sollte, aber ich überlegte mir vieles. Wir ballerten mit der .22er auf leere Bierdosen, aber Nervosität, Gedanken und Unruhe, die man hat, wenn ein Abenteuer sich einem ungewissen Ende nähert, ließen mich das Ziel aus den Augen verlieren. Ich berührte die Narbe auf meiner Wange, die ungefähr so lang wie ein Taschenmesser war, und grübelte ein bisschen den Toten hinterher.

Wie alles anfing – gute Frage. Eine philosophische Frage. Da könnte man auch fragen, wann eine Kugel Richtung Bierdose abfliegt. Ab dem Moment, da sie den Lauf verlässt? Wenn ich abdrücke? Irgendwann in den Stunden, in denen ich die Kammer geprüft und wieder geprüft habe? Es könnte die Munitionslieferung sein, der Sattelschlepper, der die Patronen über den Highway 1 fährt, oder der Verkäufer im Eisenwarenladen, der den Karton aus dem Glaskasten holt. Es könnte auch rein mechanisch sein – Hahn haut auf Hülse, Funken, Zündung, Flugbahn –, aber der Feuermechanismus einer Repetierbüchse besteht aus siebzig Teilen, noch mehr, wenn man die Knochen der menschlichen Hand dazuzählt, des Arms, die Muskeln, die Nerven und Synapsen, die ja allesamt feuern. Und dann, und jetzt wird's richtig philosophisch, gibt's ja noch das Büchsenmacherparadox: Um ihr Ziel zu erreichen, muss die Kugel erst die halbe Strecke fliegen, und um die halbe Strecke zu fliegen, muss sie erst ein Viertel fliegen, ein Achtel, ein Sechzehntel, immer kleiner und kleiner, so sehr, dass sie ihr Ziel nie erreicht, dass sie gar nicht erst abfliegt. Das bedeutet, dass niemand je erschossen werden kann. Das bedeutet, dass keine Reise jemals enden kann.

Wie alles anfing? Also, ich kann Gramps' Defekte bis in seine Kindheit zurückverfolgen: ein Schrapnell, das er mit dem Brustbein abwehrte, als er sieben war, das Ergebnis eines Artillerieblindgängers an einem Strand, noch in Steinschleuderentfernung von seinem Haus; ein Schweißlichtbogen, der ihm über die Brust fuhr, als er die Leitfähigkeit seines Körpers im Regen testete; Rauch in der Lunge, Verbrühungen, Stress und ein solider Alkoholspiegel im Blut in all den Jahren, in denen er in einer Nomex-Jacke steckte, an der hinten in großen Lettern *Volunteer Fire* stand. Das ist seine Geschichte, aber sollte ich den genauen Zeitpunkt bestimmen, als alles wirklich anfing, in jenem Sommer, in dem die Vergangenheit meiner Familie anklopfte, dann würde ich sagen: Mit zweiundachtzig Jahren hatte Gramps seinen Herzinfarkt.

Es war ein ziemlich schwüler Abend im Mai, so einer, bei dem man sich auf einem Zweiersofa ausstrecken und dabei moschusgetränkte Muscle-Shirts aus der Kindheit tragen möchte. Gramps' Haus bot in puncto Durchzug wenig, deshalb hatten wir einen Goretex-Stiefel in die Sturmtür gekeilt und die Fensterläden aufgeklappt, und in den Achselhöhlen und auf der Haut über den obersten Rippen kitzelte mich so etwas wie eine Brise. Zuvor hatte Gramps einen verschlissenen Industrieventilator aus seinem Lagerraum geholt, aber mir fehlte der Technikverstand, um einen durchgeschmorten Servomotor auf die Beine zu bringen, und Gramps war nicht nüchtern genug. Wir hatten es uns in seiner Bude gemütlich gemacht, um die Schaukämpfe des UFC durchzustehen, während wir darauf warteten, dass es dunkel wurde.

Ich war erst seit ein paar Tagen in dem Tal, nachdem ich vor meiner bevorstehenden Doktorarbeit geflüchtet war und einem Drama mit meiner Freundin, das monatelang kurz vor dem Siedepunkt stand. Es sollte der letzte Besuch ohne Doktorhut sein: für die Promotion in Philosophie nämlich. Im Osten hatte sich meine Lebensabschnittsgefährtin Darby – ich war über ein Jahrzehnt mit ihr zusammen, geheiratet hatte ich sie nicht – lange Abende in der Uni-Turnhalle angewöhnt, wo sie ausgerechnet Handball trainierte; jeden Abend hörte ich mir, wenn ich sie anrief, den Rufton ihres Telefons an und staunte über die Kluft zwischen uns. Eine Handballspielerin kann bis spätabends alles Mögliche machen, aber nur eine Aktivität dreht sich um besagten Sport.

Gramps ging in die Küche und riss die Kühlschranktür auf, und ich hörte, wie er zwei Flaschen Bier herausnahm. Draußen wurde das Dämmerlicht von den umliegenden Dächern reflektiert. Vor Jahren hatte Gramps ein Moskitonetz vor das Außenfenster gespannt, weil braune Vögel oft von Beeren betrunken wurden, die an einem Baum dort in der Nähe wachsen, und dann achtlos gegen die Scheibe flogen. Einmal fand er eine ganze Familie dieser Vögel am Fundament des Hauses, und als er sie auf die flache Hand legte, hingen ihre Hälse schlaff wie Zungen herunter.

Über den Rockies wirbelten dicke Wolken, und ich roch die Spannung von Blitzen am Horizont, fein und durchdringend wie Nadelstiche. Der Himmel war lehmfarben geworden. Holzrauch hing in der Luft wie Atem – er klammerte sich an Kleidung und Möbel, ein Geruch wie Schornsteinruß oder Flusswanderungen oder wie die Holzkohle, die auf dem Zeltplatz liegen bleibt, wenn die Camper längst weg sind. Die Provinz stand in Flammen. Im Hinterland waren die

Leute aus ihren Häusern geflüchtet, und jeden Morgen rechnete ich beim Aufwachen damit, dass die Stadt in Flammen stehen würde. Anfang des Monats hatten die Parks Brandwarnung Rot ausgerufen, und jeder – Einheimische und Touristen, Arbeiter und Landeier, Söhne von Cops, Jungs von Predigern, Salonphilosophen, selbst die alten, ausgezehrten Männer, die sich unter der nadelgestreiften Markise scharen, die schlaff vor der Bäckerei hängt – löschte sein Lagerfeuer, wärmte seine Hotdogs und beeilte sich, den Verkehr missachtend, jede Zigarette auszutreten, die noch in der Hitze glomm.

Gramps stellte die zwei offenen Bierdosen auf den Couchtisch, dann trottete sein verkrüppelter Hund Puck – ein elfjähriger butterfarbener englischer Mastiff – hinter einer halbhohen Wand hervor. Im Fernsehen wiegten sich zwei langgliedrige Muay-Thai-Kämpfer in Halbmonden umeinander, Boxhandschuh an der Schläfe, Knie wie Langbögen gespannt. Dann sprang einer dieser Stockmänner zu einem Splitkick auf, segelfischschnell, und da machte Gramps so ein Geräusch, ein ngngngff, und als ich zu ihm hinsah, sah der alte Sack aus wie eine Vogelscheuche. Er kippte zur Seite, eine Hand krallte nach dem Beistelltischchen, griff aber daneben, riss eine Lampe von ungefähr 1970 mit, der Schirm wie ein Heißluftballon. Ich kenne mich ein bisschen mit Erster Hilfe aus, also machte ich sofort Herz-Lungen-Wiederbelebung, wählte den Notruf und sah dann von der Einfahrt aus zu, wie die Sanis ihn im Krankenwagen zum Defi freigaben.

Der Wagen schlingerte um ein Fertighaus und war weg. In meinem Sichtfeld lauerten Nachbarn aus umliegenden Gärten: ein birnenförmiger Mann spazierte auf seiner Veranda hin und her, zwei Kinder, jung genug, um meine Söhne zu sein (ich war achtundzwanzig), lehnten an ihren Rädern. Am Wohnzimmerfenster, hinterm Moskitonetz, hielt Puck Wache, sein großer Kopf schwenkte von mir zur leeren Straße und wieder zu mir, als wollte er sagen: Worauf wartest du?

Ich rannte rein, zog Gramps' Schlüssel aus seiner Jagdweste und beschlagnahmte seinen Ranger. Die Fahrt zum Krankenhaus dauerte drei Minuten, einen Hügel mit sechzehn Prozent Steigung hoch und vorbei an einer heruntergekommenen Jugendherberge, die nach Dope und gammeligen Spaßsuchern roch. Oben auf dem Hügel, ich fuhr genau Richtung Westen, verblüffte mich der klare Blick auf die Purcell Mountains. Einen Moment lang war es, als stünden sie im Sonnenuntergang in Flammen, die Baumwipfel leuchteten rot und orange, und es schien, als könnte ich durch diesen Hitzeschwall aus Fels und Kohlenstoff auf die Flammen im Innern der Provinz blicken. Ich spürte diesen Hitzeschwall, der mir auf die Augen schlug wie die trockene Hitze von einem Holzofen, von einem Schweißgerät oder von dem Feuer auf der anderen Seite der Berge.

Als ich im Krankenhaus ankam, saß da eine gelockte Frau hinter einem Tisch, der in die Wand eingebaut war.

Mein Großvater hatte einen Herzinfarkt, sagte ich.

Cecil West?

Genau der.

Sie wies mich zu einem Vorraum, von dessen Fenster man auf den Hof eines Altersheims blickte. Dort stand gebeugt ein Mann auf seinem Abendspaziergang und reichte dem Dalmatiner neben ihm ein halbes Sandwich. Bei mir im Raum sabberte ein Kleinkind auf einen Tonka-Kipper, den es mit Alphabetklötzchen beladen hatte. Es trug ein mit Spaghettiresten bekleckertes Sweatshirt und machte ein Motorengeräusch, wobei es den Tonka von links nach rechts rollte, bis es die Ladung bei seinem Knie auskippte. Als ich ein Kind war, ließ Gramps mich bei meinen häufigen Besuchen im Krankenhaus nie mit den kümmerlichen Spielsachen in den Wartezimmern spielen – vermutlich weil sie voller Keime waren und von Händen verschmiert, die zu lange nicht gewaschen worden waren.

Dann kam eine große Frau meines Alters ins Wartezimmer gestapft, kantiges Kinn wie ein Kerl, die blonden Haare zu einem Knoten gebunden, und funkelte das Kleinkind an. Sie trug eine an den Schenkeln stellenweise ausgebleichte Jeans und ein graues T-Shirt, das oben an der Schulter abgeschnitten war. Ich erkannte sie – auf der Highschool hatte ich kurz was mit ihr gehabt. Missy nannten wir sie damals.

Wo ist dein Bruder?, fragte sie das Kleinkind.

Cola holen.

Und hat dich hier alleingelassen, sagte sie und sah dabei mich an. Alan?

Hey, Missy, sagte ich.

Sie stemmte einen Arm in die Hüfte. So nennt mich niemand mehr, sagte sie, aber sie schien sich nicht daran zu stören. Alles klar bei dir?

Gramps hatte einen Herzinfarkt.

Gott.

Ja.

Mach dir keine Sorgen, wie ich deinen Gramps in Erinnerung habe, ist der viel zu bockig, um zu sterben.

Danke, sagte ich.

Sie presste ein Handgelenk an die Nase, und ich meinte mich zu erinnern, dass sie das auch schon an der Highschool gemacht hatte.

Bist du länger hier?

Bloß für den Sommer. Oder was davon noch übrig ist.

Sie bückte sich, nahm das Kleinkind auf den Arm und entwand ihm ein Klötzchen aus der Patschhand.

Danny ist Bulle, sagte sie. Mein Mann.

Kann mich nicht an ihn erinnern.

Du auch nicht, sagte sie – eine schroffe Erwiderung, aber ich weiß nicht, was sie damit meinte. Sie machte mit dem Kopf eine Muss-los-Bewegung und verschwand durch die Tür, und mir wurde klar, ich würde sie nie wiedersehen. Draußen auf dem Hof richtete sich der gebeugte Mann auf, den Dalmatiner neben sich, und gemeinsam trippelten sie zum Hintereingang des Altersheims. Gramps hatte mir immer wieder gesagt, dass er lieber sterben würde, als mit einem Haufen alter Schachteln eingesperrt zu sein. Sollte es so schlimm werden, dann sollte ich ihn zu seiner Hütte in Dunbar fahren, wo es dann einen Jagdunfall mit einer 20er Flinte gäbe – eine Waffe, die ihn an seine Tage jenseits des Großen Teichs erinnerte. Selber dürfe er's nicht machen, sagte er, sonst erwarte ihn ewige Verdammnis. Mindestens einmal pro Besuch schwangen er und ich uns in seinen Pick-up – einen alten Allrad, in dem es nach Fellen stank und dem rostigen Aroma ausgebluteter Tiere – und fuhren damit über die Westside Road, vorbei an der Straußenfarm zu den Kiesgruben, wo Highschool-Schüler Feuer machten, groß wie Wohnmobile, und dort verballerten wir dann den Tag und einen Karton Randfeuer auf leere Thunfischdosen und Taschenbücher, die Gramps bestenfalls uninteressant gefunden hatte.

Als ich schließlich in Gramps' Zimmer durfte, saß er aufrecht in einem aquamarinblauen Morgenmantel, besprenkelt mit Klebepads und Drähten, die changierende Zacken an ein EKG leiteten. Gramps' Herz war, wie ich später erfuhr, dank dem Cholesterin, einer Krankheit oder seinem Blutdruck nicht stehen geblieben: Wie die Atmung läuft das Herz, denke ich mir, mit einer zyklischen Zündfolge, und seines hatte einfach fehlgezündet. Gramps setzte sich in seinem Bett anders hin. Tiefe Furchen zogen sich über seine Wangenknochen, und in den Augenwinkeln bündelten sich Runzeln wie Metallspäne. Er schälte die Lippen übers Zahnfleisch, vielleicht sollte es eine Art Lächeln sein.

Keine Blumen?, fragte er.

Blumen bring ich bloß schönen Mädchen.

Ich trage ein Kleid.

Und es betont deine Augen, sagte ich und setzte mich zu ihm auf die Bettkante. Unter der Decke wirkte er sehr klein.

Alles gut bei dir?, fragte er.

Was ist denn das für eine Frage.

Ich habe keine Lust, mir monatelanges Selbstmitleid kaputt zu machen, bloß weil ich einen Herzinfarkt habe.

Du bist ja so blöd, sagte ich.

Er grinste, nach unten. Aber im Ernst: Alles gut?

Ja, alles gut, Gramps, sagte ich. Ich gab mir Mühe, überzeugend zu klingen.

Er senkte den Blick auf seine Hände, fummelte damit im Schoß. Ich kaute an einem Stückchen Nagelhaut meines Daumens. Auf einmal sah er ganz alt aus – seine Augen waren feucht, die Wangen hingen fleckig und altersschlaff über die Kieferknochen, und die wenigen verbliebenen Haare waren welk und dünn wie die Strähnen, die an den Fliesen einer öffentlichen Dusche kleben. Er sah wohl einfach aus wie ein Großvater auf dem Sterbebett.

Ich sterbe bald, sagte er.

Ach was.

Als liefe man auf eine Wand zu.

Ich knuffte ihn mit der Faust auf den Schenkel. Er bleckte die Zähne.

Ich hab nicht bloß einen Schreck bekommen. Man weiß doch, wenn's so weit ist.

Was hat der Arzt gesagt?

Es kommt, Alan. Ich spüre es.

Nein. Quatsch.

Du musst was für mich machen, sagte Gramps auf eine schleppende Art, die mir nicht gefiel. Und du musst es machen, ohne eine deiner lachhaften philosophischen Fragen zu stellen.

Dann war ich wieder draußen unter den Neonleuchten, die den Asphaltparkplatz wie eine Eisbahn erhellten, dann im Ranger mit seinem Geruch nach Old Spice und verschüttetem Bier und allem anderen von meinem Großvater. Im Radio leierte eine monotone Stimme unwichtiges Zeug über das brennende Hinterland herunter. Ich fuhr die lange Strecke um den See von Invermere wie damals, als ich sechzehn war und unbedingt die Mädchen beglotzen musste, die mit ihren Leuten aus Calgary gekommen waren, um den Sommer in der großen, ungezähmten Wildnis des Kootenay Valley zu verbringen. Am

Strand waren Jugendliche, halb so alt wie ich, versammelt. Sie hielten Zehen ins Wasser und spülten sich Wodka übers Zahnfleisch, und mir wurde ganz anders bei dem Gedanken, dass Jugendliche jetzt halb so alt wie ich waren. Wieder zu Hause, ging ich, wie angewiesen, in Gramps' Schlafzimmer und zog einen Schuhkarton unterm Bett hervor. Er war kastanienbraun und voller Staub und Hundehaare, und drinnen war eine Sammlung von Erinnerungsstücken: ein angerosteter Perkussionsrevolver mit einem schwefelversengten Hahn, wie mit Ocker eingefärbt, ein vertrocknetes Pappelblatt, groß wie meine Hand, mindestens zwei Mundvoll Babyzähne, auch welche von mir, ein Ehering, zu groß für meine Finger, ein silbernes Zippo-Feuerzeug, auf dem der amerikanische Adler prangte. Und ganz unten entdeckte ich in der klobigen Schrift meines Großvaters eine Adresse mit dem Namen Jack West. Ich strich mit den Fingern über die Buchstaben, und als ich das Papier aus dem Karton nahm, spürte ich, wie eine Last auf mich überging. Wie man in den Wald hineinruft, so schallt es heraus, aber ich weiß nicht. Vielleicht bleibt der Ton immer bei einem selbst.

Du musst deinen Dad finden, hatte Gramps in seinem Krankenhausbett zu mir gesagt. Weil ich nicht weiß, wie viel Zeit mir noch bleibt, und ich ihm noch ein paar Sachen sagen muss, bevor ich gehe.

Hier ist eine Geschichte über Jack West: '69 war er noch ein dummer Junge und schoss mir mit einer .22er Büchse ins Bein – unsere allererste Begrüßung. Er und sein alter Herr Cecil hatten die Nacht in einem Wäldchen ein Stück weit von ihrer Hütte bei Dunbar verbracht. Cecil hatte von einer Einbruchserie Wind bekommen und merkte, als er nachsah, dass Sachen fehlten: ein paar alte Teller, Stücke von gepökeltem Elchfleisch, ein, zwei Sechser Bier. Die Hütten, die den Sevenhead River entlang standen, waren leichte Beute für Plünderer, und ich allein hätte mich mit Futtersuche am Leben halten können, aber ich hatte meine Tochter Linnea dabei. Vielleicht wurde ich auch übermütig: die Nacht, in der Jack auf mich schoss, war die erste, in der ich die Büsche rings um die Hütte und den Vorplatz nicht vollständig abgesucht hatte. Im Krieg kann so eine Achtlosigkeit tödlich sein, das kann ich dir sagen.

In jener Nacht schien der Mond volle Pulle, und die Tür der Hütte war auf dreißig Meter in alle Richtungen gut sichtbar. Ich hatte vor, im Eingang zu kampieren, denn es war März und frostig, und vom Horizont her konnte ich Regen riechen – dieser Kiesgeruch, der auf der ganzen Welt gleich ist. Außerdem hatte ich den säuerlichen Duft gerochen, der aus meinem Hemdkragen aufstieg, und gehofft, mir ein Stück Seife zu klauen. Meiner Tochter war das offenbar gleich, aber als Kerl muss man ein gewisses Niveau halten – wir können nicht alle Buschmänner sein, egal, was Cecil West dazu sagt. Als Linnea und ich durch den Wald schlichen, knurrte ich Warnungen, sie solle auf Äste und Kiefernnadeln achten, weil ich in Vietnam mal gesehen hatte, wie einer ein Auge verlor, nachdem ihn ein Bambushalm im Gesicht erwischt hat.

Ich hockte am Rand des Waldsaums und ließ langsam den Blick schweifen, einmal hundertachtzig Grad, auch wenn ich rückblickend nicht für Gründlichkeit garantieren kann. Hätte ich alles richtig abgesucht, dann wären mir die Matschflecken unten an der Tür der Hütte aufgefallen oder auch die Fußabdrücke in der morastigen Erde, wo Cecil und Jack sich vorher umgesehen hatten. Ich roch die Luft, lauschte in die Stille, vor allem um Linneas willen. Damals war sie vierzehn, und nichts, was ich zu sagen hatte, beeindruckte sie. Teils ärgerte ich mich über mich selbst, weil ich sie mitgeschleppt hatte, weil ich ihr das zumutete. Ich drückte ihr beruhigend die Schulter, verließ dann die Baumdeckung und rannte zur Hüttentür.

Jack war fünfzig Meter gegen den Wind. Er sagt mir, er könne sich nicht mehr an die Ereignisse erinnern, die zu dem Schuss geführt hatten – sie lägen für ihn im Dunkeln, ein Gemisch aus Adrenalin und Instinkt, und ich glaube es ihm. Er war in der Pubertät und hatte eine Flinte in der Hand, fühlte sich mächtig, reifer als vierzehn Jahre. Die Natur war ihm nicht fremd: In der Schule, beim Versteckspielen, hockte Jack sich in das dichte Gebüsch außerhalb des Maschendrahts, der den Schulhof begrenzte. Die Regeln verbaten ihm, dort durch die Wildnis zu tollen, doch Jack West war nie einer, der sich an Regeln hielt, außer an die seines Vaters. Er mochte die Wildnis, und er jagte gern, und mit Schusswaffen war er vertraut. Er konnte mit einer Flinte umgehen: nie eine Flinte mit geschlossener Mechanik reinigen; eine Waffe ist nur in der Theorie sicher; zur Vermeidung von augengroßen Wunden an der Wange drückt man den Kolben gegen den muskulösen Teil der Schulter, genau da, wo sich der Deltamuskel wie ein Tau zum Brustmuskel spannt.

Ich glaube, es hat sich folgendermaßen abgespielt: Jack hatte Angst bekommen. Ich lief vom Waldrand wie ein Einbrecher los, und Jack folgte mir mit seinem Schießeisen. Ich kenne das Gefühl, wenn man jemanden im Visier hat, das Flattern da, wo Kehle auf Brustbein trifft. Jack würde es nie zugeben, aber er rackerte sich im Schatten seines Alten ab, und vielleicht sah er hier die Chance, in Cecils Ansehen zu steigen, die Chance, dem alten Herrn ein väterliches Lob zu entlocken. Und zu Jacks Verteidigung muss ich sagen, dass ich nicht gerade vertrauenerweckend aussah. Meine Klamotten waren abgerissen und mit Gott weiß wie viel Matsch sedimentiert, und ich lief auf seine Hütte zu, geduckt wie ein Guerilla. Als ich an der Tür war, steckte ich einen krummen Nagel ins Schloss und fummelte darin herum, und die ganze Zeit hatte Jack mich in dem daumennagelgroßen Raum seines Visiers.

Eine .22er hat ungefähr so viel Kick wie eine ungeduldige Katze. Als ich mit dem Nagel an der Verriegelung stocherte, war der Wald still. Ich erinnere mich schwach an das Geräusch meines Atems. Dann fuhr ein kleines Fumm durchs Tal, und die Kugel bohrte sich mir in die Wade.

Danach ist alles verschwommen. Ich knallte gegen die Holzwand der Hütte und kroch um die Seite herum in Deckung. Adrenalin pumpte durch meine Adern. Cecil raste mir hinterher um die Hütte, seine Gummistiefel hinterließen Schleifspuren im Matsch, er schlitterte so sehr, dass er mit den Knöcheln die Erde berührte.

Währenddessen kann von Deckung keine Rede sein, und im Schädel höre ich Gewehrschüsse wie Popcorn, als wäre ich wieder im Dschungel, also stelle ich mich fest auf die Erde und kicke einen Stein weg, damit ich nicht drüberstolpere. Fight-or-flight, wie es so schön heißt. Ich teste das Gelände, den Halt, wie schnell ich rutsche und wie gut meine Stiefel in dem Matsch, der Ambrosia und dem verdorrten Knöterich greifen. Und da stürzt sich Cecil schon auf mich, der erste verdammte Kanadier, der mir seit Überquerung der Grenze begegnet ist, dieser Irre mit der Kadettenfrisur und seiner bedrohlichen Art, sich fortzubewegen, als wüsste er, wie er sich zu verhalten habe, als würde er mir ein neues Arschloch reißen.

Hau ab!, bellte ich Linnea an und zog mein Jagdmesser aus der Scheide am Oberschenkel.

Der Abstand schloss sich. Cecil schmiss die Flinte weg – keine Zeit, das Ding nachzuladen –, und ich schwang das Messer. Er drehte sich im Sprung, lenkte die Klinge an den Rippen entlang ab und presste mit dem Ellbogen meinen Arm nieder, ganz wie aus einem britischen Armeelehrbuch. Ich rammte ihm die Stirn gegen die Nase, er grub mir das Knie in den Magen. Wir verkeilten uns, klammerten uns aneinander wie Verwundete. Doch makellose Siege gibt's bloß in Bruce-Lee-Filmen: man kommt nicht unversehrt davon, man bleibt nicht ruhig. Wir sind verzweifelt und feige, und wir rangeln wie wilde Tiere – für einen zittrigen Atemzug mehr würde man seinen eigenen Sohn verraten. Cecil schlug mich mit dem Ellbogen, ich stieß ihm den Daumen ins Auge, und die ganze Zeit schlackerte mein Messer nutzlos, festgeklemmt.

Wir taumelten auseinander. Ich schmierte mir mit der Hand Blut und Rotz ab, Cecil quetschte sich Tränenflüssigkeit aus dem Auge.

Ich glaube, du verstehst da was falsch!, brüllte Cecil. Er hob die Flinte auf.

Du hast auf mich geschossen.

Mein Junge hat geschossen.

Ach ja?

Cecil legte die Flinte an. Ich umfasste das Messer fester.

Mit dem Ding erschießt du mich nicht, sagte ich zu ihm.

Tatsächlich?

Du hast nicht nachgeladen.

Cecil fuhr sich mit der Zunge über die Zähne. Er nickte und pflanzte den Schaft auf die Erde. Stimmt, sagte er.

Hau bloß ab.

Das ist meine Hütte.

Mir doch egal.

Leg das Messer weg.

Gib mir das Gewehr.

Cecil regte sich nicht, stützte sich wie atemlos auf die Flinte. Du blutest, sagte er. Ich kann dir helfen. Wo hat's dich erwischt?

Wade.

Glück gehabt. Hohlspitz. Ist es durch?

Ich schüttelte den Kopf, fühlte die klebrige Wärme am Bein.

Ich hab Bier und eine Angelschnur, sagte Cecil. Es wird nicht lustig, und hübsch aussehen wird's auch nicht, aber du kannst es von deiner Liste mit den Sachen streichen, die du vorm Sterben noch erledigen musst.

Eine Weile reagierte ich nicht, spürte den Blick meiner Tochter auf mir, wusste, dass ich, ob es mir passte oder nicht, diesem Mann ausgeliefert war.

Ich heiße Cecil, sagte er.

Archer, sagte ich.

Bist du aus den Staaten?

Ich zeigte ihm Zahnfleisch, hatte keine Ahnung, ob er auf unserer

Seite war oder wo ich vielleicht jemanden finden konnte. Cecil wedelte mit der Hand. Vergiss es. Ist noch jemand bei dir?

Ich steckte das Messer weg. Ich konnte noch nie gut Gesichter interpretieren, aber Cecil wirkte echt, und er sah aus wie einer, der schon genug Mist gesehen hatte. Dann kam sein Sohn um die Hütte rum, und da sah ich Jack West zum ersten Mal. Lang ist's her. Seine Finger kneteten den Stoff am Saum einer schweren Jacke, und er schlappte sich zu Cecil hin. Wenn's nach mir ginge, würde ich Jack West so in Erinnerung behalten – als einen dummen, linkischen Jungen an einem frostigen Frühlingsabend, als die Zukunft und ihre ganze Scheiße noch fern und unvorstellbar waren.

Ich war auf der Flucht vor der US Army. Wochen davor, zu Hause in Montana, hatte ich einen Brief von Uncle Sam gekriegt – er bräuchte mich wieder für einen Einsatz. Der Brief kam zusammen mit einem Stapel Rechnungen und einem Eisenwaren-Flyer, und der Postbote, der ihn mir aushändigte – ein alter Typ mit wässrigen Augen –, biss sich auf die Lippe, als wollte er mir einen Rat geben. Oben auf dem Brief stand in roter Blockschrift LETZTE WARNUNG – wenn ich also nicht die Militärpolizei wie eine Horde Schildkröten an den Hacken haben wollte, musste ich aus der Stadt weg oder mich wieder melden. Eine der härtesten Entscheidungen, die ich je zu treffen hatte: Ich bin hochdekorierter Soldat, ich habe ein Purple Heart, eine Long Service Medal, ein Combat Action Badge – schon damals war ich kein verträumter College-Typ, der Poster malte, um die Welt zu retten.

An dem Tag, als der Brief kam, schnappte ich mir eine Flasche meines selbstgekelterten Weins, stieg in den Pick-up und fuhr zu dem Stück Land, auf dem ich groß geworden war. Das Grundstück hatte inzwischen jemand anderer geerbt, aber meine Familie hatte das Land urbar gemacht, hatte Ambrosien aus der Erde gezogen, bis die Hände bluteten, und Bäume an den Flussufern gepflanzt und gepflegt, damit das Erdreich kräftig wurde. Sollte es da Gespenster geben, ich würde sie mit Namen kennen. Der neue Besitzer – er war ganz in Ordnung – hatte unser altes Haus platt gemacht, aber die Landschaft war unverändert. Landschaften entwickeln sich langsamer; sie sind grüblerisch, sie haben ein Gedächtnis. Generationen meiner Familie haben dieses Land geprägt: Unser Schweiß würzt das Wasser, das die Quelle speist; ganze Hektar Pappeln haben uns kämpfen, bluten und weitermachen sehen. Wir Coles stecken in der Erde, und das nicht nur metaphorisch.

Mein Teil Montanas ist eine einzige Prärie, aber wenn du dich auf einen Hügel stellst und nach Westen schaust, siehst du jenseits des Weizens, der Birken und Pferdekopfpumpen die Bitterroot Mountains. Als ich dorthin kam, wanderte ich zu einer Brücke über einem kleinen Bach, wo ich zum ersten Mal einem Mädchen die Hand aufs Knie gelegt hatte und wo wir '59 die Asche meines Dad verstreuten. Er war der Hilfssheriff des Bezirks und wurde in seinem ganzen Berufsleben nicht befördert, und ich glaube, ich habe ihn nie so glücklich gesehen wie an dem Tag, als ich zum Sergeant First Class befördert wurde. Da war ich siebenundzwanzig; als Erstes hat er vor mir salutiert. Der Bach war also ein ganz guter Ort, um über die Sache nachzudenken. Weder mein Dad noch ich waren Männer, die sich je vor der Verantwortung gedrückt haben, aber die Flucht in den Großen Weißen Norden war nichts anderes. Ganz schön hart, mit einer Tradition zu brechen.

Aber ich hatte es getan und hatte eine Kugel in die Wade abbekommen, blutete und war verwundet und wütender als die Bibel.

Cecil klemmte mir die Schulter unter einen Arm, und auch Jack wollte helfen, doch er war bloß im Weg, also wedelte Cecil ihn fort. Mein Adrenalin rauschte. Ich zitterte vor Kälte. Wenn Linnea diese Geschichte erzählt, sagt sie, ich hätte sie damals ganz vergessen, ganz der Macho, Brust raus, harte Worte und Bart. Sie hat bestenfalls halb recht. Cecil humpelte mit mir voran, und die ganze Zeit überlegte ich, wie ich meine Tochter einigermaßen vernünftig aus dem Gebüsch rufen konnte. Jack zupfte am Saum seiner Jacke, und Cecil bellte ihn an, er solle die Tür aufmachen, Herrgott noch mal.

Moment, sagte ich, dann pfiff ich Linnea, dass sie zwischen den Bäumen rauskommen sollte. Sie tat es ziemlich widerwillig, und als sie dann auf der Lichtung war, gab sie mir ihren Teufelsblick. Es ist ein Blick, der Vergeltung zu einem späteren Zeitpunkt verspricht, ein Blick der ausdrückte, dass sie kein Stück Mitgefühl hatte. Sie sah Jack West oft so an, das wurde fast zur Gewohnheit. Heute vermisse ich diese Intensität.

Als Cecil meine Tochter sah, legte sich seine Stirn in Falten, als wäre er in Gedanken. Dann nickte er vor sich hin und stieß mich durch die Tür in seine Hütte. Dort kochte er auf einem Coleman-Herd Wasser, während ich das Hosenbein hochzog und nicht fassen konnte, dass ich mich so dumm angestellt hatte und verletzt worden war. Jack und Linnea blieben draußen. Wenn man sie danach fragt, behauptet Linnea, Jack habe größere Angst vor ihr als vor mir gehabt, er habe Distanz gewahrt und bloß ein bisschen Wald von seiner Jacke gezupft. Das ist der eine Zug, den er todsicher von seinem Dad geerbt hat – in Gegenwart vom besseren Geschlecht macht er dicht. Alles hätte anders sein können, wenn er Cecils provinzielles Pflichtgefühl geerbt hätte, aber das spielt jetzt keine Rolle.

Auf Cecils Anweisung legte ich das verletzte Bein auf einen Stuhl, dann rollte er mir das Hosenbein übers Knie. Das Hohlspitz war kaum gesplittert, nachdem es den Stoff durchschlagen hatte, und ich bezweifle, dass Splitter in den Muskel gedrungen waren – nicht, dass es nicht brutal wehtat. Die Haut hatte sieben verschiedene Gelbtöne angenommen, und ich sah die lila Flecken, wo ein Geschossfragment eingedrungen war, aber ich war schon schlimmer verwundet gewesen. Das Schlimmste – mein verbrannter Arm – der alte Schmerz flammte bei der geringsten Nähe zu Hitze auf. Cecil stellte seinen Topf mit dem heißen Wasser in die Nähe, tauchte einen Lappen rein und wischte mit einer sanften Kreisbewegung, wie wenn einer sich die Zähne putzt, Dreck, Gras und Erde von Wochen weg.

Jack, rief er, worauf der Junge den Kopf zur Tür reinsteckte. Hol den Whiskey.

Jack schlurfte zu den Schränken und machte sie auf, und ich sah ihm zu, wie er suchte, zögerte und weitersuchte. Er reckte den Hals her, doch Cecil hielt den Kopf zu meiner Wade gebeugt. Ich aber erhaschte den Blick des Jungen und sah an der Art, wie er das Gesicht verzog, dass kein Whiskey im Schrank war. Das sagte er auch, ziemlich zaghaft.

Und was ist da?, fragte Cecil.

Jack hielt eine Flasche Sherry hoch, und Cecil blinzelte zweimal und verzog den Mund. Mit komisch barscher Stimme sagte er: Was macht der denn da?

Jack kam mit zwei Keramikbechern, füllte meinen voll, mied dabei die ganze Zeit meinen Blick, und verzog sich wieder nach draußen. Cecil hob die Brauen und zeigte auf die Nadel, von der ein Darmfaden baumelte, und ich hob meinen Becher Sherry. Einfach lächerlich, aber so verlief er, der erste Abend: Cecil arbeitete mit der Konzentration eines Billardspielers, zupfte Metall aus meinem behaarten Bein und schloss die Wunden, die geschlossen werden mussten, und ich trank Sherry, als wäre es Saft, und überlegte, ob ich vielleicht doch mehr Glück als Verstand hatte. Hin und wieder kippte auch Cecil sich einen Sherry in seinen Becher und ließ ihn, das Gesicht verzogen, die Kehle runterlaufen. Ich glaube, wir beide taten so, als wäre der Sherry Whiskey, denn verdammt, das hätte er sein sollen. Ich habe Cecil die Geschichte ein paarmal erzählen hören, und er erzählt das immer anders. Klar erzählt er das anders.

Und, wo ist dein Zuhause?, fragte Cecil nach einer Weile.

Bin in Montana aufgewachsen, aber wir sind von Washington über die Grenze.

Cecils Wange zuckte, fast ein Lächeln. Hat dich 'ne Frau dahin verschleppt?

Mensch, ja. Bin dort gewesen, seit Linnea ein Mädchen war. Was machen die beiden überhaupt da draußen?

Jack will nicht hier drin sein.

Glaubt er, ich dreh ihm den Hals um?

Denkt wahrscheinlich, ich mach das.

Ich zahl dir die Sachen, die wir genommen haben. Bin kreditwürdig.

Jack und Linnea kamen rein und setzten sich einander gegenüber an den Tisch. Linnea neben mich und Jack neben seinen Vater. In dem trüben Licht der Öllampe sah Linnea sterbensmüde aus. Ihre dunklen Haare klebten an der Stirn und lagen schwer über ihren Ohren. Ich hielt ihr eine dreckige Hand hin, so groß wie ihre Wange. Sie schloss die Augen und legte ihre Wange schwer in meine Hand, und obwohl ich eines Tages mit Jack West Plätze tauschen würde, beobachtete er diese Zärtlichkeit in dem Moment bestimmt ziemlich eifersüchtig.

Cecil entfernte ein letztes Stück Metall und zog die letzte Naht fest. Dann riskierte er einen Blick unter seinen Arm, über seine Rippen, wo mein Messer ihn gestreift hatte und festgeklemmt wurde. Vorsichtig legte er die Jagdweste ab. Ich hatte nicht den besten Blickwinkel, aber sein Karohemd war aufgeschlitzt und im Licht der Lampe feucht und ölschwarz.

Jack, sagte er, und sein Sohn reckte sich vor. Wie stark blute ich?

Jack zog die Stoffteile weg, die den Schnitt säumten, und da sah ich die offene Wunde, geschwungen wie ein Lächeln. Nicht so schlimm, sagte Jack.

Ich schob den Becher weg, beugte mich darüber und winkte nach der Nadel.

Ich war weiß Gott schon bei heikleren Sachen betrunkener als bei den paar Stichen, sagte ich.

Schlürf du weiter dein Mädchengesöff, sagte Cecil zu mir. Dann reichte er seinem Sohn eine frische Skinadel und ein Stück Darm, und einen Moment lang starrte Jack bloß darauf, als wäre es etwas sehr Wertvolles. Cecil zog sich das Hemd über den Kopf, entblößte seinen lädierten, drahtigen Oberkörper, seine blasse Haut und die Bauernbräune. Er neigte sich zur Seite, damit Jack an den Schnitt drankam. Er war nicht sehr tief und nur ungefähr daumenlang, aber er lief schräg über die Rippen, und Jack legte die Stirn in Falten, als er überlegte, wie er an die Sache rangehen sollte. Cecils Haut schimmerte verschwitzt, geprellt und an den Oberarmen, wo meine Fingernägel sein Fleisch gekerbt hatten, zerkratzt. Ich spürte, dass ich ähnlich zugerichtet war; am Morgen würden wir beide steif wie Bretter sein. Jack arbeitete stumm, und Cecil machte wahrscheinlich das grimmigste Gesicht, das ich je gesehen habe. Ich schob ihm den Sherry hin.

Ich hab in den Hangars gearbeitet, in England, sagte er. Kein Kampfeinsatz.

Marine Corps. Bin noch nie angeschossen worden. Hab Napalm erwischt, aber nie angeschossen.

Lass das mal mit dem Zurückzahlen.

Ich find schon einen Weg.

Als Jack fertig war und Cecil das Hemd vorsichtig übergestreift hatte, sagte er, auf dem Dachboden habe er Betten mit Drahtgestell, er müsse aber wissen, ob ich mich die Leiter hinaufziehen könne. Ich sagte, es brauche mehr als ein bisschen Blei im Bein, um mich daran zu hindern, worauf er grunzte, wie ich es von ihm erwartet hatte. Er schaute in sein Hemd, um Jacks Arbeit zu begutachten.

Passabel, sagte er und wuschelte dem Jungen durch die Haare. Dann stieg er auf den Dachboden, um alles herzurichten, und ich sah, den Sherry zwischen den Fingern drehend, Jack an.

Tut mir leid, sagte er.

Schon gut.

Ich weiß gar nicht mehr, wie ich geschossen habe.

Wenn das Adrenalin erst mal einen Pegel erreicht hat, sagte ich.

Haben Sie schon mal einen erschossen?

Dann kam Cecil die Leiter runter und zeigte mit dem Daumen nach oben. Da sind zwei Betten, sagte er.

Du bist auch verletzt. Sollen die Kinder auf dem Boden schlafen.

Jack und ich können im Pick-up schlafen, sagte er. Morgen früh geh ich zum Arzt, falls du Antibiotika brauchst. Und dann überlegen wir uns was.

Bist du Sympathisant?

Cecil legte Jack die Hand auf die Schulter. Er fuhr sich mit der Zunge über die Zähne, testete die Spitze eines Eckzahns. Ich bin nicht für den Krieg, falls du das meinst.

Ich hab mich von der Truppe abgesetzt, sagte ich und klang plötzlich nüchtern, sogar für mich. Das ist was Ernsteres.

Für einen Fahnenflüchtigen bist du zu grau.

Die bringen mich vors Kriegsgericht.

Wie gesagt, wir überlegen uns was.

Du hast was gut, sagte ich, worauf Cecil mit den Schultern ruckte. Heute weiß ich, das ist seine Art zur Kenntnis zu nehmen, dass man sich bedankt hat.

Linnea und ich verbrachten die restlichen Stunden auf einem der Klappbetten auf Cecils Dachboden. Er hatte uns einen seiner beiden Schlafsäcke gegeben – geeignet bis minus zehn Grad, versprach er –, und wir hatten ihn ganz aufgemacht, um ihn uns als Decke zu teilen. Cecil und Jack verbrachten die Nacht auf der Ladefläche des Pick-up, wo zwei Schaumstoffmatten lagen. Trotz Linneas Körperwärme trocknete mir die Kälte die Nase aus, und beim Atmen kribbelte es im Hals. Kalt für eine Märznacht. Linnea schlief sofort ein, aber ich konnte noch nie einfach so abschalten, also horchte ich auf den Rhythmus ihres Herzens und sah zu, wie ihre Schultern sich hoben und senkten. Eigentlich gab ich einen ziemlich guten Dad ab, finde ich. So was hört man über meine anderen Talente nicht von mir, und Gott weiß, viele sind's nicht, aber ich habe alles gegeben.

Das muss ein Mann tun, so seh ich das. Denn danach werden wir am Ende beurteilt.

Trotz aller Anstrengungen hat meine Tochter die Last meiner Fehlentscheidungen getragen. Ich hatte nicht noch einen Krieg erwartet, und als es an die Front ging, hatte ihre Mutter andere Sachen laufen, also musste Linnea bei meiner Schwester und ihrem Mann wohnen, der dünn war wie ein Prediger. Sie ließen sie auf ihrer Himbeerfarm arbeiten, verlangten, dass sie ihnen die Früchte sortierte, um sich ihr Logis zu verdienen, obwohl ich ihnen was bezahlte. Jeden Tag waren Linneas Finger abends rosa und eiskalt von dem ungeheizten Wasser, das sie über die Beeren spritzten – auch das ganze Wochenende durch, täglich ein paar Stunden. Sollte ich da noch mal hinkommen, sage ich denen ein paar Takte. Linnea, die Gute, hat sich darüber nie beklagt, und ich weiß nicht, ob ich es verdient habe, dass man mir die Schuld dafür erlässt. Die Welt kann so freundlich und so grausam zugleich sein, und ich bin eher derjenige, der ihre Freundlichkeit abkriegt – oder ich bin ein heimlicher Optimist –, was man von den Leuten, die mir nahe sind, nicht behaupten kann. Cecil ist ein gutes Beispiel, aus mehr als nur ein paar Gründen: sogar in jener ersten Nacht zu sehr Mann, um unterm selben Schlafsack wie sein Sohn zu schlafen. Während Jack sich das Vinyl bis unters Kinn zog, schlang Cecil die Arme um sich, zog sich die Baseballkappe über die Augen und bibberte im Dunkeln.

Das war für Jack und Cecil fast schon zur Gewohnheit geworden – die beiden campten hinten auf dem Pick-up, und Cecil fror sich den Arsch ab, damit Jack eine zweite Decke, einen zweiten Schlafsack hatte, und Gott bewahre, Jack lehnte sicher nicht ab. Diese Trips gipfelten in einer Pumajagd im Juli 1972, kurz vor Beginn von Jacks letztem Schuljahr. Sie hatten ein Zweierzelt, eine Kühltasche unter die Plane gestellt und sich auf eine Wahnsinnswanderung eingerichtet. Ihr Ziel lag irgendwo südöstlich der Stadt, weil in den Wäldern dort, wie es hieß, eine hohe Pumadichte herrschte und die Tiere zum Abschuss freigegeben waren. Cecils Kumpel hatten Anfang des Sommers einen erwischt, ihm in einer Garage das Fell abgezogen und das Tier über einer Abflussrinne aufgehängt, damit das tropfende Blut auf dem Boden nicht mehr als eine Lache wie bei ausgelaufenem Öl bildete. Beim Hausbau achteten die Leute im Tal auf solche kleinen Details. Wie ich Cecil kannte, war er kein guter Jäger, aber nachdem seine Kumpel ihm diesen massigen, schwingenden Kadaver gezeigt hatten, hatte er sich in den Kopf gesetzt, dass er da mithalten wollte.

Sie schossen nichts. Am Ende des dritten Tages reichten ihre Vorräte und ihre Ausdauer für die Katzen, die diese wilden Kootenays womöglich durchstreiften, nicht mehr aus. Sie machten sich wieder auf den Heimweg. Im Pick-up knallte Cecil seine Flinte hinter die Sitzbank und riss ein Bier aus der Halterung unterm Beifahrersitz – noch heute hat er dort einen Sechser, soweit ich weiß –, und Jack wartete darauf, dass er ihm auch eines anbot, doch der alte Sack dachte nicht daran. Sie fuhren, ohne ein Wort zu reden. Manchmal fummelte er am Radio, aber sonst schlürfte er einfach bloß an seiner Blechdose. Unterwegs machten sie noch an der Hütte Halt, und Cecil ging mit Jacks lausiger Flinte ans Wasser, trat von den Steinen aus hinein, und der See leckte an den Sohlen seiner Armeestiefel. Jack fragte ihn, was denn los sei, doch Cecil checkte bloß die Sicherung, legte Patronen ein und klemmte den Kolben an die weiche Stelle unterhalb des Schlüsselbeins. Kümmere dich um deinen eigenen Kram, sagte er zu Jack, der es mir sagte, und wir wussten beide nicht, was wir davon hatten sollten. Cecil feuerte eine Kugel flach in die gläserne Oberfläche des Dunbar Lake. Die Kugel hüpfte einmal auf, durchbrach dann die Oberfläche und verschwand mit einem Plopp. Und Jack tat, was jeder gute Sohn getan hätte: Er setzte sich auf ein Stück Treibholz und wartete ab, er hatte vor allem Angst, dass er seinen Dad irgendwie enttäuscht hatte.

Müsste ich einen Unterschied zwischen Cecil und mir nennen, dann diesen: Ich hätte Jack eine Erklärung gegeben. Wochenlang lebte der Junge in Angst und grübelte, was er wohl alles versaubeutelt hatte. Für mich ist das zu sehr Alter Herr und an der Grenze zur Grausamkeit. Vielleicht ist es ja anders, wenn man einen Sohn großzieht. Ist der Drang, Kindern Zweifel zu nehmen, dem Elternteil des anderen Geschlechts vorbehalten? Vielleicht, aber vielleicht sieht Cecil auch nur ein paar Dinge falsch. Er beharrt so stur darauf, dass man Männer nach ihren Taten beurteilen soll, und gibt nicht zu, dass man als Mann auch danach bewertet werden kann, wie gut man seinen Nachwuchs großgezogen hat. Das ist eines der wenigen Male, in denen ich Cecil als inkonsequent erlebt habe, aber nach dem, wie sich alles entwickelt hat, nach all dem, nehme ich ihm doch nicht ein, zwei Momente der Selbsttäuschung krumm.

Ich wachte früh auf und weckte Linnea mit einer Hand am Fußgelenk. Sie blinzelte sich den Schlaf aus den Augen, und ich half ihr auf und klappte die Feldbetten zum Wegstellen zusammen. Dann ging ich die Treppe runter, um einen Schluck Wasser zu trinken und ein Bündel amerikanischer Scheine auf Cecils halb lackierten Tisch zu legen. Mein Bein tat höllisch weh, und es dauerte eine Weile, bis mein Körper knirschend in Bewegung kam. Ich kam mir vor wie ein alter Mann. Linnea sah mich groß an, aber ich zuckte bloß die Achseln und sie dann auch.

Als Cecil zur Tür reinkam, zeigte er auf die Scheine auf dem Tisch.

Was ist das?

Bezahlung, sagte ich.

Das Bein in Ordnung?

Ein bisschen blau, sagte ich und rollte das Hosenbein hoch, um die blaue, blutunterlaufene Wade freizulegen. Bei weitem nicht meine schlimmste Verletzung.

Was ist die schlimmste?

Hab mir mal den Arm angezündet, antwortete ich und tätschelte meinen Bizeps.

Cecil knurrte, überlegte offenbar. Im Pick-up können drei sitzen, sagte er. Wenn du also mit in die Stadt willst, könnten wir sagen, du bist mein Cousin oder so was.

Und die Kinder bleiben hier?

Jack und dein Mädchen können ja vom Steg aus fischen.

Und er erschießt sie auch nicht?, sagte ich.

Ich nehm das Gewehr mit.

Wie heißt die Stadt?

Invermere. Da kannst du dann auch bei mir duschen.

Was meinst du damit?

Du riechst wie Hundescheiße, sagte Cecil und lachte.

Linnea kam zu mir, und ich schlang den Arm um sie. Sie wollte mich wegstoßen, aber ich ließ nicht locker. Cecil schniefte und sah sonst wohin, nur nicht auf uns zwei. Ich ließ sie los.

Ich hab von Leuten gehört, die sich hier niederlassen, sagte ich. Gehn nicht mehr zurück.

Wüsste ich nicht. Meine Verlobte vielleicht.

Er kratzte sich im Nacken, schüttelte dann wegen der Scheine auf dem Tisch den Kopf, also nahm ich sie wieder und stopfte sie in eine Tasche mit Reißverschluss überm Knie.

Hast du was gelernt?, sagte er und verzog das Gesicht. Ich meine, falls du Arbeit brauchst.

Ich bin Maler.

Gut, das ist gut. Da kenne ich ein paar.

Ich stand auf und schwang mit dem Bein aus, testete mein volles Gewicht darauf. Also, das knickt nicht weg, sagte ich und folgte Cecil durch die Tür. Wir kamen an Jack vorbei, der auf den Boden schaute. Ich stieg in Cecils Pick-up, und er kurbelte seine Scheibe runter.

Sieh zu, dass du ein paar Fische kriegst, sagte er zu Jack, während er den Motor stotternd anließ. Und erschieß mir um Gottes willen niemand.

Dann legte er den Gang ein, und wir holperten über einen umgestürzten Baumstamm und einen Feldweg entlang, der zur Hauptstraße führte. Alles Wald, steiniger Boden und Kiefern, das Tal, eingekeilt zwischen den Purcells im Westen und den Rockies im Osten, und '69 sah man an diesen Berghängen noch keinen Kahlschlag. Auf die meisten Gipfel konnte man klettern – grausame acht Stunden gegen die Schwerkraft anarbeiten und sich dann mit einem Blick übers ganze Tal ausruhen. Ich habe das ein-, zweimal gemacht; an die Aussicht kommt so schnell nichts ran. Da oben könnte ich ein Zelt aufschlagen und in den roten Morgenstunden froh und glücklich sein, das Tal und seine Städtchen unter mir noch in einem finsteren Schacht. Ich würde meinen Zeichenblock und eine Handvoll Kohlestifte einpacken und dann einfach nur dasitzen und zeichnen. Manchmal würde ich laut von einem Felsvorsprung aus rufen und darauf warten, dass das Echo zu mir zurückfliegt. Warum, kann ich nicht erklären – ich fühlte mich einfach davon angezogen. Cecil würde es auf den Künstler in mir schieben, aber Landschaften haben eine Unverrückbarkeit, eine über alles erhabene Verlässlichkeit, und das Echo ist ihr Kennzeichen. Es braucht Entfernung, damit der Ton zersplittert und sich zerstreut, sich so weit verlangsamt, dass Felsen Stimmscherben aufsammeln und sie wieder zusammenfügen. Es braucht Weite. Ein Echo verweist auf eine tiefe Lebenserfahrung – von Arbeitern. Es geht weg und kehrt wieder, geht weg, kehrt wieder. Wahrscheinlich macht das diese Verlässlichkeit.

Beim Fahren reckte Cecil den Ellbogen aus dem Fenster, hielt das Lenkrad locker mit einer Hand auf zwölf Uhr. Er trug eine blaue Baseballkappe, an der Krempe ein Haufen Kletten, unter der grauen Weste ein kariertes T-Shirt. Er hatte einige Runzeln um die Augen, und sein Mund verzog sich gerne grimmig nach unten, aber seltener, als man erwartet hätte. Keine weiter auffälligen Narben, nur ein paar Funkenbrandflecken am Kinn. Er sah aus wie ein Highschool-Turnlehrer.

Ich mag die Landschaft hier, sagte ich.

Schön, nach draußen zu können. Ich war eine Weile in London –

da war's, als wäre man ständig drinnen. Ich weiß nicht, wie Städter das aushalten.

Andere Werte. Meine Frau war so eine.

Und sie ist nicht da.

Gott sei Dank.

Cecil schielte mich mit einem Auge an, und an seiner Wange zuckte es, er lächelte. Hier findet man keine Städter, sagte er. Die jagen wir aus dem Dorf.

Und macht bestimmt einen Sport daraus.

Wir zählen sogar mit.

Die Straße wand sich durch eine Lücke in einer Canyonwand, wo der Fels lehmfarben war und hoch genug, um die Morgensonne auszusperren. Auf der anderen Seite rollten wir durch ein Touristendorf namens Radium, das um natürliche heiße Quellen herum erbaut war. Auf der Hauptstraße gab es einen Schnapsladen und ein halbes Dutzend Hotels, vor jedem leuchtete das Zimmer-frei-Schild. Dahinter schlängelte sich die Straße am Rand einer Schlucht entlang, die sich bis zum Horizont erstreckte. Von uns aus konnte ich einen See und kleine Gruppen von Häusern sehen, die das Ufer sprenkelten, und in der Ferne schwefligen Lichterschein – Laternen, Hausboote, Trucker, die schon in den ersten Stunden des Tages richtig Strecke machten.

Das könnte ich zeichnen, sagte ich.

Zeichnen?

Bewahrt mich vor Ärger.

Besser als meine Hobbys, sagte Cecil.

Hab früher Menschen gezeichnet. Das hat mir ein-, zweimal Ärger eingebracht.

Früher?

Nach meinem letzten Einsatz, ich habe es da nicht mehr ausgehalten.

Cecil sah zu mir her. Ich weiß nicht, was ich von dem Krieg halten soll, sagte er.

Das weiß keiner von uns, sagte ich und starrte auf die Schlucht hinaus. Aber eins sag ich dir: Da werden unsere Jungs erschossen.

Genau wie damals bei den Nazis.

Die hatten es wenigstens verdient.

Warst du in der Normandie?

Zehn Jahre zu jung, sagte ich und tätschelte meinen Arm, die Narbe, die dort verborgen war. Die haben uns bombardiert, die eigenen verdammten Leute.

Eigenbeschuss ist übel.

Da musst du dich vorsehen. Die schießen dich in den Rücken, absichtlich oder nicht.

Haben wahrscheinlich keine Ahnung, was sie da gerade tun.

Tunnelblick, erwiderte ich. So ist der Mensch.

Cecil wohnte in einem dicht mit Bäumen bestandenen Teil der Stadt, einen steilen Berg hinab und so nahe am Strand, dass er behaupten konnte, er könne vom Bad aus, im ersten Stock, das Wasser sehen. Die Straße bestand aus Schotter und Erde, und jahrelang zeterte Cecil über die Straßensteuern, von denen er nie einen Cent sah. Nicht mal neuen Schotter, sagte er oft. Die Reifen des Pick-up ließen Steine aufspritzen und knallten Kiesel gegen den Unterboden. Auf der Straße, am Rand und in den anliegenden Gärten liefen Jungs Amok, Spielzeugpistolen in der Hand, schrien *Peng* und *Hab dich am Arm* und duckten sich manchmal hinter Baumstümpfen oder alten Autos oder in dem Knöterich, der wild in den Gräben wuchs. Als wir an ihnen vorbeifuhren, hupte Cecil mehrmals kurz, damit sie aus dem Weg gingen. Sie winkten und standen am Straßenrand wie in Grundstellung, und Cecil nickte, zwinkerte und salutierte mehr als einmal.

Sein Haus war klein und hatte einen armeegrünen Anbau, den der farbenblinde Cecil als grau bezeichnete. Er parkte neben einer Stützwand aus Hohlbeton, die durch die Erde dahinter gefährlich nach vorne gedrückt wurde. Am anderen Ende des Carport war ein

Stapel gehacktes Holz, dunkel von Nässe. Der Rasen war bis auf ein paar pissbraune Stellen, für die er die Nachbarhunde verantwortlich machte, grün. Wir stiegen ein paar Betonstufen zur Haustür hoch, wo er die Stiefel über einer Willkommen-Matte aneinanderschlug, den Türknauf probierte, der sich als unverschlossen erwies, und hineinging.

Nora?, rief er beim Eintreten. Bist du da?

In der Küche.

Kannst du Kaffee aufsetzen?, sagte er und drehte sich achselzuckend zu mir um, als wollte er fragen, ob er noch was anderes hätte sagen sollen. Ich hab jemand mitgebracht.

Eine Pause entstand, dann Schritte auf dem Linoleum, und seine Verlobte – Nora Miller – bog um die Ecke. Sie hatte dunkelrote Haare, die ihr Gesicht einrahmten und bis zum Kinn reichten, eine kleine Nase, die an der Spitze aufwärts zeigte, große Augen mit Brauen, die immer kurz davor schienen, sich ungläubig zu heben. Sie sah mich kurz an und dann Cecil, ihre Nase kräuselte sich – hoffentlich nicht, weil ich so schlimm roch, aber das werde ich wohl nie erfahren –, dann streckte sie ihre kleine Hand nach Cecils Gesicht aus. Sie fasste ihn am Kinn, drehte seinen Kopf zur Seite und begutachtete die Kratzspuren am Kiefer.

Da ist wohl was gelaufen, sagte sie.

Das ist Archer, sagte Cecil. Archer, meine Verlobte, Nora.

Hallo, sagte ich.

Freut mich, dich kennenzulernen.

Archer muss mal duschen, sagte Cecil.

Allerdings.

Ich erklär's dir gleich.

Nora grinste: ein breites, authentisches, reizendes Grinsen, das ihre Backenzähne zeigte. Ich habe schon immer gedacht, dass das hübscheste Grinsen eins ist, bei dem man die meisten Zähne sieht.

Ja, sicher. Aber jetzt bringen wir erst mal Archer unter die Dusche, sagte sie, dann zu mir: Wir geben dir auch ein paar von Cecils alten Sachen. Die da – die sind wohl nicht mehr zu retten.

Sie suchten mir eine ausgebleichte Jeans raus und ein schlichtes marineblaues T-Shirt, das mit einem ernsten Smokey der Bär bedruckt war. Cecil gab mir einen Wegwerfrasierer und ein Stück Seife, das war's. Ich stellte mich unter das heiße Wasser, sog den Dampf ein und hatte das Gefühl, ich könnte mir den Dreck von den Armen mit einem Spachtel abschaben. In meinem zernarbten Arm, in der runzligen Haut überm Bizeps pochte es heiß, aber das ist immer so – Muskelgedächtnis oder so was. Es erschien mir unfair, dass erst ich mich waschen konnte und nicht meine Tochter, die in der Hütte mit Jack festsaß. Die Seife biss in den Hautabschürfungen, und ich betastete die Wunden, inspizierte die Falte und Cecils Werk. Makellos war es nicht, da würde ich lügen, aber wenn ich ehrlich bin, war es mir nicht wichtig.

Ich trat fast als anderer Mann aus der Dusche. Sogar mein Bein fühlte sich ganz okay an, aber das war wohl eine Kopfsache – nach dem Duschen geht's mir immer besser. Ich ging mit dem Bündel abgerissener Klamotten in die Küche, wo Nora mit dem Rücken zu mir an der Spüle stand. Sie hantierte an einem zerlegten Wasserhahn. Ich räusperte mich, worauf sie den Kopf zur Seite drehte, gerade so weit, dass sie mich sehen konnte. Schmeiß sie einfach da rein, sagte sie und zeigte mit einer Hand, die in einem Gummihandschuh steckte, auf einen Mülleimer in der Ecke.

Ich tat es und setzte mich an den Tisch.

Danke für die Klamotten.

Sie zog den Stöpsel aus dem Ausguss, worauf das Wasser gurgelnd ablief. Cecil ist in die Stadt zum Arzt, sagte sie und zog die Gummihandschuhe aus. An einem Ohr hingen ein paar Blasen Spülwasser, aber ich sagte nichts. Sie verschränkte die Arme unter den Brüsten und lehnte sich in die Ecke, in der sich die Arbeitsflächen trafen. Du bist in einer blöden Lage.

Glaub ich auch.

Wehrdienstverweigerer sind eine Sache. Die Regierung amnestiert sie.

Ich bin aber kein Wehrdienstverweigerer.

Das meine ich ja, sagte Nora. Mit dem kleinen Finger angelte sie eine Haarsträhne aus den Augen und steckte sie sich hinters Ohr. Sie hatte hübsche Ohren. Und deine Tochter. Wir können ja sagen, dass du Cecils Freund aus der Armee bist und deine Frau dich ohne Kohle sitzengelassen hat.

Ist gar nicht so falsch.

Der letzte Teil war Cecils Idee.

Hab ich mir schon gedacht.

Ihr Armeekerle, meinte sie und strich an mir vorbei aus der Küche, und ich roch die Luft, die hinter ihr herzog – ein Duft nach Grapefruit-Spülmittel, nach warmem Brot wie von jemand, der den ganzen Tag gebacken hatte, und noch was anderem: ein härterer Geruch, wie freie Natur, wie Axtkeile, gehacktes Holz, Kaminrauch und große Veränderungen, die nicht mehr weit waren.

ZWEI

Die Menschen würden ein ruhiges Leben führen,
würden die beiden Wörter mein und dein entfernt.

Anaxagoras

GRAMPS' SCHUHKARTON war nicht weiter als eine Armlänge weg, und ich rief meine Freundin an. Der typische Mann schwenkt, glaube ich, vor seiner Freundin oder Frau – oder Mutter, falls das die einzige Frau ist, die ihm bleibt – die weiße Fahne, wenn er gefühlsmäßig in der Scheiße sitzt. Das ist so ein Urding, nicht anders als menschliches Unbehagen gegenüber Schlangen und Spinnentieren oder unsere generelle Abneigung gegen anderer Leute Füße. Männer, die sich primär Männern anvertrauen oder ihnen trauen, haben das als Fertigkeit gelernt; so wie der Instinkt uns veranlasst, einen Nagel aus dem Fuß zu ziehen, lässt er uns auch unser Leid bei den Frauen in unserem Leben bejammern.

An jenem Abend nahm meine Freundin nicht ab, und ich lag im Bett und zählte alle Typen auf, die ich kannte, den Kerl mit der dreieckigen Schädeldecke, der die Unikurse leitete, oder den Gymnastiklehrer, der eine ganze Stunde lang mit waagerecht ausgestreckten Armen stehen konnte, die Brust geschwollen wie ein Ghostbuster. Ich stellte mir vor, dass ich Darby eines Tages bei denen in den Armen finden würde. Die Fensterscheibe in meinem Schlafzimmer war, da meine Kumpel sie mal mit einer propanbetriebenen Kartoffelkanone beschossen hatten, gesprungen wie ein Spinnennetz. Durch die Scheibe fiel fossiles Licht auf die gegenüberliegende Wand, wo meine bescheidene Sammlung Auszeichnungen hing – zumeist Orden für hervorragende Schießleistungen, aber auch eine Urkunde für den ersten Preis in einem Zeichenwettbewerb in der Achten (ich hatte eine schwierige Tangente hinbekommen), eine Preisuhr in der Form des Staates Montana sowie eine messinggelbe Labatt-Bierdose, die ich als Teil einer Fassfüllertruppe, von Gramps zur Ehrung von Sam Steele auf die Beine gestellt, gewonnen hatte. Ich glaube, das Team nannte sich The Impressionable Lads.

Das Schnurlose klingelte an meinem Ohr, und die Mailbox meiner Freundin sprang an. Sie haben Darby erreicht, säuselte sie, viel zu fröhlich. Ich horchte auf meinen Atem und mahlte mit dem Kiefer. Zum ersten Mal seit Jahren spürte ich meine Kleinstadtwurzeln, dass ich dort, in Invermere, bleiben könnte, bei Gramps Schweißunterricht nehmen, meine Tage damit verbringen könnte, von sieben bis drei Sachen zusammenzukloppen und dann von zehn bis eins an der Bar mit Mädchen zu hocken, die ich noch von der Highschool kannte, damals aber nie angemacht hatte, und ihnen Drinks auszugeben.

Invermere ist eine Stadt, in der die Söhne nach dem Vater kommen und die Teenies mit ihren hochgelegten Pick-ups Sprünge von Bahngleisen machen. Die Winter sind kalt, und bei plötzlichen Wärmeeinbrüchen schmilzt der ganze Schnee, und die Schneemänner in den Vorgärten sind halb getaut und haben Horrormäuler wie Ausgeburten aus dem siebten Kreis von Dantes Inferno. Stromleitungen hängen unter der Schneelast durch und verderben den Blick auf die Berge. Rednecks brettern mit ihren Schneemobilen über den zugefrorenen See. Im Sommer verbrennen Teenager in den Kiesgruben Paletten und schlürfen selbstgebrautes Bier mit Holzether drin, und mindestens ein Trinkernovize wird blind von dem Zeug. Fahrzeuge hupen freundlich Jugendliche an, die sich auf der Straße herumtreiben, und die schieben einander zu Durchgängen und Pfaden, die sie durch fremde Gärten getrampelt haben. Häuser hocken gemütlich auf ihren Grundstücken. Immobilien werden von ihren Eigentümern verkauft. Die Bäume werfen in der Dämmerung lange Schatten, und Hunde springen an Zäunen hoch, testen die Belastbarkeit ihrer Kette.

Als ich heranwuchs, hatte ich bloß eine Handvoll Freunde, die meisten sind jetzt entweder tot oder verheiratet – Will Crease und Mike Twigg, Brad Branson, der eines Sommers nach einem verheerenden Streit mit seinem Alten verschwand, Joe Brooks, andere, die für eine gewisse Zeit zu unserer Gruppe stießen. In jenen Tagen wurde ein Junge danach beurteilt, wie schnell er rennen und über einen Nachbarzaun klettern konnte. Unser Garten war von einem Palisadenzaun umschlossen, eins achtzig hoch, und ich konnte die Latten überspringen, dabei wild die Beine darüber schleudern und sofort nach der Landung mit einem Sprint verschwinden. Eltern behielten mich und ihren Zaun misstrauisch im Blick. Eine Nachbarin, eine Witwe mit waagerecht verlaufenden Falten, hatte einen bohnenförmigen Pool, und sie zog an dem Teil des Zauns, der ins Wasser abfiel, mit Klebeband eine rote Warnlinie. Ein übellauniger Typ aus Calgary, dem später bei einem Loop-the-Lake-Marathon die Leber versagte, scheuchte mich mit einem Montierhebel von seinem Grundstück, nachdem ich seinen Carport über einen peitschenförmigen Baum und mittels eines Stunts aus Indiana Jones bestiegen hatte. Meine ganze Jugend hindurch klopften nicht selten Nachbarn bei uns an, worauf Gramps sie hereinbat und sie dann am Küchentisch saßen, Kaffee tranken und sich in einem Gemurmel unterhielten, das nicht für meine Ohren bestimmt war.

Nie hatte ich über diese Dinge mit Bedauern nachgedacht, aber jetzt war da der Inhalt von Gramps' Schuhkarton, und mein abwesender Dad belastete mich wie die Doktorarbeit, und so überlegte ich, ob die nachbarliche Überwachung meiner Jugendzeit übliche Vorsicht oder etwas Persönlicheres war, das Ergebnis einer Familienzugehörigkeit, um die ich mich nie gekümmert hatte. An einem Ort wie Invermere wird die Geschichte nicht leicht bestattet.

Unser Haus hatte zwei Stockwerke und eine Verkleidung, die nach Gelbsucht aussah. Hinten im Garten reckten sich ungefähr acht Fichten himmelwärts, die Stämme kräftig – Bäume, von denen man seine

Katze retten konnte. Vor langer Zeit hatte Gramps seine eigene Feuerstelle gegraben, und abends lag er in einem Liegestuhl und starrte, das feuchte Erdreich unter sich, einfach bloß in die Bäume und auf die Berggipfel, die er zwischen den Ästen und anderer Leute Häuser sehen konnte. Wohl die Ehrfurcht eines Präriejungen. Ein Vorbesitzer hatte mitten im Garten ein PVC-Rohr, dick wie mein Unterarm, vertikal bis zur Öffnung eingegraben, und Gramps glaubte, das Rohr wäre ein aufgegebenes geothermisches Projekt, ein Relikt des Fimmels, der um 1970 das Tal erfasste und in dem es um die Nutzung von erwärmtem Grundwasser ging. In einem Sommer rettete mein Dad einen schnapsglasgroßen Vogel aus der Tiefe dieses Rohrs, indem er dem Tier nach und nach Sand auf den Kopf schüttete. Ich habe wenig Erinnerungen an meinen Vater – flüchtige Bilder eines Gesichts mit Schnurrbart, eines Mannes, der Fußbälle durch einen aufgehängten Reifen schleuderte, ein gewisser Geruch von Karbid und Stahl vielleicht, obwohl Gramps immer wie ein Motor roch und ich Jack West nur aus seinen Geschichten kenne.

Mein Dad verschwand, als ich ein Jahr alt war. In meiner letzten Erinnerung an ihn – falls es denn meine Erinnerung ist – betrachteten wir beide ein brennendes Haus auf der anderen Straßenseite. Eine Hand lag fest auf meiner kleinen Schulter. Vermutlich hatten wir Gramps als Feuerwehrmann beobachtet – wie der alte Kerl mit einem Wasserschlauch rang, und die Leute, die er um sich tretend aus den Flammen gezogen haben mochte. Es war wohl nicht das einzige Feuer, das Gramps an seine Grenzen gebracht hat, aber manchmal redet er davon, wenn er trinkt. Er fand es schlimm, wie nahe es an unserem Haus war. *Wenn der Wind schlecht gestanden hätte,* sagte er immer kopfschüttelnd. Die ganze Zeit, während ich das brennende Haus betrachtete, hatte mein Vater seine rauchige Hand auf meiner Schulter, nicht so fest, dass es wehtat, aber doch so, dass ich nicht weglaufen konnte. Wahrscheinlich zeigte er auf Sachen: *Feuerwehrauto, Grandpa, Hydrant.* Wenn man Gramps glauben kann, war Jack in dem

Jahr, in dem er noch da war, ein ganz ordentlicher Vater. In dieser Erinnerung müsste mein Vater etwas über zwanzig gewesen sein.

Und dann war er weg, so wie meine Mom vor ihm, und Gramps erzählte mir niemals etwas darüber. Vor Jahren fand ich in der Garage eine Bleistiftzeichnung von meiner Mom, sie lag in einer stahlgefassten Kiste in einem unerklärlichen Stapel Kohlezeichnungen von Landschaften. Gramps sagte, er bewahre sie für einen Freund auf. Die Zeichnung – ich habe sie behalten – zeigt meine Mom, wie sie in einem knielangen Rock auf einem entwurzelten Baumstamm balanciert, die Ärmel ihrer Bluse am Ellbogen abgeschnitten. Bei ihr: ein Hund, der Puck vor dem Unfall mit der Falle ähnelt. Auf der Zeichnung muss sie siebzehn gewesen sein, jünger – Haare auf den Schultern drapiert, eine übertriebene Sommersprosse, die der Künstler ihr mit weicherer, vollerer Kohle unters linke Auge getupft hat. Darunter stand *Linnea – '72*, und in einer Ecke waren die Initialen *A.C.* gemalt.

Ich habe mich ein paarmal nach meinen Eltern erkundigt: In der Zweiten, als ich für ein Vatertagsprojekt wissen musste, ob er eher Jäger, Golfer oder Fischer war. Dann, als Gramps und ich in dem Winter, als ich zehn war, zu einem Besuch eines kranken Kumpels das Wüstland Yukon durchfuhren, und am Beginn meiner Teenager-Zeit, als ich alles hasste und Gramps bloß sagte, ich solle die Klappe halten und Hundescheiße sammeln gehen. Da gibt's nicht viel zu erzählen, grummelte er, oder er drückte mit den Daumen auf seine Eckzähne – ein nervöser Tick, glaube ich – und sagte, ist doch egal, sie hätten sich eben verpisst, und er habe getan, was er konnte, und ob das nicht genüge?

Der andere Brand, der, in dem Gramps fast umgekommen wäre, geschah kurz vor meinem elften Schuljahr. Da war er der einzige Feuerwehrmann im Dienst, und er war allein losgezogen, um einer Meldung nachzugehen, derzufolge aus den oberen Fenstern eines noch nicht fertigen Fachwerkhauses Rauch quoll. Das Haus hatte eine Terrasse mit Blick auf den riesigen See und eine Schamottsteinheizung, doch diese Heizung war nicht der Übeltäter: Sie fanden Spuren von Lack – Brandbeschleuniger – und bezichtigten die Maler, Öllappen in eine Mülltonne geworfen zu haben. Gramps warf einen kurzen Blick in den ersten Stock, ob Leute dort waren, als er Feuerzungen sah, die an der Decke leckten, und pechschwarzen Rauch, der sich wie Dreck um die Möbel herum verdickte – für Feuerwehrleute offenbar Zeichen, dass gleich was richtig Schlimmes passiert. Er nahm den nächsten Ausgang – das Schlafzimmerfenster –, und nach der Landung musste er mit gebrochenem Schulterblatt und einem Bein, das an der Hüfte wie ein Gartenschlauch abgeknickt war, ins Krankenhaus. Er beschrieb einen Brand, der nach Schwefel stank, der die umliegenden Häuser beryllfarben erhellte und der so intensiv und laut war, dass er die Flammen, als er sich durch Ruß und Kalzit krallte, richtiggehend wie ein Atmen am Ohr spürte.

Ich erfuhr von seiner Verletzung erst am nächsten Tag, und als ich ins Krankenhaus kam, war ein anderer Mann bei ihm am Bett, ein breitschultriger Kerl mit hageren Wangen und grauen Borstenhaaren. Er war unrasiert, hielt sich die Stirn mit Daumen und Zeigefinger und hatte einen bräunlichen Schnauzbart, das dicke Barthaar frisch geschnitten wie Stroh. Seine Kleidung war von einem unauffälligen Grün, khakifarbene Hose, eine Wolljacke und Gore-Tex-Stiefel. Bei meinem Eintreten richtete er sich auf, gab Gramps einen Klaps aufs gesunde Bein – eine einzige, glatte Bewegung, worauf der alte Mann gurgelte, aber nicht erwachte.

Die haben ihn auf starke Schmerzmittel gesetzt, sagte der Mann zu mir, während er sich aus dem Stuhl faltete. Er hielt den Blick auf Gramps gerichtet und wischte sich die Schenkel ab, als wäre er gerade von einem Sturz aufgestanden. Dann hielt er mir mit einem halben, schwungvollen Dreh die Hand hin, sodass ich auf einen Handteller, gefurcht wie eine Tundra, blicken konnte. Ich bin Archer, sagte er.

Ich drückte ihm die Hand, spürte die Härte seines Griffs, die zähe Haut innen am Daumen, wie bei mir. Ich sagte ihm, wer ich war, und so standen wir beieinander und warteten darauf, dass Gramps von Verletzungen aufwachte, die er nie hätte erleiden sollen. Für so einen Sprung und so eine Arbeit war Gramps zu alt, schon vor zwölf Jahren, aber damals fehlte ihm noch jene unaussprechliche Eigenschaft, wegen der ich ihn als alten Mann bezeichnen konnte. Eine Art Sturheit, aber nicht nur – vielleicht eine Einsicht in Beschränkung, die er dann bewusst testete.

Archer biss sich auf die Lippe und ließ sich auf den Stuhl nieder. Ich bin sein Notkontakt, sagte er nach einer Weile.

Du bist das?

Seine Wange zuckte am Mundwinkel, genug, um die Zähne zu entblößen. Es mochte ein Lächeln gewesen sein.

Ja. Jahrzehntelang Stille, und dann kommt ein Anruf. Ist dir schon mal aufgefallen, wie Leute deinen Namen sagen, bevor sie einem was Schlimmes erzählen?

Mr. West, sagte ich, Bariton, rau.

Archer lächelte tatsächlich. Genau so, sagte er.

Wir verfielen in das Schweigen, das eintritt, wenn einem der lockere Gesprächsstoff ausgegangen ist, und damals war ich in Smalltalk noch nicht so versiert. Eine hübsche Schwester mit Haaren, die sich hinter den Ohren ringelten, schaute rein und tat, was hübsche Schwestern eben so tun. Als sie wieder ging, sahen Archer und ich uns an und hoben die Brauen, als wollten wir sagen: Na?

Woher kennst du Gramps?, sagte ich.

Er hat mir geholfen, mich im Tal niederzulassen.

Wann war das?

Archer kratzte sich mit dem Daumen über dem Kiefer. Weiß nicht, sagte er. So dreißig Jahre her.

Dann musst du ja meinen Dad gekannt haben.

Er brummte oder schnaubte und zog kurz heftig den Bauch ein. Yup, sagte er, mit Betonung auf dem p.

Und meine Mom.

Er nickte.

Ich weiß nicht viel über sie, sagte ich.

Ist kein großes Rätsel, falls du dich das fragst.

Ich frag ja auch nur.

Er schaute zur Seite auf Gramps.

Dein Dad hat ein paar blöde Entscheidungen gefällt.

Und meine Mom?

Hat's wohl kommen sehen. Es steht mir eigentlich nicht zu, darüber zu sprechen.

Archer sog tief die Luft ein, bis in den Bauch. Ich dachte, entweder er oder ich würden gleich loslegen oder er würde mir mehr erzählen, stattdessen aber stieß er die Luft wieder aus und nahm abermals diese schlaffe, gebeugte Haltung auf dem Stuhl ein, während die Luft ihm durch die Nase zischte. Schließlich wurde Gramps wach. Er kniff die Augen gegen das Licht zusammen und ließ den Blick durchs Zimmer schweifen. Er rappelte sich hoch, bis er aufrecht saß, dann bemerkte er Archer auf dem Stuhl an seinem Bett.

Jetzt ist es offiziell, sagte Gramps gar nicht ungläubig. Ich bin in der Hölle.

Sozusagen.

Was machst du denn hier?

Du hast dich fast umgebracht, also bin ich bei deiner Rettung dabei.

Sieht dir gar nicht ähnlich, sagte Gramps, und er lächelte nicht.

Archer drückte die Zunge in den Raum zwischen Zähnen und Lippe.

Wahrscheinlich.

Gramps wandte sich ab. Archer stand auf, zog am Jackensaum wie einer in meinem Alter, der nicht wusste, wohin mit den Händen. Er sah mich an, dann Gramps, die Tür, rieb sich die Hände. Redest du auch mal mit Jack?, sagte er.

Das liegt bei ihm.

Bin mir da nicht sicher, Cecil.

Gramps biss sich auf die Lippe, so fest, dass die Haut weiß wurde. Was weißt du schon über seine Familie, zischte er.

Archer fuhr sich mit den Fingern durch die kurzen Haare.

Ich dachte, wir sind vielleicht alt genug, um drüber wegzukommen.

Gramps starrte unverwandt aufs Bettzeug. Da fehlen noch etliche Jährchen.

Archer regte sich nicht. Seine Finger zupften Fussel vom Saum seiner Wolljacke, und ich sah lose Fäden, wo der Stoff dünn geworden war. War nett, dich kennenzulernen, Alan, sagte er, tippte an die Schläfe und ging zur Tür raus.

Gramps?, sagte ich, nachdem Archer verschwunden war.

Geh nach Hause.

Wer ist der Typ?

Bist du blöd?, sagte er und drehte sich um, damit er mich ansehen konnte. Jetzt geh endlich nach Hause.

Ich war sechzehn und hatte nicht vor, einzuknicken, doch bevor ich ihn beschimpfen konnte, senkte er den Blick auf die Decke, das Kinn auf die Brust. Zu traurig, um ihn auch nur anzuschauen, ganz zu schweigen, mit ihm zu streiten – wie ein Hund, der es aufgegeben hat, das Stöckchen zu holen. Also tat ich das Einzige, was mir blieb: Ich überließ ihn seiner Einsamkeit.

Am Morgen nach Gramps' Herzinfarkt erwachte ich von der Katze, die vor meinem Schlafzimmer maunzte. Es war sechs Uhr sechsundfünfzig, und über den Himmel vorm Fenster jagten merlotrote Wolken. Unten Pucks tapsige Schritte auf dem Küchenlaminat, rat-tam, rat-tam. Mein Fenster schimmerte vom Tau, und draußen glänzten Gras und Asphalt vom Raureif. Gegenüber rupften Rehe Holzäpfel vom Baum eines Nachbarn, darunter ein wackliger Zweiender, und während ich den Tieren zusah, spürte ich ein Zucken in meinem Zielauge, die unverwechselbare Stille, die eintritt, wenn man ganz ausgeatmet hat und die einzige Regung in der Brust das tatterige Herz ist. Nicht dass ich jemals der große Jäger war – vermutlich der Bambi-Effekt –, aber ich mag das Gewicht einer Flinte, und zwar nicht nur seine physische Masse. Ich mag das Gewicht einer Flinte. Im Badezimmerspiegel sah ich, dass ich auf dem Schnurlosen geschlafen hatte und dass seine Tasten auf der Haut über dem Brustmuskel einen Abdruck hinterlassen hatten. Eine lächerliche Sekunde lang dachte ich, als Tattoo wäre das gar nicht schlecht.

Danach leerte ich der Katze ihren Schlonz auf den Teller und ließ Puck raus in den Garten, damit er in seiner Ecke hinter dem Wohnwagen, den Gramps dem Typen abgeluchst hatte, von dem er seinen Pick-up hatte, kacken konnte.

Die Adresse in Gramps' Schuhkarton lenkte mich nach Cranbrook, B. C. – eine Stadt, ungefähr anderthalb Autostunden entfernt. Gramps' Schränke waren voller Pulverkaffee, aber ich entschied mich gegen diesen MNG-beladenen Mist, damit ich nicht auf dem ganzen Weg die Säure rausrülpsen musste. Im Handschuhfach des Ranger lag zwischen Gramps' Bärenspray und einem Imbus-Satz ein Röhrchen Tums, aber ich fand, es gab bessere Möglichkeiten, vor dem Haus meines entfremdeten Vaters vorzufahren, als nach Galle und Kreidearoma wie vom Spielplatz zu stinken. Also nahm ich mir aus dem Obstkorb eine Banane und schlürfte aus einem Highball-Glas Orangensaft, bis Puck sich durch die schwedischen Türen der Veranda zwängte und mir seine Sabberschnauze in die Hand stieß. Ich hatte nie viel von Omen gehalten, aber es war Zeit, dass ich mich in Bewegung setzte.

Ich ließ den Pick-up aus der Einfahrt rollen und weiter die Straße lang, dann wählte ich die hintere Ausfahrt von Wilder Sub. Die Stadt erschien mir fern, weniger hektisch, als man im Sommer erwarten würde, und die Sonne, die eigentlich über mir hätte sein sollen, streute zwischen Telefonmasten, Telefonkabeln und der riesigen Bretzel, die wie ein Kran über der Bäckerei aufragt. Einmal hatte ich mir vorgestellt, mit meiner Freundin durch diese Straßen zu gehen, wenn auch nur, damit sie die Seite von mir versteht, die mit einer Schusswaffe und mit Handschaltung umgehen kann und die mitten in einem Film ungeduldig wird, weil das Toby-Kino – Invermeres Stückchen Hollywood – in allen Filmen eine Pause einlegte, damit die Teenager, die hingingen, um auf seinen plüschigen Zweiersitzen ihre Spucke auszutauschen, groggy aufstehen und ihre Kohle für Popcorn abdrücken konnten. Dem – nicht eigentlich dem Toby, aber diesen Umständen – gebe ich die Schuld für meine Unfähigkeit, Sushi zu essen, meine Weigerung, Hemden mit Kragen zu tragen, außer man zwingt mich, mein stures Beharren darauf, Makkaroni mit einem Holzlöffel aus dem Topf zu essen. Man kann den Jungen aus der Kleinstadt holen, aber nicht die Kleinstadt und so weiter.

Cranbrook liegt hundertdreißig Kilometer von Invermere entfernt. Sehenswürdigkeiten bilden das längste schnurgerade Stück Highway in Westkanada, was sogar die Number 1 schlägt, bis man die Prairies erreicht. Dann gibt's noch einen verdreckten See und eine Zellstoffmühle, von der es im Auto nach Kohl stinkt. Am Bankett sind Rüttelstreifen, die haben mich mehr als einmal aus dem Dopedunst geschüttelt. In einem transzendentalen Augenblick meines Lebens fuhren meine Freunde und ich einmal nach Hause durch den Abendnebel, der voller Gestalten war, die sich wie Zweifüßer bewegten, und auch wenn ich ihm nicht glaube, behauptet mein Freund Mike Twigg bis zum heutigen Tag, er habe einen gartenzwerggroßen Mann gesehen, der unserem Pick-up hinterherrannte. Und bis zum heutigen Tag werde ich bei Nebel nervös. Ich habe auf dem Highway 95 drei Rehe umgemäht und keinmal einen Kadaver gefunden.

Der Highway war schon immer gefährlich hypnotisch. Er ist mein Go-to, mein Ort der Kontemplation. Manche Männer duschen gern, gehen ins Pub oder zelten an einem Berghang; ich fahre gern. In der Metapher des Trans-Canada-Highway liegt eine tiefe, unerforschte Wahrheit – man kann auf ihm dahinfahren, ohne Plan oder Ziel losgefahren sein, bewegt sich aber trotzdem unerbittlich auf ein Ziel zu. Bevor ich Invermere den Rücken kehrte, hatte ich mich von Highschool-Liebeskummer immer mit einer weiten nächtlichen Schleife um den Lake Windermere und über die Westside Road befreit, die alte, ungeteerte Zweispurige, wo Rednecks Dragsterrennen machen und Kids ihre Unschuld verlieren, wo es einen Steilhang wie eine Festung gibt, wo man ein brennendes Auto perfekt entsorgen kann. Aber meistens sausen der verdreckte Highway und der Boden unter einem weg, und am Horizont liegt der mineralische Duft von Regen. Meistens ist genügend Zeit, um sich über manches klar zu werden.

Ich hatte mich eines Morgens, als das Licht von der Sonnenblende überm Hintereingang unserer Souterrainwohnung gleißte, nach Invermere abgesetzt. Darby und ich hatten uns seit den frühen Morgenstunden über den immer gleichen alten Scheiß gestritten, und irgendwann blieb mir nur noch draufzuhauen oder abzuhauen. Ich hängte mir einen Rucksack an einem Riemen über die Schulter, dazu eine Sporttasche mit Klamotten für eine Woche und einer Sammlung übersetzter Herder-Texte, die ich für die Abschlussarbeit brauchte. Ich war auf dem Hof, die Sonne hinter mir wie bei einem Cowboy, und ich trug meine einzige Sommerjacke: eine Windjacke, auf der das Wappen des Trap-Clubs der Uni prangte. Im Trapschießen war ich nie gut – kriegte nie das richtige Timing hin –, trotzdem blieb ich dabei, weil die Trainingszeiten mit Darbys Handballteam zusammenfielen. Nach jedem Training trafen wir uns – ihr ganzer Körper schweißbedeckt, mir schmerzten Schultern und Rücken von den Rückstößen – im großen Saal auf dem Campus und tranken Slush Puppies und spezielle Kaffees mit vielsilbigen Namen. Darby lehnte wie ein Teenager in der offenen Tür. Ihre erdbraunen Haare hingen ihr wirr über die Ohren, und sie war noch im Schlafanzug: karierte Hose und ein gruseliges T-Shirt mit zwei Grizzlys darauf, die an Menschenknochen nagten. In einer Augenbraue steckte ein Silberstift, über den Wangen wunde Stellen, und sie hatte eine athletische Statur – schmale Schultern und straffe Beine, die sie tief in den Torraum schnellen konnten, wenn sie abtauchte, um ein Tor zu schießen. Sie rieb sich mit dem Handballen das Auge, schmatzte mit den Lippen. Ich rückte das Gewicht des Matchsacks auf der Schulter zurecht.

Du musst doch nicht weg, meinte sie. Meinst du wirklich, du musst gehen?

Statt was, noch mehr Psychospielchen?

Glaubst du denn, in Invermere geht's dir besser?

Da ist Gramps.

Sie schnippte sich eine Wollmaus vom Handgelenk – wegwerfend.

Bei ihm muss ich nicht die ganze Nacht wachbleiben und grübeln, wen er wohl vögelt, sagte ich.

Darby machte ein Krächzgeräusch und drückte die Stirn an den Türrahmen. Mit dem Daumennagel kratzte sie sich eine Träne von der Wange. Darüber war ich froh, froh, dass sie wenigstens jetzt einen Funken Gefühl zeigte. Jemand hat mir mal gesagt, dass man bloß wegen Sachen weint, die einem wichtig sind.

Rufst du mich an, wenn du dort bist?

Klar.

Es tut mir leid, Alan.

Ich komm wieder.

Bestimmt?, fragte sie.

Ich sagte nicht: Ich weiß es nicht.

Am Abend davor hatte ich an meinem Schreibtisch in unserem Schlafzimmer gesessen, das Haus bis auf das Blau meines Laptop dunkel. Ich hatte eine Sammlung leerer Bierflaschen auf dem krakeligen Ausdruck meiner Abschlussarbeit aufgebaut. Ich hatte mir eine Leselampe an die Stirn gebunden wie ein Bergmann, damit ich im Dunkeln lesen konnte. Als Darby durch die Schiebetür trat, drehte ich den Blick zu ihr hin, worauf das phosphoreszierende LED sie mit einem unheimlichen Kobaltschein erhellte, den ich schon lange mit den vierfingrigen Aliens in Science-Fiction assoziiere. Ihre Haare hingen in Kringeln herab, die ihr den Kragen nass machten, und ihr Sport-

BH bildete eine sichtbare Beule unterm feuchten Hemd. In letzter Zeit duschte sie schon in der Schule, hatte dort einen Spind mit den Toilettensachen, die früher in unserem Badezimmer die Ecken vollstellten – vorbei die Tage, als ich noch lange wach lag, damit wir beide zusammen duschen und danach zusammensinken konnten. Es war morgens zwei siebenundvierzig, und ehrlich, mir soll mal einer eine Handballmannschaft nennen, die noch so spät nachts trainieren will.

Darby tänzelte ins Schlafzimmer, gerade langsam genug, um mich auf die Wange zu küssen. Sie roch nach Seife und Muskeln und ganz leicht nach Wodka, oder ich bildete mir das ein. Um die Zeit war das schwer zu sagen. Sie tippte auf den Bildschirm und murmelte, ich solle mit der Arbeit vorankommen. Auf dem Laptop hatte ich den Titel der Arbeit, in Fett, zu *Sprache und der Bestand der Dinge* geändert, weiter war ich in einer Woche nicht gekommen. Darby stellte ihre Sportsachen auf den Korbstuhl beim Fernseher und ließ sich, mit dem Rücken zum Hahn, einen Arm in die Hüfte gestemmt, ein Glas Wasser einlaufen. Sie trug Jeans und ein burgunderrotes Top, das einen BH-Träger freigab. Sie reicht mir bis zur Luftröhre, aber sie ist zäh – einmal brach sie mir mit ihrem Schädel drei Rippen, als sie ironmanmäßig einen Schlittenhang runterschoss. Sie hat eine kompakte Nase, die sich am Ende abwärts dreht, eine Delle überm Auge, knapp über der Braue, da ist sie als Kleinkind mal gegen eine Besteckschublade geknallt. Ihre Lippen sind schmal, aber ihr Lächeln legt die Backenzähne frei. Vor ein paar Jahren hat ein Zahnarzt ihr die Kronen der Weisheitszähne ruiniert, und im Ruhezustand strebt ihr Kiefer unmerklich nach rechts.

Darby riss die Kühlschranktür weit auf und warf die Haare über die Schulter. Willst du eine Pizza bestellen?, sagte sie.

Ich konnte mich nicht mehr erinnern, wann sie in meiner Gegenwart zuletzt so energiegeladen war. Wochen davor hatte ich ihre allgemeine Unzufriedenheit geahnt, als sie, wenn sie mit Kochen dran war, ausschließlich Huhn machte – wir kochten abwechselnd, und ich hasse Huhn. Wir sind oder vielleicht waren ein passiv-aggressives Paar: Sie mahlte Gewürze in der Kaffeemühle, damit mein Kaffee nach Nelken schmeckte; ich ließ manchmal ihre Lieblingsblusen bei der Wäsche einfach weg.

Pizza?, sagte sie noch einmal. Und danach ein Bier, mach mal Pause von der Arbeit.

Ich zuckte bloß die Achseln. Sie verdrehte die Augen, spielerisch, und tänzelte Richtung Schlafzimmer. Ihre Bluse fiel im Flur auf den Teppich, leere Arme ausgebreitet wie eine Einladung. Sie war wie die Frau, die ich mal auf dem Dach eines Bahnwaggons, auf einem Abstellgleis in Aldershot, auf eine Vinyl-Windjacke legte und es mit ihr machte. Sie war wie die Frau, mit der ich Jahre davor mal was hatte, die Frau, mit der ich Uni-Völkerball spielte, nur damit ich sehen konnte, wie sie horizontal fiel und glanzlos auf dem Hartholz landete, um Würfen auszuweichen. Nach dem Training war ihr Körper übersät mit Prellungen – Hüften, Rippen, Schultern, Knie –, und wenn ich diese violetten Stellen berührte, zog sie die Nase kraus und biss mich in die weiche Haut am Ohr.

Ich hatte schon eine Weile getrunken. Vielleicht suchte ich ja Streit.

Wie viele von euch trainieren denn noch so spät?, sagte ich.

Vier oder fünf. Sind vor allem Verteidigungsübungen.

Die Bettfedern ächzten. Die Nachttischlampe klickte an, und ihr energiesparendes Neonlicht fiel auf die getupfte Wand.

Wer war da?

Weißt du doch.

Wie war die Handarbeit?

Ich hörte, wie sie die oberste Schublade mit ihren Schlafanzügen aufriss. Der Witz ist alt, sagte sie.

Vielleicht war es auch gar kein Witz.

Wenn Darby nicht gerade mit Handball beschäftigt ist, studiert sie Fotografie, und sie hat die Angewohnheit, wenn sie sich ärgert, mit einem Auge zu flattern, wie wenn sie durch den Sucher einer Kamera guckt. Ich kann mir vorstellen, wie sie das gerade macht, ihren abgetragenen Touristenpyjama halb überm Kopf, die Brüste ohne BH und gegen den Stoff gedrückt. Sie kam, die Haare offen, das weite Hemd über den Ellbogen hängend, ins Wohnzimmer, verschränkte die Arme und setzte sich seitlich auf einen Küchenstuhl.

Manchmal frage ich mich, ob du noch was empfindest, sagte sie. Immer machst du dich nur über mich lustig.

Keine Handballmannschaft trainiert so spät.

Das ist eine ziemlich allgemeine Feststellung, sagte Darby.

Du duschst sogar dort. Wir duschen gar nicht mehr.

Herrgott, sagte sie und war schon zur Dusche unterwegs, bevor ich reagieren konnte. Sie schmiss das Touristenhemd gegen die Wand, es landete in den Armen des anderen. Ich sah ihre Haut, die Krümmung ihres Rückgrats. Sie stieg in die Wanne. Die Haken des Duschvorhangs reihten sich an der Stange, und ich stand von meinem Computerstuhl auf. Auf den beschlagenen Spiegel hatte Darby geschrieben: *Zieh deine verdammten Sachen aus,* aber die Buchstaben flossen ineinander, sodass es aussah wie Zieh deine verdammten Schuhe aus. Ich trat hinter ihr in die Dusche. Sie hatte Prellungen an Ellbogen, Schienbeinen und Hüften, Stoßstellen, überall wo sie auf das Hartholz geprallt war. Sie rollte die Schultern unter dem heißen Wasser, und die Muskeln am Schlüsselbein spannten sich. Ihre Haare waren nass und braun, und sie wrang sie aus wie einen Putzlappen.

Entschuldige, sagte ich und berührte eine geprellte Stelle an ihren Ellbogen.

Glaubst du mir jetzt?, sagte sie und zog den Vorhang zurück, damit sie aus der Wanne konnte.

Ich blieb unter der Dusche, bis Darby das Bad verließ. Als ich ins Schlafzimmer ging, lag sie unter unserer Steppdecke, deren Bezug mit einem Feuerwehrdalmatiner geschmückt war, wie in einem Kokon. Sie hatte ihn selbst genäht, den Bezug. Ich legte mich, noch feucht, neben sie. Ihre Haare ergossen sich über die Kissen, und vom Bettrand konnte ich die Strähnen mit den Fingerspitzen fassen. Am Schlüsselbein, jede Bluse hätte diese Stelle normalerweise verdeckt, war die Haut wund und rot, nicht wie von einem Sturz aufgeschürft, sondern wie von groben Haaren verkratzt. Wie von Stoppeln?

Ein Lüftchen wehte zum Schlafzimmerfenster herein, es duftete nach gemähtem Gras. Ich legte ihr einen Arm um den Bauch, wo sie eine Wärmflasche liegen hatte. Sie roch nach Zimt oder einem anderen Gewürz – Kardamom vielleicht, wer weiß. Es roch gut. Darby drehte sich auf den Rücken, und einen Augenblick lang war nur ein vertrauter, hauchiger Raum zwischen uns. Wir waren uns wieder nahe, fühlten uns wieder wie Liebende. Sie legte mir die Hand auf die Brust, und ich sah den Schwung ihres Halses und merkte, dass die Wärme nicht von der Wärmflasche abstrahlte, sondern von ihr, und noch während ich über den Stand der Dinge grübelte, legte sich ihre Hand unten in die Höhlung meines Kreuzes, forschend.

Die Adresse von Gramps' Schuhkarton führte mich zu einem neu erschlossenen Ortsteil am Rande von Cranbrook, in der Nähe von weitem, flachem Marschland, das sich bis zu den Bergen erstreckte. Ich lenkte Gramps' Pick-up an den Rand und trat auf eine Asphaltstraße, die sich wellig und rissig bis zum Horizont hinzog. Das Haus hatte drei Stockwerke und sah nicht unbedingt aus wie ein Farmhaus, es hatte eine Garage mit einem Zimmer darüber, ein steiles Dach, darauf ein paar lose Ziegel, sodass der freigelegte Teer wie Blut schimmerte. Der schiefe Postkasten mit gereckter Fahne, darauf der Name COLE in schwarzen schablonierten Lettern. Ein großes Fenster zum Vorgarten, und hinter gerafften Gardinen flackerte himmelblau ein Fernseher. Ich zwirbelte die Schlüssel in der Hand und duckte mich unter einem tiefen Ast hindurch, der wie eine besoffene Faust hin und her schwang. In der Ferne raschelte der Wind in Baumlaub, und auf einer Landstraße surrte ein Auto. Ich stieg die zwei Stufen zur Haustür hinauf und trat auf eine Willkommen-Matte mit einem mopsgesichtigen Hund in Hausschuhen drauf, dann drückte ich den Summer und überlegte, was ich alles zu meinem Dad sagen würde.

Die Klingel gongte wie eine alte Standuhr, und ich hörte, wie jemand von einem knarrenden Stuhl aufstand. Von irgendwo oben bumste etwas auf den Fußboden, wahrscheinlich eine Katze. Es war ein wenig wie damals, als ich Darbys Vater kennenlernte. In der Tür vor mir war auf Nasenhöhe eine Scheibe. Drinnen kam eine Gestalt herangeschlurft.

Die Frau, welche die Tür öffnete, war ungefähr in Gramps' Alter, fleckige Haut spannte sich straff über die Wangen, und Runzeln ringelten sich aufwärts, als hätte sie einen Großteil ihres Lebens mit Lächeln verbracht. Ihre Haare steckten in einem Netz, und sie trug ein undefinierbar graues Kleid und eine Überfülle Ringe.

Ja, bitte?

Ich schaute auf die Adresse in meiner Hand und dann wieder auf die alte Frau.

Ich suche Jack West.

Tut mir leid, sagte sie und klang sehr unsicher. Jack wohnt hier nicht.

Wissen Sie, wo ich ihn finden kann?

Leider nicht, sagte die alte Dame. Sie fummelte an einem Ring an ihrem Daumen, drehte ihn unaufhörlich am Knöchel. Warum?

Ich heiße Alan West. Er ist mein Dad.

O Gott, sagte sie und trat beiseite, als wollte sie mich reinlassen. In dem Fall kommen Sie doch rein. Mein Mann, Archer, ist hinten im Garten. Ich bin Nora.

Ich war vor Jahren einem Mann namens Archer begegnet. Kennen Sie meinen Großvater?

Wir sind alte Freunde, sagte sie.

Im Haus roch es nach Essen, und obwohl nur zwei weiß glühende Tischlampen brannten, konnte ich Fotos an den Wänden erkennen. Zumeist Porträts, Leute, denen ich nie begegnen würde, einige in Petticoats, andere auf einem Klettergerüst, obwohl sie gar keine Kinder waren. Ein Flur erstreckte sich durchs Haus, vermutlich bis zur hinteren Veranda, wo er in gleißendem Licht endete. Gerade hier durch, sagte Nora und legte mir eine dürre Hand auf den Bizeps.

Auch im Flur hingen Bilderrahmen, tolle zehn mal fünf große Kohlezeichnungen hinter Glas, alles Landschaften. Ich erkannte zwei Berggipfel, und eine Hütte aus Fassdauben an einem Flussbett erkannte ich sofort als Gramps' Unterschlupf bei Dunbar. Ein Bild am Ende des Flurs – die einzige Zeichnung mit Menschen – zeigte einen Mann und einen Jungen, beide hielten ein Gewehr auf den Kolben gestützt, beide wie Naturburschen gekleidet. Die Zeichnungen waren nicht perfekt, aber ich konnte Gramps an den gebeugten Schultern identifizieren und wie er das Gewicht auf das rechte Bein legte. Der Junge musste mein Dad sein, höchstens siebzehn, Locken und das schiefe Lächeln eines Mannes, der glaubt, er hätte die Welt an den Eiern. Das Bild meiner Mutter auf dem umgedrehten toten Holz, zu Hause zwischen meinen Sachen, passte in jeder Hinsicht bis auf den fehlenden Hund.

Hat sich dein elender Großvater inzwischen ins Grab gelegt?, bellte jemand von der Veranda her. Ich stieß eine Sturmtür auf, trat ins Licht und blinzelte Pünktchen aus meinem Gesichtsfeld. Archer saß in einem Rollstuhl, kahlköpfig und fleischlos und ein Glas, offenbar mit Orangensaft, griffbereit. Ich erkannte die hängenden Wangen, aber sein Schnauzbart war weg, an seiner Stelle eine fleckige Lippe, rot von Jahren des Nichtrasierens.

Mindestens mit einem Fuß, sagte ich, und Archer riskierte ein Lächeln.

Er hat mich nämlich angerufen. Ich bin noch immer sein Notkontakt. Ich wäre ja hin, sagte er und drehte eine zitternde leichenblasse Hand nach außen. Aber na ja.

Ich sag's ihm.

Archer langte nach dem Saft, griff das Glas mit Daumen und Mittelfinger, schwenkte es wie einen Whiskey. Hab gehört, du hast meine Wärterin nach deinem Alten gefragt, sagte er. Dein Opa will wohl seinen Jungen sehen, wie?

So was in der Art.

Hat dich geschickt, damit du die Dreckarbeit machst.

Er ist faul.

Ja, das ist er, bestätigte Archer und hob die Haut, wo seine Brauen sein sollten. Er brachte das Glas an seine Lippen und hatte Mühe mit dem Schlucken. Die Halsmuskeln verkrampften sich, sein Adamsapfel wippte, und er machte ein Geräusch wie ein ächzendes Rohr. Als nur noch ein Pfützchen drin war, stellte er das Glas auf den Rand und sog pfeifend die Luft ein.

Ich weiß nicht, wo dein Dad ist, sagte er und verschränkte die Finger im Schoß. Aber zu deiner Mutter kann ich dich schicken.

Er zeigte auf einen Plastikgartenstuhl neben sich, und ich ließ mich darauf nieder. Es war noch früh, gerade erst Mittag vorbei. Hin und wieder kam Nora auf die Veranda geschlurft, um ein neues Glas zu bringen, und obwohl kein Wort zwischen ihnen fiel, spürte ich, dass in ihrer Beziehung solche Liebesdienste nicht üblich waren. Die Sonne linste durch träge Wolken und wärmte die Veranda, meinen Nacken und Archers verknöchertes Gesicht. Nora stand hinter dem Drahtnetz der Sturmtür, während wir redeten, und sie beobachtete ihn wie eine Frau, die darauf wartet, dass der Mann sie endlich verlässt.

Als Erster entdeckte Jack den Wagen, der langsam auf der Straße dahinkroch, die am Sportplatz der Highschool entlangführte – ein Ford Fairlane, der im Cop-Tempo dahinfuhr, als wäre er auf Streife, als suchte er das Schulgelände und den Rasen darum herum nach Zeichen von wer weiß was ab. Jack hatte auf der Bahn, die auf dem Rasen markiert war, Runden gedreht, um an seiner Ausdauer zu arbeiten, damit er Cecil Paroli bieten konnte, wenn sie beide jagen gingen. An dem Tag trug er seinen Schul-Trainingsanzug – marineblau und weit wie eins der Hemden seines Dad, über die Schultern war in Weiß BTSS gedruckt –, der sich so von dem bedeckten Himmel abhob wie ein Vorbote der nahenden Dunkelheit. Es war 1969, ein Tag vor jenem schicksalhaften Halloween in Invermere, B. C. An jedem normalen Nachmittag würde Jack nicht seine Mittagspause sausen lassen, um das beschissene Spielfeld zu umrunden, aber unterhalb der Rockies hatten sich Gewitterwolken geballt, und er hatte angenommen, es würde sintflutartig regnen, bevor der Unterricht vorbei war. Cecil meinte, ein bisschen Regen habe noch keinen umgebracht, aber Jack musste nicht alle Lektionen seines Alten gut finden. Er entdeckte also den Wagen und lief keuchend aus, pflanzte die Hände auf die Knie und rechzte auf das kalklinierte Gras. Der Wagen schien auch ihn zu bemerken – im Leerlauf kam er gegenüber dem Drahtzaun zum Stehen. Inzwischen hatte Jack ihn sich gut angeschaut: dragsterartiger Chromgrill, Chromspeichenräder, gelber Smiley an der Antenne, die im Wind schwankte. Alles wenig bemerkenswert bis auf die Lackierung – eine solche Lackierung ging in Invermere gar nicht, nicht ohne dass sie zum Gesprächsstoff wurde, wenn irgendein Trottel ihn das erste Mal ohne Reifen in der Garage stehen sah. Jack starrte bloß hin. Ein Ford Fairlane, lackiert wie die verdammte amerikanische Fahne.

Nach meiner Schusswunde im März verbrachten Linnea und ich die Nacht in Cecils Hütte oder auf den Sofas in seinem Wohnzimmer, wenn das Wetter beschissen war. In den ersten Wochen ließen wir uns nicht blicken, spielten endlos Monopoly – Linnea hasste jede Minute – und wagten uns manchmal bei Sonnenuntergang zu Kochgelagen in Cecils Garten raus. Die Leute in Kootenay hatten kein Problem damit zu glauben, dass man einer von ihnen war, solange man bei der Arbeit hinlangte und ein paar Gläser trank – und in dieses Schema passte ich. Cecil hielt Wort und brachte mich bei einer Malertruppe namens Jones & Sons unter, der Chef, Harold, war zehn Jahre jünger als ich, und Cecil kannte ihn seit langem. Schon in der ersten Maiwoche zogen Linnea und ich in eine Souterrainwohnung ein paar Häuser von den Wests entfernt. An unserem ersten Abend dort packte Cecil seinen Grill auf den Pick-up, fuhr ihn rüber zu uns, und anschließend saßen wir im Gras und aßen im Schatten meines neuen Zuhauses Hotdogs. Die direkten Nachbarn hatten einen reinrassigen Retriever, und der wedelte mit seinem goldenen Schwanz gegen den Resteholzzaun um meinen Garten, bis ich ihm eine übrig gebliebene Wiener rüberwarf. Zehn Jahre und zwei Besitzer später war der Retriever zu Erde geworden (das einzige Erbe dieses Viehs ein schlaksiges, halbdebiles Hündchen), und dieser Zaun sollte von einem Mann, der zu pingelig war, um Kinder an seinem Grundstück tollen zu sehen, abgerissen und durch zwei Meter zehn hohe Pfähle ersetzt werden.

Jack zeigte Linnea seine Lieblingsorte in der Stadt, und ich ließ sie mir von ihr zeigen. Sie hatte keine Lust, aber ich setzte mein militärisches Know-how ein. Ich folgte ihr zu Jacks Plätzchen: eine Straßenbrücke über den Bahngleisen, wo sich einmal die halbe Stadt versammelt hatte, um zuzusehen, wie ein Mann seinen Bruder vor einen Kohlenzug stoßen wollte, und wo Jack gern Plastiktüten voller Tomatensuppe fallen ließ; ein vergammeltes Fort mit Blick über Invermeres See mit entblößten Zedernpfosten und Polyurethanbahnen, die wie Haut von den Wänden hingen; ein Klettergerüst auf einem verlassenen Spielplatz, wo einmal die alte Grundschule gewesen war und wo außer einer Seilschaukel und einer roten Spielrutsche, die nach Ammoniak und Dope roch, wenig geblieben war. Cecil glaubte, Jack habe noch andere Verstecke, die er Linnea nicht zeigte. Wenn er wolle, sagte Cecil, könne der Junge sich tagelang unsichtbar machen.

Mit Noras Hilfe kriegte ich Linnea soweit, dass sie ihren Schulbesuch im Herbst wieder aufnahm, in einer wolframfarbenen Highschool namens Bill Thompson Secondary. Nora sagte, ich solle mich so wenig wie möglich blicken lassen und nicht kapitulieren, falls Uncle Sam auf Streife ging, was selbst mir zu paranoid war. Aber ihr kann man nur schwer was abschlagen. Deserteure, sagte sie, könnten verhaftet und in die Staaten zurückgebracht werden, das wollten die kanadischen Streitkräfte so. Dabei verschränkte sie herausfordernd die Arme vor der Brust. Eines Abends rief Cecil mich wegen einer Doku auf CBC an, über amerikanische Armeetypen, die in Kanada Deserteure und Wehrdienstverweigerer aufstöberten und sie über die Grenze schafften – wie Kopfgeldjäger, nur ohne Vertrag. *Brailers,* Flößer, hießen sie dort, was letztendlich ein ganz passender Name ist. Also nahm ich meinen Lohn in bar und zahlte die Miete mit Scheinen und tat alles, um meine Papierspur zu verwischen. Cecil meinte im Scherz, ich solle doch meinen Namen ändern – Archer West werden, sein verloren geglaubter Bruder –, aber dazu konnte mich keine Macht der Welt bringen.

Der Sommer raste dahin. Regengüsse überschütteten das Tal mit käfergroßen Wassertropfen, und Blitze lösten ein paar kleine Waldbrände aus, die gleich wieder gelöscht wurden. Mein vernarbter Arm pochte nach diesen Bränden, sogar bei größerer Entfernung – als fände er seinen Norden, mein eigener biologischer Kompass. Eine große Holzfirma aus Alberta wollte vierzig Meilen südlich der Stadt, Richtung Cranbrook, ein Sägewerk bauen, und Cecil erhielt mit einer schmutzigen Unterbietung den Zuschlag für die Schweißarbeiten. Es war der größte Auftrag, den er je gekriegt hatte, und er und ich machten in der Woche vor Beginn der Arbeit jeden Abend eine Materialfahrt in seinem alten Dodge mit der verbogenen Stoßstange und ohne Auspuffrohr, sodass er wegen des Risikos von Kohlenmonoxid bei Rot nicht im Leerlauf halten konnte. Nora lag ihm in den Ohren, er solle ihre Hochzeit vorbereiten, doch Cecil spielte die Trauriger-Mann-Karte, die Schweinemäßig-viel-zu-tun-Karte oder die Muss-noch-mit-Jack-reden-Karte. Sie hätte ihn übertrumpfen können – ihrem Lächeln oder ihrem lauthalsen Lachen konnte man nicht widerstehen –, aber sie ließ es dann doch. Jedes Mal, wenn er sich mit einer anderen Entschuldigung durchmogelte, legte sie ihm den Arm um den Hals und schüttelte ihn kräftig, wie im Schwitzkasten. Eine Frau wie Nora ist es wert, vom Fleck weg geheiratet zu werden, aber so ist es eben. Nach diesem einen Akt von Körperlichkeit konnte er seinen Tag in Angriff nehmen. Alles bestens, dachte er dann.

Ende Oktober, ein paar Tage bevor Jack den Wagen sah, hatte ich den Boss – Harold – um eine Woche Urlaub gebeten, da mein Künstlerauge das Herbstlicht mag. Die Chancen, dass ich die Zeit kriegte, standen okay, denn mit den kürzer werdenden Tagen und auffrischenden Winden gab es bei Jones & Sons immer weniger zu tun, und wie jeden Winter pickte sich Harold Leute raus, um sie wieder loszuwerden. Das war seine Strategie, nenn sie dreckig, wenn du willst: einen Trupp Deppen anheuern, die einen Außenjob durchziehen konnten, und sie dann achtkant vor die Tür setzen, wenn es nur noch drinnen was zu tun gab und Nüchternheit angesagt war.

Harold und ich standen in dem Vorort nahe der Highschool vor einem Doppelhaus. Die Sonne war praktisch schon hinter den Purcells versunken, und das Nordlicht flackerte auf den Berggipfeln. Wir mussten das Gerüst Teil für Teil abbauen und es auf den Gerätelaster schmeißen, nur er und ich, weil die jüngeren Typen sich verpisst hatten. Ihre Entschuldigung: Einer war über ein Verlängerungskabel gestolpert und vom Balkon im zweiten Stock gesegelt. Dabei hatte er noch Glück – landete auf einigen Packen mit Glasfaserdämmstoffen, knackste sich aber den Schädel an, als er von dem großen rosa Kissen abprallte. Der Kerl war neunzehn und Franzose, Philippe, und Harold wettete achtzig zu zwanzig, dass der Junge das extra gemacht hatte, um früher Schluss zu machen. Philippe, sagte mir Harold, tanzte nach der Arbeit immer gern im City Saloon und hatte wohl falsch eingeschätzt, wie gut die Dämmstoffe seinen Sturz abfedern würden. Als ich den Franzosen das nächste Mal sah, fiel ihm nichts anderes ein, als über einen Yankee-Soldaten herzuziehen, der seine Chancen an der Bar kaputt machte, so ein richtig arschiger Ami, der sich sein Rangabzeichen auf die Feldjacke gestickt hatte und in einem rot, weiß und blau lackierten Wagen rumfuhr.

Die Tage werden kürzer, sagte Harold auf meine Anfrage hin. Mir springen schon die Leute vom Balkon.

Er trug einen Anglerhut, der mit Latexfarbe bekleckst war, und eine makellose Plaidjacke, die er nicht ruinieren wollte, weil sie mal seinem Vater gehört hatte. Er war einen Kopf größer als ich, aber eine Schulterbreite schmaler, hatte ein hageres Gesicht mit einer groben Stirn, runzlig wie die eines Vaters. Bei einer Kneipenprügelei war ihm ein Schneidezahn ausgeschlagen worden – ein Highball-Glas wie aus dem Nichts auf die Zahnreihe. War er in Gedanken versunken, bohrte er mit der Zunge in der leeren Stelle. Hal nannten ihn seine Kumpel, aber Spitznamen waren für mich immer ein Rätsel.

Hast was gut bei mir, sagte ich, während er mir Gerüströhren reichte. Der Rost hatte sie fast zerfressen, und an dem nassen Oktobertag färbte er an meinen Händen ab, als wären sie irgendwie gebräunt. Diese Röhren gab's schon länger als Linnea, seit den Tagen, als Harolds Alter eine Rahmenfirma hatte. Ich kenne nicht die ganze Geschichte, aber Harold mochte es nicht, wenn man ihn Hal nannte, weil es zu sehr wie der Name seines Dad klang.

So verzweifelt bin ich noch nicht, sagte er.

Warte, bis du in mein Alter kommst, sagte ich zu ihm und bückte mich, um ein Ende einer Platte anzuheben. Er fasste sie am anderen Ende, und zusammen wuchteten wir sie auf die Ladefläche, wo sie über die Röhren, Kupplungen und leeren Metallfarbeimer schepperte. Drinnen sah der Laster aus wie ein Werkzeugschuppen; früher hatte Harold mal ein System, nach dem er sein ganzes Material lagerte, aber Faulheit und Trägheit hatten seine Entschlossenheit geschwächt. Wir nannten den Laster das gepanzerte Schwein – oder einfach nur das Schwein –, und als Gag machten wir Bierdosen platt und schraubten sie mit Bolzen außen an.

Scheiß drauf, sagte er und knuffte mich. Aber wenn ich einen während der Ferien brauche?

Ich bin bestimmt da, darauf kannste einen lassen.

Er hakte die Daumen in die Taschen, die Zunge war an der Stelle, wo sein Schneidezahn sein sollte. Das hatte mein Alter immer gesagt: Darauf kannste einen lassen. Du bist der Einzige, der das auch noch sagt.

Wir hätten uns verstanden.

Harold schnaubte, und wir hievten die letzte Platte auf den Laster. Dann wollte er die Tür zumachen, aber der Riegel fasste nicht, und die Tür prallte zurück und hätte ihn fast umgehauen.

Als Jack den amerikanischen Wagen sah, war ich also unterwegs auf einem Berg, ein Tag raus aus der Stadt und nass bis auf die Unterhose. Er sagt, als der auf ihn zugeschlichen sei, habe sein Kopf eine Partie Paranoia gespielt. Er hatte Noras Sorgen registriert, ihr endloses Gerede beim Abendessen, immer dasselbe Thema: das hübsche Mädchen und ihr Ex-Army-Dad, die ihren Schutz brauchten. Es war richtig so zu handeln, hatte man Jack gesagt, es war Christenpflicht so zu handeln – und mehr noch, es war kanadische Nationalpflicht so zu handeln. Und als Jack dann den herannahenden Wagen beobachtete, spürte er vielleicht den ersten Stich Patriotismus, vielleicht zeichnete sein junges Hirn auch eine lange, komplizierte Bahn zu Linneas Herz. Ich neige dazu, eines mehr als das andere zu glauben. Jack ließ Nora am Esstisch völlig links liegen – er wäre der Erste, der das zugäbe –, außer ihr Gerede drehte sich unversehens um meine Tochter. Wenn du mich fragst, ist ihm der amerikanische Wagen deshalb aufgefallen; etwas in ihm markierte ihn als Bedrohung für Linnea. Und während er bei den meisten Sachen, die Nora zu sagen hatte, vor sich hin träumte, hörte er seinem Dad zu. Jack beobachtete seinen Alten, die Art, wie Cecil mit der Gabel über den Teller kratzte, wenn er versuchte, Erbsen aufzuladen, die Art, wie er unübersehbar an Fleischfasern saugte, die ihm zwischen den Zähnen steckten, während Nora Geschichten und Sorgen über die beiden armen Flüchtlinge runterrasselte.

Jack also beobachtete den amerikanischen Wagen, wie er gegenüber dem Drahtzaun der Schule langsam ausrollte. Sein Herz hämmerte unkontrollierbar, was vom Laufen kommen mochte, doch mit einem letzten Atemholen richtete er sich auf und ging hin, lehnte sich an die Maschen. Die Fenster des Fairlane waren verdreckt, und auf der Scheibe waren sternförmige Sticker, wo man normalerweise die fünfzig Staaten sehen würde. Jack konnte das Innere nicht recht erkennen, nur Andeutungen von Bewegung, zerwühltes Gepäck oder Decken. Dann klackte die Fahrertür auf, und ein Typ stieg aus – Igelschnitt, Feldjacke offen, sodass ein schmutziges weißes T-Shirt zu sehen war, Hose mit Tarnmuster und ein Ledergürtel mit einer Schnalle von der Größe eines Kartenspiels. In seinen Händen: eine Schlüsselkette mit einer Hundemarke dran, die er ständig um den Zeigefinger wirbelte.

Hey, sagte der Typ.

Hey, sagte Jack.

Der Typ zog ein bronzefarbenes Zigarettenetui aus der Brusttasche. Er bot ihm eine an, aber Jack lehnte ab.

Ich heiße Crib, stellte sich der Typ vor. Er hatte ein kantiges Gesicht mit schroff abfallenden Backenknochen und einen Kiefer wie von einem Actionfilmplakat. Ein halbes Dutzend Jahre älter als Jack – praktisch ein Mann. Um den Hals trug er statt Hundemarken einen eisernen Krebsanhänger wie ein Sternzeichen, groß wie der Deckel einer Blechdose. Er zog sein Feuerzeug aus einer seiner Brusttaschen – ein Zippo, wie Jack sich erinnerte, auf der flachen Seite war ein amerikanischer Adler aufgeklebt – und ließ eine Flamme aufschießen, die so lang war wie ein Geschoss .308. Crib zog wie überrascht die Brauen hoch. Jack grinste.

Jack, sagte er. Jack West. Woher kommst du?

Aus den Staaten, sagte Crib und zwinkerte. Er blies eine Rauchschnur in die Luft. Würd mich hier gern ein bisschen amüsieren. Du?

Laufen, sagte Jack.

Gute Sache.

Ist fürs Jagen.

Crib spitzte den Mund um die Zigarette, nickte, als überlegte er, was Jack da sagte. Jagen – das ist mal ein Zeitvertreib, der mir gefällt.

Crib rauchte. Jack beobachtete.

Dann fragte Crib: Weißt du was von Partys?, und Jack erzählte ihm von der einzigen Party, die er kannte, in dem baufälligen Fort an der Caribou Road mit Blick aufs Wasser, wohin er sich auch selbst hatte absetzen wollen, und Crib nickte weiter, gedankenversunken, soweit Jack das beurteilen konnte.

Am Wasser. Genau was für mich, sagte er. Gehst du hin?

Wenn, dann muss ich mich wegschleichen.

Dann schleich dich weg!, sagte Crib und warf die Hände in die Luft. Dann legte er grüßend eine Hand an die Schläfe, machte kehrt und marschierte zu seinem Wagen. Jack sah ihm nach, fast wie hypnotisiert. Als Crib den Wagen anließ, drehte er das Fenster herunter und brüllte: Und komm mir nicht unter die Räder.

Ich erreichte Invermere am Frühabend von Halloween, mehr als einen Tag nach Jacks Begegnung mit dem amerikanischen Wagen. Die Lichter waren aus, die Tür unabgeschlossen, und die Hitze tobte, aber ich war wohl so ausgekühlt, dass selbst ein arktischer Wind mir mollig erschienen wäre. Ich zog das Zeichenheft aus dem Rucksack, damit die feuchten Kleider nicht das Papier ruinierten. Von Linnea keine Spur, aber sie kam nach der Schule auch selten gleich nach Hause, und ich hatte mich daran gewöhnt, dass sie sich mit Jack herumtrieb. Auf dem Küchentisch, wo ich Geld hingelegt hatte, damit sie sich in den Tagen, die ich in den Bergen verbrachte, was zu essen kaufen konnte, steckte ein Zettel unterm Salzstreuer.

Darauf stand lediglich *Komm später Dad,* was ihr eigentlich nicht entsprach – sie ist der zornige, schweigsame Typ –, aber auch nicht sonderlich verdächtig war. Vielleicht war ich auch zu müde, fühlte mich zu wohl in meiner Haut. Manchmal frage ich mich, wie viel Scheiße ich hätte verhindern können, wenn ich nicht selbstzufrieden geworden wäre, wenn ich meine Vorsicht nicht hätte schleifen lassen. Mann, in einer Kampfzone darfst du einfach nicht selbstzufrieden sein.

Rückblickend hätte ich die Zeichen, die Unregelmäßigkeiten erkennen können. Kleinigkeiten lösen bei mir Alarm aus – ich sehe gleich, wenn die Dinge nicht so sind, wie ich sie zurückgelassen hatte. Es ist, als würde ich über die Schulter blicken. Ich bemerke, wenn ein Mantel an einem anderen Haken hängt, ein Stuhl in einem anderen Winkel am Tisch steht, den Geruch frisch gemähten Grases, noch bevor ich ein offenes Küchenfenster sehe. An jenem Halloween hatte Linnea gespült, ihr Bett gemacht und den Müll rausgestellt – hatte alles erledigt, was ich wahrscheinlich von ihr erwarten würde, wenn sie nach Hause kam. Einen Teil des Geldes hatte sie sogar für Süßigkeiten für die Halloween-Kinder ausgegeben. Alles war so, wie es sein sollte, und mir hätte auffallen müssen, dass es eben genau deswegen nicht so war. Da war noch was anderes, was ich noch immer Jack West zuschreibe, weil ich das auch gemacht hätte, was richtig Jungenhaftes, richtig Schlaues. Natürlich war mir das bei meiner Erschöpfung nicht aufgefallen. Darauf hatten sie gezählt.

Ich schlief gerade auf dem Sofa, als Linnea so geräuschvoll, dass selbst ruhelose Tote aufgewacht wären, durch die Tür gepoltert kam. Es war zwei Uhr dreiundzwanzig, Halloween-Nacht. Ich war mit einer Dose Kokanee auf der Brust eingedöst, und die hatte sich als dunkles V auf dem Hemd entleert, wie ein Schweißfleck. Ich setzte mich auf und rieb mir mit den Handballen die Augen.

Dad, krächzte Linnea, ein verzweifelter kleiner, geflüsterter Laut, ein Laut, den kein Mann von seiner Tochter hören will, und wie der Blitz war ich hellwach, und meine Füße trugen mich, halb stürzend, aus dem Wohnzimmer in den Flur. Dort lehnte sie an der Wand. Um sie hing der Kohlgestank von Dope. Alle Lichter waren aus, und ich konnte nur ihre Konturen sehen: Schultern hochgezogen und Arme vor der Brust, als zitterte sie. Ich tappte zu ihr und kriegte irgendwie das Licht an. Die Haare hingen ihr vorm Gesicht und verbargen es. Mit der Hand, die ihr näher war, strich ich ihr die Haare hinters Ohr. Sie zuckte zusammen – von meiner Berührung, vor Schmerz?

Wer war das?, sagte ich und dachte zu meiner Schande: Jack West. Ihre Wange wurde an den Rändern eines Kreises blau – waren das Knöchelspuren? –, und am Hals, unterm Kiefer hatte sie blaurote Flecken, rund wie Fingerkuppen, als hätte jemand sie gepackt, als hätte ein Dreckschwein sie begrapscht.

Jack hat ihn geschlagen, sagte sie und unterdrückte Tränen. Sie ballte die Hand zur Faust, machte eine Stoßbewegung, wagte ein Lächeln, das die Empfindlichkeit ihrer Wange auf die Probe stellte. Jack hat ihn richtig fest geschlagen.

Wen?

Den Amerikaner, sagte sie. Crib.

Was für ein Amerikaner?, sagte ich, und da machte sie große Augen – sie hatte mir was vorenthalten, und ich hatte sie dabei erwischt. Aber jetzt war weder die Zeit noch der Ort für eine Standpauke. Wo ist Jack jetzt?

Crib hat ihn verprügelt, Dad – Jack ist weggelaufen.

Wie geht's ihm?

Weiß nicht.

Ich umfasste ihre Schultern, ging auf ihre Höhe. Sie wollte mich wegen ihrer roten Augen nicht ansehen, aber es war mir gleich, ob sie ein bisschen was geraucht hatte – hat mich tolerant gemacht, Vietnam. Bist du verletzt?, sagte ich so sanft, wie meine blöde Armeestimme es eben schaffte. Bist du verletzt … sonst noch wo?

Sie schüttelte den Kopf. Wir starrten einander an, und ich kam mir so klein vor.

Du musst Jack finden, hauchte sie.

Ich lass dich hier nicht allein.

Er hat ihn geschlagen, Dad, wiederholte sie, und endlich brach ihre Stimme. Er hat ihn wegen mir geschlagen.

Da zog ich sie an mich, ließ sie an meiner Brust weinen. Ich hätte niemals so lange wegbleiben dürfen, hätte zurückkommen, hätte eine Halloween-Party erwarten sollen. In dem Alter war sie ja.

Linnea heulte in meine Brust, beschwor mich, ich müsse Jack suchen, das müsse ich, für sie. Wenn ich sie liebte, sagte sie, wenn ich sie liebte, würde ich Jack suchen.

Ich führte sie in die Küche und machte das Einzige, was mir einfiel: Ich nahm den Telefonhörer, um Nora anzurufen. Doch das Telefon war tot – kein Freizeichen, bloß die weiße Plastikstille und ein Quäken von Linnea im Hintergrund. Ich blickte vom Hörer ins Zimmer und dann auf meine Tochter, die auf den Boden schaute. Wortlos zeigte sie auf die Telefondose, die Schnur, die nicht eingesteckt war. Falls Cecil anrufen wollte; sie hatten darauf spekuliert, dass ich nicht auf die Idee kommen würde, ihn anzurufen. *Komm später Dad,* stand auf dem Zettel, damit ich nicht anrief, ob sie dort ist.

Cecil, sagte ich, als er dran ging, verpennt. Gib mir mal Nora.

Was'n los, sagte er, reichte das Telefon aber ohne groß zu überlegen weiter.

Archer?, ertönte Noras Stimme.

Nora, Linnea ist hier, und sie ist verletzt, und Jack ist weg.

Wie meinst du das, weg?

Nein, sagte ich schnell. Nicht so. Er ist weggelaufen.

Wohin?

Ich kann ihn suchen, aber ich kann Linnea nicht hier allein lassen.

Sie atmete langsam ein, ein beruhigendes Atmen. Wir kommen. Dann, zu Cecil: Zieh dich an, Mensch.

Ich legte das Telefon auf die Gabel und drückte die Stirn gegen die Wand. Linnea wollte sich frisch machen und ich wollte einen Drink. Sie schlüpfte an mir vorbei, stützte sich dabei vor allem auf ihr rechtes Bein, und ich starrte ihr nach, bis sie die Badezimmertür geschlossen und verriegelt hatte. Ich goss mir einen Whiskey ein und setzte mich in die Küche, wo ich bloß das blasse, fettverkrustete Birnchen meiner Dunstabzugshaube als Lichtquelle hatte, und horchte auf Linneas Tritte, die in der Emailwanne knarrten. So trafen Nora und Cecil mich an. Sie kam einfach rein. Ich hatte den Whiskey unter der Nase, die Ellbogen auf dem Tisch – das Porträt eines nachdenklichen Mannes.

Cecil hatte sich seine Jagdweste übers Karohemd gezogen, die blaue Baseballmütze auf dem Kopf und die geflickte Forsthose an, als wollte er gleich einen Bock aufspüren. Mit ihren roten Haaren, die ihr wuschelig und zerzaust um die Schulten hingen, sah Nora aus wie eine Mutter. Sie hatte eine Hand auf Cecils Rücken, genau zwischen den Schulterblättern. Linnea ist unter der Dusche, sagte ich. Bereit, alter Mann?

Was ist passiert?, sagte er.

Es hat einen Kampf gegeben. Viel mehr weiß ich nicht.

Ist Jack verletzt?, fragte er. Er sah besorgt aus.

Das weiß ich nicht, Cecil.

Na schön.

Ich leerte mein Glas, stellte es auf die Arbeitsplatte und folgte Cecil nach draußen. Nora hatte sich nicht geregt, und ich fing ihren Blick auf. Danke, sagte ich lautlos, und ihre Finger streiften meine Knöchel, als ich vorbeiging. Draußen stieg Cecil in seinen Pick-up und bedeutete mir, ebenfalls einzusteigen, doch ich ging nicht zur Beifahrertür. Er drehte die Scheibe ein Stück runter.

Na?

Ich nehm meinen, sagte ich. Wir teilen uns auf, sehen in seinen Verstecken nach.

Oh.

Fahr du zum Park, such den Spielplatz ab. Ich fahr zur Brücke.

Cecil lüftete die Mütze, fuhr sich mit einer Hand durch die Haare. Er wird wohl eher im Park sein.

Eben.

Was soll das denn heißen?

Besser, du findest ihn.

Komm mir jetzt nicht mit einer deiner Predigten, sagte Cecil.

Vertrau mir, sagte ich.

Er verzog den Mund. Das ist jetzt nicht der passende Moment.

Spielplatz, sagte ich noch mal und klopfte auf die Seite seines Dodge. Fluchend ließ er ihn an und raste los, und noch vor der ersten Kurve hatte er wahrscheinlich ein Bier aus dem Sechser unterm Sitz gerissen. Ich gestattete mir noch einen letzten Blick auf mein Haus, auf den orangefarbenen Schein, der aus der Küche und dem kleinen, mattierten Badezimmerfenster kam. Wahrscheinlich werde ich nie genau erfahren, was bei der Strandparty abging, bei dem verfluchten Fort, was genau getan und gesagt wurde. Aber Jack hatte meine Tochter ziemlich beeindruckt. Irgendwie hatte er sie gerettet.

Während der Monate, die ich in Invermere war, hatte die Stadtverwaltung an beiden Seiten der Straßenbrücke eine eins zwanzig Meter hohe Betonbarriere errichtet, weil ein Öltanklaster dort runtergerauscht war, als seine Kupplung im Dritten klemmte. Die Leute hatten ein blutiges, flammendes Chaos erwartet, aber der Fahrer war, in Öl getränkt, aus der Kabine geklettert, während der Motor zischte. Er musste mit Spülmittel duschen, um sich sauber zu kriegen. Spuren des Öls blieben auf den Gleisen, dem Schotter – jetzt schimmerndes Gold – und den Pflanzen, aber die Stadt konnte es sich nicht leisten, alles wegzuwischen, und fand es eigentlich auch nicht so wichtig.

Mit dem Rücken zur Barriere konnten Jugendliche außerhalb des Blickfelds von Autofahrern die Beine über die Kante baumeln und

Schnaps kreisen lassen. Zwischen Barriere und Brückenrand war ein guter Meter – breit genug für einen Gänsemarsch oder für einen jungen testosterongesteuerten Mann, der ritterlichen Mut beweisen wollte, indem er an der Seite seiner Angehimmelten dort entlangspazierte. Die Gleise lagen dreizehn Meter tiefer, unten zogen Rehe in Grüppchen zwischen den Bäumen. Den Fall konnte man überleben, wenn man richtig aufkam oder hart genug war. Wer störrisch genug ist, kann alles überleben.

Ich parkte vor der Brücke am Straßenrand und begann sie zu überqueren. Auf der falschen Seite dieser Barriere muss man in einer dunklen Nacht wie an jenem Halloween fast über einen stolpern, um ihn zu finden. Ich wollte Jack hier nicht begegnen, weil das Cecils Sache war. Der alte Hund tat gern so, als wäre er der Größte, aber Jacks Erziehung bereitete ihm schlaflose Nächte. Wir müssen hier nicht in Details gehen, aber um fair zu sein – er hat sich wirklich bemüht. Wäre schön für ihn gewesen, wenn er eine Tochter gehabt hätte, aber so war's halt nicht. Cecil gehörte zu denen, die gegen ihre Midlife-Krise anplanten. Und er gehörte zu denen, denen man unbedenklich seinen Hausschlüssel anvertraut. Falls es in die Hölle geht, fällt mir bloß ein Mensch ein, den ich gerne an meiner Seite hätte.

Ich überquerte die Brücke, ohne auf Jack zu treffen, wechselte am anderen Ende auf die andere Straßenseite und lief zu meinem Pick-up zurück. Ich schätzte die Chancen auf achtzig zu zwanzig, dass Jack in den Park gegangen war – an der Brücke war die Wahrscheinlichkeit zu groß, dass er einem über den Weg lief, den er kannte. Nach einer Demütigung hat ein Junge bestimmt keine Lust, auf einen Kumpel zu treffen. Cecil würde also sein Vater-Sohn-Gespräch führen, vielleicht sogar einen vertraulichen Moment einbauen. Eines Tages würde er mir dafür dankbar sein.

Dann, auf halbem Weg zum Pick-up, schälte sich eine Gestalt aus dem Dunkel vor mir – die Gestalt eines Jungen, drahtig, ein Knie als Armstütze angewinkelt, das andere hing über die Kante. Ich blieb ruckartig stehen, und meine Stiefel schrappten über den Straßenbelag, worauf der Typ auf die Beine sprang, viel zu schnell für einen Vierzehnjährigen. Er hielt sich die Fäuste vors Gesicht, in Boxerhaltung. Ich roch Bier, Marihuana.

Scheiße, wer bist du?, fragte der Typ.

Ich zeigte ihm meine leeren Hände. Entschuldige.

Er zuckte die Achseln und ließ die Deckung sinken. In einer Faust hielt er eine Bierdose. Er hob sie zum Mund und gluckerte den Rest weg und warf sie dann über den Brückenrand. Ich zählte drei Sekunden, bis sie auf den Boden schepperte. Bei unserer Entfernung und der Dunkelheit konnte ich es nicht genau sehen, aber der junge Typ sah aus, als lächelte er. Müll in die Landschaft werfen, meinte er. Das größte Verbrechen in diesem Land.

Woher bist du?

Oregon, sagte er und trat näher. Igelschnitt, Feldjacke, Armeerang an die Brust genäht. Ich konnte zwei und zwei zusammenzählen – das war der Amerikaner, Crib. Linnea hatte nicht richtig gesagt, dass er sie befummelt hatte, aber warum war Jack wohl sonst auf ihn losgegangen? Er war vielleicht nicht unbedingt wohlerzogen, aber er lief bestimmt nicht rum und verteilte Ohrfeigen.

Du klingst nicht nach einem Kanadier, meinte Crib.

Das sagen mir viele.

Und woher bist du?

Von hier.

Ach!, sagte Crib und lehnte sich mit der Hüfte gegen die Barriere. Er spitzte den Mund. Die Leute sind hier nicht besonders freundlich.

Wir kommen zurecht.

Sieh mal hier, sagte er, beugte sich vor und drehte den Kopf zur Seite, um mir eine dunkle Prellung auf dem Jochbein zu zeigen, gleich neben der Nase. Mit einem Finger schob er die Lippe über die Zähne und wackelte mit einem losen Schneidezahn. So ein blöder Teenager hat mir fast den Zahn ausgeschlagen.

Na so was.

Du klingst nicht überrascht.

Die Leute hier mögen Städter nicht besonders.

Der junge Typ kratzte sich an der Nase.

Ich bin nicht aus der Stadt, sagte er. Sein Gesicht verzog sich zu einem Lächeln, aber nicht von der freundlichen Sorte – er entblößte eher die Fänge. Er zog eine Zigarettendose aus Messing aus der Brusttasche und steckte sich eine an, bot mir aber keine an. Um den Hals trug er einen eisernen Anhänger in der Form eines Krebses. Er blies Rauch nach hinten über die Schulter. Ich bin Crib.

Archer.

Er stieß sich von der Barriere ab, gerade auf Armeslänge, eine ruckartige, feindselige Bewegung wie die eines Boxers, der wegen eines Uppercut abtaucht. Dann kam er zu Sache.

Das ist aber mal ein interessanter Name, meinte er. Er legte sich einen Arm über die Brust und führte den anderen zum Mund, als grübelte er. Mir fallen nicht sehr viele ein, die Archer heißen. Und dein Nachname?

West.

Sein Gesicht hatte einen lächerlichen Ausdruck von falschem Erstaunen. Er zuckte nicht nur mit den Achseln, sondern mit dem ganzen Oberkörper. Das wäre ein Neueintrag in die Liste, sagte er.

Ich verlagerte das Gewicht auf die Barriere, die Hände in den Taschen. Was führt dich hierher?

Wollte bloß ein Bier trinken.

Ich meine, in die Stadt.

Er zwinkerte. Geschäfte.

Hatte dich schon als Kadetten gesehen.

Hab ’ne Offiziersausbildung gemacht, sagte er und schwenkte dabei die Zigarette herum. Überwiegend Diplomatie. Du klingst wirklich nicht wie ein Kanadier.

Bringen sie euch im Diplomatenunterricht auch Dialektortung bei?

Ich hab auch noch andere Sachen gelernt.

Auch was Handgreifliches?, fragte ich sehr langsam.

Er drückte die Zigarettenspitze auf dem Beton aus, schnippte die Kippe von der Kante und stieß in einem langen Zug den letzten Rest Rauch aus.

Das klang gerade irgendwie drohend, sagte er.

Dann schoss er vor, viel schneller, als ich erwartet hatte. Eine kräftige Faust krallte sich in meinen Hemdkragen. Er zog, fest, und mein Kopf wippte. Ich fummelte nach demselben Griff, einer Chance zum Kämpfen.

Er bleckte die Zähne, weiß wie Gold. Ich lass mir nicht gern drohen, sagte er.

Ich pflanzte die Füße auf, packte ihn am Kragen, drehte das Handgelenk ein, um die Feldjacke gut zu fassen zu kriegen. Mein Soldatengriff, hatte Cecil das mal genannt. Ich spürte die Kraft in Cribs Arm, die geduldig wartenden Muskeln, den Bizeps, gespannt wie eine Winsch. Er stank nach Zigaretten und Bier und auch nach Lagerfeuer, doch ich machte mir nichts vor – er war nicht betrunken.

Es interessiert hier keinen, wenn sie einen toten Amerikaner auf den Gleisen finden, sagte ich.

Sind das zwei Hundemarken da an deinem Hals?

Allerdings.

Die sehen mir amerikanisch aus.

Alle Marken sind gleich.

Und ich hatte dich schon als Maler gesehen, sagte er, und so schnell wie zuvor schoss seine freie Hand in die Falten seiner Jacke, wo man eine Pistole hätte, und ich grapschte ziemlich ungeschickt nach seinem Ellbogen und fragte mich, ob hier wohl jemand das Ding losgehen hören würde. Er tanzte zur Seite, wir beide noch immer Faust-an-Kragen verbunden, dann zog er aus einer verborgenen Innentasche ein paar Hundemarken.

Ich hab auch zwei, sagte er und schwenkte sie vor meiner Nase. Er ließ mich los. Ich ihn auch.

Er setzte sich mit dem Rücken zur Barriere und ließ ein Bein über den Rand baumeln. Von Gott weiß woher und seit Gott weiß wann hatte er einen Flachmann in der Hand. War nett, mit dir zu reden, sagte er und nahm einen großen Schluck. Ich bleib dann mal hier sitzen und werd nüchtern.

Ich blieb nur noch einen Augenblick, unsicher, was ich von dem Flegel halten sollte, wollte ihn zu Brei schlagen, sein Grinsegesicht packen und gegen den Beton knallen, bis bloß noch ein roter, zertrümmerter Kiefer übrig war. Als ich über die Brücke zu meinem Pick-up lief, brüllte er: Und komm mir nicht unter die Räder.

Cecils Pick-up war nicht da, als ich vor meinem Haus anhielt, also dachte ich, er habe Jack gefunden und sei mit ihm nach Hause, damit er sich waschen konnte. Durch die Wohnzimmerfenster schien Licht, was wahrscheinlich bedeutete, dass Linnea und Nora fernsahen. Ich stellte den Motor ab, legte den Gang ein – Gefälle – und zog die Handbremse an. Dann blieb ich sitzen und hörte dem Motor zu, wie er abkühlte. Eigentlich hätte ich Crib von der Brücke stoßen sollen.

Nora wuselte um die Ecke, als ich zur Tür reinkam. Sie sah nicht froh aus; alle Falten an den Mundwinkeln, die sich normalerweise zu ihren Augen drehten, waren abwärts zu einer finsteren Miene gekrümmt, die sie älter erscheinen ließ.

Cecil hat ihn nicht gefunden, sagte sie.

Er hat einfach aufgegeben?

Ist nach Hause, um zu warten, falls Jack dahin geht.

Scheiße noch mal.

Archer, sagte Nora und pulte sich eine rote Haarsträhne aus den Augen.

Wie geht's Linnea?

Gut. Keine … anderen Verletzungen.

Hat Cecil im Park nachgesehen, wie ich's ihm gesagt hab?

Ja, und er war auch noch mal am Fort, aber da lief die Party noch. Meinst du, Jack ist dort?

Nein, wohl nicht, sagte ich.

Sollen wir die Polizei rufen?

Noch nicht.

Stimmt was nicht?, sagte sie und machte zögerlich einen Schritt in meine Richtung wie eine Ehefrau, deren Mann gerade mit einem blauen Auge zur Tür reingekommen ist. Ich winkte ab und ging raus zu meinem Pick-up. Am liebsten hätte ich Cecil ordentlich eine gelangt. Ich war ganz sicher, dass Jack in den Park gegangen war – dort gab's die Einsamkeit, die einer in Jacks Alter brauchte, um eine kleine Demütigung zu verarbeiten. Ich jedenfalls wäre dahin gegangen. Mein Alter hatte mich mal im Innern eines riesigen Traktorreifens entdeckt, nachdem meine Mom jung gestorben war. Er hat mich nicht gerade mit Samthandschuhen angefasst, als er mich dort herauszog, aber ich habe den ganzen Heimweg auf seiner Schulter sitzen dürfen.

Ich parkte so nahe am Spielplatz, wie ich konnte, ohne das Glück herauszufordern, indem ich auch noch einen Graben durchfuhr. Licht von den Straßenlampen fiel auf das Klettergerüst und die Seilschaukel, und durch die Schatten und Linien sah es aus, als ginge man durch ein Gefängnis. Am anderen Ende des Spielplatzes war die Schneckenrutsche, und schon aus der Entfernung stellte ich mir den durchdringenden Gestank von Pisse und Kotze vor. Der Oktoberwind wehte übers Feld, den Spielplatz und durch meine Weste. Anderswo: johlende Nachtschwärmer, heulende Polizeisirenen. Der Spielplatz hatte einen Sandteppich – eine Art rudimentäre Federung –, und in dem Dunkel bei dem Wind sah es aus, als kröchen Wesen über die Erde. Mit mehr Licht hätte ich nach Fußspuren suchen können.

Jack?, rief ich.

Der Spielplatz wirkte gespenstisch. In der Mitte, wo die Seilschaukel baumelte – einfach ein dickes Tau, jeden halben Meter ein

Knoten –, fielen die Schatten und Linien beinahe zu einem Quadrat zusammen, und in dem schwachen Licht wirkte es wie ein eigener Raum. Als ich so dastand, hatte ich das absurde Gefühl, in meinem Wohnzimmer zu sein, dazu passte auch, dass ich dort allein nach Jack suchte. Manchmal, wenn Cecil vorbeischaute, brachte er Jack mit, und das war ein todsicherer Hinweis darauf, dass den alten Sack Sorgen quälten. Dann ging Jack nämlich mit Linnea nach draußen, und Cecil bekam die Gelegenheit, sich auszuquatschen, bloß er und ich. Dann schleppte er auch immer ein schönes Stück Elchfleisch an, und während die Kids auf dem Feldweg zur Schlucht liefen, tauschte er es gegen ein paar Bier und ein bisschen meiner Zeit. Immer blieben wir in der Küche; Jack war der einzige West, der in mein Wohnzimmer kam, als wäre es ausschließlich für Dinge reserviert, die nichts mit dem Herzen zu tun hatten.

Jack? Wieder rief ich, und als er nicht antwortete, ging ich fluchend in Richtung der roten Schneckenrutsche. Zu der Rutsche gehörte eine Wendeltreppe, die in einer Blechhülle steckte und auf der die Kinder nach oben stiegen. Wahrscheinlich hatte Cecil da den Kopf reingesteckt, kurz reingeschaut und ihn wieder rausgezogen, so viel muss man ihm vermutlich zugute halten. Vielleicht genügte das auch, so wie die Dinge standen; Jack konnte überall in der Stadt sein. Aber in der Dunkelheit konnte man ein Kid, das auf der Treppe hockte, leicht übersehen, und Cecil hätte schon ein wenig gründlicher suchen können.

Ich steckte den Kopf nicht in die Rutsche; ich versetzte der Metallhülle einen ordentlichen Tritt, der der NFL würdig gewesen wäre: Drinnen schrie Jack wie ein Junge.

Hab dich gefunden, sagte ich und hockte mich vor die Tür.

Hau ab, rief er.

Die Rutsche roch wie ein Klohäuschen. Bestimmt hatte Jack sich aus einer jugendlichen Form von Buße heraus gezwungen, da reinzugehen. Komm schon raus.

Du bist nicht mein Dad.

Der hat dich auch gesucht. Ich suche bloß gründlicher.

Er sagte nichts. Es war den Versuch wert. Find ich gut, was du gemacht hast, begann ich.

Was meinst du.

Du hast Linnea verteidigt.

Hat aber nichts genützt. Crib hat mich einfach verprügelt.

Man kann nicht immer gewinnen.

Ich konnte sein Gesicht nicht sehen, aber seine Stimme schepperte, und nicht bloß, weil er in einem riesigen Blechzylinder steckte.

Mein Dad schon.

Das ist doch Blödsinn.

Er hat auch dich geschlagen, sagte Jack; er brüllte es, wahrscheinlich, um die Tränen zurückzuhalten.

Aber bloß, weil du mich angeschossen hast, sagte ich, idiotisch.

Der hätte nicht verloren.

Darum geht's doch gar nicht.

Linnea hält mich für ein Weichei.

Und natürlich steckte das hinter seiner Scham. Mir hat sie gesagt, du hast den Amerikaner für sie geschlagen. Auch sie macht sich Sorgen.

Er schwieg. Seine Stiefel scharrten auf den Stufen, landeten auf der weichen Erde. Okay, sagte er und trat in die Nacht, wo ich ihn sehen konnte. Er sah ziemlich übel aus. Er hatte schon länger aufgehört zu weinen, aber Blut und Rotz verkrusteten sein Gesicht. Seine Lippe war aufgeplatzt, und weil er durch den Mund atmete, sah ich, dass ein Zahn fehlte. Als er mit den Fingern an sein Gesicht kam, verzog er es. Er roch nach Blut und Atem.

Ich legte ihm die Hand auf die Schulter. Als ich ihn berührte, richtete er sich auf.

Komm, sagte ich.

Ich nahm den langen Weg nach Hause. Ich dachte, ein wenig Zeit zum Abkühlen, bevor wir den Frauen gegenübertreten würden, täte ihm wie mir ganz gut. Außer einem schlichten Danke hatte Jack nicht viel zu sagen, aber er kurbelte seine Scheibe so weit herunter, wie es ging, und hielt die Stirn in den Wind. Mich beschäftigte der amerikanische Typ. Ich kriegte ihn nicht aus meinen Gedanken – wer er war, woher er gekommen war, was er getan hatte, und nicht nur was mich anging.

In meinem Haus leuchteten die Wohnzimmerlichter noch immer durchs Fenster, und als ich langsam anhielt und der Motor zitternd erstarb, wurde hinter der Scheibe eine Gestalt größer und dann zur Silhouette. Jack und ich schauten sie an – es war Nora; Linnea hatte eine schmale fleischlose Mädchenstatur –, aber ich hatte den Eindruck, dass wir zwei verschiedene Dinge sahen und uns wünschten. Er sprang aus dem Pick-up und marschierte durchs Gras zur Haustür, und ich ließ ihn ein Stück vorausgehen. Warum, weiß ich nicht genau.

Als ich durch die Tür trat, hatte Nora Jack an den Küchentisch gesetzt und wischte ihm mit einem Tuch Dreck und Blut und alles mögliche andere von den Wangen. Ihre Hände waren feinfühlig, sie machten kleine, säubernde Bewegungen, bei denen Jack zusammenzuckte und gleichzeitig Luft einsog. Er meckerte nicht, schaute nur düster drein. Neben ihm saß Linnea, ihre Knie ganz nah an seinen, in einem blauen Jungspyjama. Sie hatte einen Ellbogen auf dem Tisch, die Wange ruhte auf dem Handgelenk. Jack schaute sie gelegentlich verstohlen an – ein rasches Drehen des Kopfes, kaum genug, dass er an der Schwellung um seine Augen vorbeisehen konnte. Linneas andere Hand lag bei einem Ast im Holz, die Fingerspitzen Zentimeter von Jacks Arm entfernt. Ich kam mir in der Küche völlig überflüssig vor.

Ich goss mir noch einen Whiskey ein – der zweite Drink des Gentleman –, und es war, als wäre jedes Glasklirren, jedes Holzklopfen, jedes Stiefelknarren auf dem Linoleum so peinlich, als hätte ich gebrüllt, und ich erwartete fast schon, dass mich alle anstarrten. Das Glas in der Hand, drückte ich mich in die Ecke, wo sich die Arbeitsplatten trafen –, ich brachte es nicht über mich, zum Tisch hinüberzugehen. Im Nachhinein ist es wahrscheinlich gut, dass ich es war, der Jack gefunden hatte: Wäre ich nach meiner Kabbelei mit Crib in ein ruhiges Haus heimgekehrt, dann wäre es direkt zu Cecil durchgedrungen, und ich wäre mit dem alten Sack auf Menschenjagd gegangen. An meiner Stelle hätte Cecil Crib nur bis auf Reichweite seiner Flinte rankommen lassen.

Jack fasste sich an die Wange, wo Nora sie gesäubert hatte. Die Haut war violett geworden, geädert. Mein Gesicht tut weh, sagte er.

Dann hör eben auf, Schläge damit abzublocken, sagte ich und grinste über mein Glas hinweg.

Jack warf mir einen eiskalten Blick zu, aber ich grinste einfach nur weiter, worauf ein Lächeln die Empfindlichkeit seiner Wange auf die Probe stellte. Nicht ein Wort des Mitgefühls, sagte er. Nicht ein einziges.

Du weißt ja, was über Mitgefühl gesagt wird, erwiderte ich und holte weitere drei Gläser aus einem Schrank. In zwei kippte ich ein bisschen Whiskey, ins dritte ein bisschen mehr. Im Wörterbuch steht's zwischen Mist und Müll.

Jack schnaubte; die Frauen verdrehten die Augen. Ich ging mit den Gläsern hin – nur ein Pfützchen für Linnea und Jack, für Nora einen ordentlichen. Linnea sah mich mit ihrem Blick an, als wäre ich nicht ihr Dad. Jack nahm das Glas auf einer Fingerspitze entgegen, er balancierte es perfekt aus. Sag aber nichts Cecil, sagte ich, während ich Nora das dritte Glas reichte.

Vielleicht fing da etwas an. Nora säuberte Jacks Gesicht zu Ende – warum sie den Jungen nicht einfach mal duschen ließ, blieb mir ein Rätsel –, dann wandten er und Linnea sich einander zu und sperrten uns von ihrer Unterhaltung aus. Sie schlürften ihr Pfützchen Whiskey und schüttelten sich. Es war schon nach fünf, aber noch dunkel, und es war, als wäre selbst die Luft blutunterlaufen. Dann, fast hätte ich es nicht bemerkt, legte mir Nora die Hand auf den Unterarm, und wäre ich nicht so verdammt kaputt gewesen, wäre ich erschrocken. Ich schaute von ihrer Hand auf ihr Gesicht – das mich durchdringend ansah.

Heute Nacht hast du was verdammt Gutes gemacht, sagte sie, und genauso schnell zog sie ihre Hand zurück. Diese eine Berührung – die weckte in mir den Gedanken, dass ich was richtig gemacht hatte. Den Gedanken, dass alles bestens war.

DREI

Das Schicksal führt jene, die ihm folgen,
und zerrt jene mit, die sich dagegen wehren …
Jedes Wesen wird mit einem Hieb zum Grasen
getrieben.

Plutarch und Heraklit

Archer verbrachte den Nachmittag damit, Geschichten von seinen Abenteuern im Marine Corps und darüber hinaus zu erzählen: Er zeigte mir den kaputten Daumen, den er in der Tür eines Sattelschleppers eingeklemmt hatte, viele Monde zuvor, als er einen Langholzlaster durch die Purcell Mountains fuhr; er strich über eine Narbe unterm Ohrläppchen, wo ihm seine Tochter eine Weinflasche drübergezogen hatte; er rollte ein Hosenbein hoch, um eine hühnerdünne Wade mit Narben in einem Splatter-Muster im Fleisch zu entblößen, und sagte mit einem Zwinkern, dazu solle ich Gramps befragen. Er hatte zwei Einsätze in Vietnam überlebt und war genau der Typ dafür gewesen, und er erzählte von Kameradschaft, davon, wie seine Kumpel einander gequält hatten, um die Tage zu überstehen. Er schwelgte sogar etwas darin, was ich von einem Veteranen nicht erwartet hätte, allerdings hatte ich als Vergleich nur Gramps, und Gramps redete über seine Zeit in der britischen Armee nur, wenn sein Blutalkohol die Sättigung erreicht hatte, und selbst dann spuckte er nach jedem zweiten Wort aus, um die Namen von Hauptleuten und Obersten, auf die man in keinem Geschichtsbuch stößt, zu verfluchen. Hin und wieder trank Archer einen Schluck von seinem Orangensaft, kaute das Fruchtfleisch und starrte an meiner Schulter vorbei auf den Horizont. Seine Finger drehten unablässig das Glas wie in dem Witz über Frauen ohne Männerbegleitung in einer Bar, und wenn unsere Rollen vertauscht wären, würde er bestimmt dasselbe denken. Er sagte, eine ähnliche Kameradschaft habe er vor langer Zeit gegenüber Gramps empfunden, nachdem sie sich im Tal niedergelassen hätten. Dann hoben sich seine Lippen an einer Seite zu einem Lächeln, das die Dehnbarkeit seiner Haut strapazierte.

Als der Abend sich hinzog, schlurfte Nora nach draußen und forderte Archer auf, er solle sich jetzt hinlegen, der darauf die Augen schloss und lange, resigniert ausatmete, aber nicht protestierte. Ich folgte ihnen durch die Sturmtür zum vorderen Eingang. Dort sah ich im Schein der Innenlichter, dass alle Wände, nicht nur im Flur, voller Kohlezeichnungen hingen, alle so ähnlich wie die in dem Stapel, den ich Jahre davor in Gramps' Garage entdeckt hatte. Keine der Zeichnungen zeigte Menschen – nur Landschaften, Horizonte, das Tal wie ein riesiger, dunkler Teich.

Schlag Cecil für mich die Zähne ein, meinte Archer und hielt mir die Hand hin. Nora trat zu mir, umarmte mich und hielt mich umschlungen wie eine Mutter.

Dann machte ich die Haustür auf, und Archers Arm schoss raus und packte mich am Handgelenk, um einiges fester als freundlich. Ich wollte mich losreißen, doch er hielt mich mit einem Soldatengriff, mit seiner ganzen drahtigen, verzweifelten Kraft, fest. Seine prägnanten Wangenknochen warfen zwei Dreiecksschatten Richtung Mund. Ich sah das Rot über der Lippe, wo die Haarfollikel ausgefallen waren, ein Leben voller Fehltritte und tollpatschiger Stürze in der Kindheit, die auf seiner Kopfhaut ihre Spuren hinterlassen hatten. Er hatte nicht mehr lange zu leben, das konnte jeder sehen.

War schön, dich zu sehen, sagte er und schluckte schwer.

Ebenso, antwortete ich, obwohl ich nichts verstand. Er ließ mich los, und seine Hände hingen in der Luft bei meinem Arm, als wären die Muskeln blockiert, und ich sah ihn an und er mich, und mir war, als hätte ich etwas anderes sagen sollen, als erwartete er, dass ich ihm irgendein Angebot machte. Nora stand stirnrunzelnd bei ihm: Sie muss gewusst haben, was er wollte. Schließlich ließ er die Hände in den Schoß sinken und die Schultern nach vorn sacken. Nora schob ihn davon.

Eine Weile saß ich in Gramps' Ranger. Aus dem Radio dröhnten Power-Balladen aus den Neunzigern, während ich die Lage überdachte, das mit Darby und Gramps und das brennende Hinterland von B. C. Archer hatte mir den Namen eines Trucker-Lokals in Owenswood gegeben – eine Stadt so weit im Westen, wie es nur ging, ohne die Kootenays zu verlassen –, wo, wie er sagte, meine Mutter arbeitete. Owenswood wurde schon evakuiert, und lokale Nachrichtenkameras hatten das Herzschlagleuchten gefilmt, das den Himmel über diesem Stück der Purcells rötete. Ich hatte flüchtig die Vorahnung, dass ich genau dann in Owenswood ankommen würde, wenn zum Rückzug geblasen wurde und fünftausend Leute die Landstraßen mit ihrem französischen Vorstoß verstopften.

Das war genau der Trip für ein andermal: Ich musste mit Darby reden oder Gramps Antworten abpressen oder mich zumindest so zudröhnen wie schon lange nicht mehr. Es ist einfach, die Kontrolle zu verlieren, oder vielleicht hatte ich sie von Anfang an nicht gehabt – wer weiß das schon? Auf der Heimfahrt trommelten Hagelkörner in der Größe von Mantelknöpfen auf meine Windschutzscheibe, und auf dem letzten Abschnitt in die Stadt kam ich an einem Sattelschlepper vorbei, der die Leitplanke über einen Abgrund geschoben hatte. Die Cops hatten sie markiert und warteten darauf, dass der Wind sie in die grollende, vom Regen tosende Schlucht wehte.

Ich war um halb elf in Invermere, die Besuchszeit im Krankenhaus war längst vorbei, also fuhr ich direkt nach Hause. Dort maunzte der Kater ohne Ende, und obwohl ich das Vieh mehr als jedes andere Lebewesen hasste, löffelte ich ihm doch noch mehr von seinem Zeug in den Napf. Puck tanzte im Kreis herum, bis ich ihn raus ließ, worauf er mit seinem einzigen Vorderbein in der Schiene der Schiebetür hängen blieb und voll auf die Schnauze fiel. Falls ihm das was machte, zeigte er es nicht. Er ist der härteste Hund, dem ich je begegnet bin. Er ist wie ein Redneck in Hundegestalt. Anderswo im Haus tropfte ein Hahn, das Geräusch unaufhörlich, blechern und bedrohlich wie das Tick-a-tick-a, das Wespen machen, wenn sie gegen Glühbirnen fliegen. Mir fiel auf, wie einsam das Haus ohne Gramps war, wie ich jedes Mal, wenn ich um eine Ecke bog, erwartete, ihn umzurennen.

Auf dem AB war eine neue Nachricht. Als ich vor dem Gerät stand, wie hypnotisiert von dem rot blinkenden Licht, kam Puck hergehumpelt und lehnte sich mit seinem schweren Körper gegen meine Knie. Er ist doch der Beste, der alte Puck. Ich kraulte ihn hinter den Ohren, und er stand einfach bloß so da, ergeben, auf seine Hundeweise begriff er, dass die Lage ziemlich beschissen war. Puck ist der zweite Mastiff, den wir Wests in unseren Diensten hatten – der erste, sein Opa, war nach allem, was man hörte, ein unbeholfenes Monster, selbst für Mastiff-Verhältnisse. Er hieß Lucas, aber ich habe ihn nicht mehr gekannt: Seine Größe brachte ihn früh um – sein Herz war zu groß. Darin liegt eine Lehre, aber ich möchte nicht moralisch werden. Puck war über elf und weitgehend unverändert, selbst nachdem sein Bein hin war. Das muss vor zehn Jahren passiert sein, als ich noch an der Westküste studierte. Die Tierärzte wollten ihn einschläfern, aber Gramps fand den Gedanken daran unerträglich. Er rief mich von der Praxis aus an, Ferngespräch, und heulte vor schlechtem Gewissen. Der Hund war ihm auf eine Weise wichtig, die ich nicht recht verstand, als hätten sie ein Geheimnis, das vertraulicher war als bei Liebenden. Die Tierärzte amputierten das kaputte Bein an der Schulter. Wie er an jenen ersten schweren Tagen Treppen bewältigte, war ein Anblick, der einen stundenlang unterhalten konnte. Puck hingegen hegte offenbar keinen Groll.

Jedenfalls lehnte er sich gegen meine Schenkel, und ich ließ die AB-Nachricht laufen: Mann und Hund hörten jemanden – es musste Darby sein, ganz klar – am anderen Ende atmen. Als die Nachricht zu

Ende war, jaulte Puck und jagte der Katze nach. Ich nahm den Hörer und wählte die ersten Zahlen von Darbys Telefonnummer, obwohl ich wusste, wo sie war, mit wem sie unterwegs war. Das Telefon würde einfach bloß klingeln. Sie und ich hatten ganze Tage im Bett verbracht, uns DVD-Boxen von Twilight Zone aus den Siebzigern und endlos dröge Staffeln von Akte X reingezogen, und manchmal hatte sie ihren Freundinnen gesimst, sie sollten anrufen, bloß damit wir zwischen den Decken liegen und das summende Telefon ignorieren und einfach den erdigen Geruch des anderen einsaugen konnten.

Ich wählte zu Ende. Nach einem Augenblick der Leere durchbrach das erste Klingeln die Stille. Zwischen dem ersten Klingeln und dem zweiten schien ziemlich viel Zeit zu vergehen. Es war, als hielte ich den Atem an. Durch die Scheibe der Küchenschiebetür konnte ich auf die Straße blicken, die sich hinter Gramps' Haus dahinwindet – noch immer Schotter, trotz Gramps' erbitterten Kriegs gegen die Straßensteuer. Es geht steil hinauf, und ich erinnere mich gern daran, wie ich mich mit meinen bescheuerten Freunden in eine Holzkarre zwängte und in einer Geschwindigkeit, in der sich Menschen besser nicht bewegen sollten, wie in einem Bob damit runterraste. Irgendwie tat sich dabei keiner was, aber einmal löste sich auf halbem Weg ein Rad von der Achse und zerbarst am Fuß des Hangs. Noch viele Jahre danach stand das vom Regen verzogene Skelett unter dem Baumhaus meines Kumpels wie eine Erinnerung, wie etwas aus einer Zeit, als noch alles besser war.

Das Telefon klingelte ein zweites Mal, und ich atmete aus und schaute zu, wie sich die Pappeln in den Nachbargärten im Wind bogen. Gramps hatte Darby nie gemocht, aber wahrscheinlich wäre ihm kein Mädchen recht gewesen, das ich ihm vorgestellt hätte. Freundinnen, Beziehungen allgemein, sind Gramps suspekt. Aber er wird wohl lange genug gelebt und hart genug gearbeitet haben, um das Recht zu haben, grundlosen Argwohn zu hegen. Dann, beim dritten Klingeln, als ich mich schon geschlagen gab, ging Darby dran.

Erst sagte sie gar nichts – wir sahen auf dem Display, wer anrief; sie dürfte Gramps' Nummer erkannt haben.

Wie geht's dir, Alan?

Ungefähr so gut wie, na ja, sagte ich, unfähig, sarkastisch zu sein.

Kriegst du was geschafft?

Kleine Planänderung.

Hoffentlich nichts, was dich zu sehr ablenkt.

Gramps hatte einen Herzinfarkt.

Scheiße, sagte sie.

In unserer letzten gemeinsamen Nacht schmiegte ich, nachdem ich gedacht hatte, wir hätten unsere Liebe neu belebt, den Kopf in den Raum unter ihrem Kinn, und sie küsste mich auf den Schädel. Durch den Schweiß, die Laken, die Brüste, zwischen mir und dem, was kam, hörte ich ihr Herz klopfen. Dann fuhr Darby mir mit den Fingern durch die Haare und stieß mich zur Seite, atmete tief ein, bis ihr Brustkorb sich gehoben hatte. *Alan,* sagte sie, viel zu kehlig, wie eine Frau, die mit den Tränen kämpft, und ich erwachte aus dem Schlummer, in den sie mich mit Wärme und Sex gelockt hatte. Sie sah mich an, als wäre ich unter Wasser, und da verstand ich – viel zu spät –, dass Darby unsere letzte Nacht nicht damit verbracht hatte, die Beziehung neu zu beleben; sie hatte nach einem Weg gesucht, sie zu beenden.

Irgendwo hinter mir, in Gramps' leerem Haus, polterte Puck gegen Möbel. Er ist nicht eben das eleganteste aller Lebewesen, aber er hat das Herz am rechten Fleck. Ich räusperte mich ins Telefon. Darby hatte sicher ihren Männerpyjama an. Bestimmt hockte sie auf der Kante unseres Bettes, die Beine über Kreuz und eine zerschnittene Orange auf einem kleinen Teller mit Blumenmuster.

Gramps geht's gut, sagte ich. Er keift wie immer.

Das soll gut sein?

Es ist wohl ein bisschen besser, als wenn er tot wäre.

Sie zischte ins Telefon. Enttäuschung, Abneigung. Ich mache ihr keinen Vorwurf, gar nicht. In dem Moment wünschte ich, Puck würde um die Ecke biegen, mich zu Boden werfen und das ganze Telefon verschlingen. Ich wünschte, das Feuer würde über die Berge heranlodern und dieses Telefonat in allgemeinem Prasseln und Knistern beenden.

Ich hab die Nachrichten gesehen, meinte sie. Ich sagte nichts mehr, dachte vielmehr an Missy und die Begegnung mit ihr im Krankenhaus. Wäre ich nicht aus Invermere weggegangen, dann wäre dieses Kind wahrscheinlich meins gewesen. Darby sagte was von Kanus. Sie sagte was von Luftturbulenzen. Die Brände werden nicht besser, sagte sie.

Zwischen uns sind die Purcells, sagte ich.

Ich hab von Problemen am Rogers Pass gehört, meinte Darby und machte ein Schluckgeräusch in den Hörer. Ist das bei dir in der Nähe?

Weiter nordwestlich.

Dann schließt es euch nicht ein?

Die Purcells werden die Brände abhalten.

Ich mach mir bloß ... Sorgen, meinte sie und klang dabei sehr unsicher.

Wär mal was anderes, erwiderte ich.

Sei nicht so doof.

Hast du gerade mit jemand anderem geschlafen?

Nein, bellte sie.

Hast du überhaupt mit jemand anderem geschlafen?

Hör doch auf mit deinen blöden Wortspielchen.

Dann legte sie auf, und ich erschlaffte am Küchentisch und genoss einen Augenblick Selbstmitleid. Vorher hatte ich Gramps' Schuhkarton auf den Tisch gestellt, falls er nach Hause kam und ihn suchte. Ich hatte nichts Besseres zu tun, als mich zu suhlen, und so zog ich ihn zu mir her und kramte nach dem Spielzeugrevolver. Es war eine richtig tolle Spielzeugwaffe, ein völlig anderes Kaliber als der Plastikmüll, den sie heute für Jungs herstellen. Das Gehäuse sah vernickelt aus, und der Griff war ein massiges Stück weißes Porzellan, das wie Elfenbein aussehen sollte, so als wäre es cool gewesen, sich als

Kind vorzustellen, dass für die Herstellung des Spielzeugs ein Elefant gestorben wäre. Der Mechanismus, der den Hahn auslöste, hing lose und leblos da, denn eine Feder fehlte, und der Verschluss, der diese vierteldollargroßen Zündplättchenrollen abdeckte, baumelte scharnierlos herum. Nichts als ein paar Schrauben, eine neue Feder und nervige Arbeit. Ich hätte ihn reparieren können – ich halte mich für einen Verzweiflungsbastler –, doch bevor ich mich dazu aufraffen konnte, streckte Puck den Kopf um die Ecke. Er hatte Gramps' orangenen Kater im Maul, das Vieh hing in seinem Maul wie ein Halbmond. Es ließ sich einfach so rumtragen. Ich wollte Puck schon sagen, er solle die Katze loslassen, aber da, wie in einer Szene aus einem Horrorfilm, bog die Katze sich seitlich hoch – schien zum Leben zu erwachen – und heulte mich an wie ein Vieh, das zerfleischt wird.

Ich setzte eine von Gramps' Basecaps auf, griff mir eine halbe Flasche Canadian Club – möglicherweise der scheußlichste Whiskey der Welt – aus dem Schnapsschränkchen und ging zur Tür raus. Während der Highschool und noch kurz danach unternahmen meine Kumpel und ich Nachtwanderungen auf Invermeres Asphaltstraßen, den Geruch von Seewellen und Vegetation im Wind und die Nachwirkungen von billigem Wodka im Atem. Invermere hat wenige Straßenlampen, und sie stehen weit auseinander, und die Wohnstraßen in der Wilder-Siedlung führen unweigerlich zum Strand, sodass man immer hinfindet, obwohl einen nur die hell leuchtenden Lichtflecken aus Wohnzimmern und von Verandalampen führen. Das habe ich an Kleinstädten immer vermisst – dass Straßen für Leute gebaut werden, es fehlen gelbe Linien, Verkehrsampeln, das hohe Piepsen, das bei Überwegen ertönt, damit Blinde sich zurechtfinden. Sie haben eine Stille, eine Rauheit und eine Neuordnung von Werten – da können Kerle sich über Hausisolierung voll in die Wolle bekommen, Filme kommen erst Monate nach ihrem Start ins Toby, Familien sind eng verbunden, und der Tratsch lauert um die Hausecke. Die Luft im Tal schmeckt nach Nektar und Fichte, und die Leute haben die Gewohnheit, Dinge nicht auszusprechen.

Der Kinsmen-Strand schließt abends, vor allem aus Sicherheitsgründen wegen der Touristen. Ich lief am Ufer entlang. Oft gingen Hundebesitzer mit ihren größeren Hunden da hin, damit diese Riesenviecher am Ufer hin und her pesen konnten. Das hatten wir auch mit Puck gemacht, und dabei hat er auch das Bein verloren. Am anderen Ende des schiffstauglichen Uferabschnitts, wohl einen vollen Kilometer vom öffentlichen Sand entfernt, steht ein verfallenes Pelzhändler-Fort, das von einer Betonmauer über Wasser gehalten wird. In den Anfangstagen der Besiedlung transportierten Grenzleute damit Biberpelze auf dem Sevenhead River. Heute krängt das Fort wie unter starkem Wind, und drinnen stinkt es nach Holzkohle und Marihuana.

Der Sand um das Fort herum enthält keine Steine, weil ein reicher Calgarier vor Jahren überlegte, den Abschnitt zu seinem Privatstrand zu machen, und ihn deshalb von einheimischen Highschoolkids gegen Geld rechen ließ. Auch eine Bank steht da, auf einem Betonpodest und zu Ehren eines alten, toten Lobbyisten, der gegen die Kommerzialisierung der Strände von Invermere protestierte. Von der Bank aus kann man übers Wasser hinweg auf die Berge schauen, auf einen Himmel von der Farbe trüber Augen.

Ich wischte Dreck von der Bank und setzte mich hin. Ein Stück daneben waren die Überreste eines kleinen Feuers halb vergraben, tief drinnen glomm es noch orange. Wohl jeder, mit dem ich aufwuchs, verband eine Geschichte mit dem Fort; ich küsste dort zum ersten Mal ein Mädchen, es war in einer Halloween-Nacht, und wir beide waren als Zugschaffner verkleidet. Dann erschoss sich ein Junge mit der Flinte seines Dad – klemmte sie sich unter den Kiefer und jagte sich einen Rehposten durch den Schädel. Seinen richtigen Namen weiß ich nicht mehr, aber wir alle nannten ihn Junior – er machte den Eindruck von zufriedenem Durchschnitt. Von seinem Kopf blieb nicht genug für eine Identifikation übrig, und das hat mir wahrscheinlich am meisten Angst gemacht, als ich ihn fand. Das Geschoss hatte ihn mit dem Gesicht voraus – wohl eher Brust voraus – ins Wasser geschleudert, und an der Leiche brachen sich die Wellen, schubsten sie gegen die Stützwand, die das Fort daran hinderte, in den See zu rutschen. Es war gar nicht mal viel Blut da; als ich über ihn stolperte, war es schon ausgelaufen, in Sand und Wellen gesickert. Bloß noch Sehnenfetzen und Fleisch. Seine Klamotten waren schleimig und feucht, und die Baumwolle ballte sich unnatürlich in meinen Fäusten, als ich zog. Wasser quatschte durch die Lücken zwischen meinen Fingern, und der Stoff machte ein Geräusch, als würde eine Orange ausgepresst. Das Mädchen in meiner Begleitung – übrigens Missy – hatte die Leiche nicht gesehen. Sie war stehen geblieben, um sich Kletten vom Rock zu zupfen.

In der Nähe der Leiche hatte Gramps einen Abschiedsbrief gefunden. Viel Tiefgründiges stand nicht drin. Klar, Probleme mit Mädchen – warum sonst drückt ein Typ in dem Alter schon ab? Nachdem er ihn gelesen hatte, faltete Gramps ihn zu einem kleinen Viereck zusammen und kniete sich hin, die Knöchel vor die Zähne gepresst. Er hatte seine Jagdweste an und besaß noch die letzten Haarsträhnen, aber der erste seiner Altersflecken war schon vom Stirnrand runtergekrochen. Der Brief hing von seiner anderen Hand, eine Ecke berührte den Boden. Ich weiß, was er da gedacht haben dürfte: Lohnte es sich, jemandem den Brief zu zeigen? Musste der Dad des Jungen – ein Anstreicher, dessen Vater Gramps in der guten alten Zeit gekannt hatte – ihn lesen? Damit würde er auch keine Ruhe finden.

So eine verfluchte Verschwendung, sagte Gramps und legte dem Jungen den Brief auf die Brust. Dann stand er, Hände auf die Knie gestützt, auf und kam her. Ein kleines Stück weiter blieb er wieder stehen und sah mich über die Schulter hinweg an. Hat deine Freundin das gesehen?

Die ist nicht meine Freundin.

Er steckte die Hände in die Taschen, schob die Schultern nach vorn.

Alles gut?, sagte ich.

Weiß nicht, antwortete er.

Dann streckte er die Arme aus, als wollte er mich umarmen, hielt aber jäh inne, sein ganzer Körper stemmte sich dagegen. Er reckte das Kinn zu seinem Ranger hin. Ich dachte, er könnte mir vielleicht einen Rat geben; er hatte ja in einem Krieg gekämpft und war alt. Der Pick-up sprang nicht gleich an, vielmehr hörte ich immer ein Tschunk, wenn er den Zündschlüssel drehte, was, wie Gramps mir beigebracht hatte, bedeutete, dass die Spule tat, was sie sollte. Danke, Spule, sagte er immer.

Ich erwachte auf der Bank mit einer Erektion, und mein Hals war so verspannt, dass er manuell eingerenkt werden musste. Tau hatte den Sitz glatt und meine Klamotten klamm gemacht, und bei jeder Bewegung rieben feuchter Denim, feuchte Baumwolle oder feuchtes Vinyl an meiner Haut. Hinten in der Kehle schmeckte ich Whiskey und Kater. Der Himmel war kobaltblau, tiefer als das Wasser darunter, und über der Glasfläche des Windermere Lake sah ich das erste Orange flackern: Fischer auf Hausbooten stolperten im Schein von Öllampen mit heftigem Harndrang zum Bootsrand, Hausbesitzer mit Bürojobs zogen in ihren Villen am Wasser die Vorhänge zu; ich stellte mir vor, wie Funken herabregneten, wie kondensierte Glut – Napalm, Feuerwasser, Archimedes' Strahl.

Ich ging nach Hause. Dort ließ ich Puck von der Leine, zog meine feuchten Sachen aus und duschte mit dem letzten der Toilettenartikel, die Gramps mir überlassen hatte. Ich rasierte mich mit einem Einwegrasierer und Rasierschaum aus einer salzstreuergroßen Dose und trocknete mich mit dem Handtuch ab, das Gramps mir gegeben hatte, als er mir zeigte, wie man einen Rasierer benutzt. Da war ich in der achten Klasse gewesen. Das Mädchen, das ihren Spind neben meinem hatte – sie hatte zu viele Piercings im Ohr, die schon wieder von Haut überwachsen wurden wie von einem Tumor, das war in einem Sci-Fi-Film –, hatte auf meine Oberlippe gezeigt und gemeint, ich hätte aber einen perversen Schnurri. Nach Meinung von Gramps war sie dümmer als Bohnenstroh, aber seitdem habe ich meine Gesichtshaare nie mehr wachsen lassen. Er verpasste mir einen Einwegrasierer, zeigte mir das Wesentliche und lachte, als ich blutend wie nach einer Prügelei aus dem Badezimmer lief. Er war ein hervorragender Vaterersatz.

Ich stieg in Gramps Pick-up, hinten in der Jeanstasche die gefaltete Adresse meiner Mutter. Baritonstimme verlas im Radio die neuesten Nachrichten über die Waldbrände; das Feuer hatte bei Sevenhead den Highway übersprungen und die von den Arbeitern im Busch errichtete Sperre; ein Trupp dieser Buscharbeiter war jetzt dabei, Gräben auszuheben, um so ihre Haut zu retten; der östliche Highway von Owenswood her war wegen eines Erdrutsches blockiert, und falls das Feuer die Purcells überwand, gab es keine Möglichkeit zur Evakuierung mehr außer per Luftbrücke. Die Streitkräfte standen auf Abruf bereit, und die flapsigen Radiosprecher nannten es Operation Sporadischer Wind. Ich kann mir nicht vorstellen, in so was drin zu sein; es muss so sein, als würde man einer Belagerung trotzen. Am Himmel donnerten Löschflugzeuge Richtung Westen, nachdem sie sich auf dem Lake Windermere mit Wasser hatten volllaufen lassen. Die Leute aus dem Tal betrachteten diese Flieger und ahnten ihr Schicksal: je schneller die Dinger abflogen und zurückkamen, desto näher und wütender brannte das Feuer. In der ganzen Stadt erzählten sich die Leute in den Schlangen immer wieder die Geschichte von einem Sporttaucher, den man in voller Montur in der tiefsten Waldregion im Hinterland gefunden hatte – von einem der riesigen Wasserbehälter aufgeschöpft und Hunderte Meilen weiter aufs Feuer in den Tod geworfen.

Ich machte kurz halt am Krankenhaus, um nach Gramps zu sehen. Er sah besser aus, vielleicht. Seine Wangen waren wieder voller oder hatten Farbe angenommen. Das konnte ich mir aber auch eingebildet haben. Jemand hatte ihm einen Blumenstrauß gekauft, aber niemand hatte das Preisschild abgemacht. Sie hatten Gramps halb aufgerichtet, die Hände überm Solarplexus gefaltet – hätte er in einem Anzug gesteckt, man hätte denken können, er würde in Frieden ruhen.

Stehst du jetzt einfach bloß da und bewunderst mich?, sagte er und öffnete ein Lid einen Spalt.

Du hast ja von jemand Blumen gekriegt. Noch ein Enkel?

Kann nichts dafür, wenn die Damen nicht widerstehen können. Sind auch nur Menschen.

Ich nahm mir einen Stuhl und setzte mich neben ihn, und er drehte sich auf die Seite, fluchte, als er sich in den Monitorkabeln verhedderte.

Noch kein Jack, sagte ich.

Nenn ihn nicht so. Er ist dein Dad.

Nur biologisch.

Respektiere das, Alan, sagte Gramps.

Ich bin Archer begegnet.

Gramps machte eine Kaubewegung, gefolgt von einer Miene, als hätte er saure Milch geschluckt. Und, wie geht's ihm.

Er stirbt bald.

Wusste er, wo Jack ist?

Nein, aber er weiß, wo meine Mom ist.

Ein verfluchtes Familientreffen also, sagte Gramps. Er fuhr sich mit einer Hand durch die Nähgarnhaare, blähte die Wangen und stieß die Luft aus. Mit dem Daumennagel knibbelte er an einer Elektrode, die an seinem Unterarm klebte. Und, wo ist deine Mom?

Owenswood.

Das ist aber schade.

Was soll das denn heißen?

Der Highway ist geschlossen, du Idiot. Erdrutsch.

Ich kann den Erdrutsch umfahren.

Wahrscheinlich ist es am besten, ich sterbe allein.

Du schmollst ja richtig, sagte ich.

Gramps zuckte nicht mit der Wimper. Er hatte auch gar keine Wimpern mehr, mit denen er zucken konnte. Kann's nicht erwarten, bis dieses ganze verfluchte Tal brennt.

Jetzt sei endlich mal ein bisschen positiv, sagte ich. Herrgott.

Darüber vergieß ich keine Träne. Scheißtal.

He, Gramps: Fick dich.

Er haute aufs Bett, die Wangen flammend rot. Ich sterbe hier.

Soll ich Jack das sagen?

Er ist dein Dad.

Als er schluckte, hüpfte die ganze Luftröhre wie ein Apfel. Er drückte die Knöchel gegen die Zähne, und der Ärmel seines Krankenhauskittels rutschte zurück. Die Haut hatte die Farbe von fleckigem Papier, die Adern schrumpelig-blau und vorstehend, und zum ersten Mal fiel mir das Gleiche an seinem Hals auf, an den Hautlappen unterm Kiefer, dem Geringel von der Schläfe. Er sah aus wie einer, der stundenlang ohne Pause geschuftet hatte, als hätte er in der Berghitze Erde geschippt, und niemand war zu Hause, der ihm die Schulter tätschelte. Wahrscheinlich sah er einsam aus. Und alt.

Er kniff die Augen zu. Ruf Archer an, sagte er.

Du willst ihn sehen?

Nicht die Bohne, sagte Gramps. Er hat einen Langholzlaster gefahren.

Ja, hat er mir gesagt.

Die Forstwege, sagte Gramps wieder und klang dabei sauer. Seine Augen waren trüb geworden, und ich dachte, gleich würde er weinen. Aber ehrlich gesagt bin ich nicht mal überzeugt, dass er die Fähigkeit dazu hatte. Archer kennt sie. Der kann dich um den Erdrutsch rumführen.

Dem geht's dreckiger als dir.

Sag ihm dann einfach, dass wir quitt sind, sagte Gramps, und ich stellte mir vor, wie ich in seinem verschissenen Pick-up über Waldwege holperte, die so alt waren wie er oder noch älter. Gramps' Mund wurde schmallippig wie bei einem Armeetypen. Er schaute angestrengt oder finster oder mit einer Kombination von beidem. Rückblickend hätte ich es viel früher rauskriegen sollen.

Und, Alan, sagte Gramps, ohne mich anzusehen. Der ist dein anderer Großvater.

Archer und Nora kamen kurz nach Mittag in einem burgunderroten Bonneville, dem die hintere Stoßstange fehlte. Als ich angerufen – sie waren Gramps' Notkontakt – und alles erklärt hatte, schwieg Archer lange am Telefon. Es war nicht schwierig, mir Nora bei ihm vorzustellen, wie sie ihn musterte und wusste, wie schwer das war, worum er gebeten wurde. Natürlich würde er es tun, sagte er mir. Natürlich.

Nora stieg als Erste aus, aber Archer wartete nicht ab, bis sie auf seine Seite herumkam. Sie hatte ihr unauffälliges Kleid gegen eine Jeans und ein beigefarbenes Hemd getauscht, das ihr bis zu den Schenkeln reichte, aber ihre Ringe hatte sie noch alle an. Archer stieß die Tür weit auf und balancierte lange genug auf den Beinen, dass Nora den Rollstuhl aus dem Kofferraum hieven konnte – sie hatte nur Mühe mit dem Lösen, dem ersten Ruck. An der Art, wie sie sich bewegte, konnte man einiges ablesen: eine Frau vielleicht, die Wert auf Ziele legte, eine Frau, die weder die Geduld noch die Zeit hatte, einfach alles hinzunehmen – aber das lese ich womöglich nur hinein. Als sie den Rollstuhl herumgeschoben hatte, ließ Archer sich mit einer Grimasse hineinfallen. Er hatte sich extra dafür angezogen, trug eine schwere Flanelljacke über einem blauen T-Shirt und eine Trucker-Kappe, die er tief auf seinen eiweißfarbenen Kopf gezogen hatte. Seine Jeans war auf Schenkeln und Knien in breiten Streifen abgestoßen und mit kleinen Rissen und Flecken im Stoff durchsetzt.

Nora schob ihn bis zu den Eingangsstufen, dann trat ich aus der Tür, um ihn zu begrüßen. Puck folgte; Nora beäugte ihn mit einem Lächeln, das verblasste, als sie den Blick wieder zu mir wandte. Ich kann das keinem der beiden verwehren, sagte sie. Aber es ist grausam von Cecil, wirklich grausam.

Ich weiß, sagte ich.

Es wird ihn umbringen.

Ich bin doch da, bellte Archer.

Nora drehte sich zu ihm, hob die Brauen und haute mit dem Rücken der einen Hand auf die Fläche der anderen. Archer grinste. Er hatte alles, was er brauchte, das sah ein Blinder. Beide machten merkwürdigerweise den Eindruck, als seien sie mit sich und der Welt im Reinen.

Gramps glaubt, er stirbt bald, sagte ich.

Er will Hilfe von mir, dann wird das wohl so sein, meinte Archer.

Er sagt, du bist mein Großvater.

Archer und Nora sahen sich an, und Archer legte die Hände hinter den Kopf, verzog aber das Gesicht, als er versuchte, sich zurückzulehnen – seine alten Muskeln und Gelenke dehnten sich nicht mehr so weit. Dann ist die Katze jetzt wohl aus dem Sack, sagte er.

Warum hat mir das denn keiner gesagt?

War nicht unsere Aufgabe, sagte Nora.

Ich war bei euch zu Hause.

Cecil, sagte Archer und drehte die Handflächen nach oben, als wäre das Antwort genug.

Du hast mir gesagt, wo ich meine Mom finden kann – deine Tochter.

Archer beugte sich auf seinem Stuhl nach vorn, die Hände auf den Schenkeln. Ich hab's deinem Opa-Bastard versprochen, sagte er. Dann sah er abschätzend an sich herunter. Ich hab sonst ohnehin nicht mehr viel vor.

Mit einem Geräusch ließ er die Hände in den Schoß fallen, was Puck als Zeichen nahm, die Stufen herunterzuhumpeln und ihn zu beschnüffeln. Ein Tropfen Hundesabber fiel auf Archers Bein, und er verschmierte es auf der Jeans, rieb Puck mit seinen alten Händen über die Ohren und klopfte ihm auf seine große, muskulöse Flanke. Puck lehnte sich gegen ihn, worauf der Rollstuhl ruckelte, aber Archer verzog keine Miene.

Kommt der da mit?

Sieht ganz so aus.

Wir hatten auch mal einen Mastiff, ist Jahre her, nachdem wir hier weggezogen waren. Haben ihn Dough genannt.

Damit ließ er Puck los und rollte zu Gramps' Pick-up, allein, weil Nora sich nicht von den Stufen rührte. Sie verschränkte die Arme. Irgendwo außer Sichtweite ließ Puck ein spielerisches Bellen los. Ich geh zu Cecil, sagte sie. Ich bin dort, wenn ihr Jack bringt.

Wenn er denn mitkommt.

Sie flocht die Finger ineinander und legte die Hände zusammen – fast als betete sie. Das ist doch alles so dramatisch und sinnlos. Hätte Cecil doch nur den Stock aus dem Arsch genommen.

Vielleicht kannst du ihm ja dabei helfen, sagte ich.

Sie schaute mich über die Knöchel hinweg an und sagte erst mal nichts. Ich kam mir taxiert vor. Es ist einfach bloß so eine Scheiß-Verschwendung, wobei sie das Fluchwort flüsterte.

Dann brüllte Archer, wir sollten jetzt nicht mehr seine Zeit verschwenden, schließlich liege er im Sterben, sondern herkommen und ihm in den Pick-up helfen. Und dann fuhr ich gen Westen wie ein verlorener Sohn, bewaffnet mit einem Schuhkarton voller Erinnerungen, dem Horizont mit seinem glühenden Sonnenuntergang entgegen. Archer ließ sein Fenster herunter und steckte den Ellbogen raus, setzte sich so hin, dass seine Beine überm Sitz lagen. In dem rauchigen Dunst schien alles eine Aura zu verströmen. Ob das vom Licht kam oder von der Flucht aus Cranbrook – dieser letzte Griff nach den Dingen seiner Vergangenheit, das Alter vergessend für eine letzte Eskapade –, Archer war jedenfalls verjüngt. Mit ihm da und dem rostigen Kühlergrill des Pick-up und den Flammen, die vor uns am Horizont leckten, sah es fast genau so aus, wie ich mir die Welt der siebziger

Jahre vorstellte: alles in Schwefel und Rost getaucht wie ein altes Polaroidfoto – alles orange gefärbt, sogar die Luft.

Vor langer Zeit, in einem vergessenen Teil der Geschichte Invermeres, war die Straße zu den Kiesgruben ein gut erhaltener Highway gewesen, doch im Februar 1970 war daraus ein Chaos aus aufgeworfenem, mit Schlaglöchern übersätem Asphalt geworden, überall lagen Baumstämme, kaum zur Seite geräumt. Jack erzählte mir von Dragster-Rennen, die dort stattfanden, und wie der amerikanische Typ, Crib, mit dem Motor seines Wagens prahlte, nur um bei Rennen um Rennen Staub zu schlucken. In der Highschool war er zur Legende geworden, nicht dafür, wie chancenlos er immer verlor, sondern wie hartnäckig, als könnte nichts ihn davon abhalten. Kein besonders hilfreicher Gedanke, wenn es dabei um einen Mann geht, der einem vielleicht auf den Fersen ist, aber es ist sinnlos, sich mit Eventualitäten aufzuhalten. Crib war auch auf dem Schulparkplatz aufgetaucht, wo er amerikanische Zigaretten rauchte – die Schachtel aufgedonnert wie ein Sternenbanner, weil bei allem, was wir machen oder tun, demonstriert werden muss, dass es amerikanisch ist. Er saß auf der Motorhaube und redete in kurzen, barschen Sätzen. Zwei Lehrer vertrieben ihn. Jack versprach, mich auf dem Laufenden zu halten. Cecil meinte, wir könnten Cribs Wagen ja einen mitternächtlichen Besuch abstatten, um ihm eine Botschaft zu senden, doch falls Crib tatsächlich einer von denen war, die Deserteure aufspüren sollten, wollte ich sicher nicht seine Aufmerksamkeit auf mich lenken. Am besten, man blieb unauffällig, unbeobachtet. Die menschliche Aufmerksamkeit richtet sich erstens auf Handlungen und zweitens auf Kontraste.

Im Winter wurde die Serpentinenstraße zu den Kiesgruben nicht geräumt, also fuhr man am besten mit Allrad hin und Männern, die nichts zu verlieren hatten. Es war dunkel – sieben Uhr abends –, und die Grenze zwischen Straße und Graben nicht zu erkennen. Ich fuhr mit einem Rad auf dem Seitenstreifen, weil man dann den Schotter gegen die Radhäuser schlagen hörte, und damit war klar, dass wenigstens zwei Räder auf dem Asphalt waren. Ein paar Mal erfassten meine Scheinwerfer blitzende Murmelaugen, doch ich hatte Angst, die Bremse auch nur zu berühren. Unregelmäßig tauchten Tierkadaver vor mir auf, einer sogar noch so frisch, dass aus dem blutigen Riss in der Flanke Dampf aufstieg. Auf überfahrene Tiere trifft man nicht in Gruppen, selbst wenn man eine ganze Familie ummäht. Das passierte mir einmal – rammte drei Rehe, ich war gerade zurück von meinem ersten Einsatz und wollte sicher nicht sofort wieder töten. Brach sämtliche zwölf Beine an den Knien, mehr oder weniger. Meine Ex wollte sie liegen lassen –, sie ertrug es nicht, dass sie nicht stöhnten, ihr Leiden verbargen, ihre Stille – aber mich verstört der Anblick von etwas, das Schmerzen hat. Wir hatten keine Flinte dabei, also wich ich ihren Gummibeinen aus und brach ihnen den Hals. Das macht nicht so ein Geräusch, wie man es aus Filmen kennt – es macht fast gar kein Geräusch. Aber man spürt es, ein Plopp, wie wenn jemand mit den Knöcheln knackt. Alle drei hatten sich in eine andere Richtung geschleppt, also folgte ich ihren Schleifspuren im Gras. Wie ich damals zu Cecil sagte, Tiere wollen allein sterben.

In jenem Februar hatte ich Cecil auf dem Beifahrersitz, und Jack klemmte zwischen uns, den Schaltknüppel zwischen den Knien, und immer wenn ich runterschaltete, sog er scharf die Luft ein. Sie quatschten mir ständig rein, und ich sagte den beiden, sie sollten die Klappe halten, worauf sie mich gemeinsam auslachten, wie zwei Kumpels, das gefiel mir. Wir waren unterwegs zu einer Handwerkerparty. Man hatte mich gebeten sie zu fahren, allerdings hatte mich keiner der beiden gefragt. Tatsächlich hatten Nora und ich andere Sorgen als die Frage, wer die beiden hin- und herfuhr, aber sie hatte mich gebeten mitzukommen, falls Cecil Unterstützung brauchte. Er war schon mehrmals mit einem der größeren Bauunternehmer aneinandergeraten; niemand mochte ihn, aber jeder tolerierte ihn – jeder außer Cecil. Meine Hände sind zu rau, um Egos zu streicheln, sagte er immer, ein Spruch, den ich bewundere. Nora wusste nicht, wovor sie Angst hatte oder ob der Bauunternehmer überhaupt da sein würde, aber wenn sie einen ansah, konnte keiner ihr die Unterstützung verweigern. Ich verdankte Cecil so viel – ich verdankte ihm meine ganze Lebensweise. Solche Dankesschulden lassen sich am schwersten zurückzahlen.

Tage davor hatte ich mich mit den beiden an einem Teich im Idlewild Park getroffen, weil sie mich zum Schlittschuhlaufen eingeladen hatten. Der Idlewild Park gehört nicht eben zu den zehn größten Sehenswürdigkeiten im Tal, aber er ist ganz okay. Vor allem ist er riesig, und man konnte so tief reinfahren, dass die Straße aus dem Blick geriet. Einmal schob ich mich an einer astlosen Fichte hoch, um einen Kater zu retten. Er hatte ein Zebrafell und einen Schwanz, der wie ein Stromkabel abgeklemmt war, und als ich ihn mir unter den Arm klemmte und seine abgezehrten Muskeln und fleischlosen Rippen spürte, bekam ich eine Ahnung davon, wie mein Körper eines Tages sein würde.

Getaut war der Teich schaumig, und Müll trieb darauf, der sich am ganzen Ufer im Schilf verfing, und er roch schwach nach Pisse, doch die reinigende Kälte des Winters hatte ihn sauber gemacht. Ich selbst besaß keine Schlittschuhe, aber Cecil hatte mir versichert, er könne welche auftreiben. Er und Jack waren häufig auf dem Eis, als der Junge noch kleiner war, und Cecil dachte – wie alle kanadischen Väter irgendwann einmal –, sein Sohn werde vielleicht in der NHL landen. Doch Jack verlor das Interesse am Eis, Cecil allerdings hielt sich fit, umrundete manchmal den See und den Teich zur Übung und wegen des Gefühls, wie der Bergwind über die Wangen fetzte. Es sei gut, um den Kopf freizukriegen – im Dunkeln, wenn das Einzige, was sich regt, die Struktur des Eises unter den Füßen ist. Auch auf andere Weise hatte er was davon, denn er hielt Schlittschuhlaufen für romantisch. Eine Wahnsinnsvorstellung, der alte West als Romantiker, aber noch die gammeligste Zwiebel hat mehr als eine Haut.

Als ich ankam, waren sie gerade aus Cecils Arbeits-Pick-up ausgestiegen. Cecil hatte sich die schwere Flanelljacke übergezogen, die er in der Sägemühle trug – ein blau-schwarz kariertes Ding, das so viel wie eine Steppdecke wog –, dazu eine graue Wollmütze mit Ohrenklappen und allem, was dazugehört. Er sah aus wie ein Holzfäller. Nora war eingepackt wie ein Astronaut und hatte erst gar keine anderen Schuhe angezogen, weil ihre Jacke bei jeder heiklen Bewegung – wie Bücken, um Schnürsenkel zu binden – so quietschte und schrappte, dass Cecil witzelte, er werde von einem Vinylsofa verfolgt. Sie waren aus Faulheit gefahren und weil der Pick-up als Wärmebastion dienen konnte, sollten Füße taub werden oder irgendein Idiot in das tödliche kobaltblaue Wasser einbrechen.

Wir gingen den Hang zum Teichufer runter. Noras Schritte waren schwer und ungeschickt wie die eines Maultiers, bis Cecil sich vor sie hinstellte und sie huckepack nahm. Unten zogen Cecil und ich die Schlittschuhe an. Ich sah, dass er mit mir ein Rennen laufen wollte, tat aber so, als merkte ich es nicht. Es muss nicht alles für das Alphamännchen bereitstehen, egal, was der alte West vielleicht denkt.

Nora fuhr Kreise. Ich wollte immer Eiskunstlauf machen, sagte sie, und sofort fiel sie auf den Arsch, die Handgelenke zum L gebogen, um die Landung abzufedern – genau richtig, um sich was zu brechen. Aber ich hielt den Mund, auch wenn es für Nora ein Weltuntergang wäre, sich so zu verletzen, dass Cecil und ich ihre Wunden versorgen müssten.

Schon mal Eishockey gespielt?, fragte Cecil, als wir losfuhren.

Bloß auf der Straße. Torwart.

Die edelste Position.

Eher die faulste.

Nora glitt zu uns heran. Fährt Linnea auch?, fragte sie. Jack ist ziemlich gut.

Weiß ich nicht, sagte ich, wacklig auf den Beinen. Ich kann den Vorwärtsschwung halten und auch das Gleichgewicht, aber erwarte ja keiner, dass es schön aussieht. War nie mit ihr fahren, sagte ich. Vielleicht ja ihre Mom.

Cecil winkte Leuten am Hang zu, sie winkten zurück. Er nutzte die Gelegenheit, um über den Job in der Sägemühle zu klagen und über einen blöden Lehrling, der sich fast geblendet hatte, als er mit dem Gesicht zu nahe an den Schweißwulst kam. Nora erzählte kurz von dem Tratsch an ihrer Schule, beharrte aber darauf, dass sie keinen Anteil daran hatte. Jeder lästert bei mir einfach immer über die anderen, sagte sie.

Wir umrundeten den Teich.

Ich gebe einen ganz ordentlichen Leibwächter ab, sagte ich, womit ich die Handwerkerparty meinte.

Passt ihr lieber auf, dass Jack nicht umgebracht wird, sagte Nora. Dann bekäme ich Ärger mit der Schule.

Aber sicher, sagte ich zu ihr. Die Sicherheit des Jungen ist meine oberste Priorität.

Sie seufzte übertrieben auf. Ich riskierte es, Cecil zuzuzwinkern. Es war gut, mit den beiden draußen zu sein. Es war, als hätte man ein normales Leben, normale Freunde. Die Luft roch nach nichts dort auf dem Eis. Der Winter hat einen deutlichen Geruch, aber den bemerkt man erst, wenn man nach drinnen gegangen ist. Das macht ihn für mich zu einem sehr menschlichen, einem sozialen Geruch. Eine kalte Wange riecht so viel besser als eine warme.

Das wird wohl dein erstes Mal bei der Kiesgrube?, sagte Cecil.

War schon mal dort, hab mich umgesehen.

Die Gegend inspiziert.

Fluchtwege, sagte ich. Man weiß nie, wann aus dem Wald auf einen geschossen wird.

Jack ist manchmal ein dummer Junge, sagte Cecil.

Wa-rum, sagte Nora in zwei betonten Silben und so hoch, als wollte sie die Frage besonders betonen, hast du überhaupt das Gewehr mitgenommen?

Falls ein Puma kommt.

Ein Puma.

Hinterhältige Bergkiller, sagte Cecil und zuckte männlich die Achseln.

Glaub bloß nicht, dass ich das vergessen habe, West, sagte ich.

Dein Bein ist heil.

Trotzdem hast du was gut bei mir.

Er brummelte. Er war ein guter Brummler. Ich hab gar nichts gut bei dir.

Bloß ein Loch im Bein, fügte Nora hinzu.

Bloß das, sagte Cecil. Aber dafür wirst du mir arbeiten.

Nicht lange danach bekam Nora kalte Füße. Cecil meinte, ihre Schuhe seien zu eng, was sie auch so sah, aber trotzdem wollte sie hoch, und wir beiden hatten keine Chance, ihr einen Wunsch abzuschlagen.

Ich kann schon ein bisschen warten, sagte sie. Im Pick-up. Die Schlüssel?

Cecil warf sie ihr zu. Der Wurf war viel zu hoch und schlecht gezielt, doch Noras behandschuhte Hand schoss hinauf, und sie griff sie locker aus der Luft wie einen Flugball.

Wir drehen nur noch eine Runde, sagte Cecil und sah zur Bestätigung zu mir her.

Meine Füße sind scheißkalt, sagte Nora.

Sie ging den Hügel hinauf zum Wagen, und beim Gehen quietschte ihr Astronautenanzug. Sie murmelte etwas, was ich nicht verstand, doch Cecil kniff zu mir gewandt die Brauen zusammen. Als Nora in den Pick-up gestiegen war und nichts mehr hören konnte, deutete Cecil mit dem Kinn in die ungefähre Richtung des Teichs.

Wie wär's mit einem Wettrennen?

Du bist Kanadier, sagte ich. Du läufst doch auf Schlittschuhen zur Arbeit.

Hast also Schiss.

Davor, was Nora dann mit uns anstellt, ja.

Cecil reckte den Hals in Richtung Pick-up. Er stieß tief die Luft aus, sie hing als Wolke vor seinem Gesicht. Die Innenleuchte brannte, doch von Nora war nichts zu sehen, sie hatte sich vorgebeugt, um die Schlittschuhe auszuziehen und dann die Füße an der Heizung zu wärmen. Isolierte Schlittschuhe halten die Wärme genauso gut ab, wie sie sie drin behalten.

Cecil zog einen Flachmann hervor. Den kriegt der Sieger, sagte er.

Das ist doch Unsinn, sagte ich. Es ist doch deiner.

Willst du nun oder nicht?

Na gut.

Zähl bis fünf, sagte Cecil. Er hatte ein wildes Leuchten in den Augen.

Ich zählte eins, zwei und zeigte dann zum Pick-up. Mist, sie guckt, sagte ich, und als Cecil sich hindrehte, um sich selbst zu überzeugen, stieß ich ihn gegen die Brust, so fest, dass er hinfiel, und lief los, noch bevor er aufs Eis aufschlug. Ich hörte, wie er sich aufrappelte, dann das kalte, metallische Geräusch seiner Kufen, die Halbmonde ausschnitten. Er heulte wie ein Polier.

Gemütliches Schlittschuhlaufen im Kreis ist eine Sache, da konnte ich meinen Schwung ausfahren. Übers Eis zu rasen ist was ganz anderes. Auf dem Teich war es so dunkel, dass ich mir wie in einer Lichtkugel oder Blase vorkam. Ohne Warnung tauchten Buckel auf dem Eis auf, und ich hielt verzweifelt mein Gleichgewicht. Cecils rhythmisches Gleiten klang in seiner Vollendung wie Hollywood. Sogar seinen Atem konnte ich hören, er keuchte nicht, er kicherte.

Dann war er neben mir, und die Leichtigkeit, mit der er Schritt hielt, erschien mir animalisch, als wäre er das Spiel jeden Moment leid und fände eigentlich, dass es für mich an der Zeit war zu sterben. Er schwenkte nach innen, um sich vor einem Ast zu ducken. Ich hob einen Fuß, um einer Wölbung im Eis auszuweichen. Am Himmel war kein einziger Stern zu sehen, und durch die Wolkendecke glomm der Mond wie eine schwache Birne.

Cecil zog davon, machte dann langsamer, damit ich aufholen konnte. Du bist ein Arsch, sagte ich zu ihm.

Du hältst dich gut, sagte er.

Ich würde dir eins überbraten, wenn ich dich kriegen könnte.

Ich sah nicht, wie ich gewinnen konnte, es sei denn, ich rammte ihn um, damit das Rennen ein Ende hatte, und vielleicht war das ohnehin seine Absicht. Irgendwie mit verschränkten Armen fahrend, meinte Cecil: Ich glaube, ich setze einen Termin.

Ich stockte ein wenig, rein zufällig, aber es war eine gute Show. Mann, sagte ich. Wo ist der wahre Cecil West?

Arschloch.

Wann?

Sommer. Wär doch nicht schlecht.

Ich rollte aus, blieb stehen, stützte die Hände auf die Knie, spekulierte: Bis dahin ist Jack aus der Schule.

Hab's ihm noch gar nicht gesagt.

Nicht, dass du seine Zustimmung bräuchtest.

Cecil drückte die Zunge in die Wange und sah mich an, als wollte er sagen, du redest einfach nur dahin. Na gut, sagte ich. Okay.

Hat Jack mal was zu dir gesagt?

Das hätte ich dir erzählt.

Er kennt Emily gar nicht – seine Mom, sagte Cecil, wahrscheinlich das erste Mal, dass er seine frühere Frau mir gegenüber erwähnte.

Wie alt ist Jack?

Vierzehn.

Red doch einfach mit ihm, sagte ich.

Schon mal versucht, mit einem Vierzehnjährigen zu reden?

Schon gut.

Mal hält dich der Junge für einen Helden, im nächsten Moment für das Letzte. Ohne Grund.

Er schniefte, wischte sich die Nase am Ärmel ab und schob die Hände in die Taschen. Wir verschnauften eine Weile.

Ich glaube eher nicht, dass er dich schon mal als Helden gesehen hat, sagte ich.

Archer, du bist so ein Arschloch, Mann.

Ehrlich währt am längsten, wie man so sagt.

Er wedelte mit der Hand, machte ein Geräusch wie: Ach. Echt überflüssig, mit dir zu reden, sagte er.

Was ist denn nun mit dem Flachmann?

Cecil holte ihn aus der Jacke, nahm einen Schluck, reichte ihn mir. Ich setzte ihn an, hustete fast: Das war kein Whiskey. Ich langte ihm eine zur Sicherheit. Das ist ja Sherry.

Cecil ließ ein dröhnendes Lachen los, wie ich es seit dem ersten Abend in der Hütte nicht mehr von ihm gehört hatte. Na, komm, sagte er und nahm den Flachmann.

Wir fuhren weiter. Ich überlegte, wie sich die Dinge wohl verändern würden, wenn er und Nora schließlich heirateten, ob ich dann beide weniger sehen würde. Eigentlich sah es nicht so aus, als würde sich was ändern, aber solche Dinge kann man nie voraussehen, zarte Herzensangelegenheiten lassen sich nie vorhersagen. Vielleicht fanden sie, dass sie ein größeres Haus brauchten oder das Tal satt hatten – vielleicht hatte Nora anderswo noch Verwandte, vielleicht gar in einer anderen Provinz – und sie würden ihren Kram packen und wegziehen. Nora West klang einfach nicht so vertraut. Und es war hart, sich Cecil als Ehemann vorzustellen.

Dann verlor ich das Gleichgewicht und schlingerte, er griff nach mir – entweder, um mich zu fangen oder mich zu sich herzuziehen – und legte mir den Arm um den Hals, so wie man einen in den Schwitzkasten nimmt. Ich rammte ihn mit der Schulter, voll in die Mitte wie bei einem Rugby-Tackle, ein verzweifelter Versuch, die Richtung zu ändern. Eine Sekunde lang hielten wir das Gleichgewicht – ich vornüber gebeugt, er mit einem Schlittschuh in der Horizontalen, einen Arm zum Boden gereckt –, dann zog unser Schwung uns beide hinab.

Ich landete auf ihm. Sein Atem fuhr mir in die Haare. Ich versuchte, mich mit den Kufen auf dem Eis abzustützen, doch meine Knie waren mit Cecils verkeilt. Er schrappte mit dem Rücken über die Eisbuckel, ich griff blöde um mich, um uns mit den Handgelenken abzubremsen. Wir pflügten gegen das Ufer, durch die Matte abgestorbenen Schilfs, um das herum Wasser gefroren war, und hinein in eine Schneewehe. Zunächst wirkte es gar nicht so, als wären wir zum Stillstand gekommen – nur eine noch absolutere Dunkelheit, stirntief im Schnee. Die Kälte kitzelte meine Wangen, und meine Oberlippe wurde glatt von Rotz und Schmelzwasser.

Cecil stieß mich von sich. Sein ganzer Körper bebte vor Lachen. Wir lagen an der Schneewehe, die nicht einmal kalt wirkte. Benommenheit ist ganz ähnlich wie Freundschaft: Sie hilft einem zu vergessen, wie schlimm die Dinge bald werden. Cecil fummelte nach seinem Flachmann, ich hörte das blecherne Scharren des Deckels am Gewinde.

Jedenfalls, meinte er, auf jeden Fall brauch ich so was wie einen Trauzeugen.

Das klingt ja wie ein Antrag.

Und ob.

Hast du Nora auch so deinen Antrag gemacht?, sagte ich. Was ist mit unserer Heirat?

Er knuffte mich mit dem Ellbogen, kippte sich Sherry über den Handschuh, als er mir den Flachmann reichte. Ich drehte mich im Schnee, und unter uns knirschte es. Cecil wischte sich Pulverschnee von den Schenkeln. Er trug eine Jeans, die würde bald klatschnass sein und seinen Arsch einfrieren, wenn wir noch länger blieben. Auf der anderen Seite des Teichs flammten die Scheinwerfer seines Pick-up auf – Nora wurde ungeduldig. Und das zu Recht.

Die Kiesgruben waren groß wie ein Fußballfeld. Eine Seite fiel in einem Steilhang ab, und vor Jahren hatte jemand mal kurz davor einen Zedernzaun errichtet. Seitdem ist der Zaun fast vollständig verfallen und zum Stolperdraht geworden, der mal einen Betrunkenen den Hang hinabschleuderte. An den anderen Seiten war die Grube von Wald umstanden und erodierten Hügeln, auf die Rednecks im Winter mit ihren Schneemobilen hochfuhren. In dem Kies fanden sich die komischsten Sachen – Unerklärliches: Bierdosen von Brauereien, von denen keiner je gehört hatte, dann ein schwarzer, polierter Vulkanstein, sogar eine Reihe Babyzähne, in einem engen Kreis angeordnet, wie der Deckel eines Einmachglases.

Bei dem Treffen waren mir viele Leute bekannt, die meisten so gut, dass man ihnen den Hausschlüssel anvertrauen konnte. Harold war da und einige seiner Arbeiter, darunter auch der Franzose, Philippe, den Harold gefeuert und dann wieder eingestellt hatte, er nuschelte, und sein O hatte etwas Langgezogenes, Stöhnendes. Ich winkte ihnen zu, ging aber nicht hin, und Harold tippte zum Gruß sein Bier an die Stirn. Crib war nirgends zu sehen, aber ich wollte keinen Alkohol anrühren, falls er auftauchte. Cecil sagte mir, es sei besser, sich auf das vorzubereiten, was man erwartet, als zu erwarten, worauf man sich vorbereitet hat, und ich war mit ihm völlig einer Meinung. Der alte West stellte Jack Kollegen, Kohorten und Typen vor, die ihn vielleicht eines Tages holen würden, wenn es etwas zu schweißen gab. Ich blieb auf Abstand. Das war ihr Ding, eine Version des Vater-Sohn-Bondings. Nicht dass ich sie danach beurteile. Ich bin nicht scharf darauf, Leute zu beurteilen, wie sie versuchen, einander näherzukommen. Jeder ist irgendwie komisch.

Nora fürchtete, dass ein Typ namens Morgan Lane auftauchen würde. Bei den Handwerkern der Stadt gab es einige ungeschriebene

Gesetze, nicht darüber, wer wofür seine Dienste anbot, sondern für wie viel. Machte einer zu niedrige Angebote, besonders einer mit einer Baufirma wie Morgan, mussten die Leute plötzlich unter ihrer Lohngruppe arbeiten oder mit ansehen, wie Handwerker von außerhalb ihnen die Jobs wegnahmen. Leute wie ihn hasste Cecil, aber auch ich: ein verheirateter Mann – Nora sagte, sie gebrauche das Wort im weitesten Sinn – ohne Kinder, ein Mann mit nichts, für das er Verantwortung übernehmen musste, ein Mann, der sich zurückhielt, wenn die übrige Welt in den Krieg zog. Der, da wette ich, sich mit vielen einsamen, kummervollen Frauen in der Stadt traf.

Ein Wagen schlingerte die Straße heran, die Räder drehten durch, das Heck brach aus. Die Scheinwerfer wippten wie was Schwimmendes, und das Geräusch aus seinem Auspuff klang wie ein Flugzeug, dass sich die Nase schnäuzte. Einige machten ihm Platz, und ihre Stimmen hoben sich in dieser tiefen, gemeinschaftlichen Weise, mit der wahrer Zorn beginnt. Einer haute auf die Motorhaube. Ein anderer trat gegen den Kotflügel. Bier spritzte über die Windschutzscheibe, wurde von den Wischern weggewischt. Dann war der Wagen vorbei, und sie sahen den Heckleuchten nach, die aufflammten und matt wurden. Jetzt, im Schein brennender Paletten, sah ich den Wagen als das, was er war – es konnte eigentlich gar nicht anders sein: ein Ford Fairlane, ganz in Stars und Stripes. Crib.

Auch Cecil bemerkte den Wagen, und er und Jack drängten sich durch die versammelte Menge, während ich versuchte, darin einzutauchen. Zu viel Zufall, fand ich – Crib musste einer der Typen sein, die sie nach Deserteuren losschickten. Ein Brailer. Fast sah ich die Zeitschiene von der Vergangenheit bis in die Zukunft wie eine Vorahnung: das Katz-und-Maus-Spiel, das er betrieben hatte, seit er in die Stadt gekommen war (eher in die Stadt geschickt worden war); unsere erste Begegnung auf der Brücke, wie ich da blind hineingestolpert war und meine Tarnung hatte auffliegen lassen; dass wir uns natürlich in einer Kleinstadt begegnen mussten, inszeniert oder nicht. Jetzt würde es Prügel geben. In Kanada hatte er keine Befugnisse, also konnte er mich nicht eigenhändig mitnehmen – erst recht nicht von dort in der Kiesgrube, mitten unter Typen, die sich für mich kloppen würden –, aber er konnte uns beide verhaften lassen und dann eine Reaktion von der Militärpolizei auslösen. Das, glaubte ich, würde sein Ziel sein: mich in einen Kampf verwickeln oder sich auf mich stürzen. Ich hatte hier Freunde, aber ein fairer Kampf ist ein fairer Kampf. Crib musste ihn nicht mal gewinnen.

Cecil fasste mich am Arm, lehnte sich gegen mich. Du musst jetzt mal ein bisschen verschwinden, sagte er.

Was hast du vor, alter Mann?

Die Jungs hier, die wissen nicht, was läuft. Wenn er nach dir ruft, zeigen sie automatisch auf dich.

Eigenbeschuss.

So wie wir's immer gesagt haben.

Inzwischen war der Wagen einigen aufgefallen, sie näherten sich ihm. Genau das wollte Crib: Publikum.

Wir wissen doch gar nicht, ob er wegen mir hier ist, sagte ich.

Cecil nahm die Baseballmütze vom Kopf und fuhr sich mit der Hand durchs lichte Haar. Ein wenig wünschte ich mir, ich könnte Zeuge dessen sein, was Cecil nun vorhatte. Der hat wegen ein paar anderen Sachen was gut bei mir, sagte er.

Nora?

Ja, die wird uns noch alle umbringen, sagte Cecil. Er legte seinem Sohn die Hand auf die Schulter, sah hinab. Sogar dich, Jack. Aber es ist das Richtige.

Das Kanadische?

Ja, so würde sie das formulieren.

Wohin also?

Ich denke mal, Jack und du, ihr geht auf den Berg da. Seht von da aus zu.

Ich geb dir Rückendeckung, sagte Jack, flüsterte es fast.

Cecil drückte ihm die Schulter wie ein Dad, wie ein guter Dad. Beim nächsten Mal.

Lüg mich nicht an, West. Du willst Crib doch bloß die Nase brechen.

Gewalt ist nicht immer die Antwort auf so was, sagte er – stimmt, das war knifflig, vielleicht traute ich ihm manchmal nicht genug zu. Sein Gesicht verzog sich zu einem Lächeln, doch es war eines, das man zeigen würde, wenn man in einem guten Moment eine schlechte Nachricht erhalten hat – ein einsames Lächeln. Manchmal aber doch, fügte er zwinkernd hinzu. Er war ein guter Freund, Cecil West, vielleicht sogar der beste – oder mindestens die beste Art Freund.

Dann drängte er an uns vorbei, hin zu dem Wagen, und Jack und ich nickten uns zu. Wir verdrückten uns aus der Gruppe und liefen zu den Hügeln, die aus der Kiesgrube ein Tal machten. Der Schnee war oben lose, darunter aber fest, und wir stiegen auf Händen und Füßen hoch, Pulver und Erde hinter uns aufwirbelnd. Jack rutschte einmal aus, aber ich erwischte ihn am Handgelenk, und er riss sich los. Ich keilte mich mit den Stiefeln fest, packte Hände voll gepressten Schnees und versuchte, so gut ich konnte, nicht krachend abzurutschen.

Vom Hügel aus beobachteten wir die Menge. Cribs Wagen war zwischen den ungeduldigen Leuten zu sehen, die noch unschlüssig herumstanden. Es sah aus, als wäre Cecil in einen Kreis aus Schuljungen getreten. Doch er hob nicht die Fäuste oder reckte das Kinn, bellte keine kurzen Worte der Einschüchterung. Nein: Er setzte sich auf die Motorhaube, eine Schulter abgewandt, die Hände in den Bauchtaschen der Weste. Sein Atem wallte in der Luft vor ihm. Um das Feuer herum waren Eis und Schnee ringförmig geschmolzen und die Erde zu Matsch geworden. Crib stand etwas abseits und gestikulierte. Sie waren vielleicht sechzig Meter entfernt, nur Fleckchen und Formen, wie Ziele, Bierdosen. In dem Moment war es ein absurder Gedanke, aber ich erinnerte mich, wie Jack aus dreißig Metern auf mich geschossen hatte, und Cecil behauptete, der Junge habe ein Chirurgenauge, es liege in der Familie, im Blut.

Ich hasse ihn so sehr, sagte Jack, ohne sich zu regen.

Jack wiegte sich auf den Fersen vor und zurück – die Nacht war nicht gerade warm. Überlass den Groll uns alten Knackern, sagte ich.

Du kapierst das nicht.

Vielleicht nicht, gab ich zurück. Vielleicht kapiere ich's nicht.

Er blies sich auf die Hände, rieb die behandschuhten Knöchel aneinander. Wie kannst du ihn nur ansehen?

Ich nahm den Blick von der Menge. Jack hatte das Kinn in den Spalt zwischen den Knien gekeilt, die Arme darum geschlungen. Sein Oberkörper schaukelte hin und her, eigentlich nur die Schultern – als folgte er dem Rhythmus eines lautlosen, ungeduldigen Takts und als versuchte er nicht zu zittern. Keine Ahnung, was ich auf dem Hügel hätte tun oder sagen sollen. Es braucht eine Menge Energie, um jemanden zu hassen, um wütend zu bleiben, sagte ich.

Genau, antwortete Jack, auf die Männer unten fixiert. Besser, man knöpft sich den Typen vor.

Irgendwann kriegt er schon noch, was er verdient, erwiderte ich.

Aber nicht heute. Heute passiert's nicht. Siehst du?

Crib hatte sich auf die Haube gesetzt, genau wie Cecil. Sie wirkten entspannt, wirkten alles andere als zwei Männer, die gleich aufeinander losgehen würden. Crib streckte den Arm aus, dann stießen die beiden mit ihren Flaschen an. Wir hatten alle überreagiert. Er war viel zu jung, um ein Brailer zu sein. Der Argwohn sitzt tief, selbst unter Freunden.

Das wirst du übernehmen müssen, Archer, du bist der Einzige, sagte Jack, stand auf, wischte sich die Jeans ab und starrte lange auf die Menge, die sich in der Kiesgrube verlief. Es kam mir nicht in den Sinn, dass er sich genau so gut auf Cecil beziehen konnte. Jack wusste Dinge, die ich nicht wusste, wusste Dinge, die keiner von uns wusste. Es war, als könnte er tun, was er wollte; er sah die Welt anders. Ein

Raum Dunkelheit trennte uns von der Gruppe, und im Schein des lodernden Lagerfeuers schien diese Dunkelheit vorzurücken, den Hügel zu uns heraufzukriechen, so langsam wie die Dämmerung, langsam wie flüssiges Metall.

Ich trat aus den Büschen, die grob als Pissstelle gekennzeichnet waren, zog den Reißverschluss hoch und stieß beinahe mit einem jungen Typen zusammen, der mir entgegenkam. Es war Philippe, Harolds Franzose, doch das Erkennen war nicht gegenseitig. Philippe grunzte in seinem genäselten Quebecois ein ‘tschuldigung und schob sich an mir vorbei, und gleich darauf hörte ich seine Pisse auf Baumrinde prallen. Jenseits der Kiesgrube, am anderen Ende, hinter dem Palettenfeuer und den Betrunkenen, die sich darum bewegten, hinter der Menge der Handwerker, die nach Berufen gruppiert waren, und den wenigen Paaren, die in dem orangenen Licht knutschten, hinter all dem saßen Cecil und Jack auf der Heckklappe meines alten Dodge. Der alte West hatte Crib niedergeredet. So gut wie jeder hatte einen Kampf erwartet – zumal die meisten wussten, was Crib mit Jack gemacht hatte –, doch Cecil hatte einfach auf dem Wagen gesessen, ihn getätschelt wie einen braven Hund und was mit Crib getrunken. Es war ein genialer Zug: Er hatte ein bisschen was erfahren, aber das Ganze war am Ende so uninteressant, dass die Menge sich zerstreute und die Leute vergaßen, dass Crib überhaupt gekommen war. Und dann fuhr er derart überstürzt ab, dass er sein Zippo – das mit dem amerikanischen Adler drauf – auf dem Dach seines Wagens liegenließ und es runterrutschte; Jack steckte es ein.

Jetzt bekam ich einen seltenen Blick auf Cecil und Jack, wie sie waren, wenn niemand dabei war, beide in Baseballmütze, Jagdweste, Jeans, beider Gesichter gelöst, die Ellbogen auf den Knien. Von den Bäumen dort waren ein paar Klumpen Schnee herabgefallen und hatten ihre Köpfe grau meliert. Falls sie es merkten – bei ihnen selbst oder beim anderen –, zeigten sie es nicht. Hin und wieder rieb sich einer gegen die Kälte kurz die Schultern oder schlang die Arme fester um sich. Cecil, die Handgelenke auf den Schenkeln, war vorgebeugt, hatte eine Flasche zwischen die Knie geklemmt. Jack saß auf seine Ellbogen gestützt. Von Zeit zu Zeit stießen ihre Knie aneinander. Ihre Augen sagten, dass beide sich bestens amüsierten. Ihre Köpfe schwenkten und wippten, sie verfolgten die Party: zwei Idioten, die einander die Nase eingeschlagen hatten, eine Eule in den Zweigen einer alten Konifere, die unseren Haufen beäugte, ein paar Frauen, die vielleicht gut aussahen.

Cecil bewegte die Lippen, und Jack blähte die Wangen von prustendem Lachen. Ich hätte zu gern gewusst, was er gesagt hatte, aber bei dem prasselnden Lodern und dem lauten derben Gelächter hörte ich sie nicht. Einige johlten, als einer auf Bierdosen schoss. Zwei Klempner brüllten einen Typen an, er solle sich verpissen. Einige Jüngere – vielleicht dreizehn – hatten einen Kanister dabei und spritzten Benzin ins Feuer, sodass Flammen hochzüngelten. Männer schnippten Zigarettenstummel und leere Dosen rein, und die Bierreste zischten und schäumten, und jemand warf eine volle rein, sie explodierte mit einem Riesenknall und einem Geräusch wie ein Gewehrschuss.

Ein anderer Junge schob sich an mir vorbei, er war jünger als Philippe. Er hielt es nicht für nötig, sich zu entschuldigen, aber ich hatte keine Lust, ihn darauf anzusprechen. Ich schlenderte weiter, ließ die Menge ein wenig hinter mir, behielt Jack und Cecil aber weiter im Auge. Der alte Sack leerte sein Bier, schaute nach links und rechts wie ein Junge und ließ die leere Dose mit einem Achselzucken zu seinem Sohn hin hinter sich auf die Ladefläche meines Pick-up rollen. Unwillkürlich schnaubte ich, schüttelte den Kopf. Jack reichte seinem Dad eine neue Dose. Sie waren so verschieden, wie Vater und Sohn nur sein konnten, aber es ist eine schöne Vorstellung, dass Blut immer noch dicker ist. Oder es war die Magie des Alkohols. Cecil sorgte sich die ganze Zeit, dass er nicht so ein Vater war, wie Jack ihn brauchte, es war also schön zu sehen, dass er nicht allzu hart daran arbeiten musste.

Dann nahm Cecil Jack in den Schwitzkasten, und Jack fiel die Baseballmütze runter. Kampflust: die absolute Demonstration von Zuneigung. Nun wünschte ich, Linnea wäre mitgekommen, damit ich mit ihr auf der Heckklappe meines Pick-up hätte zusammensitzen und einfach rumquatschen können. Doch wir hatten Ärger erwartet, und ich legte keinen Wert darauf, dass sie mit ansah, wie ich Ärger bekam. Vorbild sein, wie's so schön heißt.

Ich setzte mich auf einen umgefallenen Baumstamm, fast außerhalb des Feuerscheins. Leute liefen rum, puppenartige Silhouetten. Vielleicht ein gutes Motiv – sollte ich je dazu zurückkehren, Leute zu malen. Zu meiner Verteidigung kann ich sagen, dass Linnea keinerlei Verlangen bekundet hatte mitzukommen, und ich dachte mir, dass sie lieber bei Nora bleiben wollte, da sie sich mit ihr besser verstand als jemals mit ihrer Mom, wenngleich ich zögere, ihrer Mom die ganze Schuld dafür zu geben. Wie jeder hat meine Ex eine Vergangenheit: als Vater einen Pfarrer aus Utah, der immer eine Waffe dabei hatte, als Mutter eine Prohibitionsaktivistin aus Utah, ebenfalls immer mit Waffe, und eine kirchliche Erziehung, die mich beklommen machte, obwohl ich jeden Sonntag mit in die Kirche ging, bis die Armee mich nach Vietnam schickte. Eine harte Frau, mit der schwer auszukommen war, sogar für mich. Sie nahm an den Friedensdemos teil, was ja in Ordnung war. Ich nahm am Krieg teil. Gelegentlich hatte ich das Gefühl, dass sie gegen mich demonstrierte. Manchmal, wenn sie nach draußen kam, wo Linnea und ich Fangen spielten oder auf dem Sofa rangelten, nannte sie ihre Tochter Daddys kleinen Soldaten.

Ich hatte gar nicht bemerkt, dass Jack und der alte West zu mir her geschlendert waren. Cecil legte mir die Hand auf die Schulter und griente.

Warum so düster, du Partylöwe?

Bloß nachgedacht, Alter. Solltest du auch mal versuchen.

Blödmann.

Ich grinste. Hättest Nora mitbringen sollen.

Zu dem Haufen da? Wirklich?

Dann kriegen die Leute ein bisschen mehr Respekt vor dir. Zeig denen mal deine Hübsche.

Du kriegst gleich eine, sagte Cecil, und ich glaubte ihm absolut. Jack wird mir dabei helfen.

Ich zwinkerte Jack zu. Er schwankte ein bisschen und hatte das alberne Grinsen eines halbwüchsigen Betrunkenen.

Da mach ich mir keine großen Sorgen, sagte ich.

Cecil warf seinem Sohn einen Seitenblick zu und gab ihm dann einen Schubser, der Jack beinahe Handgelenke voraus zu Boden schickte. Er setzte sich zwischen mich und das Feuer, und Jack kam auch gleich dazu. Cecil schlürfte ein Bier, ich ebenso, und Jack sah sich um, als hätte er seines verlegt, aber in Wahrheit hatte er einfach genug.

Crib ist nicht wegen dir hier, sagte Cecil nach einer Weile.

Nicht?

Er ist auch weggelaufen.

Warum sollte ich das glauben?

Weil er dumm ist, sagte Cecil. Und Angst hat. Du hast gesagt, er hat Hundemarken, also ist er genau so einer wie du, noch was Schlimmeres als ein Kriegsdienstverweigerer. Kanada wird ihm keine Amnestie geben, wenn sie ihn finden.

Du klingst schon wie Nora.

Nora würde das auch sagen.

Er probierte es, der alte West. Das halte ich ihm zugute. Ich weiß nicht, ob Nora alles weiß, sagte ich.

Ich sage nur, dass er keine Bedrohung darstellt. Mann, wahrscheinlich fühlt er sich durch dich bedroht.

Ich ließ das sacken. Aber warum dann die Angeberei?

Cecil hob eine Hand, als wollte er sagen: Wer weiß das schon. Er ist ein Teenager.

Dieser Arsch, sagte Jack. Cecil und ich drehten die Köpfe zu ihm. Jack reckte das Kinn vor, schien aber sonst nichts mehr sagen zu wollen. Bei den Jungen weiß man nie. Das gehört zu den wenigen Dingen, bei denen ich recht habe.

Dann zerriss ein gewaltiges K-rach die Luft, laut wie eine knatternde Fahne.

Cecil hob die Schultern. Eine Faust heiße Luft schlug mir gegen die Wange, und ich hob den Kopf zu der Party hin. Dort, direkt neben dem Feuer, wälzte sich ein Junge auf der kalten Erde, in Flammen gehüllt, und heulte mich an wie eine Erinnerung. Der Laut kam gurgelnd, wobei er sich immer weiter herumrollte, um sich zu löschen – Stillstehen, Hinlegen, Rollen –, und er traf auf meine Ohren wie das Brüllen Verwundeter nach einem Luftangriff. Andere Jungs torkelten beduselt herum. Vielleicht nahmen sie den brennenden Jungen wahr, aber sie machten nichts. Jemand schrie nach Wasser. Niemand traute sich an ihn heran. Ich schoss zwischen Jack und Cecil durch und zerrte mir beim Rennen die Jeansjacke runter, um ihn darin einzuwickeln und die Flammen zu ersticken, wie ich es einmal mit meiner Kampfweste bei meinem Arm gemacht hatte. Ich stürzte mich auf den Jungen, legte meine Jacke auf ihn und raffte die Flammen an mich. Benzin, Pisse, der Gestank gebratener Frühstückswürstchen. Mein haarloser Arm kochte in der Hitze, stechendes Jucken, beißende Erinnerung. Ich umklammerte den Jungen, bis er still lag, er stieß ein mähendes Wimmern aus. Ich sah seine Augen, nass und käferartig, glänzende Kugeln im Feuerschein. Einer sagte: Kanister. Ein anderer: Explosion.

Es war wie ein Albtraum. Die Dunkelheit pochte in meinem Blickfeld, als hätte ich eine Gehirnerschütterung oder einen Schock erlitten. Der Junge unter mir bockte, ich schlug eine orangene Flamme aus. Ich bekam Rauch in die Augen, konnte nichts mehr sehen, blinzelte zwischen Tränen hindurch und sah die Leichenschatten um mich herum, Typen meines Alters und jünger, kohlschwarz in dem verheerten Reisfeld gekocht. Ich hörte ein Stöhnen, das wie von mir selbst klang. Mein Ärmel war abgeblättert wie alte Farbe, und die Haare darunter waren verschwunden. Die Haut sah aus wie Grillfleisch.

Dreh ihn, brüllte Cecil.

Ich kam zu mir oder riss mich zusammen – was auch immer. Cecil holte aus seinem Pick-up eine irgendwie feuerfeste Decke und drängte sich her, um den wimmernden Jungen darin einzuwickeln. Er kümmerte sich auch kurz um mich, berührte meinen versengten Arm mit dem Daumen, direkt unterm Handgelenk, wie ein Vater. Der Ärmel war auf halbem Weg zu meiner Hand intakt, die Haut rosa und wund. Dann spürte ich das Pochen, ein Schmerz, tiefer als in den Knochen – mein alter Freund. Cecil hob den Jungen von der Erde und trug ihn durch die versammelte Menge. Jack und ich stießen Leute zurück, die ganze Meute war grabesstill geworden, während der Junge sein Leiden zu uns hinausstöhnte, so offen wie bei einem Baby, ein fast ununterbrochenes Gurren. Ich hätte es kommen sehen sollen – diese Idioten, die Benzin ins Feuer kippten. Feuer hatte mir nie Glück gebracht, aber das war nur Selbstzufriedenheit, wieder. Wird man in einer Kampfzone selbstzufrieden, stirbt jemand.

Die Schlagzeile lautete: Lagerfeuer fordert zwei Opfer, eines tot.

Das Valley Echo hatte schnell die Geschichte gebracht und eine Wochenendausgabe gedruckt, was es noch nie gegeben hatte, an einem Sonntag, kaum einen vollen Tag nach der Tragödie. Ich hatte einen Kommentar abgelehnt und auch, mich fotografieren zu lassen. Dennoch erschien mein Name in dem Artikel, der beschrieb, wie ich den Jungen zu meinem Pick-up getragen und ins Krankenhaus gefahren hatte, wo sie ihn auf der Stelle für tot erklärten. Und nicht mal das stimmte: Cecil hatte ihn getragen, ich nur gefahren. Vermutlich starb er, den Kopf in Cecils Schoß. Wer das hier zugelassen hat, war ein Idiot, sagte der Arzt in der Notaufnahme zu mir, als wäre ich irgendwie schuld gewesen. Arschloch, antwortete ich ihm.

Ich legte die Zeitung weg, als Linnea aus ihrem Zimmer kam. Sie hatte ihren karierten Jungsschlafanzug an, und sie gähnte einen Morgengruß. Ich hatte nicht geschlafen, kein Auge zugetan, und meine

Stoppeln hatten sich schon fast zum Bart ausgewachsen. Man wird tatsächlich immer weniger unbesiegbar und nicht nur körperlich. Der Körper heilt besser als der Geist – das weiß ich genau, auch der alte West –, aber selbst der Körper heilt manchmal nicht. Manche Typen lässt nur die Angst weitermachen, und das soll überhaupt kein Werturteil sein. Deswegen sind sie noch keine Feiglinge, sondern ganz normal.

Alles okay, Dad?, sagte Linnea in der Küche. Sie goss sich ein Glas Orangensaft ein.

Bloß müde, sagte ich und stellte die Ellbogen auf den Tisch, damit ich das Kinn auf die Knöchel legen konnte.

Du siehst nicht bloß müde aus.

Und wie sehe ich dann aus?

Sie zuckte irgendwie die Achseln und setzte sich dabei hin. Irgendwie beschissen.

Darüber lachte ich, musste es. Danke, sagte ich.

Bitte.

Hat Jack dir beigebracht, so zu reden?

Ihre Finger ließen den Orangensaft rotieren. Das meiste, ja.

Sie lächelte, den Mund nur so weit geöffnet, dass man die obere Zahnreihe sah, ihre Grübchen. Ich dachte, nicht mehr lange, dann kann sie damit Herzen schmelzen. Jack West war ein Glücksjunge.

Dann werde ich ihn wohl ordentlich durchprügeln müssen, sagte ich.

Klar, Dad.

Im Ernst.

Er hat Cecil auf seiner Seite, vergiss das nicht.

Was würde das ändern?

Na, sagte sie und grinste verschmitzt, sodass ich einen Schneidezahn sah. Weißt doch.

Cecil ist ein alter Mann.

Weiß nicht, ob du den packen könntest.

Ich klatschte die Hände flach auf den Tisch, um der Wirkung willen. Und ob ich das könnte.

Ich sag ja bloß, sagte sie.

Ich beugte mich vor, legte eine Hand um den Kiefer, wie nachdenklich, als würde es mich interessieren. Was sagst du?

Linnea trank genüsslich ihren Saft aus, machte ein übertriebenes Aah.

Ich hatte eine Kugel im Bein.

Sie sagte nichts, zwirbelte das leere Glas.

So ist das eben, sagte sie, stand auf, wollte an mir vorbei auf ihr Zimmer, sich anziehen und fertig machen, aber ich fasste sie an der Taille. Sie wehrte sich dagegen, aber ich drückte sie in eine Bärenumarmung und hob sie hoch, worauf sie wild mit den Füßen trat. Sie war kräftiger als in meiner Erinnerung. Einmal hatte sie mir mit einem Latexschwert, das einer Freundin von ihr gehörte, die Schulter ausgekugelt – hatte mich an der richtigen Stelle getroffen, wo mein Arm lose war, und da sprang der Gelenkkopf einfach so aus der Pfanne. Ich schrie auf, und sie rannte in Deckung, doch es dauerte nicht lange, bis sie wieder dahergeschnüffelt kam, unbedingt die unnatürliche Wölbung unter der Haut anstupsen wollte.

Tut mir leid, dass ich dich nicht mitgenommen habe, sagte ich, als ich sie wieder runterließ.

Bin ganz froh drüber.

Wahrscheinlich, sagte ich.

Ja.

Da standen wir, in der Küche. Sie ging mir bis zum Kinn. Ein Gespräch wird ganz leicht beklommen, als wäre Beklommenheit der natürliche Zustand zwischen Menschen. Ich wollte noch mehr sagen, doch sie wandte sich ab, ganz der Teenager, und ich sah zu, wie sie ihre Zimmertür mit einem sanften Klick schloss. Manchmal beneidete ich Cecil um seine Beziehung zu Jack, bei allen Mängeln. Es ist, als hätten die beiden, Vater und Sohn, die Fähigkeit, miteinander zu sprechen; theoretisch konnte es zwischen ihnen keine Geheimnisse geben. Aber manche Details, manche Wahrheiten konnte ich meiner Tochter einfach nicht sagen.

Es waren schlimme Minuten in meinem Pick-up, als die Beine des Jungen krampfartig austraten und die Luft aus seinem Hals zischte wie aus einem aufgebundenen Luftballon. Jack war auf die Pritsche gestiegen, und ich sah im Rückspiegel, wie er den Kopf nach dem Jungen reckte. Nicht mal Cecil wusste, was man tun konnte, außer ihn ins Krankenhaus zu bringen. Konnte ihm keinen Verband anlegen, konnte gar nichts tun. Immerzu rief er nach Wasser, und Cecil drückte ihm ein kaltes Bier auf die Wange, dann flatterten seine Lider, also brachte es vielleicht was. Ich weiß noch, wie seine Finger sich krümmten, wie er sich nicht mal anfassen konnte. Cecil sah das bestimmt auch. Es erinnerte mich an all das, was ich gesehen habe: schwarze, blätternde Gliedmaßen in Krankenhauseimern, die Augen eines Mannes so weit hervorgetreten, dass er gar nicht sehen kann. So etwas vergisst man nicht. Und man braucht auch nicht daran erinnert zu werden.

Nachdem wir den Jungen abgeliefert hatten, verschwand Cecil auf dem Männerklo, um sich zu waschen und, da wette ich, vor dem Porzellanthron zu knien und sich zu zwingen, nicht zu kotzen. Die ganze Zeit lehnte Jack an einer limonengrünen Wand, die Hände in den Taschen und die Augen auf der Klotür – Porträt eines tüchtigen Sohns.

Ich ging mit meinem Zeichenblock zum öffentlichen Strand und weiter zu dem Pelzhändler-Fort, wo Crib Jack ein blaues Auge verpasst hatte. Der Strand war Kronbesitz – konnte nicht Personen gehören –, was die Leute in ihren Eigentumswohnungen aber nicht davon abhielt, große Schilder in den Sand zu stecken, die Privatbesitz verkündeten und bei Betreten mit Strafverfolgung drohten. Es hatte einen Vorfall gegeben, als eine Möwe eine Bärenfalle ausgelöst hatte, die irgendein Idiot im Sand vergraben hatte. Ein Wunder, dass es kein Kind oder Hund war.

Mit ein, zwei beträchtlichen Ausnahmen hatte ich damals alles, was ich wollte – eine Tochter, Freunde, einen Job, der mir die richtige Mischung aus Freiheit und Einsatz gewährte, die man braucht, um einem trivialen Zeitvertreib nachzugehen. Ich sage das als einer, der auf sich selbst zurückblickt, wie er vorausblickt. Als ich zehn oder elf war, beobachtete ich eines Abends, als das Augustlicht durch die Kiefern schien, unseren Nachbarn, Mr Halverson, in seinem Garten. Ich war aus lauter Langeweile auf einen Baum geklettert. Mr Halverson war christlicher Fundamentalist und machte als Landschaftsgärtner Überstunden, und am Ende einer Schicht wurde er immer vorn an seinem Garten abgesetzt, wo das Gras in Kies überging. Er war mit einem großen Hund, einem kleinen Kind und seiner Frau in den Garten gekommen. In meiner Erinnerung ist der Hund ein Mastiff – ein Männertier – und seine Frau auch über die flexiblen Maßstäbe eines Zehnjährigen hinaus schön. Ich stelle mir einen tiefbraunen Pony vor, einen Leberfleck auf der linken Halsvene und die Angewohnheit, die Nase zu rümpfen, eine sahnige Haut, wie man sie Filmstars und den unerreichbaren Mädchen der Teenagerzeit zuschreibt. Mr Halverson stand auf dem Betonabsatz vor seinem Hintereingang. Sein Haus war nur einen Stock hoch, armeefarben verkleidet und eine unzureichende Behausung für seine vielen Kinder. Das Kleine schlief an seiner Schulter. In seiner freien Hand hielt Mr Halverson einen moosfarbenen Tennisball. Seine schöne Frau lag auf einer Plastikliege. Als er den Tennisball warf, jagte der Mastiff trampelig hinterher, pferdeartig in seinem Gang. Das spätnachmittägliche Licht fiel diffus durch die Äste, doch Mr Halverson schien es richtiggehend aufzusaugen und bekam einen Heiligenschein davon. Jedes Mal, wenn er den Ball geworfen hatte und der Hund lostrottete, zog er die Schultern hoch, rückte das Kleinkind auf seinem Arm zurecht und sah zu seiner Frau hin. Ein riesiges, schweißfleckiges V beschattete seine Brust. Dunkle Kotelettenstoppel überzogen seine Wangen, und die schmutzigen Reste seiner Arbeit lagen als Staub auf seinen

Haaren, aber er sah trotzdem aus wie ein Standbild. Er lächelte seiner Frau zu und ließ den Blick über das grüne, unzureichende Haus schweifen und über den Hund, der ihn verehrte, und den Garten, den er angelegt hatte, als wollte er sagen: Ja, das ist meins, und ich bin glücklich damit.

Er führte nicht das ideale Leben, o nein – er machte eine Laienarbeit, und Gerüchte gingen um, wie Gerüchte es so an sich haben, über den schlichten, glücklichen Mann mit einer Frau, die zu gut für ihn war. Aber mir mit meinen zehn Jahren schien, dass jeder Mann anstreben sollte, was Mr Halverson am Fuß seines Hintereingangs vor sich liegen sah, und mehr nicht.

Ich glaube, ich bin mit diesem Bedürfnis nicht allein. Ein Mann wird sich, vor die Wahl gestellt und bei angemessener Überlegung, nicht für Reichtum, Ruhm und eine unbegrenzte Kreditkarte entscheiden, glaube ich, sondern für einen Hund, eine Tochter und harte Arbeit, den Muskelkater in den Schulterblättern, den Geruch von Dreck, den der Schweiß in die Hand eingebacken hat. Wir sind alle weitgehend gleich. Cecil, ich, Jack, Linnea, Nora, sogar Crib, da wette ich – wir alle haben unsere Mr Halversons. Wir alle haben Augenblicke sicher verstaut: Cecil und Nora fahren am Hügel eines großen Hotels Schlitten; Jack macht von einer Telefonzelle in Owenswood aus verzweifelte Anrufe und ist erleichtert, als endlich abgenommen wird; mir bleibt, wenn ich Glück habe, eine klitschige Erinnerung an die Wochen in der Wildnis British Columbias, als Linnea und ich dort unter den Bäumen campten. Sie sind wie Fotos von einem besseren Leben, diese Augenblicke, man gräbt sie aus, faltet sie auseinander und kostet einfach die Erinnerung daran aus. Sie sind der Trost für die Zeiten, wenn der Horizont grau wie Holzkohle ist, wenn die Luft auf der Zunge lastet und nach Metall und Elektrostatik und Gewittern schmeckt, wenn sich die Empfindung, dass sich unvermeidliche Dinge so sicher wie ein Umschwung des Windes nähern, nicht abschütteln lässt.

VIER

Eine falsche Note verdirbt nicht den Chor,
ebenso wenig wie eine falsche Handlung den
Charakter.
Männer sind die Summe ihrer Gewohnheiten.

Demanatus

ARCHER WAR EINGEDÖST, noch bevor Invermere aus dem Rückspiegel verschwunden war. Während wir fuhren, stieß er mit den Beinen wie ein Hund, und er besabberte sich und strich mit dem Kinn über seinen Denimkragen. Ich könnte schwören, Puck beobachtete ihn, als wollte er ihn begutachten, von hinten, wo er hockte, sein Körper schief, um sein Gewicht über dem muskulösen dritten Bein auszutarieren.

Es gibt solche, die von einem Ort wie Invermere nie flüchten, und solche, die geflüchtet und wieder zurückgekommen sind. Zwei meiner besten Freunde sind dort geblieben, um in einer Sägemühle vierzig Minuten weiter südlich Holz zu schieben, und auch wenn ihr Ehrgeiz weniger glühend brennt und ihre Sterne erheblich näher am Boden kreisen, sind sie gleichwohl Träumer.

Wir näherten uns Golden, der »Town of Opportunity«, wo ich beabsichtigte, zum Pissen anzuhalten und Puck dasselbe tun zu lassen. Das Innere eines Fahrzeugs wird er nie besudeln – viel zu sehr erfüllt von bizarrer Hundeehre –, aber er hat durchaus seine Möglichkeiten, eine Fahrt unangenehm zu machen, wie seinen weitreichenden üblen Maulgeruch. Goldens großes, tolles Ortsschild kam in Sicht, als der Ranger über einen der vielen Hügel des Highway fuhr, und ich staunte über die Absurdität dieser Slogans. Alberta: Wild Rose Country. Saskatchewan: Land of Living Skies. Ontario: Where the Women Are More Frigid Than Our Beer.

Ich tippte auf die Bremse, um einem Eichhörnchen auszuweichen – Bambi-Effekt –, worauf Archer schnorchelnd erwachte, ganz wie Gramps, und da wurde mir klar, dass ich gar nicht wusste, wie ich ihn anreden sollte. Sollte ich auch Gramps zu ihm sagen? Wäre das nicht verwirrend?

Kann ich mal in den Karton sehen, sagte er schlaftrunken. Seine Finger wackelten zu Gramps' Schuhkarton hin, und er schob sich herum, ruckelte sich den Sicherheitsgurt von der Brust und unter die Schulter, was, wie ich vom Wiederbelebungstraining wusste, ihm die Aorta vom Herz reißen würde.

Also, das ist Gramps' Geheimversteck.

Archer nahm den Schuhkarton von dem Sitz zwischen uns. Er legte ihn sich auf den Schoß und ließ die Hand eine Weile auf dem Deckel, bevor er ihn abnahm. Obendrauf war die Zeichnung meiner Mom, die ich behalten hatte, und er grinste, als er sie sah. Ich war doch ein verdammt guter Zeichner, sagte er.

Er berührte den Inhalt so behutsam, mit so viel Vorsicht, dass ihm die Hände vor Anstrengung zitterten. Die Spielzeugpistole weckte seine Aufmerksamkeit, er hob sie auf Nasenhöhe, blies darauf, strich mit dem Daumen über die Metallgrate – natürlich interessierte ihn die Waffe am meisten. Jacks, erklärte er, was mir von Anfang an ziemlich klar gewesen war. Dann nahm er das Zippo mit dem Adler raus, legte es sich auf die flache Hand und starrte es an.

Das ist, als wäre man im Traum eines anderen. Ich hätte nie gedacht, dass Cecil der Typ ist, der seine Kindheit hochhält.

Man lernt eben nicht aus, sagte ich.

Hätte ich ihm bloß die Chance gelassen, sagte er und tat den Deckel drauf. Er legte das Bild aufs Armaturenbrett, den Revolver auf den Sitz zwischen uns. Vielleicht möchte Jack das alles.

Ich glaube, Gramps hat mir den Karton gegeben für den Fall, dass Jack nicht mitkommen will. Als Druckmittel oder so was.

Jack kommt schon.

Darum geht's nicht.

Ja, der alte West war schon immer ein gerissener Hund, sagte Archer. Dann, fast ohne Pause: Hast du eine Freundin oder so was?

Weiß nicht, sagte ich.

Wie kann das denn sein?

Wir hassen uns irgendwie.

Klingt mir ganz wie eine normale Ehe, sagte er, ein bisschen klischeehaft. Trotzdem grinste ich ihn schief an; alte Typen hält man besser bei Laune.

Sie spielt Handball, sagte ich.

Ist das jetzt ein Scherz?

Sie sind fürchterlich anzusehen und überempfindlich gegenüber Sarkasmus.

Also, was ist passiert?, fragte er und klang – endlich – wie ein Großvater.

Darüber möchte ich lieber nicht sprechen. Erzähl mir was über meinen Dad.

Er strich mit der Hand über seine Jeans, ein aufwendiges Unterfangen, wie die Bedienung eines Bandschleifers. Ich sah Nahtspuren an seinem Kiefer, am Ohr, eine Narbe unterm Ellbogen, weiß wie ein Stück Eis aus dem Gefrierfach, und ich fragte mich, was für ein Krebs ihm zusetzte, überwiegend aus ganz persönlichem Interesse. Von Gramps' Seite hatte ich ein Herz mit Fehlzündungen, schlechte Zähne sowie eine genetische Neigung, dumme Sachen zu sagen und zu tun. Glückseligkeit, habe ich gehört, ist ignorant. Dann bemerkte Archer offenbar Pucks großen Kopf, von dem Sabber über den Sockel der Gangschaltung lief. Du redest wie Cecil, sagte er mit Blick auf Puck. Ich vermisse die Gespräche mit Cecil.

Was ist passiert?

Tunnelblick, sagte er und schaute aus dem Fenster auf die Purcells, auf ihre ockerfarbenen, leuchtenden Kämme. Baritonstimme zufolge hatten sich die Brände in zwei deutliche Richtungen geteilt, und das momentane Truppenkontingent (wie er sie nannte) war außerstande, beide zu stoppen. Also hatten sie die Streitkräfte eingesetzt – um die Städte zu schützen, das Land ließen sie brennen, worauf die Hippies mit Protesten und Boykott drohten. Rettet unsere Bäume, skandierten sie, dann erklärte ein irgendwie vernünftiger Feuerwehrmann, dass die Brände die Methode der Natur waren, den Überschuss loszuwerden, die große Recyclingfirma der Natur. Wobei es ja nicht so ist, dass wir wollten, dass die Bäume brennen, setzte er noch im priesterlichen Ton dazu. Sie sind unsere Wirtschaft.

Unterdessen befragte ein Moderator auf CBC seine Zuhörer mit übertriebener Grabesstimme, wenn sie nur eine Sache retten könnten, was das wäre. Fotos, sagte eine großmütterlich, und im Hintergrund ein gemeinschaftliches Oohhh. Meine Baseball-Karten, sagte einer, der klang, als hätte er im Salzbergwerk gearbeitet, oder wie einer, der trotz seines lockeren Charmes und seines anständigen Charakters allein lebte, wie einer, der seine bibliotheksgroße Sammlung Bilderkarten – jede in einer Schutzhülle aus Polypropylen – durchsah, ihren Altbüchergeruch einsog und sich an eine Zeit erinnerte, als er niemals damit gerechnet hätte, allein zu sterben. Meinen Dad, sagte ein Junge.

Auf der Kuppe eines weiteren Hügels hielt ich an einer Esso-Tankstelle und ließ Puck laufen. Archer stieß die Tür mit der Schulter auf, schwang die Beine über die Schwelle und schaute sich nach seinem Rollstuhl um. Er war hinten auf dem Pick-up, und er beäugte den Asphalt, den gelben Streifen der Parkbucht und die Entfernung zur Heckklappe: bloß ein paar Schritte. Was denkt so einer? Da schuftet man sich ein Leben lang ab, und dann wird einem ausgerechnet die Beweglichkeit – das erste aller Geschenke – genommen. Und man kann sich dagegen nicht einmal mit Muskelkraft zur Wehr setzen, sondern siecht dahin. Ich wette, er konnte noch immer eine Menge Klimmzüge machen. Ich wette, er machte gern Armdrücken.

Ich brachte Archer seinen Stuhl, er murmelte einen Dank. Als er dann saß, war er nicht größer als Puck, und als er sich mit seinem Rollstuhl umdrehte, blickte er mitten in das Gesicht des Viehs, in Pucks irre Augen und seine Lefzen wie zwei klatschnasse Socken.

Den mag ich, sagte er und rollte weiter. Puck blieb noch kurz stehen, und ich dachte, vielleicht interpretiere ich da zu viel rein. Nachdem er sich an ein paar Büschen neben einer Straßenlampe erleichtert hatte, öffnete ich die Pick-up-Tür, und er stieg wieder ein. Diesmal setzte er sich auf den Fahrersitz, und Archer schüttelte den Kopf. Puck konnte tun, was Puck wollte; er sah die Welt eben anders.

Auf dem Weg zur Tankstelle lief ich neben Archer. Er fuhr ein ordentliches Tempo, aber er keuchte, und ich hatte schon Angst, dass er eher einen Herzinfarkt riskieren als mich um Hilfe bitten würde – ein Senior, der zu stur war, um seine Grenzen zu erkennen.

Komm, ich schieb dich, sagte ich. Du kannst die Vorräte tragen.

Du kleines Arschloch.

Ich hab Besseres zu tun, als mich mit einem Sterbenden rumzuschlagen.

Gewöhn dich schon mal dran. Ich lieg eindeutig im Sterben.

Wir können dich an Puck anspannen, schlug ich vor.

Ein Hundeschlitten? Ein Krüppel im Hundeschlitten?

Es wäre eher wie ein Streitwagen, sagte ich.

Nicht mal die Tür durfte ich ihm aufmachen. Wenigstens versuchte er, sie ohne meine Hilfe aufzukriegen, und wäre ich nachtragender gewesen, hätte ich daneben gestanden und ihn machen lassen. Drinnen fuhr er herum, wie es sich für einen in seinem Alter und Zustand gehörte. Mir fiel auf, dass ich gar nicht wusste, wie alt er war, doch als seine Aluräder über das verdreckte Laminat der Tankstelle quietschten – und eine Linie verlagerten Schmutzes hinterließen, wie Kondensstreifen –, schätzte ich ihn auf siebenundsiebzig. Ein gutes Alter, um zu sterben, würde Gramps sagen, aber das sagte er schon, seit ich achtzehn geworden war.

Baritonstimme war mir nach drinnen gefolgt, aber sie erzählte nichts Interessantes, leierte Statistiken über verbrannte Quadratkilometer herunter, über Grizzlys, die nach Norden getrieben würden, wo sie sich mit Eisbären paarten, und die wechselnde Windgeschwindigkeit. Er erwähnte etwas vom Rogers Pass, aber davon kriegte ich bloß das Ende mit und hoffte, er wäre nicht geschlossen oder vom Verkehr oder was anderem verstopft, sonst müssten wir nach Norden zum Yukon. Ich erinnerte mich, dass auch Darby den Rogers erwähnt hatte, und wünschte, ich hätte aufgepasst. Kamloops mache sich schon für eine Evakuierung bereit, sagte der Sprecher, was bedeutete, dass die Leute bereit waren, jederzeit alles stehen und liegen zu lassen. Die RCMP hatten schon mit der Ausbildung für den Einsatz gegen Plünderer begonnen – wahrscheinlich der einsamste Job der Welt. Man muss sich nur vorstellen, durch leere Straßen zu fahren und zu wissen, dass jede Bewegung Banditen bedeutete. Ohnehin war es nur eine winzige Rumpfmannschaft aus Mutigen, Dummen und ewigen Pechvögeln. Man muss sich die knisternde Stille im Sprechfunkgerät vorstellen. Den Geschmack der Luft.

Gramps kannte Landschaftsgärtner in Invermere, die sich gemeldet hatten, um mit Baggern und anderem schweren Gerät die Flammen zu bekämpfen, normale Arbeitertypen, die sich der Herausforderung stellten, die Wirtschaft von British Columbia zu retten (die Bezahlung war sehr gut). Andere Wahnsinnige sprangen per Fallschirm ab und landeten bei Vorposten, bewaffnet lediglich mit einem Rucksack voller Brandhemmer, vielleicht die schlichtesten Werkzeuge. Gramps selbst hatte nie mit Buschbränden zu tun gehabt – er war zu alt und würde das auch sofort zugeben –, aber er kannte die ganze Theorie, wusste genug, um zu begreifen, dass selbst der geballte Erfindungsreichtum des Menschen eine solche Zerstörung nicht aufhalten konnte. Glück, hatte er gesagt. Man wird Glück haben müssen, oder die Natur regelt das selbst.

Auf dem Tankstellenklo hatte jemand übers Urinal geschrieben: Gestern Abend hab ich deine Mom gefickt. Darunter, als Antwort:

Geh heim, Dad, du bist betrunken. Am Tresen kaufte Archer zwei Cola.

Ich hab's lieber in der Flasche, sagte er, als ich zu ihm kam. Er zwirbelte die Flasche in der Hand, und da dachte ich, dass er womöglich gar kein Cola trinken durfte. Soweit ich sehe, läuft es bei Beziehungen auf eine Frage hinaus: Wie weit kann ich gehen.

Das sind die besten Beziehungen, sagte ich, worauf er mir die zweite Flasche anbot und ich sie nahm. Eine rührende Geste von Großväterlichkeit, oder vielleicht bin ich zynisch. Willst du noch was? Danach kommt nur noch Owenswood oder gar nichts mehr. Alles oder nichts.

Hol lieber noch Wasser, zur Sicherheit.

Im Pick-up ist ein Survival Kit.

Stimmt, sagte er.

Gramps ist nie unvorbereitet.

Daraufhin glotzte Archer in seine Hände. Sein Ehering klirrte an der Cola-Flasche, als er sich mit dem Deckel abmühte, aber ich konnte mich bremsen, das für ihn zu machen, und dann ging er auch schon zischend ab.

Dichter als auf dem Rogers Pass kommt man an die Berge nicht ran, und unbedeutender kann man sich auch kaum fühlen, außer man besteigt einen Berg oder, keine Ahnung, fliegt in den Weltraum. Die Felswände rücken so nahe an einen ran, dass man schon stählerne Nerven braucht, um nicht klaustrophobisch zu werden; er wirkt wilder als andere Gegenden im Tal, weniger gezähmt, aber das könnte auch daran liegen, dass ich mit der Geografie nicht vertraut bin. Üblicherweise fuhren Gramps und ich immer nach Süden zum Campen und nach Osten zum Rumfahren.

Der Highway zum Rogers schlängelt sich durch eine Reihe von Tunneln, durch Felsauswüchse, Überhänge und unpassierbare Karbonwände gebaut. Zu allen Seiten ragen die Rückenwirbel der Welt so hoch hinauf wie die Sonne am Spätvormittag. Die Hänge sind tödlich steil, die Stahl- und Betonbegrenzungen völlig unzulänglich. – Sie wären überrascht, wie leicht Metall sich unter der Wucht eines schleudernden Autos verbiegt. Ein Freund von mir hat sich mal über die kanadische Vorliebe beklagt, Highways um die Palisaden der Natur herumzuführen, aber eine bessere Möglichkeit gibt es nicht. Man kann nicht einfach durch sie hindurch; der Mensch lebt nicht unter der Erde und auch nicht in der Dunkelheit.

Wir kamen an Autos vorbei, die aufs Bankett gefahren waren, und die Fahrer schauten böse, als ich vorbeijuckelte. Archer war, wie erwartet, eingenickt, aber nicht, bevor er seine Schläfrigkeit damit gerechtfertigt hatte, dass eine Reise nach Westen besondere Wirkung auf ihn hätte – irgendwas mit Magneten, Polen und vielleicht sogar noch mit dem Brechungswinkel der Sonnenwinde. Baritonstimme war verstummt, also drehte ich am Senderknopf in der Hoffnung, CJ92 zu kriegen, Calgarys Besten Rock – Cowtown: Heart of the New West (nicht schlecht) –, aber so weit, wie wir von der Grenze weg waren, hatte ich die Wahl zwischen CBCs Classics und Pucks musikalischem Schnaufen.

Wir fuhren in einen Tunnel. Als Kind hielt ich jedes Mal den Atem an, wenn wir einen durchfuhren, und wünschte mir etwas. Der Rogers ist eine Goldmine aus Wünsche erfüllenden Tunneln, aber ich dachte immer, dass ein verwirkter Wunsch – nämlich wenn ich zu früh wieder Luft holen musste – alle vorherigen und künftigen Wünsche für das jeweilige Objekt der Begierde vereiteln würde. Wenn es mir nicht gelang, den Atem anzuhalten, würde er sich niemals erfüllen. Für ein Kind ist das ein ernstes Spiel, selbst für einen Teenager, der sich natürlich Glück in der Liebe wünscht. Ich weiß noch, wie ich vor lauter Wünschen blau im Gesicht wurde, während Gramps Lastzüge im Schneckentempo verfluchte; ich erinnere mich, wie ich mit dem Handgelenk aufs Armaturenbrett hämmerte und den Schwall ausgestoßener Luft spürte, den Schwall vollkommenen, untröstlichen Verlusts. Woran ich mich nicht erinnere, sind die Wünsche selbst:

Was beschäftigt einen Achtjährigen? Während ich jetzt die Luft anhielt und Archer neben mir schnarchte, wünschte ich mir, das zwischen Darby und mir wäre anders gelaufen. Eines Tages werde ich mich nicht mal mehr daran erinnern. Vielleicht kann man daraus was lernen: dass nicht das von Dauer ist, was wir uns wünschen, sondern dass wir überhaupt wünschen, dass wir immer nur das wollen, was wir nicht erreichen können, dass wir es erhoffen, ersehnen, darum beten. Unser Wünschen ist so ewig wie die Berge.

Der Highway vor uns – selbst der Asphalt, die Realität der Straße – war himmelwärts aufgeworfen, als wäre ein wildes Tier aus seinem Gefängnis aus Erde und Teer ausgebrochen. Er sah aus wie eine Skateboard-Rampe, steil wie die Schlittenschanzen, die Kinder aus Schnee und Kies am Fuß eines Hügels errichten. Ich hatte verpasst, welche Erklärung Baritonstimme in Golden zu dem Getuschel und Geglotze aus den auf dem Bankett geparkten Autos gegeben hatte. Die Straße war zweigeteilt. Sie war tektonisch – die eine Seite des Highway hatte die andere ein für allemal beiseitegeschoben.

Ich schaltete runter, setzte den Ranger an die Gratkante und stellte den Motor ab. Archer erwachte, vom bockenden Getriebe des Pickup aus dem Schlaf gerissen. Die Spalte ging durch den Highway und die Erde darunter – holzhackmäßig, wie mit der Axt durchgehauen, als wäre Paul Bunyan für einen besonderen Anlass aus dem Ruhestand zurückgekehrt. Warum war der Highway nicht gesperrt? Wenn es nun Nacht gewesen wäre?

Ich stieg aus. Puck drängelte hinter mir.

Willst du's genauer sehen?, sagte ich zu Archer, worauf er einmal nickte, also schob ich ihn und den Stuhl an die Kante. Lächerlich – wenn ich auf den Asphalt stampfte, lösten sich durch die Vibrationen Erdbröckchen. Auf der anderen Seite ging es ein kurzes Stück hinunter, kaum einen Meter, aber dann gab es eine Spalte tief in den Schlund der Erde, dunkel, als hauste darin ein Dämon.

Das verlängert die Fahrt um ein paar Stunden, sagte ich. Es bedeutete, wieder nach Golden zurückzufahren, von dort weiter nach Norden und schließlich auf irgendeiner Straße nach Westen, und ehrlich gesagt war ich mir nicht mal sicher, ob man auf einer nach Owenswood kam. Gramps hätte es gewusst, aber Gramps weiß ja immer alles. Darin besteht seine Mutantenpower – immer eine Antwort zu haben. Er befasst sich nicht mit Problemen, hat er mir mal gesagt. Sondern mit Lösungen. Ich fragte mich, was er und Nora jetzt gerade machten – zanken, wenn ich etwas aus der Geschichte gelernt habe. Alte Freunde, hatte Nora gesagt, aber man muss kein Philosoph sein, um eine Fehlinformation zu erkennen.

Archer scharrte mit den Füßen über den gerissenen Fels. Kommt das vom Feuer?

Von der Dürre, sagte ich. Hat mit der Feuchtigkeit zu tun, die durch das Erdreich sickert. Wie bei einem schrumpfenden Apfel, da rutscht die Haut einfach ab.

Er sog laut die Luft durch die Nase. Die Sonne war auf die Purcells hinabgesunken, und die Luft wirkte staubig, als wäre jemand auf abgefahrenen Reifen losgerast, wie das Zeug, das ein Dragster auf einem zundertrockenen Kurs aufwirbelt. Der Himmel hatte die Farbe von Holzspänen, die Berge waren rotgerändert wie in einem Aquarell. Wurde es wirklich wärmer, als wir nach Westen fuhren, oder bildete ich mir das nur ein?

Was schätzt du, wie weit geht es hier runter – einen Meter?, fragte Archer.

Mehr oder weniger.

Und einen halben Meter nach vorn?

Mit Gramps' Ranger spring ich nicht. Die Karre hat kaum Stoßdämpfer.

Aber er hat welche?, sagte er und grinste zu mir hoch wie ein verschlagener Großvater. Schon mal von Gleisen gesprungen?

Puck beugte sich über den Rand, pflanzte das heile Bein auf die vertikale Wand, als wollte er seinen Sprung auf die niedrigere Ebene abfedern. Er schnüffelte in den Abgrund, und die Halsmuskeln spannten sich, während er mit der Schnauze immer weiter runterging. Ich blaffte, er solle das lassen, worauf sein großer Kopf zu mir rumschwang. Warum denn?

Klar, sagte ich.

Na, das ist das Gleiche.

Darum geht's nicht, Archer. Ich könnte die Reifen oder das Fahrgestell ruinieren, oder wir könnten über den Abhang schlittern.

Er schob die untere Zahnreihe über die Oberlippe und zog dann eine Grimasse. Wahrscheinlich die Glätte nicht gewöhnt – hatte wahrscheinlich mal einen Schnurrbart. Dann drehen wir also einfach um?

Selbst wenn wir drüber springen und die Karre es überlebt, wie bringen wir dann Jack nach Hause?, sagte ich. Das ist eine Einbahnstraße. Danach gibt's kein Zurück.

Alles oder nichts, wie du gesagt hast. Ich habe bei Cecil was gutzumachen.

Du willst doch wohl jetzt nicht den Beleidigten spielen.

Und wenn das hier der größte Fehler ist? Was, wenn du es im Alter dann bereust?, meinte er, und dann spielte er die Schuldkarte: Auch bei dir hat Cecil was gut.

Seine Augen waren wässrig geworden, und er rieb sie mit den Handballen. Puck richtete sich auf, fixierte uns mit seinen großen Augen, die Haltung herrschaftlich wie die eines alten Generals. Archers Zähne mahlten, und er hob den Hut, um sich mit der Hand über die fleckige Kopfhaut zu fahren. Vor uns: der verheerte Highway, die letzte Reise des Archer Cole, die Brände, mein Dad, meine Mom, ein emotionales Triumvirat so jenseits meines Horizonts, dass es mir ganz fremd war. Hinter uns: Gramps, Nora, meine Examensarbeit, die Zukunft, das Drama mit der Freundin, das mich von früh bis spät umtrieb. Schon richtig, Archer; Gramps hatte was bei mir gut. Er brachte mich auf den Weg nach Invermere – und ab welchem Punkt fliegt eine Kugel auf die Bierdose los?

Wenn wir das machen, dann erzählst du mir, auf was ich mich bei allem hier einlasse, sagte ich. Ich habe keine Lust mir ständig anzuhören, was ich eigentlich alles wissen müsste.

Okay, krächzte er.

Okay, gab ich zurück und pfiff Puck zu mir her, damit ich ihm über die Kante helfen konnte. Der Pick-up hatte leider nicht die passenden Riemen, um einen Hund festzumachen, und ich wollte nicht unbedingt seinen ganzen Sabber und Atem auf mir haben und ihn auch nicht durch die Windschutzscheibe fliegen sehen. Also stieg ich in die Spalte und nahm Puck auf die Arme. Er war ein schwerer alter Köter, aber ich drückte ihn an die Brust wie einen Sack Erde, hievte ihn rüber und ging mit ihm zum Seitenstreifen. Bleib schön da sitzen, sagte ich, als hätte ich je bei ihm das Sagen gehabt. Er schien zu nicken.

Dann waren wir im Ranger, und ich fuhr rückwärts, um Anlauf zu nehmen. Archer packte den O-Scheiße-Griff und presste sich gegen die Lehne, ich schnallte mich an und legte den Gang ein, spürte, wie der Ranger unter mir bockte, der Motor grollte, die Reifen die Straße packten. Wind kam durchs offene Fenster und wirbelte mir die Haare um die Ohren. Der Highway sauste vorbei. Was taten wir da bloß – und wenn wir nun auf noch eine Kante stießen? Und wenn sie in die falsche Richtung ging? Dann finden wir schon eine Lösung, dachte ich, glaube ich – und dachte noch, so was würde Archer sagen –, und dann jagten die Vorderräder den Hang hinauf, und es ging immer weiter nach oben, die Schnauze des Ranger war wie ein Wal beim Auftauchen, Erwartung und Adrenalin trommelten in meiner Kehle, als hätte ich einen Kolben des Motors verschluckt.

Und dann Schwerelosigkeit und Schmetterlinge wie Sodbrennen oder das Jucken auf dem Rücken, wenn man sich eine Bronchitis geholt hat. Wir überflogen die Spalte, locker. Fuß auf Kupplung auf Verbrennung auf Drehmoment, Geschwindigkeit, Flugbahn. Wir hätten auch eine doppelt so breite Spalte übersprungen – und dann ein Schwall von Energie und Ehrfurcht, wie bei einem Jungen.

Weder Archer noch ich hatten uns die Mühe gemacht, das rumliegende Zeug im Führerhaus zu sichern. Da hatte die vorausschauende Planung versagt. Die beiden Cola-Flaschen, inzwischen leer, schleuderten hoch und knallten gegen das Dach, eine fiel mir in den Schoß. Müllteile flogen aus der Plastiktüte, die zwischen den Sitzen steckte. Die Spielzeugpistole hob sich in die Luft, und Archer fing sie klatschend mit beiden Händen auf. Ich hielt den Schuhkarton auf die Bank gedrückt. Archer: wildes, wildes Grinsen. Archer: Kinn auf Brust, trotzdem schlackerte sein Kopf auf dem Hals. Ich: mit etwas Glück vielleicht angespannt, aber wahrscheinlicher so furchtsam wie das Kind, als das ich mich fühlte. Ich konnte mich nicht im Rückspiegel sehen, Gott sei Dank. Ich hatte mich einer Sache verschrieben, keine Ahnung, welcher. Archer wiederum schien alles egal – aber ich weiß ja auch nicht, wie viel Archer zu verlieren hatte.

Ich nahm das Gas zurück, damit die Reifen rotierend aufkamen, hielt das Lenkrad gerade wie ein Steuermann. Jii-haa wollte ich schreien, landen und eine Wolke Kies und Staub aufwirbeln, das Lenkrad drehen und die Handbremse ziehen, zu einem perfekten, aufrechten Halt schleudern, als hätten wir gestoppt, um eine Pose einzunehmen. Dann krachte der Ranger runter, und Puck schoss von seinem Platz los, jagte auf uns zu, jagte heran, um die Kreisbahn des Ranger zu schneiden.

Also riss ich das Steuer rum. Doch die Hinterräder – Hinterradantrieb, o du lieber Ford – hoppelten noch immer auf ihren bekackten Stoßdämpfern, hatten noch nicht zugebissen, noch nicht gegriffen, und der Pick-up stob nach vorn, und ich verlor Puck an meiner Tür aus dem Blick, irgendwo unterhalb des Spiegels, in meinem toten Winkel und meiner Peripherie, den Stellen, wo es sich leicht stirbt. Und dann griffen die Reifen, das Steuer riss noch immer, ich weiter bleifüßig auf dem Pedal, und es ist ein Wunder, dass der Pick-up sich nicht quer stellte und eine Rolle machte. Stattdessen: heftiges Schwänzeln, heftiges Gieren. Das Heck schwenkte zur Fahrerseite weg, und es war, als wäre ich Augenzeuge: ich die Bremse tretend und übertrieben gegensteuernd, Archer mit beiden Händen am O-Scheiße-Griff, Schleuderspuren auf den Asphalt gebrannt, wo wir aufgekommen waren, die Luft erfüllt von Gummigestank wie versengte Haare. Ich zuckte in Erwartung eines Ka-dumm, mit dem ich den Familienhund niedermähte.

In der dritten Person: Puck tanzt um den Ranger herum, Archers Gesicht verzerrt, und ich, Alan West, greife mutig zur Handbremse, teste die Belastbarkeit des Getriebes. Und dann, ich wieder bei Verstand, im Führerhaus, im eigenen Kopf – ein Bamm und ein Quiiee, dann kam der Pick-up zitternd zum Stehen.

Die Schmetterlinge in meinem Bauch wurden zu Säure. Der Himmel wirkte dunkler.

Puck ging's besser als erwartet, aber schlechter als erhofft. Der Ranger hatte ihn mit seinem ausbrechenden Heck erwischt, hatte ihn mit dem Arsch voraus über den Asphalt geschleudert, aber irgendwie hatte er es geschafft, nicht überfahren zu werden. Allerdings war er ein wimmerndes Etwas, aber ohne das Wimmern, denn er war der härteste aller Hunde. Die Flanke war aufgeschürft, und an manchen Stellen waren seine kurzen Haare abgescheuert und auf dem Highway verteilt, wo er hingeschleudert worden war. Er sah aus wie ein altes, buttergelbes Sofa, stellenweise ausgebleicht, Schaum, der aus Nähten quoll. Ich legte ihm die Hand auf den Kopf, und er drehte die Schnauze hin. Seine Flanke hob und senkte sich schneller als entspannt, aber ich bin kein Tierarzt, ich wusste nicht, was das bedeutete.

Ein Hinterbein war komisch gebogen.

Scheiße, Junge, sagte ich.

Er winselte um des Effekts willen.

Alles gut bei ihm?, brüllte Archer aus dem Pick-up. Er hatte sich über die Sitze gezogen, damit er zu der hin und her schwingenden Fahrertür raussehen konnte. Ich sah ihn kurz finster an, dann wandte ich mich wieder meinem Hund zu. Vielleicht würde ich das hier mein

Leben lang bereuen. Der Knochen stand nicht raus, aber unterm Fell hatte das Bein mit einem Mal zusätzliche Rillen und Vertiefungen und natürlich auch eine Wunde. Er versuchte, sich zu drehen und die Verletzung anzusehen, aber ich reckte die Schulter davor, worauf er sich hinlegte, sich vorn an der Schulter leckte, wo ein roter Fleck war. Das Bein schwoll auch schon an. Aber da war jetzt nicht viel zu machen.

Sein Bein ist hin, brüllte ich.

Schienen, brüllte Archer zurück, und ich hörte, wie er in dem Pickup rumkramte. Was hat denn dein Bastard-Großvater in seiner Überlebenskiste? Auch einen Strick?

Lässt du mich hier mal ’nen Moment.

Nein, Junge. Sei nicht sentimental und hilf mir hier.

Wäre er nicht so alt und kurz vorm Sterben gewesen, ich wäre hinmarschiert und hätte ihm was ins Genick gegeben. Es war, als wäre ihm nicht klar, dass er mitverantwortlich war. Ich kraulte Puck hinter den Ohren, und seine Hängebacken wackelten. Und bleib jetzt liegen.

Gramps hatte eine aufgewickelte Nylonschnur auf der Ladefläche. Sie war dick wie eine Zuckerstange, und obwohl Puck ein Vieh von legendärer Kraft war, würde sie doch genügen, sein Bein gerade zu halten. Ich schnitt ein paar Stücke ab und griff mir ein schmales Stück Sperrholz, das ich an der Heckklappe in zwei Teile brechen musste.

Das wird wehtun, sagte ich, als es mir klar wurde.

Ich kann ihn mit meinem Gewicht niederhalten, schlug Archer vor. Er wird dich nicht mögen.

Du kannst ihn nicht niederhalten, Archer, sagte ich, was ihn zum Grinsen brachte, die Vorstellung, dass er den großen Hund niederringen musste. Du kannst ja nicht mal gegen einen Fußball treten.

Sein Grinsen hielt sich noch einen Moment, dann wurde sein Mund gerade. Mir schien, als hätte ich in seinen Augen ein Feuer entfacht, und dass er innerlich kochte vor Wut, doch er schaute zu Boden und weg und presste einen Handrücken an den Mund. Tatsächlich musste ich Puck festhalten, während Archer das Bein schiente. Anders konnte das Ganze nicht funktionieren.

Ich hob ihn so vorsichtig auf, wie ich konnte, wobei ich nicht recht wusste, wie ich das verletzte Bein fassen sollte, und er stieß ein Winseln aus, ein authentisches, leises, mir direkt ins Ohr. Dann leckte er mir übers Gesicht, voll über Mund und Nase und einen Teil des Auges, und der Sabber lief mir auf der Schulter ins Hemd. Sein Schwanz schlug horizontal um meinen Rumpf, und meine Hände fühlten die Geografie seines Körpers, fühlten die Höcker seiner Rippen, die aus den Fugen geraten schienen, in unregelmäßigen Abständen, und er winselte wieder, als ich innehielt, um ihn mit den Fingern zu betasten.

Ich legte ihn auf die Rückbank, wo er kaum genug Platz hatte, aber ich hielt es nicht für fair, ihn auf das kalte Metall der Ladefläche zu legen. Archer hatte den guten Einfall, sich vorne um die Motorhaube auf die Fahrerseite zu bugsieren, während ich Puck trug – ohne seinen Stuhl, mit zwei zittrigen Händen und einen Großteil der Brust an die Karosserie des Ranger gedrückt – es war eine komische, schiebende Fortbewegung, die bei einer anderen Gelegenheit tatsächlich zum Lachen gewesen wäre. Als er dann bei Puck war, befühlte er das kaputte Bein mit dem Daumen, und die Grimasse, die auf seinem Gesicht erschien, war wohl echt. Jetzt hast du's auch begriffen, Alter.

Du schienst es, ich halte ihn.

Tut mir leid, Kleiner.

Ich schob den Fahrersitz so weit nach vorn, wie es ging, klemmte mich in den Raum zwischen ihm und der Rückbank und lag praktisch auf Puck. Sein Hals und Kopf steckten unter meiner Armbeuge fest wie ein UFC-Ringer, und meine Arme streckten sich seinen Rumpf entlang. Jede Hand hielt ein Bein gepackt. Wahrscheinlich war es gut für mich, dass er überhaupt bloß drei Beine hatte. Archer nickte, fasste die komische Krümmung, die so fremdartig aussah, dann, nach drei Atemzügen, richtete er sie mit einer so flüssigen Bewegung gerade, dass er das bestimmt schon vorher mal gemacht hatte.

Puck trat und jaulte, dann knurrte er und biss mich ins Gesicht. Wenn ich das sage, meine ich ins ganze Gesicht, so galaktisch war sein Maul. Ich drückte ihn nieder, während er herumruckte, und gleich darauf bäumte er sich über mir auf – Gott, wie lang war denn sein Hals? –, sperrte das Maul auf und umfasste damit meinen Kopf. Sein Unterkiefer lag auf meinem, und seine oberen Zähne berührten mich irgendwo nahe der Schläfe, und er benutzte mich, wie ein Mensch ein Stück Holz benutzen würde, um gegen die Schmerzen draufzubeißen. Das ist jedenfalls meine Interpretation. Mein Mund klappte zu, und ich presste seinen Namen durch die zusammengebissenen Zähne, und seine Schneidezähne scheuerten mir eine Furche über die Wange. Mein Ohr war irgendwo in dem unbeanspruchten Raum zwischen Pucks Zunge und dem Gaumen. Tief in ihm drin hörte ich das tiefe Grollen seines Knurrens, ähnlich wie ein Kühlschrank nachts gurgelt, um sich kühl zu halten.

Dann ließ der Druck auf mein Gesicht nach, Pucks Kopf sank langsam auf den Sitz hinab, und Archer stieß Luft durch die Nase aus. Zögernd ließ ich los, und Puck rutschte etwas herum, bis er bequem lag. Ich fasste mich an die Wange, fuhr die roten Linien nach, die dort waren. Archer hampelte auf seine Seite, und ich stieg aus dem Pick-up und ging rum, um ihm hineinzuhelfen, die Schulter unter seinem Arm.

Sollten ihm Bier geben. Lagert Cecil noch Bier unterm Sitz?

Das habe ich gar nicht gewusst, erwiderte ich.

O doch, sagte er, und tatsächlich: die letzten zwei Drittel eines Sechserpacks Trostbier. Archer reichte es mir zum Öffnen, seine Hände zitterten heftig, dann leerte er es in die Wasserschale des Hundes und stellte sie auf den Sitz neben Pucks großem Kopf. Puck leckte es. Hunde sind im Allgemeinen große Bierfans.

Das wird dir helfen, armer Kerl.

Ich schaute im Rückspiegel nach Puck und drehte den Zündschlüssel. Seine Flanke hob und senkte sich noch immer in flachen Schüben.

Ich liebte diesen Hund. Ich glaube, er hat sich auch einige Rippen gebrochen, sagte ich.

Archer sagte eine lange Weile nichts. Schließlich war er ja von der Armee. Es hatte schon mal etwas Ähnliches gegeben, da hatte Darbys Mutter sie angerufen, um ihr zu sagen, die Familienkatze sei mit zweiundzwanzigeinhalb verstorben, und das Gespräch war so verlaufen: erst Darbys Name, dann eine überlange Pause, und schließlich die Stimme ihrer Mutter wie ein Quaken durch den Hörer.

Er ist übel dran, sagte Archer.

Unten in Gramps' Werkzeugkiste liegt eine Schrotflinte.

Hinten?

Ja, sagte ich. Puck schmiegte den Kopf gegen das heile Vorderbein.

Vielleicht holen wir sie mal, bloß für den Fall.

Gramps' Werkzeugkiste erstreckte sich über die ganze Breite der Ladefläche; ich stieg rauf und probierte die Schlüssel so lange durch, bis das Vorhängeschloss mit einem befriedigenden *tschock* aufschnappte. Die Flinte lag auf der untersten Ebene verborgen, unter Regalen mit einer Blechschere, einer Kombizange und Ratschen (die hatte ich Gramps mal zum Geburtstag geschenkt; sie wirkten unbenutzt) sowie weiteren Metallwerkzeugen, die man beim Stahlschweißen braucht. Sogar diese Kiste roch nach Gramps, sie hatte die Süße von Sägespänen und Öl und den vielen Tagen, an denen er spät, verdreckt und angesengt nach Hause kam, in Carhartts und Feuerwehrausrüstung, über der Schulter an einem Riemen einen schweren Segeltuchbeutel. Das Vollzeit-Schweißen hatte er schon aufgegeben, lange bevor ich auf diesem Planeten landete, aber er machte noch immer Nebenjobs, spielte weiter mit Feuer. Und da fiel mir ein, dass Gramps mir eigentlich nicht viel von seinem Beruf beigebracht hatte – ich kann mit Werkzeug umgehen, aber ein Schweißbrenner? Ich weiß nicht mal, aus welchem Ende die Flamme rausschießt. Man sollte doch meinen, einer wie Gramps hätte sich darangemacht, mich auf dieser Erde als seinen Nachfolger einzusetzen.

Ich hob das erste Fach heraus und stellte es neben mich. Der Motor zischte, auf dem Beifahrersitz rutschte Archer herum und versuchte, mich in seine Sichtlinie zu kriegen. Von meiner Warte aus konnte ich sehen, wie sich Pucks Flanke hob und senkte und dabei zitterte. Heben, Zittern. Wäre ich mit dem Ohr an ihn rangegangen, hätte ich wahrscheinlich Keuchen hören können und wie die Blase aus Blut und Flüssigkeiten seine Lungen belastete. Ich holte die Flinte raus, eine Waffe, die vielleicht irgendwann mal Sammlerwert gehabt hatte, und ging damit zum Führerhaus. Sie war lang und passte nur auf den Boden, unheilvoll nahe bei Puck.

Wie alt ist er denn?, sagte Archer, als ich einstieg.

Elf.

Für einen Mastiff ist das ein gutes Alter. Ein gutes Alter zum Sterben.

Du klingst schon wie Gramps, sagte ich und fuhr vom Seitenstreifen, den Highway weiter nach Gott-weiß-wohin. Ich versuchte, mir vorzustellen, wie ich Puck aufs Korn nahm, den Finger am Abzug, das Überschall-fapp und dann das viel schlimmere Geräusch, wie der große Hund starb. Und natürlich müsste ich das machen, so ging es doch immer. Der Hundebesitzer drückt selbst ab. Der Vater stöpselte die eiserne Lunge aus, stoisch, ohne zitternde Hände. Der Kapitän ging heutzutage nur noch selten mit seinem Schiff unter, spielte aber immer eine entscheidende Rolle, wenn es versenkt wurde. Ob Archer es wohl gemacht hätte, wenn ich ihn drum gebeten hätte, und ob das letztlich eine freundliche Geste ihm und dem Hund gegenüber gewesen wäre?

Also, sagte ich zu Archer und war plötzlich ganz ernüchtert, als hätte sich ein Loch in der Welt aufgetan. Du fängst an zu reden. So war's abgemacht.

Er langte unter die Sitzbank nach der Bierhalterung, riss eins raus und mühte sich, es aufzumachen.

Ist lange her, dass ich ein Bier getrunken habe, sagte er, während er versuchte, mit dem Daumennagel unter die Lasche an der Dose zu kommen, bis es klickte. Irgendwo vor uns war die Straße nach Owenswood geschlossen, und ich hoffte, Archer konnte seine Behauptung wahrmachen, er erinnere sich an die Waldwege, denn bald würde sich der Tag zur Dämmerung neigen, zur Sterbestunde, und mir war es lieber, dass wir die Geländefahrt hinter uns hatten, bevor es Nacht wurde. Archer nahm jetzt einen Nickel vom Armaturenbrett, keilte ihn unter den Bierverschluss und kriegte endlich die Dose auf. Sein erster Zug war ein langes, langsames Schlürfen beschissenen Biers mit übertriebener Sentimentalität. Hinter mir schnaufte Puck. Auf der Windschutzscheibe von Gramps' Ranger lag eine Staubschicht – Ergebnis eines strohtrockenen Sommers, in dem der Mutterboden wegflog –, also stellte ich die Wischer an und ließ sie den Staub wegschmieren, damit ich einen klareren Blick auf alles Kommende hatte.

Also, sagte Archer und senkte die Dose auf den Schoß. Jetzt kommt eine Geschichte über Jack West.

Im Frühjahr 1972 lag Linnea drei Wochen lang mit einer mörderischen Grippe flach. Wäre Nora nicht gewesen, hätte es böse geendet: Ich musste für Jones & Sons in den frühen Morgenstunden arbeiten, Nora unterrichtete erst nachmittags, und mit ihrer Hilfe konnten wir sie also fast rund um die Uhr betreuen. Sie kam immer kurz vor fünf Uhr morgens rüber – da war Cecil schon seit einer halben Stunde unterwegs zur Sägemühle, den letzten und längsten Job, den er als Schweißer hatte. Sie hatte einen Hausschlüssel. Manchmal musste ich um dieselbe Zeit los, dann schlichen wir im Flur umeinander rum oder in dem vollgestellten Abstellraum, wo meine ganzen Wintermäntel in den Ecken lagen. Wahrscheinlich hätte sie gern selbst eine Tochter gehabt – eines Tages später würde sie mal kurz davor sein –, und bestimmt konnte sie bei Linnea nicht widerstehen.

Ganz selten mal sah ich auch Crib, immer mit einem anderen Mädchen auf dem Beifahrersitz, einmal war eine ganze Wagenseite mit Stickern von Einschusslöchern verziert. Er hatte seine Nummernschilder gegen die blauen für Britisch Columbia getauscht, was bedeutete, dass er sich niedergelassen hatte, aber nicht in Invermere – Cecil war nicht der Erste, der kurz davor war, ihn zusammenzuschlagen, und ich nicht der Einzige, der ihn fast von einer Brücke geschmissen hätte. Soweit ich weiß, war er in eine andere Metropole der Kootenays geflüchtet, aber er kam wieder, kam immer wieder her, als zöge ihn das gute alte Invermere an – und auch wenn Nora es Paranoia nannte, kam er immer rein zufällig an dem Haus vorbei, für das Jones & Sons gerade den Anstrich machten. Ich beobachtete ihn, wie er im Schritttempo vorbeischlich, in seiner Feldjacke und mit einer riesigen, dunklen Sonnenbrille oder einer graublauen Kadettenmütze, er hatte so eine Art, mit den Schultern zu rollen, wenn sein Wagen über die Schlaglöcher in den üblen Straßen der Stadt polterte. Eine Auseinandersetzung zwischen mir und ihm würde es noch geben. Daran führte kein Weg vorbei.

Inzwischen sah ich Nora öfter als Cecil. Ständig lief ich ihr in der Stadt über den Weg: Wir kauften zur selben Zeit unser Abendessen und stießen in den Supermarktgängen fast zusammen; die Lehrer machten immer gern in einem Restaurant ein paar Häuser von der Highschool weg Mittag, und dort holten sich auch die Leute von Jones & Sons um Viertel nach zehn und Viertel vor vier einen Kaffee. In den drei Wochen, als Linnea bloß Sodakekse mit Ginger Ale zu sich nehmen konnte, verschlief ich ein paar Mal und kam zu spät, und da gab Nora mir sogar ihr eigenes Lunchpaket und einen Klaps auf die Schulter, fürs Wohlergehen. Ich hab's schon mal gesagt, die Frau hatte es.

In Invermere ist der Frühling matschig, und obwohl die Temperatur so weit steigt, dass man ganz gut ärmellos rumlaufen kann, macht das Schmelzwasser von den Gletschern den See eisig, und der Wind, der darüber weht, bringt Morgenkühle. Jeder trägt Gummistiefel, stellt den Pick-up auf Allrad und meidet die Schotter- und Feldwege – wie der hinter Cecils Haus – aus Angst, dass bei der Arbeit gefrotzelt wird. Man hört Geschichten von heftigen Saufereien in den Kiesgruben und Kerlen, die dort Autos über die Kante kippen, von einer Gesetzlosigkeit wie im Wilden Westen. Mehr Jungs und weniger Skifahrer kommen in die Stadt. Liegestühle werden aus den Geräteschuppen geholt, und abends machen die Leute Feuer, von denen ganze Viertel nach Schornsteinqualm riechen.

An so einem Abend traf mich Jack auf einem Klappstuhl an. Ich briet gerade einen Hotdog an einem zum Spieß aufgebogenen Kleiderhaken. Ich hatte ein Bier offen und schon zwei geleert; Linnea war den Abend mit Freundinnen unterwegs, und ich musste keinen Eindruck schinden. Jack winkte mir zu, setzte übern Zaun und rieb sich den Nacken. Ich dachte, er würde bald wieder verschwinden, nachdem ich ihm sagte, Linnea käme nicht nach Hause.

Linnea da?, sagte er.

Nee, sagte ich. Willst'n Hotdog?

Okay.

Ich bog noch einen Kleiderbügel gerade und zeigte auf den Beutel mit den Dogs. Er spießte einen quer auf, wie ein Amateur. Dann setzte er sich auf einen Holzklotz neben mir, und wir brieten wortlos unser Essen. Er dürfte da sechzehn gewesen sein. Cecil hatte mir von seinen Eskapaden erzählt, dass er in jeder Klasse wenigstens einmal rausgeflogen war, dass es ihm schwerfiel, Freunde zu finden, dass er nie zu einem Schultanz ging und Linnea das einzige Mädchen war, von dem er redete.

Kann ich ein Bier haben, sagte Jack auf einmal.

Aha, kommt gleich zum Thema.

Sorry.

Quatsch, sagte ich und riss eins aus dem Sechserpack unter meinem Stuhl.

Danke, sagte er.

Sag's aber nicht Cecil.

Er öffnete die Dose und trank einen Schluck, während ich nach meinem Hotdog schaute. Schließlich zog ich ihn vom Spieß – goldbraun –, und Jacks ging entzwei und fiel ins Feuer. Ich zerteilte meinen und gab ihm eine Hälfte. Er bedankte sich nicht, aber das war auch nicht nötig. Ich überlegte, ob ich Cecil anrufen sollte, vielleicht wollten er und Nora auf ein Bier vorbeikommen. Der arme Kerl schuftete so verdammt hart bei seinem Schweißjob in der Sägemühle.

Jack sagte: Ich glaube, ich möchte Linnea vielleicht heiraten.

Ich schlang meine ganze Hotdoghälfte runter und verschluckte mich beinahe, aber aus den falschen Gründen. Mann, Jack.

Sorry, sagte er sofort.

Du hast noch jede Menge Zeit, weißt du.

Ja.

Genau, sagte ich. Ich leerte mein Bier und zog ein neues raus – das würde ich brauchen, schien mir.

Aber manchmal überleg ich mir das schon, sagte er und trank verlegen einen Schluck.

Reden wir immer noch vom Heiraten?, sagte ich.

Sind bloß so Gedanken.

Ich bin Linneas Dad.

Sorry, sagte er. Er stocherte mit dem Spieß im Feuer rum, gab ihm Sauerstoff, sodass es kurz aufflackerte und die Scheite wegzubrennen drohten, die ich so mühevoll aufgeschichtet hatte, damit sie den ganzen Abend lang hielten.

Red doch mal mit deinem Dad darüber, sagte ich, und er sah mich an, als wollte er sagen, er sei nicht blöd, aber ich vielleicht. Und deine Mom?

Die ist nicht meine Mom.

Ich meine, Nora.

Die ist nicht meine Mom, sagte er und trank wieder einen Schluck, beäugte mich über die Dose hinweg.

Sorry, sagte ich.

Schon gut.

Wir betrachteten eine Weile das Feuer. Jack pflanzte die Unterarme auf die Schenkel und beugte sich zum Feuer hin, die Hände zusammen zwischen den Knien. Hin und wieder schlürfte er Bier – ein zögerndes, kurzes Neigen der Dose, das mir den Eindruck gab, als schmeckte es ihm nicht besonders. Es war noch nicht so spät, dass die Flammen alles zum Leuchten brachten, trotzdem röteten sie Jacks Wangen. Man konnte in seinem Gesicht die Konturen des Mannes erkennen, der er mal sein würde, wenn seine Züge härter und gefurchter sein würden, um das Kinn herum fester und die Stirn flächiger – ein Mann, der mehr abwägte und besser auf das vorbereitet war, was vor ihm lag, aber auch trauriger, einsamer und sich genau dieser Unterschiede bewusst, wenn er an den Jungen dachte, der er mal war.

Ich weiß nicht so recht, was du willst, Jack, sagte ich.

Ich auch nicht.

Mach keine Dummheiten.

Welche denn, sagte er und nickte mir einmal, bestätigend, zu, und nun fixierte ich ihn über die Bierdose hinweg.

Ich mein's ernst, sagte ich, vielleicht ein bisschen zu streng. Ich hab dich davonkommen lassen, als du mich angeschossen hast, aber wenn du das Leben meiner Tochter versaust.

Das mach ich nicht, sagte er, und ich glaubte es ihm.

Okay.

Okay.

Ein Bier ist noch da.

Er nickte und leerte seins. Aber sag's nicht meinem Alten.

Geht klar.

Willst du mal zur Hütte?

Jack, ich bin nicht dein Dad.

Ich meine, auch mit Linnea und Nora. Dad ist immer so beschäftigt, der hat nie Zeit.

Ich überleg's mir, sagte ich.

Nora will nicht allein mit uns hin, sie hat Angst vor Bären.

Tja –

Sieh mal, Archer, sagte er und beugte sich vor, wie ich es auch von Cecil gesehen hatte, er glich ihm aufs Haar, blaue Baseballmütze, Denim und köterbraune Haare um die Ohren. Er lächelte breit wie ein Vertreter. Aber er beendete den Satz nicht.

Ich überleg's mir, sagte ich noch mal, worauf er mit dem Kopf wippte und sein Bier hob, als wollte er mir zuprosten und mich auffordern, es ihm nachzutun.

Zwei Wochenenden später organisierte Jack die Fahrt zur Hütte mit Cecils Segen, und zu viert fuhren wir in meinem Pick-up auf den Waldwegen zum Dunbar Lake. Die jungen Leute quetschten sich hinten rein, Nora saß auf dem Beifahrersitz in einer Flanelljacke, die wohl Cecil gehörte, weil sie um die Schultern abfiel, und die überlangen Ärmel ringelten sich auf ihrem Schoß wie eine Katze. Sie hatte sich die roten Haare kurz geschnitten und eine John-Deere-Truckermütze aufgesetzt, die ihr bis über die Ohren ging. Unterwegs stellte sie einen Stiefel aufs Armaturenbrett und verschränkte die Arme. Wenn ich mir die Bemerkung erlauben darf, würde ich sagen, sie wirkte glücklich, wie sie da saß – aber Mann, ich war es ja auch. Es wäre schön gewesen, wenn Cecil es geschafft hätte mitzukommen.

Nora hatte genug zu essen eingepackt und auch einigen Alkohol, von dem sich Cecil gern oder ungern getrennt haben mochte – das letzte Fünftel seiner Flasche Whiskey, ein, zwei Sechserpacks –, und Jack hatte Angelzeug besorgt und meinte, Cecil habe Ausrüstung und Konserven in einem Keller unter der Hütte gelagert, zugänglich über eine Falltür, die unterm Küchentisch versteckt lag. Jack hatte, auf Noras Bitte, auch eine miserable Repetierflinte von Cecil mitgenommen, falls wir einen Bären verjagen mussten, aber er wie ich wussten – und behielten es für uns –, dass es ein viel größeres Gewehr oder eine gehörige Portion Glück brauchte, um so ein Vieh zu erledigen. Ich kannte mal einen, der es geschafft hatte, einen Grizzly mit einer neun Millimeter Smith & Wesson zu töten – Glücksschuss in die Halsvene, als er schon angriff, ein praktisch unmöglicher Schuss –, ich aber hoffte am ehesten auf einen Knall, der laut genug war.

Die Fahrt zu Cecils Hütte dauert kaum eine Stunde, wenn man die Abzweigung auf den Waldwegen nicht verpasst. Allein hätte ich es niemals gefunden, aber Jack zeigte mir die Landmarken, nach denen ich Ausschau halten musste: ein seit langem verlassenes Adlernest auf einem Strommasten, ein weißes Kreuz an der Straße mit Blumen drum herum, vernachlässigt und irgendwann umgekippt, eine Stelle mit Baumskeletten, wo ein plötzlicher Brand ausgebrochen, aber gleich wieder gelöscht worden war, fast direkt gegenüber der Abzweigung. Kam man zum Minimarkt, war man schon zu weit. Der Laden, hatte Cecil mir gesagt, habe bis spät offen und verkaufe Alkohol an Minderjährige, er gehöre Morgan Lane und werde auch von ihm betrieben, mehr brauche man nicht zu sagen. Weißt ja, wie er ist, hatte Cecil gesagt und dann mit den Achseln gezuckt, als wollte er sagen, aber was soll man da machen. So einer, dem man nicht im Dunkeln begegnen möchte.

Der Waldweg, der zur Hütte führte, schlängelte sich immer weiter hinab ins Tal bis an eine Stelle, wo die Ausläufer zweier Berge zusammentreffen. Man konnte nichts durch die Bäume sehen – fast war es, als führe man blind, aber die Straße war breit und die Seitenstreifen nicht zu tief, es gab noch Spuren von Pick-ups wie meinem, die in einer Kurve in den Graben geschleudert waren. Das erinnerte mich an eine Fahrt mit meiner Exfrau, wahrscheinlich meine letzte gute Erinnerung an sie, als sie und ich einen zweiwöchigen Campingausflug in die Bitterroot Mountains planten und in einem Kombi auf der I-90 nach Westen donnerten, das war, bevor Linnea auf die Welt kam. Meine Ex hatte winzige Ohren und Sommersprossen bis zum Hals. Gleich am ersten Tag unserer Wanderung geriet ich nach nicht einmal drei Stunden mit einem Zeh in eine Baumwurzel und verrenkte mir dermaßen den Knöchel, dass er auf die Größe eines Boxhandschuhs anschwoll. Danach verbrachten wir die zwei Wochen in einem Motelzimmer in Missoula, Montana, und lebten von Studentenfutter, Schweinefleisch, Bohnen und Leitungswasser aus Feldflaschen.

Ausgerechnet daran erinnerte ich mich, als sich die Bäume lichteten und die Straße zu einer Schlammgrube wurde, tief wie die Radkästen meines Rangers. Wir schlingerten weiter, und ich merkte, dass Jack sich mit dem Unterarm gegen meine Lehne stemmte, dann ließ ich die Kupplung los, und mit einem Ruck landeten wir in der Lichtung, auf der Cecils Hütte Wache hielt. Die Lichtung war sumpfig von Schlamm, Wolfsmilch und Rehkötteln, und die Reifen des Ranger machten Quatschgeräusche, als wir zur Hütte rollten. Das ist der Frühling im Kootenay Valley – alles Rehscheiße, nasses Gras und kalte Erde, die so weich ist, dass man mit den Stiefeln einsinkt. Ich parkte den Pick-up an einer Stelle, wo mir der Boden relativ fest erschien, dann sprangen wir vier hinaus. Fast sofort sank Nora knöcheltief im Schlamm ein.

Die Hütte stand schief wie ein verletzter Hund. Nahebei rostete ein kürbisfarbener Jeep seinem Ende entgegen. Am Seeufer waren sechs Hackklötze zu Hockern umgedreht, und Cecils Dingi schaukelte auf der Dünung, festgemacht an einer vom Blitz gespaltenen Kiefer, die sich wie ein großes V gen Himmel reckte. Ich spähte durch die Windschutzscheibe und den Matsch, den die Wischer auf der Scheibe verschmiert hatten. Jack stieg hinter mir aus, und als er sich neben mir streckte, sah er zu der Hütte hin wie einer, der ein Haus betrachtet, in dem er nicht mehr willkommen ist. Die Luft war dick vom Nektarduft der Wälder und so stickig, dass sie mir den Mund wie mit Saft verklebte.

Jack deutete mit dem Kinn auf die Kiefer.

Das ist von einem Brand, sagte er. Die brennende Hälfte ist auf der

Hütte gelandet. Dad stand knietief im Schutt und stemmte die Falltür auf, um seine Gewehre zu retten.

Hat eine Woche gebraucht, bis er den Ruß unter den Fingernägeln raus hatte, sagte Nora.

Das kommt daher, dass er sich nie die Hände wäscht, sagte ich.

Jack hat mir irgendwann mal erzählt, wie ihm alles an dieser Hütte gegen den Strich ging: der erdfarbene Kamineimer, der nie geputzt worden war, das mit Plastiktüten zugeklebte Fenster auf dem Dachboden, durch das er und der alte Sack mal ein Hohlspitzgeschoss gejagt hatten, sogar Cecils Jeep, der kräftig nach Benzin roch. Cecil hatte ihm beigebracht, den Jeep zu fahren, auf Angelausflügen, als die beiden tagelang Forellen fischten und Weißwedelhirschfleisch kauten, das Cecils Kumpel von der Arbeit in ihren Schuppen gedörrt hatten. Jack sagte, er habe vor, da, bei der Hütte, auch seinem Sohn das Fahren beizubringen. Er sprach davon, seinen Sohn gemütlich im Kreis um die Lichtung zu führen, und wenn die kleinen Hände des Jungen dann ein Gefühl für die Kupplung hätten, wie ein Teenager zupacken konnten, an den Flüssen entlang mit ihrem Dreck und dem Hartriegel, der über die Schnellen sabberte wie Mastiffs.

Wir trugen unser Zeug von der Ladefläche des Ranger zur Hütte, und drinnen stieg Jack gleich auf den Dachboden, und wir reichten ihm Noras und Linneas Sachen rauf. Es gab nicht genug Betten für uns vier, also mussten er und ich die Nacht im Pick-up oder auf dem Fußboden verbringen. Drinnen war die Hütte unfertig, die Wände noch ohne Gipskarton, aber mit Glaswolle-Isolierung verkleidet und mit milchigen Plastikbahnen abgedeckt. Cecil hatte sämtliche Möbel selbst gebaut – das sah man auch –, bis auf einen Teppich mit einem Bild von einem Wolf und seinen Jungen, der irgendwie fehl am Platz wirkte.

Über der Tür, in einem schmutzigen Rahmen, der an einer Ecke verbrannt schien, war das Bild einer Frau, die viel jünger als ich war.

Das Foto war fast vollständig verdeckt, nur die Kontur der Haare, ein breites Lächeln und ein Kleid, das bei einer Hochzeit getragen worden sein mochte, waren zu erkennen. Jack glitt geschmeidig vom Dachboden herab, seine Füße wölbten sich dabei um die Leitersprossen. Bei der Landung wischte er sich die Hände an den Schenkeln ab.

Das ist meine Mom, sagte er. Falls es dich interessiert.

Es interessiert mich, sagte ich.

Sie wurde von einem Langholzlaster überfahren.

Tut mir leid, Jack.

Schon gut.

Das hat Cecil gar nicht erwähnt.

Jacks Mundwinkel zuckten hoch, als sollte ich überrascht sein, dass Cecil nicht über die Frauen aus seiner Vergangenheit sprach. Er sah Nora an. Ich erinnere mich nicht an sie, sagte er. Oder wie es ist, eine Mom zu haben.

Nora arbeitete so verdammt hart für die West-Männer, und nie erlebte ich, dass sie von Jack was anderes hörte als Abfälligkeiten – miese, kleinliche Abfälligkeiten, die du bei einem bringen würdest, der mit deiner Frau geschlafen hat. Hier in der Hütte – Nora holte tief Luft und lehnte sich an die Wand, die Hände in den Taschen von Cecils Flanelljacke, den Kopf gesenkt, die Augen niedergeschlagen –, da hätte ich Jack West eine reinhauen können, würde ich einer solchen Erziehung zuneigen. Ich wette, Cecil hätte es getan, wenn Cecil anwesend und aufmerksam genug gewesen wäre, um zu erkennen, was da gesagt worden war.

Entschuldige dich, sagte ich.

Nora und Jack hoben ruckartig den Kopf. Ehrlich gesagt war ich von mir selber überrascht.

Was?, sagte Jack.

Entschuldige dich bei Nora.

Archer, sagte Nora, aber ich schüttelte den Kopf: Nein.

Jacks Stirn zuckte, und er verzog die Oberlippe, nur ein bisschen –

Ausdruck jenes unverwechselbaren Teenagerdilemmas, der Kluft zwischen seinem Stolz und dem, was er wollte, was immer das auch war. Es war verdammt gut, dass Linnea nicht reingekommen war, sonst wären Jack und ich wohl voll in die Sackgasse gelaufen.

Entschuldige, sagte er, und ohne es noch nachhallen – ohne Nora es annehmen zu lassen –, stapfte er aus der Tür, nahe genug an mir vorbei, dass ich den Luftzug seiner Bewegung spürte. Zwei Zentimeter näher, und unsere Schultern hätten sich gestreift. Aber das war vielleicht eine Konfrontation für ein andermal.

Nora und ich regten uns einige lange Augenblicke nicht. Sie klackte mit dem Stiefelabsatz auf den Hüttenboden, und ich griff die Lehne eines Küchenstuhls, tat, als streckte ich mich, ihrer unbewusst, wie sie da stand, rothaarig, die Arme verschränkt, und besser aussah, als ich sie je gesehen hatte, und da wusste ich, dass ich gerade was getan hatte, was sie womöglich gut fand.

Das wäre nicht nötig gewesen, meinte sie.

Ging mich eigentlich nichts an.

Jack ist einfach bloß ein dummer Junge.

Tut mir wirklich leid.

Danke, Archer, sagte sie mit einer Endgültigkeit, die mir den Mund schloss und jede weitere Entschuldigung erübrigte. Ich hab wohl gerade wie eine blöde Kanadierin geklungen. Und ja, Cecil hat ihm schon früher gesagt, er soll sich zusammenreißen.

Ich hatte nie Zweifel am alten West, sagte ich, was natürlich gelogen war, und Nora senkte die Stirn, sodass sie unter den Brauen zu mir hersehen musste, um mir unmissverständlich zu zeigen, dass sie genau wusste, dass ich ihr nicht die Wahrheit sagte. Ich will hier gar nicht mal von Disziplin reden. Es geht um normale Höflichkeit.

Ich glaube, er hat Angst vor dir, sagte sie und setzte sich auf einen Stuhl am Tisch, seitlich, einen Arm auf den Knien, den anderen auf dem Tisch ausgestreckt. Deshalb bemüht er sich auch so.

Das stimmt wahrscheinlich nicht, sagte ich. Natürlich leuchtete es ein, dass Jack mir gegenüber vorsichtig war – schließlich bin ich der Vater des Mädchens, das er heiraten wollte.

Doch. Ich sehe es daran, wie er sich im Haus verhält.

Ich sehe es auch. Es ist normal. Sogar harmlos.

Manchmal, besonders wenn auch Linnea da ist, ist es, als sieht er dich in ihr, als wollte er weg. Du schüchterst ihn ein.

Ich möchte bezweifeln, dass er von Linnea weg will, sagte ich, dann setzte ich mich hin, ihr gegenüber, die Ellbogen auf dem Tisch, die Hände gefaltet. Aber eingeschüchtert könnte er schon sein. Er ist ja noch ein Junge.

Eine Weile lang gab Nora keinen Laut von sich, schrappte nur mit den Fingern über das Küchenholz. Sie warf mir einen Blick zu, seitlich, und ihre Lippen verzogen sich zu einer Art Grienen, aber nicht so, dass ich dachte, ich hätte einen Witz gemacht. Plötzlich wusste ich nicht mehr, wohin mit meinen Händen und warum ich in so einer lächerlichen Haltung dasaß.

Sie sagte: Ich spreche nicht von Jack.

Instinktiv wollte ich sagen: Von wem dann?, aber ich fand, dass ich mich schon genug zum Idioten gemacht hatte. Ich könnte vieles über Cecil West sagen, ihn auf vielerlei Weise beschreiben, aber nichts davon würde die Wörter ängstlich oder eingeschüchtert enthalten. Stur und unerträglich, klar. Aber diesem Mann verdankte ich die Annehmlichkeiten meines damaligen Lebens, und ich wollte nicht glauben, dass ich ihn unglücklich machte. Ich glaube es noch immer nicht – jedenfalls nicht, dass ich ihn damals sehr unglücklich machte.

Ich weiß nicht, Nora. Cecil und ich sehen die Dinge einfach unterschiedlich.

Genau das meine ich ja.

Ich weiß nicht recht, was du meinst.

Ich liebe ihn, Archer, sagte sie. Und ich wollte nur, dass du weißt, was du bei ihm auslöst.

Hat er dir das gesagt?, fragte ich. Das?

Er sagt, er kapiert dich nicht.

Ich kapiere ihn auch nicht.

Sie presste die Lippen zusammen, schien nicht überzeugt. Ein paar Strähnen waren unter der Truckermütze rausgerutscht, und mit einer langen, kämmenden Bewegung mit den Fingern, die vom Kinn bis zum Ohr ging, strich sie sie hinters Ohr. Sie war eine so schöne Frau und so wach, so auf Zack. Ich rätsele heute noch manchmal, warum Cecil sie damals nicht geheiratet hat. Mir scheint, dass ich Cecil besser hätte ergründen sollen und dass ich dazu auch in der Lage war – schließlich war Cecil mein einziger echter Freund im ganzen Großen Weißen Norden. Doch ich tat es nicht oder konnte es nicht oder legte keinen Wert darauf; am Ende lief es alles auf dasselbe hinaus.

Nachdem Nora und ich uns zu den Kids draußen gesellt hatten, verlief der Tag so ruhig, wie es eine Veranstaltung, die mit Hintergedanken organisiert worden war, überhaupt nur konnte. Jack schäumte, seine Antworten waren einsilbig und feindselig, die Hände hielten starr gepackt, was gerade in seiner Nähe war. Dass er ständig zu Linnea hin schielte, genügte, dass ich ihn am liebsten am Kragen gepackt hätte. Irgendwann hatten wir ein unausgesprochen passiv-aggressives Spiel begonnen, und vermutlich gehörte es zu den Regeln, dass Linnea nichts davon mitkriegen sollte. Ich werde nie kapieren, wie Cecil mit Jacks Psychospielchen umging, wenn überhaupt. Wahrscheinlich fehlte mir irgendein Elterntrick für den Umgang mit frechen männlichen Teenagern, vielleicht war ich aber auch bloß zu verdammt weich. Das hätte mich und den alten West eigentlich auf den Punkt gebracht: der eine zu blöd, um ein Fehlverhalten überhaupt zu registrieren, der andere eine willensschwache Lusche. Zwei Super-Dads also.

Im Lauf des Nachmittags fragte ich Linnea dann, ob sie gern mal mit der Flinte schießen wolle, und als sie ein Fünkchen Interesse zeigte, ergriff Jack sofort die Gelegenheit, seine Treffsicherheit vorzuführen. Für einen Jungen schoss er gut, wenigstens verglichen mit anderen. Ich ließ die beiden losziehen – auch wenn Jack und sein alter Sack in einer minderwertigen kanadischen Art und Weise schossen, die ich eines Tages wohl aus Linnea rausmendeln müsste – und machte mich über den Alkohol her, den Nora mitgebracht hatte; sie und ich, die Erwachsenen, saßen vorn auf der Veranda und sahen den Kids aus einiger Entfernung zu. Sie waren wohl in einem Alter, in dem sie Unabhängigkeit brauchten. Bei jedem Schuss der Flinte zuckten Nora oder ich zusammen und grinsten danach gleich, als könnten wir unseren natürlichen Reflex überwinden, bei einem lauten Geräusch zu erschrecken. Wir sagten nicht besonders viel. Unser Hauptthema war Cecil, und über den hatten wir schon gesprochen. Abwechselnd erschlugen wir Wespen mit unseren Kappen, und ich sagte, für jede, die wir jetzt töteten, bräuchten wir später tausend nicht zu töten. Nora ging mit einem Sechserpack zum Wasser und stellte ihn rein, damit das Bier kalt blieb. Als es soweit war, eins zu holen, knobelten wir, und jedes Mal schlug sie mich mit dem Stein. Für mich waren wir mehr wie ein Ehepaar, als ich zugegeben hätte.

Wir werden Fische brauchen, sagte Nora, später, als die Sonne sich schon senkte. Linnea und Jack waren den ganzen Tag am Wasser gewesen, hatten mal geschossen und mal Steine übers Wasser fliegen lassen. Das Essen reichte nicht fürs Wochenende.

Jack wird nicht mit mir aufs Wasser wollen.

Pech für ihn, erwiderte sie und sah mich mit zusammengezogenen Brauen an, sodass ich mich fragte, wie viel sie – und ich – schon intus hatten.

Sie meinte, ich solle einfach in Anglerkluft und mit der Rute in der Hand zum Strand und Jack gar nicht erst die Gelegenheit geben zu verhandeln. So, sagte sie, mache sie es immer zu Hause. Fange er erst mal mit Argumentieren an oder beiße sich an einer Ausrede fest, habe man verloren.

Und genau so machte ich es. Inzwischen hatten er und Linnea die

Flinte weggelegt – der Himmel wurde schon dämmerig – und saßen auf einem Stein von der Größe einer Autotür, die Schuhe aus und die Zehen im Wasser. Ein Teil von mir hatte Angst, dass ich die beiden bei einer intimeren Beschäftigung überraschen würde, und auch wenn viele Monde später genau das geschah – und schneller habe ich Jack West nie mehr erlebt –, drehten sich die beiden jetzt bloß um und sahen mich an. Jack bemerkte die Angelsachen und meine Absicht und zog ohne Zeichen von Protest oder Unwillen Socken und Stiefel an. Er hatte sich beruhigt. Das passiert mit einem, wenn man intensive Momente allein mit einer Frau verbringt, die einen interessiert. Was immer auch das Ruhige in uns wild macht.

Wir schmissen die Angelsachen ins Boot, banden es von dem V-förmigen Baum los und stießen uns vom Ufer ab. Während ich an den Rudern in den Dollen zog, suchten Jacks Blicke am Ufer nach Linnea. Er ließ die Schultern hängen, als sie und Nora Richtung Hütte verschwanden. Der See roch in der Abenddämmerung nach Vegetation, und das Treibholz, das am Ufer zu Erde rottete, verlieh der Luft ein Aroma wie Fischschuppen, wie Kadaver. In seiner Fischermütze, der Jagdweste und den Jeans mit ihren feuchten Aufschlägen sah Jack aus, als wäre er irgendwo anders – in irgendeinem Gedanken verloren, vielleicht im ersten Stadium eines Plans, mich aus dem Weg zu schaffen. Er kratzte sich unablässig an der Schläfe.

Jack hat mich immer in Situationen gebracht, mit denen ich nicht recht umzugehen wusste. Ich glaube schon, dass ich das eine oder andere auf die Reihe gekriegt habe, meine Prioritäten beispielsweise oder die ungefähre Richtung bei der Erziehung meiner Tochter, aber Jack – Jack ist mir irgendwie ein Rätsel, und nicht nur mir. Jeder, sogar dieser alte Sack Cecil, konnte Jacks Motive für den Wochenendausflug zur Hütte sehen. Fast hätte es perfekt geklappt: Müsste ich raten, würde ich sagen, er hatte wahrscheinlich beabsichtigt, dass nur er, Linnea und Nora hinfuhren, und als Nora sagte, sie hätte gern Cecil oder mich dabei, hatte er sich keinen Plan zurechtgelegt, sondern einfach in der Hoffnung mitgemacht, später eine Lösung zu finden. Daher wusste ich nicht so recht, wie ich damit umgehen und was ich sagen sollte, als ich in dem Boot saß: Er war schon ein guter Junge, dieser Jack West, und er kommt wohl auch einem Sohn näher als sonst jemand, aber in ihm fließt anderes Blut. Er ist kein Cole.

Ich ruderte uns weiter auf den See hinaus, und Jack zog aus den Falten seiner Jacke ein Taschenmesser und kratzte sich damit Dreck von den Fingernägeln. Als wir weit genug draußen waren, klappte er das Messer zu und legte das Angelzeug bereit. Ich sah mir unterdessen die Landschaft am See an und strich mir mit den Fingern über die Stoppeln, die an einigen Stellen gesprossen waren – ich konnte mir keinen anständigen Bart wachsen lassen, womit Cecil mich ständig aufzog. Ich mag die Abendstunden, besonders auf einem See, wenn man einzelne Bäume nicht mehr vom Wald unterscheiden kann, nur die, die so stehen, dass sie das letzte brennende Licht des Tages auffangen und ihre Spitzen orange glühen wie Schürhaken.

Jack arbeitete mit einer Hingabe, die fast schon verdächtig war, aber vielleicht kam er sich ja genauso komisch vor wie ich. Es erinnerte mich daran, als ich zum ersten Mal länger allein mit meiner Ex-Frau zusammen war. Das war auf einem Campingausflug mit ihrer Familie gewesen, sie hatten einen Spaziergang gemacht, und ich musste mit ihr auf die Zelte aufpassen. Wir sagten kein einziges Wort und schauten überall hin, bloß nicht einander an.

Ein Moskito landete auf Jacks Wange, er wischte ihn weg. Als ich noch klein war, behaupteten meine Freunde, sie könnten die Haut da, wo die Mücken sogen, zusammenkneifen, worauf sie stecken blieben und explodierten, aber ich schaffte das nie. Ich hatte mich an die spindeldürren Blitze im Augenwinkel gewöhnt, die fedrigen Landungen auf Wangen und Armen. Richtig sauer wurde ich erst, als die Moskitos es auf meine Hände abgesehen hatten – es gibt nichts Schlimmeres als juckende Finger –, oder, schlimmer noch, auf die Arme: Es ist kein schöner Gedanke, dass eine Mücke auf meine geschundene

Haut losgeht. Und ich kann nicht mal Insektenspray nehmen, denn das brennt wie ein Geschwür.

Jack langte unter den Sitz nach einer Dose Insektenspray, sprühte sich damit voll und reichte sie mir dann. Er hatte viele Narben an den Händen, selbst für einen Sechzehnjährigen: Die Knöchel waren von den vielen Prügeleien, in die er in der Schule geriet, ganz unregelmäßig, die Hände gekerbt und knotig von dummen Verletzungen, die er sich bei Arbeiten mit seinem Dad geholt hatte – einmal hatte er sich mit einem Eisenhammer so heftig auf den Daumen geschlagen, dass er fast in der Mitte des Ballens ausgekugelt war. In Ruhestellung krümmte sich der Daumen unterm Zeigefinger.

Crib noch mal gesehen?, erkundigte sich Jack.

Manchmal.

Er spießte einen Köder auf den Haken und warf die Leine mit einem kräftigen Schwung in den See. Er landete mit einem Plopp, wo ich ihn nicht mehr sehen konnte. Der Abend war an dem Zeitpunkt angelangt, an dem alles mehr oder weniger den gleichen Grauton hat, für mich die Sterbestunde. Jack schniefte. Sein Gesicht konnte ich kaum sehen, aber ich spürte seine Haltung, wie das eine Knie schräg über das andere gelegt war – eine sehr abwägende Haltung.

Ich würde mich gern noch mal mit ihm schlagen.

Das wäre reine Blutverschwendung.

Seine Hände arbeiteten sachte an der Schnur, zogen sie ein, ließen sie beben – ich sah einem anderen fast genauso gern beim Angeln zu, wie ich selbst angelte.

Du warst ja nicht dabei, sagte Jack.

Das macht nichts.

Wie kannst du das sagen, sagte er und beugte sich vor, fast schnell genug, um feindselig zu sein. Nach allem, was er gemacht hat? Mit Linnea.

Konzentrier dich auf eine Sache, Jack.

Ich konzentrier mich darauf.

Mein Alter sagte immer, Unfähigen fällt am Ende nur noch Gewalt ein, was nicht ganz einleuchtete, aber das Wesentliche kapierte ich. Jack kratzte sich an der Schläfe. Er sah einem nicht in die Augen. Manchmal hatte ich das Gefühl, dass Jack Sachen wusste, die wir nicht wussten, dass er Informationen sammelte, aber zu jung und zu unerfahren war, um zu wissen, wie er sie nutzen sollte.

Es lohnt sich nicht, sagte ich zu ihm.

Das sagst du jetzt.

Ich sag's auch dann.

Nein, Archer.

Und was soll das bedeuten?

Jack zuckte die Achseln, senkte das Kinn. Wenn du die Chance kriegst, nimmst du ihn dir wieder vor.

Nein, Jack. Denn dann würde ich wie er werden. Das darf nicht sein. Ich, du, sogar dein Dad – wir müssen besser sein als solche Typen.

Das sagt Dad auch.

Dein Dad hat recht.

Jack spuckte ins Wasser, doch die Spuckekugel flog nicht in dem gewünschten Bogen, und so musste er sich mit dem Ärmel das Kinn abwischen. Wenn du meinst, sagte er.

Wir glitten übers Wasser. Über uns hockte eine Eule in einem Baum. Hätte Linnea mir gegenüber gesessen, dann hätte ich sie darauf aufmerksam gemacht. Die großen Augen der Eule folgten mir und Jack über den See, und ich spürte, wenn ich es schon nicht sah, wie Jacks Blick an mir hing. Es fällt mir schwer zu sagen, was Jack eigentlich wollte, noch jetzt. Dann, fast wie ein Omen, stürzte sich die Eule aus ihrem Baum und packte am Ufer ein armes Tier, und ich beobachtete sie auf ihrer Flugbahn, das letzte Zucken in ihren Klauen.

Als ich mich zu Jack umdrehte, sah ich, dass er die Angel horizontal übers Boot gelegt hatte. Seinen Gesichtsausdruck konnte ich nicht erkennen, aber er hatte den Kopf zur Seite gedreht, das Ohr gereckt, als horchte er. Ich wollte was sagen, aber er hob die Hand. Er zeigte zum Ufer, sagte flüsternd: Hörst du das?

Ich hielt die Ruder so reglos, wie meine Arme es zuließen. Was ich hörte: Wasser, die Wellen, die gegen das Blech schlugen, ferne, zirpende Tiere – nichts, was ich nicht sollte. Doch Jack hatte unverbrauchte Ohren – Ohren, unbeschädigt von der Zeit oder den Geräuschen des Krieges. Das Boot dümpelte im Wasser. Wellen stießen es Stups um Stups zum Ufer hin. Mit einer Feinheit, die ich seinen jungen Händen gar nicht zugetraut hätte, nahm er die Angel und holte lautlos die Leine ein.

Als wir uns dem Ufer näherten, sah ich zwei Männer auf einem Höhenzug oberhalb des Sees.

Einer stand mit dem Rücken zu mir, eine Flinte über der Schulter, eine Kadettenmütze verkehrt herum, und mir sträubten sich die Haare an den Armen. Der andere hatte eine Glatze, die in dem matten Licht wie ein Ei leuchtete, ein kariertes Hemd und den Riemen einer weiteren Flinte über der Brust wie einen Patronengurt. Es war ein massiger Mann, selbst aus dieser Entfernung – stämmig wie ein Holzfäller.

Dann warfen die beiden Männer etwas auf den See hinaus – etwas Schweres, das fuchtelte, als es ins Wasser klatschte. Die Wellen schaukelten unser kleines Boot, und wir versuchten, nicht gegen die Seiten zu knallen. Das Ding kam an die Oberfläche, formlos, inselartig. Die beiden Männer – einer musste Crib sein – wischten sich wie Jungen die Hände an den Oberschenkeln ab. Sie hatten die Haltung von Männern, die sich was Ernstes geleistet hatten und nicht erwischt worden waren: Jack und ich waren praktisch nackt auf dem Wasser, aber das Boot war vielleicht schon nahe genug ans Ufer getrieben, um von Sträuchern und Treibholz, den herabhängenden Zweigen von Bäumen, getarnt zu sein.

Ich sah Jack an. Er legte einen Finger auf die Lippen.

Die beiden Männer verharrten am Rand des Kamms und spähten

auf den See hinab. Sie wechselten Worte, die meine Ohren als Gemurmel erreichten. Ich nahm die Ruder und nickte Jack zu, er nickte zurück. Dann ruderte ich uns am Ufer entlang, wo Flora und Wildwuchs uns verborgen hielten, uns formlos machten. Während wir über den See glitten, starrte Jack auf den Boden des Boots, und wie ich ihn beobachtete, wusste ich nicht, was es jetzt zu sagen gab, wenn überhaupt etwas. Ich dachte: die Gliedmaßen, das Dunkel, das fleischige Klatschen.

Endlich sagte Jack gedämpft: Sah das für dich nach einem Körper aus, Archer?

Wir sehen beide zu viel fern.

Und wenn's ein Reh war? In der Schonzeit geschossen, sagte er, was denkbar war.

Ja.

Warum rudern wir dann weg?

Es gibt Momente im Leben, da lernen wir simultan eine große Wahrheit über einen anderen Menschen und eine große Wahrheit über uns selbst – weniger Offenbarungen als vielmehr Dinge, die wir bis zu einem bestimmten Zeitpunkt geleugnet haben. Das geschah mit meiner Ex-Frau in dem Jahr, in dem wir uns trennten, als ich vom Fahrersitz unseres Kombis zusah, wie sie zwei Männern zusah, die sich vor einer Bar prügelten. Meine Ex wirkte von der Schlägerei wie gebannt, hingezogen – lediglich Kopf und Schultern waren vorgebeugt, eine fast vogelartige Haltung, eine Wildheit um ihren kleinen, hübschen, angespannten Mund – als wäre das, die Schlägerei, die Gewalt, das primitivste Bessersein als der andere, der Maßstab, an dem man einen Kumpel misst. Und wie ich sie so beobachtete da in dem Pick-up, eine Hand am Steuer, die andere auf dem handtellerkahlen Schalthebel, als ich das sah, als ich sie sah, sah, dass sie das wollte, musste ich den Drang unterdrücken, zu den beiden Männern zu marschieren und mitzumachen, ein paar Schädel und Knöchel zu zerschlagen und den Blechgeschmack meines eigenen Bluts zu schmecken. Und das nach allem, was ich im Einsatz gesehen hatte?

Jack hatte mich, wie er da in dem Boot saß, während ich ruderte, zweierlei erkennen lassen: erstens, dass er schlauer war als ich oder zumindest sein würde, und zweitens, dass mir die Vorstellung, dass er meine Tochter heiratete, alles andere als angenehm war.

Es setzt ein deftiges Bußgeld, wenn man während der Schonzeit ein Reh schießt, sagte ich und dachte: du Arschloch.

Und?

Das sind Typen, die du besser kennst als ich, Jack. Was glaubst du?

Nach einer Weile sagte er: Okay.

Okay, sagte ich und ruderte.

An der Hütte angekommen, ging Jack zur Tür rein und lehnte die Angel in der Ecke an die Wand, doch er kriegte die Balance nicht richtig hin, sodass die Angel ständig wie ein Billardstock zur Seite rutschte. Während er damit hantierte, sah er dauernd zu Nora und Linnea hinüber. Sie spielten Karten und hatten Becher mit lauwarmem Tee vor sich auf dem Tisch stehen, kein Dampf stieg auf – aber sie hatten mitten im Ausspielen innegehalten, wahrscheinlich hatten sie an der Art, wie wir durch die Tür kamen, die Dringlichkeit erkannt.

Was ist?, sagte Nora, als ich in die Hütte trat. Jack hielt die Angel mit den Fäusten fest, eine über der anderen, als wollte er ihr den Hals umdrehen.

Der Amerikaner, sagte ich. Und einer, den ich nicht kenne.

Die haben einen Körper ins Wasser geschmissen, sagte Jack. Er zitterte in seiner Ecke – fummelte mit den Händen und trommelte mit den Fingern zu einer Melodie, die in seinem Kopf lief. Seine Aufgeregtheit war ihm anzusehen: die Augen größer als normal, im Gesicht ein schlaffes Grinsen, und die Angel wollte einfach nicht ruhig bleiben. So umgehen Kids Katastrophen, Gefahren – mit einer Blindheit, aber auch diesem Verlangen, diesem Zwang, dahinterzukommen. Ich weiß noch, wie mein Bruder mit zwölf von einem Getreidesilo sprang. Er brach sich das Bein an zwei Stellen, und alle, die dabei waren – wir waren eine Gruppe –, standen eine ganze Weile bloß da und glotzten auf die Winkel, die das Bein machte. Nichts zieht eine Menge so sehr an, wie wenn jemand sich verletzt.

Ein Reh, sagte ich zu Nora. Haben es wahrscheinlich in der Schonzeit geschossen.

Vielleicht war's ja auch gar kein Reh.

Es war ein Reh.

Sollen wir hin?, sagte Nora, und dabei ließ Jack die Schultern sacken, und seine dichten Brauen bogen sich unter der Krempe seiner Anglermütze zueinander – als wollte er das gar nicht hören, als hätte er es nicht als Möglichkeit erwogen. Und ich fragte mich, was da ablief.

Hast du gewusst, dass er da oben ist?, sagte ich zu Jack.

Woher denn?

Du bist hier hochgekommen, um ihn dir noch mal vorzunehmen – Crib.

Mit einer Hand hielt Jack die Angel schief, mit der anderen zupfte er am Saum seiner Weste, scharrte mit den Füßen. Dann schaute er hilfesuchend auf, zu Linnea.

Du blöder Idiot, sagte ich zu ihm. Hier draußen – der könnte uns umbringen, und keiner würde etwas erfahren.

Mein Dad –

Und wenn er nun da ist, um mich zurückzubringen?, sagte ich. Wenn er da ist, um Linnea zurückzuschicken?

Nora fasste mich am Arm, aber ich zog ihn weg. Jack kratzte sich unablässig an der Schläfe. Ich ballte immerzu die Hände, wütender, als ich seit Jahren war, wütender denn je seit meinem letzten Einsatz in Vietnam, als blöde Idioten blöde Scheiße bauten und andere damit umbrachten. Falls meiner Tochter was passiert, Jack, egal, wie schlecht's dir dann geht, ich sorge dafür, dass es dir noch schlechter geht.

Daraufhin legte Nora mir die Hand auf die Schulter, und ich drehte mich zu ihr. Linnea kaute auf der Lippe, Jack ging zu ihr, aber sie sagten nichts, standen bloß beieinander. So nah war Nora einen Kopf kleiner als ich, aber mir war, als blickte ich zu ihr auf. Den Mund zusammengepresst, die Augen einen Tick schielend – so schaut jemand, der einem eine letzte Chance gibt. Ihre Hand glitt von meiner Schulter, aber ich spürte noch den Abdruck auf dem Hemd, das Kribbeln.

Hauen wir ab, sagte ich.

Dann war es, als verharrte alles reglos, die drei vom Gang der Ereignisse perplex und hektisch zugleich. Jack wankte, wo er stand. Linnea neben ihm drehte den Kopf, als suchte sie nach einer Aufgabe. Dann stupste sie Jack mit dem Ellbogen an, doch sie regten sich beide nicht. Nora griff nach ein paar persönlichen Dingen in ihrer unmittelbaren Umgebung: ein Buch, eine von Jacks feuchten Socken, ein Schal, den ich nicht erkannte, den Linnea aber mit einem Nicken beanspruchte. Ein solches Rumhampeln hatte ich bei Neuen in der Army gesehen, diesen nervösen Drang schnell was zu erledigen, womit gar nichts erledigt wurde – so wie man einen Steckschlüssel in die falsche Richtung ratscht. Der richtungslose Energieschub währte nur einen Augenblick, dann liefen die drei los, und ich ging zu Jacks miserabler Repetierflinte, um Verschluss und Kammer zu überprüfen und sie griffbereit an die Wand zu lehnen, weil ich nicht wusste, was noch auf mich zukam.

Als es klopfte, waren Nora und Linnea oben, Nora stand am Waschbecken. Jacks Kopf erschien über der Dachbodenkante, und er und ich wechselten einen Blick – keinen Schimmer, mit was für einer Miene ich ihn ansah –, und er verschwand, um sich, wie ich hoffte, mit Linnea ganz nach hinten zu verziehen. Wer auch an der Tür war – ich hatte so eine Ahnung – klopfte erneut, und ich rief: Moment.

Als ich öffnete, stand der Mann vom See in der Tür, der, den ich nicht kannte, kahlköpfig wie ein Hühnerrupfer und mit einem karierten Flanellhemd. Breiter als ich und ungefähr so groß. Er trug einen Spitzbart, der seinen Mund umringte wie bei einem Biker, und unterm Kinn hatte er eine rote, wunde Stelle, die ging über den ganzen Hals bis unter den Hemdkragen. Auf den Rücken geschnallt: eine 30–30.

'tschuldigen Sie die Störung, sagte der Typ in der heiseren, schnellsilbigen Art eines Mannes, der sich überhaupt nicht entschuldigen will. Mein Neffe und ich sind Pumas jagen und haben uns ein wenig verlaufen.

Ich ruckte mit dem Kinn zum Ausgang der Lichtung vor der Hütte. Der Weg da bringt Sie zum Highway.

Tja, wer hätte das gedacht, sagte er, machte aber keine Anstalten zu gehen. Dann: Das ist doch Cecil Wests Hütte, oder?

Ja.

Und wer sind dann Sie?

Er schnüffelte beim Reden, seine Nase zuckte hoch und runter, seine Blicke irrten überallhin, nur nicht zu mir – alles Anzeichen eines Kerls, der jeden Moment zuschlagen konnte. Hinter mir hörte ich Nora weiter am Waschbecken werkeln, das Knarren im Holz, als sie sich zur Tür wandte, ich stellte mir vor, wie sie da aussah, ein paar lose Strähnen am Ohr, die Arme sperrholzgerade an den Seiten, in jeder Faust ein Ballen Stoff. Der Typ ließ einen Daumen unter den Schneidezähnen hervorschnalzen, und mir fiel auf, dass sie vorstanden, nach außen, als drückte er beständig mit der Zunge dagegen. In der Dunkelheit hinter ihm konnte ich rein gar nichts erkennen, nicht mal die Konturen der Bäume.

Fragen Sie mich doch noch mal, sagte ich. Höflicher.

Der Typ lächelte – eine breite, fast seitliche Biegung des Mundes, bei der die Lippen das Zahnfleisch freigaben. Er fuhr sich mit der Hand übers Gesicht, strich mit Daumen und Zeigefinger seinen Ziegenbart nach. Eine Narbe verlief horizontal auf der Wange unterm rechten Auge, und in der Nase hatte er eine Delle, die wohl auf einen alten Bruch hindeutete – was hieß, wenn ich ihn da traf, von der Seite gegen den Nasenrücken, brach sie erneut. Dann klackte er die Zähne aufeinander, zweimal in schneller Folge. War zu lange im Busch, sagte er. Hab meinen Benimm vergessen. Ich heiße Morgan.

Er hielt mir die Hand hin. Ich schüttelte sie, noch während ich diesen Namen mit dem Besitzer des Kramladens und dann mit Crib verband. Ich heiße Archer, sagte ich. Wo ist Ihr Neffe?

Wäscht seine Stiefel im See. Ist in einen Scheißhaufen getreten. Man ist, worin man geht oder so.

Amen.

Morgan verschränkte die Arme, wiegte sich wie unschuldig nach vorn, aber eher, um das Innere der Hütte zu überblicken. Ziemlich kalt hier draußen, sagte er. In der Kälte.

Wir wollten gerade ins Bett.

Scheint mir ein bisschen früh.

Wir sind Frühaufsteher.

So sehen Sie mir aber nicht aus, sagte Morgan und stellte sich auf die Fersen. Wie, sagten Sie, heißen Sie noch mal?

Archer.

Ihr Vor- oder Nachname?

Vor.

Und der Nach?

Ich glaube, Sie haben Ihren noch gar nicht gesagt, gab ich zurück.

Morgan steckte die Zunge seitlich zwischen die Zähne, sodass sich ihre ädrige Unterseite wie ein Fleischsack wölbte. Ich konnte seine Miene nicht deuten, aber man muss kein Genie sein, um zu ahnen, wann man in eine Prügelei geraten könnte. Er hatte breitere Schultern als ich, aber auch eine Wampe, irgendwie weiche Deltamuskeln und eine Brust, die sich mit dem Alter gesenkt hatte – und kein Nahkampftraining, wenn ich raten müsste.

Lane, sagte er und dehnte das Wort, als wollte er mehr als eine Silbe daraus machen. Komisch, dass ich Sie nicht kenne. Mir gehört diese Stadt praktisch.

Er warf mir ein arrogantes Lächeln zu, wie Reiche es tun, wie jeder arbeitende Mensch es ihm liebend gern vom Gesicht wischen würde. Er tat, als wollte er sich die Nase abwischen, sah überallhin, nur nicht auf mich. Ich horchte nach dem Geräusch von Stiefeln in der Dunkelheit, das Cribs Nahen durch den Matsch anzeigen würde.

Dann legte mir Nora die Hand auf den Rücken, mitten zwischen die Schulterblätter, eine so leichte Berührung, fast wie zufällig, und stand neben mir in der Tür, die roten Haare durch die hintere Öffnung der Truckermütze gezogen, halb an mich gelehnt. Morgans Gesicht wechselte von finster zu neutral zu etwas wie einem Erröten, fast in der Spanne eines Atemzugs. Hallo Morgan, sagte Nora und drückte meinen Arm. Möglicherweise könnten wir dir ein Bier anbieten.

Danke, Ma'am, sagte Morgan. Dich hätte ich hier so ziemlich als Letztes erwartet.

Das könnte ich auch sagen.

Er strich sich mit der Hand über die Kopfhaut. Hätte dich hier nicht erwartet. Bist du nicht mit Cecil zusammen?

Nora lächelte, nur die Winkel gingen dabei hoch, die Augen groß und rund. Sie machte nicht den Eindruck, als ob ihr das hier Spaß machen würde. Ich hatte keine Ahnung, was da ablief. Wir drei gingen nach drinnen. Morgan ließ sich auf einen Stuhl sacken, nahm dabei die Flinte von den Schultern und lehnte sie an den Tisch, ich setzte mich ihm gegenüber. Aus ihrer Tasche – die sie schon hastig gepackt hatte – zog Nora drei Bier und stellte sie geräuschvoll auf den Tisch.

Mehr haben wir nicht, sagte sie.

Blöd, mein Neffe zu sein, sagte Morgan. Das hat man davon, wenn man nicht aufpasst, wo man hintritt.

Morgan griff sich sehr schwungvoll sein Bier vom Tisch. Er sah sich nach einem Öffner um, aber ich hatte keine Ahnung, wo Cecil einen hatte oder ob überhaupt. Nora ging zur Spüle, zog eine Schublade auf und machte hmm, als wäre sie überrascht, dass er nicht da war. Sie schaute zu uns her, wischte sich eine verirrte Strähne von der Wange und sagte: Hab ihn wohl verlegt.

Ich dachte an Jack und Linnea oben, wie sie unter den Faltbetten steckten, die Arme um Matchsäcke gelegt – um ihre menschliche Gestalt zu verbergen, ein elementarer Tarntrick, den ich, wie ich hoffte, beiläufig erwähnt hatte. Dann dachte ich an Crib draußen im Dunkeln, der wahrscheinlich bald an die Tür hämmern würde, die Kadettenmütze zur Seite gedreht, die Feldjacke voller Kippen, Patronen und Münzen. Als wir uns das letzte Mal sahen, war er so breit wie ich, und er konnte nicht schmaler geworden sein oder dünner, und er hatte die gleiche Kampfausbildung und jetzt auch eine Flinte.

Da Nora nun also am Küchentresen stand und wir wohl keine Wahl mehr hatten, keilte ich den Kronkorken an das Holz von Cecils selbst gebautem Tisch und haute mit dem Handballen darauf. Ein wesentlicher Schlagpunkt, der Handballen – sogar noch härter als Knöchel. Das hat man mir unter anderem in Spezielle Taktiken beigebracht. Haut man einem mit dem Knochen aufwärts unter die Nase, ist er tränenblind.

Ich dachte, du bist mit Cecil zusammen, wiederholte Morgan.

Ist sie auch, sagte ich und nahm seine Flasche, um sie zu öffnen.

Wie passt ihr dann zusammen, sagte er.

Nora zog sich einen Stuhl schräg gegenüber von uns ran. Steckt man zwei Armeetypen in einen Raum, dann ist sonst praktisch niemand drin, sagte sie und presste die Lippen zusammen. Ich sah ihre Grübchen, die waren ziemlich hübsch. Ihr Knie stieß gegen meines und blieb daran, drückte gegen mein Bein, länger als ein einfacher Stups, länger als zufällig. Ich nahm einen Schluck, sah, dass Morgan das gleiche machte. Ich überlegte, was sie da tat, überlegte einfach – nichts weiter, die Situation, Nora als Ganzes.

Draußen knallte ein Flintenschuss durch die Luft, und mein Kopf schnellte nach dem Geräusch herum, der Blick forschend durchs offene Fenster. Ich erwartete, Cribs dunkle Gestalt nahen zu sehen. Doch Crib zeigte sich nicht, und Morgans dickliches Gesicht verfinsterte sich und verzog sich zu einer Reihe fleischiger Knubbel. Verballert meine Munition auf Gespenster, der blöde Arsch, sagte er, dann wurden seine Augen groß, und er fasste sich an den Mund und schaute Nora an. Entschuldigen Sie den Ausdruck, Ma'am.

Gleichzeitig knarrten die Dielen auf dem Dachboden, und ich murmelte was über die Arbeitsqualität. Jack sagt, er habe Crib erkannt, und das habe ihm einen Schock versetzt. Crib sei aus dem Wald getreten, nicht Richtung Hütte, sondern parallel zum Wald gelaufen, als wäre er auf der Lichtung hinter was her gewesen. Er habe sein Gewehr gegen die Schulter gedrückt gehalten, sagt Jack, und im Mondlicht habe sein eiserner Krebsanhänger silbern geschimmert. Dann habe sich Crib zur Hütte herumgedreht, die Flinte angelegt, das Auge am Visier, und genau zu Jack im Dachfenster hochgeschaut. Er hätte gar nichts sehen können – pechschwarz da drin –, aber Jack schwört, er habe mit dem Mund das Wort Peng gemacht.

Morgan trank einen langen Zug Bier, presste es durch die Zähne.

Mit Cecil ist schwer auszukommen, sagte er.

Zugegeben, er ist stur.

Sie sind hier mit seiner Frau. Da muss man doch eigentlich wissen, was da läuft.

So weit würde ich nicht gehen.

Gut, hier zu sein, Ar-cher, sagte er, beide R betonend. Er sah mich gar nicht an, sondern Nora. Wir sollten einander öfter mal über den Weg laufen.

Zu beschäftigt, wir beide.

Wie wahr, sagte er. So viel zu tun, sagte er und zwinkerte. Leute wie wir, Archer. Wir kriegen keine Ruhe.

Morgan sog an den Zähnen, ohne ein Geräusch zu machen, bewegte nur die Oberlippe über den Schmelz, immer wieder, wie eine Drehmaschine. Er schaute immerzu auf Nora, starrte sie zwei Sekunden lang an und schickte mir dann ein Grinsen zu. Noras Knie drückte noch fester gegen mein Bein.

Gut, dass Cecil nicht hier ist, sagte Morgan. Bin nicht gern mit Leuten zusammen, die blöder sind als ich.

Seine und meine Flasche waren halb leer, Noras weniger. Fast fertig mit Ihrem Bier?, sagte ich.

Ja, beinahe, sagte Morgan, kippte die Flasche und hielt sie gekippt, wobei sein Adamsapfel stieg und fiel wie ein Druckmesser. Als sie leer war, wischte er sich mit dem Ärmel Rinnsale vom Kinn. Ihr esst für vier?, setzte er hinzu und zeigte mit dem Daumen auf die gestapelten Teller neben der Spüle. Oder versteckt ihr was?

Er wartete die Antwort nicht ab, stand auf und nahm sein Gewehr so schnell, dass ich ihn fast ansprang. Er ging zur Tür, ich folgte ihm, Nora steif hinterher, und vor der Hütte blieben wir drei stehen, auf dem offenen Feld, wo Crib freies Schussfeld gehabt hätte. Ich spähte auf die raschelnden Bäume und Büsche und sah nach dem Winkel des Mondlichts, suchte verzweifelt nach einer unnatürlichen Bewegung, einer menschlichen Form. Jack glaubt nicht, dass jemand in der Nacht einen erschießt, da wir ja in Kanada seien und so, aber ich habe eine Kugelnarbe am Bein.

Also, danke für das Bier, sagte er und drängte an uns vorbei – zwischen uns durch – zu dem Weg zur Straße, und dabei legte er, mit dem Rücken zu mir, Nora die flache Hand auf den Arsch. Zwei Dinge verstehe ich an dieser Abfolge von Ereignissen nicht: warum er glaubte, er könne den dicken Mann machen, und warum er glaubte, ich würde ihn nicht in den Matsch und die Rehscheiße stoßen; und dass Nora meinen Arm festhielt, am Bizeps, mit dem Ellbogen. Sie hatte es vorausgesehen – meine Reaktion? sein Fummeln? das alles? –, sich an mich gedrückt, und so verschwand Morgan unversehrt in der Nacht.

Wir standen einfach so da, so dicht aneinandergedrückt, atmeten einfach. Mein Herz hämmerte wie bei einem verliebten Jungen.

Scheiße, was war das denn?, sagte ich zu ihr, als mir plötzlich die Lage ihres Körpers an meinem bewusst wurde, die Arme verschlungen, als hätten wir getanzt. Sie roch nach Bier und einem fruchtigen

Shampoo und verströmte das Wildaroma der freien Natur. Und dann passierte es, das Unvermeidliche: Ich machte den Mund auf, um noch mal warum zu fragen, und dann küsste sie mich oder ich sie. Es dauerte einen Augenblick, vielleicht ... wir beide im Dunkeln ... aber vielleicht war das ja der Augenblick, als alles begann, und nicht Jahre vorher vor derselben Hütte. Vielleicht begann es ja mit einem Kuss statt einer Kugel.

Das Bodenfenster über uns war leer und dunkel – Jack und Linnea hatten sich offenbar nicht blicken lassen –, aber als ich hinaufsah, spürte ich ein Flattern im Magen, genau da, wo die Rippen anfangen, und es war, als würde ich zu schnell um eine Kurve fahren.

FÜNF

So sollst Du denn alles erfahren: der
wohlgerundeten Wahrheit unerschütterliches
Herz und der Sterblichen Wahngedanken, denen
verlässliche Wahrheit nicht innewohnt.

Parmenides

Ich hatte lange gehofft, mit Darby in einem Pick-up mit Zeltdach durchs Land zu gondeln, in planlosen Tangenten abseits der Nummer 1. Wir hätten Babybel-Käse und Deli-Sandwiches gegessen und wären auf der Fahrt ganz aufeinander bezogen gewesen, und bei jedem Rastplatz, Campingplatz oder Walmart hätten wir uns gestreckt, große Augen gemacht und begriffen, dass es genau das ist – genau das Richtige für uns. Vielleicht wären wir ja auch zum Frank Slide gekommen und hätten diese Tundra aus totem Gestein betrachtet. Vielleicht wären wir auch den Hundredth Meridian entlanggefahren und hätten Songs der Tragically Hip aus miserablen Boxen dröhnen lassen oder uns in Bergarbeiterstädten, deren Minen erschöpft waren, bis zur Besinnungslosigkeit besoffen. Vielleicht, so hatte ich gehofft, könnten wir einfach reisen – ohne Plan, ohne Ziel umherziehen. Es wäre das Gegenteil meiner Vatersuche in den Kootenays gewesen; es hätte keine Absicht gegeben, kein Ende wäre in Sicht gewesen, kein schattenhafter Vater auf der anderen Seite des Flusses, der die eine oder andere Binsenweisheit von sich gibt. Wenn man nämlich ohne Ziel reist, wird die Reise selbst zum Ziel, zu einer endlosen Kette von Zielen. Auf einer Linie ist das Einzige zwischen Punkt A und Punkt B eine weitere unendliche Reihe von Punkten. Trifft eine Kugel deine Wade, ist ihre Flugbahn belanglos geworden – wir reden nicht mehr von dem Weg, den sie genommen hat, um dahin zu kommen, außer sie prallt unterwegs von etwas Interessantem ab. Und wie die Kugel, beginnen auch wir mit Abertausend Flugbahnen, wir zielen – oder auf uns wird gezielt – und brechen auf, und wir landen an der fernen Küste oder in einem fremden Land, oder wir gehen gar nirgends hin. Wir existieren nicht über eine Zeitspanne hinweg; wir existieren im Augenblick verankert, im Jetzt. Wenn Sie so denken, wenn Sie das Ethos einer Reise missachten, dann spielt es keine Rolle, wo Sie sich gerade befinden oder wo Sie landen, es ist der Ort, an dem Sie schon immer hätten sein sollen. Eine Reise ohne ein Ziel zu beginnen heißt, die eigene Bestimmung mitzunehmen, heißt, erst gar keine Reise zu beginnen.

Der Ranger hatte erheblichen Schaden genommen, als wir über den Spalt in der Straße bretterten: Die Kupplung klemmte, der Motor ging bei starken Steigungen aus und sprang erst nach heftigem, schmutzigem Kampf wieder an. Bei Einbruch der Dunkelheit verlas Baritonstimme eine letzte, kryptische Warnung: Draußen ist die Hölle los, Leute. Seinen vorigen Weissagungen zufolge war die Straße nach Owenswood durch Erdrutsche unpassierbar, selbst bei unserer gesteigerten Tollkühnheit, also machte Archer den Lotsen und leitete uns per Bauchgefühl über obskure Pfade. Die Waldwege frästen sich den Berghang entlang, und ein Mond wie Strass gab den Bäumen einen so fahlen Glanz, dass sie aussahen wie stählerne Gefängnisgitter.

Für einen Ex-Marine machte er Sachen, die mir als eingefleischtem Zyniker nicht einleuchten wollten: Knorrige, dämonische Bäume dienten ihm als Wegzeichen, was überall sonst okay gewesen wäre, aber nicht in einem Wald; die Dunkelheit nahm ihm die Orientierung, als brächte er das Konzept, Berge hinaufzufahren und dann wieder hinunter, durcheinander, als wären Auf und Ab und Darüberhinweg unter der gleichen Tarnung verschwunden; er verbrachte viel zu viel Zeit damit, sich Gedanken über unser Ziel zu machen, wo doch das Wichtigste die Fahrt selbst war. Letzteres schreibe ich der Tatsache seines nahenden Todes zu. Das war wohl so, wie Gramps gesagt hatte, als näherte man sich einer Wand. Vielleicht macht das Sterben die Leute grundsätzlich zu schlechten Lotsen.

Manchmal kamen wir der Straße so nahe, dass man praktisch ihren Schotter roch. Autos fuhren keine, niemand war so leichtsinnig wie wir. Zwischen den Bäumen rollten meine Scheinwerfer Schatten wie von einer Filmspule über den Asphalt. Die letzte Leinwand der Nacht hing tief über uns. Man konnte die Umrisse von Dingen sehen – die Linien, die unter dem Sägemehlschein der Brände ineinander verschwammen.

Der Wald war im mittleren Stadium der Wiedergeburt. Teile davon waren in den Achtzigern niedergebrannt, und halbwüchsige Bäume standen kälbergleich zwischen den verkohlten Gerippen ihrer Ahnen. Das ist die Maschine der Welt, wie Vergangenheit sich mit Zukunft vermischt: Man muss nur tief genug graben oder lange genug warten, dann findet man die Knochen von etwas Totem. Die Kinder verzehren das Erbe ihrer Eltern. Leute gründen Städte auf anonymen Gräbern. Zivilisationen erheben sich aus den Ruinen derer, die vor ihnen den Weg bereiteten. Ganze Geschichten sind auf den Überbleibseln älterer Welten erbaut.

Der Pick-up federte mit seinen nutzlosen Stoßdämpfern eine Bodenwelle ab, und Puck stieß ein Wimmern aus. Dieser Hund hatte schon viel ertragen, sogar wegen einer Yuppie-Dummheit ein Bein verloren, aber mit jedem erstickten Jaulen wurde ich mir sicherer, dass er sich von dieser Verletzung nicht mehr erholen würde. Archer leerte ein zweites Bier in Pucks Napf und hielt ihn fest, während Puck es mit seiner breiten, schlabbernden Zunge aufleckte. Wir hatten zusammen noch ein Bier, und Archer drehte es unablässig in seinen alten Händen. Die Reifen des Pick-up spuckten Matsch und lose Steine gegen den Unterboden, und bei jedem Klong machte Archer mit der Alu-Lasche der Bierdose Ping. Dann steckte er sie unter den Sitz, drehte sein Fenster herunter und sog kräftig die Luft ein.

Ich spürte in Bauch und Brust, dass wir uns Owenswood näherten, sogar in den Armen, Händen und Knöcheln – wie jene unheimliche Schwerelosigkeit auf einer Schaukel, wenn man zu hoch für die Zugfestigkeit der Ketten schwingt. Es heißt, der Mann sucht eine Frau mit den Eigenschaften einer Mutter; vielleicht ist meine diesbezügliche Unwissenheit der Grund, dass ich mit Darby so schlecht zurechtkam; ich hatte nicht mal einen Ersatz für eine Mom gehabt.

Archer rieb sich das Gesicht, die flachen Hände fuhren auf und nieder, sodass die Haut straff wurde, schlaff, wieder straff. Ich fragte mich, ob er ständig Schmerzen hatte. Geht's noch?, sagte ich.

Bin bloß müde.

Mach doch ein Nickerchen.

Dein Tank ist auch nicht voll, sagte er. Seine Hände drückten die Lippen zusammen wie in dem Witz mit den Bustüren. Archer drehte sein Fenster wieder hoch. Er rieb sich die Arme. Ich sah das rosa Fleisch unterhalb seiner Augenhöhle, ein kurzes, feuchtes Schimmern im Dunkel.

Wir fuhren einen Hügel hinab, der das Gefälle des Rogers Pass nachzog, und weiter unten gerieten wir in einen Nebel, der so dicht war, dass er das Fernlicht des Rangers streute. Ich schaltete es aus. Der Nebel hielt sich unterhalb der Stoßstange des Rangers, und ich steuerte nach den Baumkringeln zu beiden Seiten des Weges. Der Boden war nicht zu sehen, es war unmöglich, sich auf Pfützen oder Schlaglöcher einzustellen, oder auf plötzliche Biegungen der Straße oder gar Tiere, die dort schliefen oder sich versteckten. Gramps prahlte, in einem harten Winter sei er einmal von einem Blizzard überrascht worden, der so dicht war, dass er nur vorankam, indem er die unterschiedlichen Geräusche der Reifen erspürte – zwei auf dem Kiesbankett, zwei auf dem Asphalt. Er behauptete immer gern, er sei mehr Meilen rückwärts gefahren als ich vorwärts.

Die Straße bog nach rechts, und auf der anderen Seite traten die Bäume zurück, und ein Abhang kam in Sicht. Der Nebel floss in Bächen über die Kante. Unter uns im Talbecken war eine dunkle Ebene; sie war makellos und so dicht, dass man sie hätte anfassen können, und die ganzen trüben Abendschatten strömten in diesen großen Abgrund. Das gab mir das Gefühl, dass der Pick-up jeden Moment durch den Bodennebel in die Tiefe stürzen konnte. Wie aufs Stichwort gerieten wir kurz ins Schlingern, wodurch die Hinterräder zur Kante hin schlitterten. Ich bremste stotternd ab, presste mich instinktiv gegen die Rückenlehne. Archer hakte die Finger um den O-Scheiße-Griff. Er rieb sich den Unterarm in kleinen Kreisen. Ganz plötzlich roch es im Pick-up nach altem Mann: irgendein Schnaps, Rollen aus Zweidollarscheinen, mit Gummibändern zusammengehalten.

Archer?, sagte ich.

Er fasste sich ins Gesicht. Was dagegen, wenn wir mal kurz halten?

Überhaupt nicht. Mal die Beine vertreten.

Ich bleib sitzen.

Das habe ich nicht gemeint, sagte ich, worauf er mit der Hand durch die Luft fuhr.

Ich lenkte den Pick-up auf der Seite des Abhangs an den Rand, und als der Motor auslief, gab es einen ungesunden Ruck. Er würde mich unweigerlich in einem ganz entscheidenden Moment im Stich lassen, so wie all die defekten Fahrzeuge in den Fluchtplänen Hollywoods. Archer schnallte sich los, drehte sich zu Puck um und kraulte ihm mit den Fingerspitzen die Flanke. Der Hund regte sich nicht, was immer das bedeutete.

Draußen schmeckte die Luft nach verbranntem Toast, und Holzkohlebröckchen lasteten wie Splitt auf meiner Zunge. Ich legte die Hand auf das schmutzige Metall des Ranger und ging zu Archers Seite herum. Der Nebel wechselte von knöchel- zu schienbeintief, und bei jedem Schritt spähte ich in das Dunkel, in dem er wallte und sich zurückzog, so kontrolliert und organisch wie Atmen. Ich habe schon das eine oder andere unnatürliche Erlebnis im Nebel gehabt – beispielsweise gesehen, wie ein Freund plötzlich und unerklärlich eine dreißig Zentimeter lange Risswunde in der Wade hatte, als er einfach am Rand des Scheins von einer Straßenlaterne stand –, und ich traue ihm nicht.

Ich kam zu Archers Fenster, er hob eine haarlose Braue, und ich wünschte, ich hätte den Mut aufgebracht, ihn zu bitten, das nicht mehr zu tun. Gib mir mal ne Hand, sagte er.

Ich hol mal schnell den Stuhl, sagte ich, doch er langte durchs Fenster und fasste mich am Arm.

Gib mir einfach die Schulter.

Sicher?

Scheiß auf den Stuhl, sagte er und lehnte sich dabei auf den Riegel, worauf die Tür aufsprang und er fast herausfiel. Doch er hielt sich fest, und es war ihm keine Sekunde lang peinlich. Ich keilte die Schulter unter seine. Er schlang den Arm um meinen Hals. Mit Babyschritten stieg er auf die lebende Erde hinunter, und ohne dass ein Wort gesprochen wurde, taperten wir zu der offenen Kante, bis wir wie Partygänger vor dem Ausblick standen. Archer setzte sich, lehnte sich wie ein Kind auf die Ellbogen. Ich setzte mich zu ihm. Es war, als könnten wir endlos ins Tal starren, als wären wir dazu bestimmt. Wir sagten nicht viel. Das muss man nicht immer.

Tut mir leid wegen deinem Hund, sagte er nach einer Weile.

Es ist nicht nur deine Schuld.

Mag es nur nicht, wenn er leidet. Eigentlich alles.

Das Bier wird ihm wohl helfen. Woher wusstest du, dass es da ist?

Cecil hat da immer welches gelagert, für solche Zeiten.

Wie gut kennst du Gramps?

Kein bisschen mehr. Es war mal mein bester Freund.

Er grunzte, als er das sagte, fuhr dann fort: Das haut richtig rein, wenn man das sagst, weißt du? War mal.

Der Nebel teilte sich um meine Beine. Er wogte weiter und über die Kante wie ein Fluss, und wie gelähmt hob und senkte ich die Hand hinein. Im Ranger machte Puck ein Geräusch, das halb wie ein Schnarchen, halb wie ein Gurgeln klang. Archer und ich saßen da und horchten, bis er sich wieder ruhig geknurrt hatte.

Ich fasse es nicht, dass ich so dumm war, sagte ich.

Es ist meine Schuld.

Die ganze Sache, nicht bloß Puck. Dass ich überhaupt aus Toronto weg bin.

Man entscheidet nicht immer, wohin man geht, auch wenn man es glaubt. Du gehst schließlich irgendwo hin, und dann bleibt dir bloß, das Beste draus zu machen.

Was redest du denn da?, sagte ich.

Weiß nicht, sagte er. Aber es besteht immer Hoffnung.

Die Luft pochte. Nebel bauschte sich um unsere Fingerspitzen.

Er schafft's nicht, was?, sagte ich. Er ist zu alt und zu verletzt.

Reden wir über den Hund oder deinen Opa?

Ich knuffte ihn mit dem Ellbogen. Er lächelte fein.

Der Nebel wogte hin und her, auf und nieder. Er war wie Atem im Nacken, eine Art Raubtier. Archer rieb sich den Arm wie einer, der eine Verkühlung abwehren will. So hing er da, in einer Selbstumarmung begriffen, zu unsicher, um den Arm in den Nebel sinken zu lassen. Der Mensch fürchtet sich vor dem, was er nicht weiß, und viel wissen wir nicht. Ich zum Beispiel weiß nicht: ob Darby die Liebe meines Lebens hätte sein können.

Wir lernten uns in einem Zug kennen, da waren wir zwanzig, irgendwo auf der Fahrt durch die windblinden Prärien. Es war mein zweiter Tag unterwegs, ich war auf dem Weg, um mein Studium im Epizentrum des Zentrums des Universums zu beginnen. In dem Zug von Vancouver nach Toronto; er schlängelt sich um das gebirgige Innere von British Columbia und saust dann ostwärts durch Saskatchewan, Land of Living Skies. Fliegen war billiger, aber jeder flog, und Gramps hatte es gern, mich in einem Fahrzeug loszuschicken, dessen Mechanik er traute. Und so stieg ich in Banff ein, der nahe gelegenen Wintersportstadt, wo ich zwei Jahre davor, wie jeder Achtzehnjährige aus Invermere, erstmals legal eine Bar betreten hatte. Damals rumpelten wir in dem aufgemotzten GTO eines Kumpels durch die Stadt; bei dieser Fahrt – mit Gramps, zu meinem Abschied aus dem Tal – saß ich auf dem Beifahrersitz seines Ranger und staunte über all das Ungesagte.

Gramps fuhr. Aus den Boxen dudelte Redneck-Radio. Auf der ganzen Fahrt sprachen wir kaum ein Wort. Gramps verbrachte viel Zeit damit, durch die Zähne zu saugen und nachdenklich auf Dinge in der Ferne zu schauen; ich ermunterte ihn wohl auch nicht, mir sein Herz auszuschütten. Hinter uns, eingekeilt zwischen den Klappsitzen, hatte ich einen Rucksack und einen Rollkoffer, randvoll mit meinen weltlichen Besitztümern: weiten T-Shirts und Jeans, deren Säume runtergetreten waren, einen Elektrorasierer, den mir Gramps zum Abschied geschenkt hatte, ein paar Bücher, mein Laptop. Beim Fahren behielt Gramps den Tacho im Blick und weigerte sich, auch nur einen Tick über neunzig zu gehen, meinte, er habe keine Lust, angehalten zu werden, obwohl wir beide wussten, dass die RCMP den Nationalpark nicht abfuhr. Die Bäume huschten an beiden Seiten vorbei, und die Straße machte weite Kurven, die so gebaut waren, dass man auf der Fahrbahn blieb, wenn man auf Eis schleuderte. Die Berge wuchsen immer höher, das Radio verstummte, und irgendwie wurde unser Schweigen immer stiller, falls das denn möglich ist. Ich wünschte, ich hätte mich getraut, etwas zu sagen, aber diese Verkrampftheit schien unüberwindlich. Das ist sie noch immer, sogar rückblickend. Ich überließ ihn der Einsamkeit. Er hatte mir so viel Gutes getan, Gramps, und ich weiß genau, dass ich damals – und mehr noch im Lauf der Jahre – ein schlechter Ersatz für einen Sohn war.

Am Bahnhof trug Gramps den Rollkoffer steifarmig an der Seite. Noch immer nur flüchtige Worte zwischen uns – eine gegrunzte Richtungsangabe, eine Bitte um ein Dollarstück, als er die Becherhalter des Rangers nach Kleingeld absuchte. Als wir dann vor den geschlossenen Türen des Zuges warteten und auf die endlose Kette von Waggons blickten, spürte ich das Ziehen – den Drang, nur wieder dahin zu rennen, wo ich hergekommen war. Aber zwischen mir und dem Rückzug war Gramps. Er ging mir bis ans Kinn, ungefähr jedenfalls, hatte seine anthrazitgraue Basecap auf, dazu Jeansweste und Gore-Tex-Stiefel. Breitschultrig, drahtig, irgendwie nicht-alt. Er sah aus wie einer, den man bitten konnte, einem den Kaffee zu halten. Die Zugtüren klafften vor uns auf, und ein Schaffner in einer albernen Mütze erbot sich, uns mit dem Gepäck zu helfen, doch Gramps verscheuchte ihn. Dann reichte er mir den Koffer.

Ruf an, wenn du da bist, sagte Gramps.

Ich rückte den Rucksack auf den Schultern zurecht. Na klar, sagte ich.

Er schnippte ein Krümchen Pick-up-Müll von einem Riemen. Hier, sagte er und zog eine Geldrolle aus der Bauchtasche. Ich hatte an einen Scheck gedacht, aber das kam traditioneller rüber.

Das kann ich nicht annehmen.

Na, das musst du ja sagen, sagte er. Dann grinste er.

Danke, Gramps.

Gib nicht alles für Huren aus.

Bloß ein bisschen?, sagte ich, und er boxte mich kurz in den Magen – eine schnelle Rechts-Links.

Er stand da und lächelte mich an. Ich hätte nicht sagen können, wann er glücklicher gewesen wäre, und ich wusste nicht, was ich sagen sollte, um ihm eine Freude zu machen, oder wohin mit den Händen oder ob ich zurücklächeln sollte. Also rückte ich wieder den Rucksack zurecht. Der Zug fuhr erst in einer halben Stunde ab – Zeit für einen Happen oder ein Bier.

Ruf an, wenn du da bist, sagte Gramps noch einmal.

Na klar, sagte ich.

Er nickte einmal. Sein Lächeln verlor sich. Schön, sagte er, dann trennten wir uns.

Was blieb? In dem Zug, zum ersten Mal allein, wartete ich, dass die Fahrt losging, bevor ich das Geld zählte – fünftausend – und es in die Innentasche meiner Jacke stopfte. Die Berge zogen vorbei, und ich versuchte, nicht an die Dinge zu denken, die nicht mit mir mitkamen. Es war Spätsommer, manche Bäume reiften schon zu ihrem Rot und Gold heran, und die Sonne schlug in breiten Bahnen auf die Berge. Der Zug wand sich den Berghang entlang, und man konnte aus dem Fenster schauen und zusehen, wie der Wind auf Augenhöhe die Koniferen peitschte; wenn die Nadeln sich befreiten, tanzten sie in der Luft wie eine seltsame, moosige Schneewehe. Ich verbrachte die erste Nacht allein in dem Waggon und versank immer wieder in Schlaflosigkeit, während die Gleise unter mir rumpelten. Jung, dumm, wehmütig. Wir alle kennen dieses Gefühl – die Welt weitet sich vor uns, die Vergangenheit wird eben zu dem, was sie ist. Die größte Furcht eines Zwanzigjährigen – dass das Beste schon hinter ihm liegt.

Am nächsten Tag, in Edmonton, stieg Darby zu und stellte ihr Gepäck im selben Wagen wie ich ab. Mein Alter, klein, aber irgendwie zäh, in Khakis und einem T-Shirt, das ihren Bizeps umspannte, die Haare durch den Verschluss einer Eskimos-Cap geflochten, deren Schild gegen ihre Schulterblätter schlug. Sie schoss in eine Sitzgruppe auf der anderen Seite, rein in die Verbindung von Fenster und Sitz, und legte einen Fuß auf den gegenüber. Sie tippte gegen ein Silberpiercing in der Braue, unablässig mit dem Fingernagel, als trommelte sie einen Takt. Über ihrem Zeh stand ein sehr kanadisches Schild: Wenn Sie die Füße auf den Sitz legen, konnten Sie gebeten werden, die Schuhe auszuziehen.

Ich bemühte mich nach Kräften, sie nicht anzusehen, aber es hätte keines Spions bedurft, um mein Interesse zu erkennen. Der Zug rollte aus Edmonton, in die Prärie. Die lange, flache Strecke – wo du zwei Wochen lang sehen kannst, wie dein Hund wegläuft. Ein alter Spruch, aber er passt noch immer. Hier ist der Himmel anders, nicht nur weiter, sondern auch irgendwie tiefer, als reichte er näher an den Boden, nähme mehr vom Horizont ein. Ich schaute nach Kissenwolken, Anzeichen eines gefährlichen Windes, doch die Ebene rollte weiter, Weizenfelder so weit und flach wie ein Meer.

Dann brach Darby das Schweigen. Wenn ich es mir überlege, war das wohl immer so – Darby machte den Anfang, Darby machte jenen ersten, blinden Sprung.

Alles gut?, sagte sie zu mir, als das Licht holzkohlig wurde. Sie hatte Sachen aus einer großen Tasche rausgeholt, auf ihrem ganzen Tisch ausgebreitet: ein fettes Buch über den kanadischen Westen, eine alte, schwere 35mm-Kamera, ein Kartenspiel. Sie linste mich mit einem Auge an – die Gewohnheit der Fotografin, schon da.

Ja, sagte ich.

Du siehst bedrückt aus.

Nein, sagte ich. Bloß nachdenklich.

Das kapierte sie offenbar. Sie nickte wie eine, die zuhört. Dann nahm sie die Kamera und knipste ein Bild.

Das erste Foto der Reise – hoffentlich wird's was. Ich heiße Darby.

Alan.

Wir gaben uns die Hand – unsere erste Berührung –, und sie deutete mit dem Kopf auf ihren Tisch.

Ich verrate dir ein kleines Geheimnis, sagte sie und hob eine Braue – die rechte, was ich noch nie bei jemandem gesehen habe – und lockte mich mit dem gebogenen Zeigefinger zu sich. Ich habe Schmuggelware.

Sie zog eine Flasche Wein aus der Tasche. Darauf war ein Etikett aus Druckerpapier, ein Bild von zwei rangelnden Katzen. Selbstgebraut.

Ich grinste, sie ebenfalls, und dabei konnte ich alle ihre unteren Zähne sehen. Sie drehte die Verschlusskappe auf, setzte die Flasche an und wischte sich den Mund mit dem Handgelenk ab, wie ein Mädchen vom Grenzland, wie eine, die ich kennenlernen wollte.

Sie nahm einen großen Schluck. Dieser Wein ist einer, der zu dir kommt und dir fest die Hand drückt. Eichig mit einem Hauch von brennendem Weideland. Komm, wir spielen Karten.

Ich ging hin, und wir spielten den ganzen Abend, bis wir uns was zu essen holen mussten, was ich mit einem Zwanziger aus Gramps' Geldballen bezahlte. Ich nahm an, dass er das guthieß, auch, dass es Teil seines Plans war. Sie bestellte ein paar Gin Tonic, und auch die bezahlte ich – es erschien mir gerecht, wegen des Weins –, und dann spielten wir gleich weiter. Ein erstes Date, beinahe, obwohl wir danach noch viele weitere Dates hatten, und als wir beide zu betrunken waren, um wach zu bleiben, gab es einen Moment, da ich meinte, sie zögerte, als überlegte sie, den Platz zu wechseln, um mehr Raum zu haben. Doch sie tat es nicht, und so drückten wir uns verlegen aneinander, nicht ganz Rücken an Rücken, aber fast, die Metallwand des Zuges kalt an meiner Haut und die Wärme ihrer Wange an meiner knochigen Schulter. Ihre Knie kamen hoch, Knubbel, die in meine Hand passten, und ihre Haare rochen nach Holzkohle, Früchten und Pfeffer – wie, so dachte ich, alle Mädchen riechen mussten. Irgendwann in der Nacht hatte ihre freie Hand nach hinten gelangt und die Finger mit meinen verschränkt und meinen Arm um sie geschlungen, und ich gelangte in einen Wachzustand wie bei einem Angstruck – und von unserer ersten absurden Nacht in einem Überlandzug gibt's nicht mehr allzu viel zu erzählen.

Am Abhang sog ich die Luft ein, den Flussbettduft. Aus dem Himmel war alle Farbe gewichen, außer wenn die Flammen hinter dem Kamm in der Ferne aufloderten.

Rückenmarkkrebs, sagte Archer und brach damit die Stille. Er fasste sich ans Kreuz ungefähr auf Höhe des Bauchs. Im Grunde kann ich laufen, aber ich spüre meine Beine nicht. Macht mich plump wie der Teufel, und ich war mal ein flinker Hund. Da ist wieder dieses War-mal. Eines Tages wachst du auf, und dein ganzes Leben ist Vergangenheit.

Tut mir leid, sagte ich.

Man gewinnt ein bisschen, aber am Ende verliert man immer, fuhr er fort und fuhr sich mit den Händen über die Jeans, sodass sich sein ganzer Oberkörper mitbewegte, die Schultern und ihre Gelenke machten ein Geräusch wie die alten Maschinen, die Getreide zu Staub mahlen. Er sah an sich herunter, drehte die flachen Hände in der Luft wie ein Baby, als sähe er sie zum ersten Mal. Oder vielleicht, als hätte er es satt, sie zu sehen.

Du kannst den Tod überlisten, aber nicht das Älterwerden.

Noch so eine Weisheit. Ich ließ ihn reden.

Dann, ganz plötzlich, leuchteten die Wolken über den Purcells von einem orangenen Blitz auf, hell genug, um einen Schein auf Archers Gesicht zu werfen, dann fuhr ein großes, donnerndes Kr-ACK durchs Tal, zauste uns die Haare und drückte uns Wind in die Augen. Archer richtete sich auf, und dabei brandete eine weitere Erschütterung zu uns her. Der Himmel pulsierte wie im Griff von Artilleriefeuer. Es kam noch einmal, methodisch wie Bauarbeiten, das Geräusch mächtig und hohl wie ein Gong, und es schien, als brodelte das Tal unter uns – seine Finsternis, seine Leere – wie ein Kohleofen. Warme Luft brauste über meine Wangen, schwer von Schwefelgestank.

Ich hoffe, wir finden Jack, bevor wir da mittendrin landen, sagte Archer.

Wenn wir ihn überhaupt finden.

Du klingst nicht gerade besorgt.

Ich zog die Brauen hoch. Du auch nicht.

Ich hasse Feuer, sagte er. Ich hasse es wie die Pest.

Reibst du dir deswegen den Arm?

Er löste die Knöpfe an seinem Handgelenk. In dem trüben Licht konnte ich nicht gut sehen, doch er drehte den Unterarm zu dem fernen Schein hin und berührte dort die Haut, und sie sah weniger wie Haut aus als wie eine Art Harz, wie Radiergummis, so weit gedehnt, dass sie reißen. Napalm, sagte er. Tödlicher Mist.

Du bist ja eine Wundertüte aus Missgeschicken, sagte ich. Tu das wieder weg.

Er schubste mich, die flache Hand voll gegen die Schulter, und dehnte das Gesicht mit einem Grinsen von Ohr zu Ohr. Er hatte das Herz wahrscheinlich am rechten Fleck, wenn man mal seinen Quatsch und das Gepose vergaß. Vor uns brandeten die fernen Feuer immer weiter auf, entließen weiter tiefes, tosendes Grollen, und der Gebirgskamm rötete sich wie die geschmolzenen Ränder einer mythischen Esse. Archer deutete mit dem Kinn hin.

Als würde man in den Rachen der Hölle starren, sagte er und klapste mir aufs Bein wie ein Großvater, und ich spürte die Kraft, die in diesen Händen lag – Alt-Männerkraft, wie bei Gramps. Dann ließ er mein Bein los, und ich hob ihn auf die Füße, und gemeinsam humpelten wir zum Pick-up. Drinnen lag Puck fest eingerollt da und regte sich auch nicht, als wir uns reinhievten, anschnallten und auf die Hindernisse – jenseitige oder anderweitige – gefasst machten, die uns auf der Straße in der Finsternis noch erwarteten.

Als wir schließlich auf den Highway gelangten, teilte Archer mir mit, dass unser Ziel ein Truckercafé am Stadtrand sei – es hieß Verge –, wo wir mit etwas Glück meine Mutter finden würden. Es stand auf der Kuppe eines Bergs, der zu der Stadt darunter abfiel. Ich bog auf den Parkplatz des Verge ein, und dabei schwenkte ein Rudel Raubeine auf Harleys heraus, die Scheinwerfer wie ein Schwarm Glühwürmchen. Der letzte kam knirschend neben meinem Fenster zum Stehen, die Beine auf den Boden gestemmt, und er wölbte die Hände um den Mund, um das Gurgeln seiner Maschine zu überschreien.

Ist nicht gut da, rief er. Er trug eine ärmellose Lederkutte, darunter ein Leben voller dehnungsgestreifter Tätowierungen und pfeffrige Armhaare. Auf dem Kopf eine Art Bandana, die hinten am Schädel in einen Knoten auslief. Zottelbart, Koteletten, die selbst der King akzeptieren könnte – genau wie man es erwartete.

Da ist ein Erdrutsch, brüllte ich zurück, worauf er den Kopf von mir zur Straße drehte, die vor ihm lag. Er spitzte die Lippen, möglicherweise zu einem Pfiff – ich konnte es nicht hören. Wir sind über die Waldwege gekommen, sagte ich noch.

Sind die mit dem Bike zu schaffen? Die Wege?

Hängt vom Biker ab.

Darauf grinste er breit. Seine Schneidezähne waren eher Fänge. Bleibt nicht zu lang hier, sagte er und ließ sein Bike röhren. Hier ist das Ende der Welt.

Wo kommt ihr her?

Westlich von hier. Caribou Bridge – wir hauen alle ab. Viel Glück.

Euch auch, sagte ich, worauf er mit einer kleinen Schottergischt davonfuhr. Ich drehte das Fenster hoch und legte den ersten Gang ein. Die Veranda des Verge vor uns hatte einen Blick auf die Berge, Owenswoods letzte Bastion. Die Stadt darunter war bloß ein tintiger, lichterfleckiger See.

Ich schob den Ranger zwischen zwei schräge gelbe Linien und stellte den Motor ab; der Pick-up gab ein letztes verzweifeltes Ächzen von sich. Ich wartete in dem stehenden Geruch von Abgasen, Hund und meinem eigenen Schweiß. Archer war überzeugt, wir würden meine Mutter da drin finden. Ihr Name: Linnea, nach der Blume. Auf dem Armaturenbrett: das Bild von ihr mit dem Hund, der Puck gewesen sein könnte, bevor er in die Falle geriet. Mir war, als hätte ich da reingehen und was Noir-mäßiges machen können – Blick auf das Foto und die Kellnerin vor mir, vielleicht eine langsame Überblendung zwischen den beiden.

Du solltest dich gründlich umsehen, sagte Archer. Sie soll wissen, dass ich hier bin. Ich leiste Puck solange Gesellschaft.

Du könntest auch mit reingehen.

Er langte hinter den Sitz, hielt Puck die Hand hin, der seine Zunge wie einen Sardinendosendeckel reinhängte.

Ist lange her, seit ich sie gesehen hab.

Paar Jahre?

Archer wischte Sabber an seinen Jeans ab, drei Mal. Eher neunundzwanzig.

O Gott.

Er rieb sich den Bizeps, den kaputten Arm. Und wenn ich sie nicht erkenne?

Sie wird dich erkennen, sagte ich.

Ich hab ein bisschen abgebaut.

Dein Geruch wird dich verraten.

Im Verge liefen Leute herum. Gestalten huschten an den Fenstern oder der Glastür vorbei. Ein Junge mit Haarnetz in einer weinroten Uniform erschien hinterm Restaurant, einen Müllsack, der fast so groß war wie er selbst, halb schleifend, halb schleppend.

Wir haben uns nicht im besten Einvernehmen getrennt, sagte Archer zum Beifahrerfenster raus.

Eine schockierende Enthüllung.

Arschloch, blökte er.

Entschuldige, sagte ich und meinte es auch so. Schlechtes Timing.

Mach nur den ersten Kontakt. Ich muss einen klaren Kopf kriegen.

Ich weiß nicht, ob ich sie so lange beschäftigen kann.

Er schielte mich an, unter den Wölbungen hervor, wo seine Brauen hätten sein sollen, dann stieg ich aus dem Pick-up, strich mit dem Daumen über die Zeichnung meiner Mutter und überlegte, was ich wohl alles sagen könnte.

Im Verge roch es wie in einer Eishockeyarena – nach Schlittschuhen, Desinfektionsmitteln und Männern, denen das Blut aus dem Mund lief. Das Aroma von Spiegeleiern und Fett wallte aus der Küche, wo zwei Jungen, ein Fünftel so alt wie Archer, Teller stapelten und einander mit großen, freundlichen Knüffen rumschubsten. Es sah aus, wie es in einem Diner eben aussehen sollte – weinrote Sitznischen und bauschige Kissen, Linoleum-Fliesen und Tische wie auf den Kopf gedrehte Stethoskope. Es war, als wäre ich in einen Tom-Waits-Song gelaufen.

Im Moment sind ja nicht viele unterwegs, sagte eine Frau.

Ich drehte mich um und sah meine Mutter – Namensschildchen als Bestätigung –, in einem Aufzug, wie ich es von einer Bedienung in einem solchen Lokal erwartete: weißliche Schürze mit Fingerschmierern, die nicht ganz rausgewaschen waren, ein weinrotes Top, passend zum Dekor, kurze braune Haare mit spülwasserblonden Strähnchen. Sie hatte genügend Falten, um ihr Alter zu verraten. Neben der Nase: ein kleines Muttermal, und schon in dem ersten Augenblick kratzte sie sich daran – vielleicht eine Angewohnheit. Ein Auge war einen Tick dezentriert, womit sie ständig zu kämpfen schien. Sie legte den Kopf zur Seite und griff in die Schürzentasche nach einem Notizbuch, während ich nur das Bild in meinen Händen betastete, darauf schaute und wieder weg und es stärker drückte, als ich wollte.

Alles klar, Junge?

Ich wollte sagen: Alles gut, danke, oder: Viel besser jetzt, danke, aber etwas an ihr ließ mich erstarren. Das da war meine Mutter. Sie zog die Stirn zu einem Blick verrückter Verblüffung zusammen, eine Braue hochgezogen – wie oft hatte sie mit Typen zu tun, denen Dope oder Alk die Sprache geraubt hatten? –, und so glich sie Archer in praktisch jeder Hinsicht, wie eine Tochter es nur kann. Ich merkte, dass ich schluckte. Diese Momente, dieses Gefühl, meinen biologischen Ursprung zu sehen, zu sehen, wo meine Anfänge waren – ich weiß gar nicht, warum mich das so überwältigte. Es ist ja nicht so, dass ich mein Leben mit Groll oder Sehnsucht verbracht, dass ich es als ein größeres Ziel meiner Reise angesehen hätte, meinen Dad zu finden. Nun aber war es, als schaute ich ganz plötzlich in einen Spiegel, als sähe ich mich zum ersten Mal oder von einer neuen Warte aus, in einem anderen Licht, mit einem anderen Hut, mit Senf am Kinn. Es war, als sagte mir jemand, ich solle nicht so glotzen.

Draußen brannte die Welt, und dahinter, fast in früherer Zeit, rangen Männer, die ich kaum kannte, mit Dämonen, die sie nicht schlafen ließen.

Ich bin wegen Miss West hier, brachte ich raus.

Sie fuhr sich mit der Zunge über die Zähne, klemmte sie zwischen die Eckzähne. Eine Art Lächeln?

Miss West, sagte sie und verschränkte die Arme. Du bist wegen Miss West hier.

Ich nickte.

Und hat Miss West auch einen Vornamen?

Linnea.

Ich glaube, da hat man dir was Falsches gesagt, Junge, sagte sie. Hier gibt's keine Linnea West.

Ich nickte.

Aber ich möchte wetten, du kommst wegen mir.

Ja, sagte ich. Wahrscheinlich schon.

Und dann wärst du mein Sohn.

Wieder nickte ich, worüber ich mich ärgerte – weil mir nichts anderes einfiel, als mit dem Kopf zu wackeln. Ich wusste nicht, wohin mit meinen Händen. Ich wusste nicht, wohin ich sehen, ob ich aufstehen oder ihr die Zeichnung zeigen sollte, mit der ich wie mit einem Liebesbriefchen von der Highschool herumfummelte.

Möchtest du was essen? Ich kann einem meiner Jungs sagen, dass er dir was machen soll.

Jungs?

Mitarbeiter, sagte sie. Keine verloren geglaubten Halbbrüder von dir.

Du brauchst dich nicht zu entschuldigen, sagte ich – so ziemlich das Blödeste.

Jack und ich waren nie verheiratet.

Ich weiß so wenig, sagte ich.

Hat dich mein Dad hergeschickt?

Archer –

Ja, mein Dad.

Archer ist draußen mit meinem Hund. Er ist verletzt.

Mein Dad ist verletzt?

Nein, mein Hund.

Sie zog eine Grimasse – ein Ausdruck, der dummer Junge bedeutete.

Hier gibt's keinen Tierarzt, sagte sie, und ihr Gesicht wurde weicher, vielleicht mütterlich. Haben wie die meisten die Stadt verlassen, als sie die Evakuierung angeordnet haben. Aber mein Mann könnte ihm eventuell helfen, wenn er sich nicht gerade fertigmacht.

Fertigmacht?

Sie lehnte sich seitlich an eine Nischenbank, Hüfte an Plastiklehne, und deutete mit dem Kinn durchs Fenster, auf den Feuerschein. Du hast dir schon eine Wahnsinnszeit ausgesucht, um hier aufzutauchen, sagte sie.

Gramps hatte einen Herzinfarkt.

O Scheiße.

Geht ihm aber gut.

Für Cecil hatte ich immer was übrig.

Ich sag's ihm.

Schade, dass er nicht hier ist. Und wo ist denn nun mein Dad?

Hat Angst.

Sie lächelte ihre Füße an, und da sah ich, dass ihr linker Eckzahn – der, gegen den sie die Zunge nicht drückte – abgebrochen und stumpf war. Sie sah aus wie eine Frau, die oft lächelt. Es lässt hoffen, wenn man weiß, dass das Leben für die eigene Mutter keine allzu große Last ist, aber das kann ich unmöglich erklären. Vielleicht spricht es für die eigene Zukunft, die eigenen Aussichten. Es ist schön zu wissen, dass man biologisch nicht zum Unglücklichsein bestimmt ist.

Hol ihn rein, sagte sie. Und wenn Colton wieder da ist – mein Mann –, sag ich ihm, dass du da bist und dass er mal nach deinem Hund sehen soll.

Sie wandte sich zur Küche, zwei Doppeltüren, wie man sie am

Eingang zu einem Saloon findet. Ich brachte nicht den Mut auf, Mom zu rufen.

Weißt du, wo Jack ist?, fragte ich. Sie blieb abrupt stehen.

Dann ruft Cecil ihn also endlich zu sich, wie?

Er glaubt, er stirbt bald.

Sie schlenderte langsam zu dem Fenster, das einen Blick in die Küche gewährte, und verschränkte die Arme. Ich konnte mir vorstellen, dass sie der Typ Frau war, die andere dazu bringen konnte, ihre Anweisungen zu befolgen. Gleich darauf goss sie sich aus einer fleckigen Karaffe einen Kaffee ein. Sie wackelte auf dem Rand rum, ein Geräusch wie eine hohle Uhr. Es ist erfreulich zu wissen, dass es noch Orte wie das Verge gibt, dass das Leben irgendwo noch einfach so weitergeht.

Ich hab was übrig für deinen Opa, sagte sie zum Fenster hin. Ich weiß nur nicht, ob er es verdient, Jack noch mal zu sehen.

Sollte das nicht Jack entscheiden?

Jack wollte immer nur eines, nach Hause gerufen zu werden, sagte sie, hob den Kaffee an den Mund und schluckte laut einen Mund voll. Hat Cecil dir gesagt, was er sagen würde?

Nein.

Schon mal erlebt, dass Cecil sich entschuldigt?

Ich überlegte. Gramps weiß, wie man was wiedergutmacht, sagte ich.

Sie betrachtete mich über ihren Kaffeebecher hinweg. Vielleicht hat er sich ja geändert, sagte sie.

Gramps hat mir gesagt, dazu, dass Archer mitkommt – er hat gesagt, dann wären sie quitt. Was bedeutet das?

Keine Ahnung.

Hast du wirklich keine Ahnung, oder willst du es mir nur nicht sagen?

Tut mir leid, ich hab wirklich keine Ahnung.

Vielleicht meiden wir ja alle Geheimnisse, aber im Moment drückte mich das größte wie eine Hantel: das Problem mit Gramps und Archer und mit Nora und wem sonst noch alles. Jack, meine Mom – Archer hatte mich bisher nur grob informiert, und manche Dinge würde er mir gar nicht sagen. Garantiert. Hier hängten mir alle Geheimnisse über den Kopf, als erwarteten sie, dass ich danach springe oder es leid werde, danach zu springen, bloß keuchend dazusitzen und müßig zu spekulieren. Sogar Darby, die bei ihrer Handballmannschaft im Tor stand – auch sie ein Geheimnis, eine offene Frage. Am Ende machte sie mir vor, dass wir durch irgendwelche magischen Pheromone und mit Glück das, was uns aus unseren alten, warmen Tagen verloren gegangen war, neu entfachten. Und wenn Gramps nun bloß eine letzte Überraschung raushauen wollte? Eigentlich sollte ich gar nicht in so einer halsbrecherischen Such- und Rettungsaktion durch die Kootenays toben. Ich musste eine Arbeit fertig schreiben. Ich musste eine Frau vergessen.

Glaubst du, ich bringe Jack zu Gramps, bloß dass er sich anmosern lässt?, sagte ich.

Sie klonkte den Becher auf den Tresen. Hinter ihr sauste einer der Küchenjungs am Fenster vorbei und schwang etwas, was aussah wie eine aufblasbare Eidechse. Ich weiß nicht, Junge, sagte sie. Aber auf so was solltest du vielleicht vorbereitet sein.

Archer hatte sich auf den Fahrersitz geschoben. Er kraulte Puck am Kinn. Ich lehnte mich an die Haube des Ranger.

Ich bin bereit, sagte er.

Glaubst du, das nimmt ein gutes Ende?

Sieht alles eher düster aus.

Überhaupt alles. Wird Gramps Jack verzeihen?

Du meinst, du hast mich wegen nichts hierhergefahren?

Puck schmatzte mit dem Zahnfleisch, warf die Zunge nach Archers Hand herum. Ich hab meinen eigenen Hund umgebracht, Archer, wollte ich sagen. Stattdessen: Das, ja.

Ist nicht schlimm, Junge, sagte Archer und schnippte Hundespucke von den Fingern. Auf das Ziel kommt's nicht an, sondern auf den Weg.

Das ist doch ein dummes Klischee, das glaub ich nicht.

Es ist, was es ist.

Noch so ein dummes Klischee – vielleicht hatte er sich ja das Recht darauf verdient. Ich holte ihm seinen Rollstuhl, und er setzte sich ohne meine Hilfe darauf. Grimmige Unabhängigkeit, so weit wie möglich, ohne zu kapitulieren. Er war so ein klassischer alter Knacker, so ein Armeeveteran, so sehr wie Gramps, dass ich die ganze Bahnkurve meiner bekloppten Such- und Rettungsaktion als einen Querschläger zwischen diesen beiden Männern sah: Genau wie Gramps brauchte Archer mich, um sich mit seiner Tochter auszusöhnen, nur dass er nicht wusste, wie er fragen sollte; wie Archer war Gramps mit einer Schuld beladen, die ich nicht begriff, und ich fürchtete, dass er bei dieser ganzen Nebelwand und dem Gepose am Ende im Rollstuhl sitzen würde, todkrank und mehr allein sein würde, als er es je erlebt hatte – ein Mann, dem als Einziges noch das Sterben blieb. Die traurigste Wahrheit ist, dass wir diejenigen, die wir lieben, entweder verlieren oder sie uns.

Archer streckte die Arme über den Kopf und ächzte wie vorher, als hätte er vergessen, dass sein Getriebe nicht geölt war.

Viel Glück da drin, sagte ich.

Kommst du nicht mit?

Das ist deine Sache.

Er tippte mit den Handgelenken auf die Armlehnen.

Zwei gegen einen, ja? Zahlenmäßige Überlegenheit?

Ich glaube, eins gegen eins kannst du besser.

Ich hab eine Scheißangst.

Eben.

Was meinst du denn damit, verdammt?

Du musst das Gespräch führen, sagte ich.

Halt mir jetzt bloß keinen Vortrag.

Ich zwinkerte. Vertrau mir mal.

Er legte sich die Hände aufs Gesicht, zog die schlaffe Haut tief unter die Augen.

Du kannst mich nicht einfach blind da reinschicken, sagte er, und ich neigte den Kopf vor Vergnügen wie eine Katze. Komm schon, Junge, Gefahr erkannt, Gefahr gebannt.

Archer, du bist ein Arschloch.

Er bog sich auf seinem Stuhl zurück – reine Verwirrung. Ich sah zu, wie er die Finger überm Solarplexus faltete, Ellbogen lose an den Seiten wie Flügel. Er war kein dummer Mann – bestimmt hatte er die Ironie mitgekriegt.

Dann nickte Archer und presste die Lippen spitz zusammen, um ein dummes Grinsen zu kaschieren. Typisch Armee. Vielleicht hatte ich ihn jetzt doch erwischt. Er verschwand im Verge, und ich blieb bei der offenen Fahrertür stehen und knetete die Finger in die teigige Haut an Pucks Halsansatz. Er sabberte. Er gurgelte, schnurrte fast. Als er noch klein war, strampelte er nachts, im Griff von Traumjagden, großen Hetzjagden, Verfolgungen im Mondschein von Tieren, die viel größer als er waren. Aber dem war er entwachsen. Jahrelang lag er still auf seinem Hundelager – ein alter Stuhl, den Gramps ihm abtrat, nachdem Puck eine Armlehne abgerissen hatte.

Puck fiel in einen von Gramps' Bier genährten Schlummer; der Schlaf ein Mittelding zwischen Schmerz und Tod. Ich hoffte, der Tausch war's wert: Hund gegen Sohn. Sie hatten ihre Geschichte, Gramps und der Köter, aber davon kannte ich nur Bruchstücke. Ein alter Maler namens Sal hatte Gramps, Jahrzehnte vor meiner Geburt, als Bezahlung für seine Hilfe beim Bau seines Hauses einen jungen Mastiff überlassen. Dieser Hund war nicht Puck gewesen, aber er hatte Gramps' Vorliebe für Mastiffs entfacht. Was bringt das, einen kleinen Hund zu haben, sagte er immer. Er mochte ein Vieh mit einem gewissen Gewicht, einen Hund, der eine gewisse Wucht mitbrachte. Mit einem Dackel kann man nicht raufen.

Ich konnte sehen, wie Archer und meine Mom sich in den ersten Momenten ihres Wiedersehens wanden. Seine Lippen bewegten sich wie bei einem zur Einsicht gelangten Mann, und in seinem Schoß knibbelten sich die Hände wund. Sie ragte über ihm auf. Sie gab eine imposante Figur ab. Um sie her wirbelte das Schicksal ihres Vaters, und sie verschränkte die Arme in einer Art, die demonstrierte, dass sie sich dessen bewusst war. Das Neonschild Geöffnet über dem Eingang des Verge wurde dunkel, doch seine Umrisse strahlten noch kurz, als ich hinsah. Archer rieb die Hände vor sich aneinander. Meine Mom nickte, einmal. Vielleicht hob sich ein Mundwinkel zu einem schiefen Lächeln. Ich konnte den Mut, den das beiden abverlangte, nicht ermessen: Archer vor ihr am Boden, sie verzeihend. Meine Mom nahm die Schürze ab. Archer legte die Hände auf die Knie, Knöchel nach unten. Sie wandten sich zu einer der Sitznischen, und dabei sah Archer, dass ich sie beobachtete, und sogar durchs Fenster sah ich das Wasser in seinen Augen, das Weiß von den tiefen Pflaumentönen überspült.

Vor ihnen erschien ein Junge, brachte Kaffee. Archer nahm den Bechergriff, sah seine Tochter an, und in dieser sekundenlangen Spanne wurde seine Haltung gerader, seine Schultern zogen sich nach oben, als hätten sich alle seine angespannten Muskeln nach so vielen überlasteten Jahren gelöst – als wäre eine schwere Bürde auf einen anderen übergegangen. Ich sah ihn lächeln. Auch Kaffee war ihm bestimmt schon lange verboten gewesen, und so war sein Grinsen zumindest teilweise spitzbübisch. Nora hätte mir ein Tsss zugezischt, weil ich das zuließ. Bestimmt hätte Nora ihn gern auch so gesehen wie ich ihn jetzt.

Wider besseres Wissen ließ ich Puck zurück und lief ein kurzes Stück die Straße entlang. Owenswood fehlten nur ein paar Spukelemente zur Geisterstadt, und auf meinem Weg vom Verge abwärts schaute ich in die Lücken zwischen den Gebäuden und erwartete schon Steppenhexen von Durchgang zu Durchgang rollen. Es war wie auf einem Set für einen Spaghetti-Western, der harzige Span gesplitterten Holzes, die selbstgegossene Patrone. Selbst die Nacht schien davon durchdrungen. Oberhalb von mir saß das Verge da wie ein Bunker, in seinen eigenen orangenen Schein gehüllt. Gestalten sausten hier und da an Fenstern vorbei, und ich stellte mir den Austausch zwischen Archer und meiner Mom vor – diese ganzen Gefühle. Gott, wie überwindet man drei Jahrzehnte, in denen man jemanden vermisst hat? Wie kommt man da auch nur übers Hallo hinaus? Archer würde versuchen, sich in eine Nische zu hieven, und es nicht packen, sie durchschaute ihn – ein alter, nachlassender Alphamann. Vielleicht die erste Berührung: ihre Hand auf dem Geländer seines Unterarms, seine Schulter am Schwung ihrer Hüften. Wer weiß.

Ich lehnte mich an einen Laternenpfahl und merkte, wie ich am ganzen Körper zitterte. Übermüdung, überbeanspruchte Muskeln, Gramps' Erlösung in meinen weißen Knöcheln am Steuer dieses elenden Ranger – vielleicht holte mich das alles jetzt ein. Das ockergelbe Straßenlicht erhellte einen Kreis um mich, und ich betrachtete meinen Schatten auf dem Gehsteig. Das Verge oben an der Straße hätte auch eine Kirche sein können, das einzige Gebilde in Sichtweite, das nicht zu irgendeinem Braunton verwaschen war. Fast mit Heiligenschein. Es tat gut, von all dem Abstand zu haben: von Archer, meiner Mom, sogar von Puck, dem Guten. Es tat gut, einfach da zu hängen, mich zu suhlen und von der Müdigkeit überschwemmen zu lassen.

Auf der warmen Erde, mit dem Rücken am Laternenpfahl, kam ich wieder zu mir. Jemand stand über mir, das Licht hinterm Kopf, sodass ich das Gesicht nicht sehen konnte, und dieser Mensch hatte mich wachgetippt: klein, Haare über den Schultern. Eine Frau, die Ellbogen locker an den Seiten, die Hände in der Bauchtasche ihrer Jacke, der untere Saum einer Schürze um die Schenkel. Meine Mom natürlich. Etwas Metallisches in ihrem Ohr fing ein Lichtband auf, schimmerte wie ein Ring.

Du hast mir ganz schön Ärger eingebracht, flötete sie. Und Archer war richtig stinkig.

Ich rieb mir mit den Knöcheln die Augen, versuchte, das klebrige Schlafgefühl wegzublinzeln. Meine Lippen waren ausgedörrt, die Hände wie Papier, als wäre alle Feuchtigkeit aus mir herausgesogen worden.

Wie lange hab ich geschlafen?

Sie legte den Kopf zur Seite und nahm die Hände aus der Jacke. Inzwischen war es so dunkel, dass alle Farbe ringsum wie ausgewaschen war. Meine Mom drehte sich in der Hüfte und spähte die Straße hinab; so verharrte sie etliche Sekunden. Vielleicht eine Stunde?, sagte sie. Lange genug, dass es mir aufgefallen ist. Kaum eine Stunde in meinem Leben, und schon baust du Scheiße.

Schlimm, sagte ich.

Ja, ich bin auch nicht sauer. Aber Archer hätte dich hier für die Wölfe liegen lassen.

Ist eben ein Gentleman, dein Alter.

Für so einen hält er sich.

Darauf lächelte sie zu mir herab – ein Zucken in der Wange, ihre Mundwinkel hoben sich. Ihr Haar schimmerte dunkel wie Lampenöl, und das matte Orange des Straßenlichts legte sich über alle Grauspuren. Ich forschte nach Ähnlichkeiten zwischen uns, dem einen oder anderen biologischen Hinweis: Eigenheiten vielleicht oder eine Art, die Welt zu sehen.

Mach dir um mich keine Gedanken, sagte sie. Bleib einfach da sitzen. Lass dir Zeit.

Entschuldige, sagte ich, dass ich abgehauen bin. War mir nicht klar.

Natürlich nicht. Ist ja auch bloß ein Abendspaziergang für mich.

Mit den Zähnen kniff meine Mom ein Fitzel Niednagel ab. Tut mir leid, Junge, sagte sie, den Mund fast geschlossen. Ich neige zum Sarkasmus.

Weiter weg blitzten die Berge ockerfarben, doch kein Donner

grollte her; dieses Phänomen teilten wohl bloß Archer und ich. Meine Mom zupfte sich das Stückchen Nagel von der Zunge und schnippte es weg. Sie deutete mit dem Kinn Richtung Verge und ging los. Ich folgte ihr.

Die ganze Stadt wird evakuiert, sagte sie. Ich hörte ihre Atemzüge. Colton hat hier Evak-Dienst. Wir haben eine Notmannschaft vom Diner aus organisiert.

Colton ist Parkranger, hast du gesagt?

Das habe ich nicht gesagt.

Dann ist er bei der RCMP?

Sie blieb abrupt stehen. Sah mich nicht an. Ihr Blick schwenkte in einem langsamen Bogen über die Dunkelheit, als erwartete sie einen Hinterhalt. Das Verge oben war nun dunkel, burgartig, niemand lief mehr drinnen herum.

Ich glaube, er zieht den letzten Aufrechten vor, sagte sie nach einer Weile, die Betonung auf dem Auf, wie Verzweiflung, mehr noch – so wie man genug sagen würde, wenn man Jetzt habe ich aber genug sagt.

Die letzten paar hundert Meter schwiegen wir. Ich hatte von den dagebliebenen Trupps gehört, die bei einer Evakuierung die Häuser gegen Kriminelle verteidigen. In den Geschichten ging's immerzu um abgebrochenen Funkkontakt und Fluchtfahrten in allerletzter Minute, die rasenden Flammen bloß Sekunden entfernt. Als wir den Parkplatz des Verge erreichten, hörte ich das leise Schnarren eines Dieselmotors, und meine Mom wandte sich dem unsichtbaren Grummeln zu.

Sie nickte in die Dunkelheit. Der Motor wurde lauter. Es dauerte einen Moment, bis mir klar wurde, dass der, wer immer es war, ohne Licht fuhr.

Das ist Colton, brüllte sie, und dabei zuckte ihre Wange, unterm Auge.

Alles in Ordnung?, sagte ich.

Sie nahm sich die Zeit, mich anzusehen. Ich weiß nicht, ob das etwas bedeutete.

Ich will dich nicht anlügen, sagte sie, beendete den Satz aber nicht, denn Coltons Warnblinker gingen an – vermutlich, um uns nicht zu blenden –, in der Dunkelheit nahm das Fahrzeug Gestalt an. Ein Jeep mit einem Motor, der tief und abgehackt keuchte wie ein alter Rüpel. Der Wagen hielt knirschend neben Gramps' Ranger, und die Scheinwerfer erhellten ganz kurz mich und Owenswood hinter uns – eine Barackenstadt aus grobem Backstein und mit Häusern, so kompakt wie das Kissenfort eines Kindes.

Scheiße, sagte meine Mom und rannte zu dem Jeep hin.

Was ist los?, rief ich.

Ich konnte sie kaum sehen, ein dünner Umriss, dunkelgelb von den Warnblinkern. Sie stemmte die Hände in die Hüften, Blick und Haltung grimmig, und eine Sekunde später erstarb der Jeepmotor zitternd, und die Tür wurde aufgetreten. Vom Fahrersitz glitt eine Gestalt, sackte Richtung Kies, doch meine Mom schaffte es noch zwischen ihn und die Erde. Er ließ sich auf sie fallen, und sie half ihm um den Kühlergrill des Jeeps herum. Er trug soweit ich erkennen konnte normales Militärgrau, über die Brust war eine sperrige Marineweste geschnallt, die ich als Kevlar ausmachte. Kurz geschnittenes Haar, aus seinem Hemd waren zwei Hundemarken gerutscht; sie gerieten mit irgendeinem Anhänger durcheinander. Breite Schultern, die Arme zeichneten sich durch die Ärmel ab: die Statur eines Kerls, der einen rumstoßen konnte. Kantiger Kiefer, eine Art Mal unterm Auge – vielleicht eine Operationsnarbe oder ein Stück Haut, das messingglatt verbrannt war. Eine Generation älter als ich: die Hängebacken eines Mittfünfzigers, die Haut lederfarben gerunzelt, Gesichtshaare ein paar Tönungen zu ausgebleicht. Ein lederner Patronengürtel hing an seiner Hüfte, dunkel, von Gewichten nach unten gezogen, und ich sah Handschellen, eine Tasche für Pfefferspray und den tödlichen Teleskopknüppel, den die RCMP an der Seite trug. Es war Colton, und er war verletzt.

Mit einer Hand fasste er sich an die Brustmitte, seine Zähne klackten zusammen, und mit großer Mühe zog er eine Tasche vorn in der

Weste auf. Daraus zog er eine Metallplatte, und selbst in dem ungünstigen Winkel der Scheinwerfer sah ich die Delle. Colton starrte einige Augenblicke mit großen Augen darauf, er atmete so schwer, dass seine Lippen flatterten. Dann warf er sie weg, in meine Richtung, und erst da schien er mich zu bemerken.

Lin, sagte er und sog Luft durch die Zähne. Wer ist das?

Er heißt Alan West, sagte sie. Er ist mein Sohn.

Er legte ihr einen Arm über die Schulter. Na, sagte er, keuchend wie ein Asthmatiker. Ich bin dein Stiefvater. Willkommen in Owenswood, Kumpel.

Schön, dich kennenzulernen, sagte ich.

Er zwinkerte. Und ob.

Was ist passiert?, sagte meine Mom.

Colton rieb sich die Brust – sehr vorsichtig. Gab eine Auseinandersetzung.

Das Restaurant wirkte leer wie ein Gefängnis, aber auf einmal wurden die Türen aufgestoßen, und die beiden Jungs von vorhin kamen rausgerannt. Sie liefen zu Colton, aber meine Mom scheuchte sie weg. Einer von ihnen – der größere, kurze Haare und Gliedmaßen, die für seinen Rumpf zu tapsig waren – besaß die Geistesgegenwart, die Tür aufzuhalten.

Colton bleckte die Zähne. Ich stand bloß dabei und schaute, weil ich keinen Schimmer hatte, in was für einen Schlamassel ich da reingeraten war. Meine Mom verlagerte das Gewicht ihres Mannes auf der Schulter, bugsierte ihn zum Eingang des Verge und ließ mich, vergessen und unsicher, draußen stehen. Ich spähte in die Dunkelheit – genau so, fiel mir auf, wie meine Mom zuvor. Die Luft dörrte meinen Mund aus. Kein Durst – zu bitter. Angst.

Die letzten Auspuffdämpfe von Coltons Jeep stiegen himmelwärts. Mondlicht drang durch die Wolkenwand, und der Schotter um mich herum wurde schlammfarben. Auf dem Beifahrersitz des Jeep lag eine 9 mm-Smith & Wesson, deren Radiumvisierung neonartig leuchtete.

Am Lauf, zum Abzug hin, waren dünne Flecken, die das fahle Licht schwarz und unschuldig wie Tinte machten.

Vor meinen Füßen lag die Metallplatte, die Colton aus seiner Kevlar gerissen hatte. Halbmillimeterdick, Stahl, möglicherweise auch Titan – eine Geschossbremse. Unten in eine Ecke war das Wappen der RCMP geprägt, etwas entfernt von der Delle, die einen Kreis bildete, breit wie eine Billardkugel. Man hatte mit einem ordentlichen Kaliber auf ihn geschossen. Ich strich mit den Fingern über die Beule, groß und unförmig wie der eigene Hüftknochen.

Der Motor des Jeeps kühlte klickend, und danach folgte der Dieselgestank, so klebrig, dass er mir am Gaumen hängen blieb. Auf einmal miefte der ganze verdammte Parkplatz danach. Markiertes Territorium, hätte Archer gesagt, und dabei kam mir der Gedanke, was wohl aus ihm geworden war. Durchs Fenster des Verge sah ich, wie meine Mom mit dem Daumen zur Küche zeigte, wohin die beiden Jungs ihr voraus liefen. Sie nickte einmal – zu wem, weiß ich nicht – und hob den Mund an einer Seite – ein Lächeln, aber kein natürliches, als wäre es an einer Marionettenschnur hochgezogen worden. Vielleicht Resignation. Oder Ironie. Dann verschwand sie durch die Saloontüren in die Küche, und dabei sah ich Archer in einer der Nischen im Dunkeln sitzen. Er schaute auf den Parkplatz raus, auf den Jeep, auf den Ranger und mich, aber eigentlich nicht auf mich, eher auf den Teil des Raums, den ich zufällig gerade einnahm. Sein Gesicht war verschlossen: das Kinn starr, die Wangen derart eingesogen, dass seine Wangenknochen wie Gewehrschäfte waren, der Schwung der Oberlippe zu einem Punkt verhärtet. Er schien den Kopf zu schütteln. Er schien zu sagen: Das kann doch gar nicht sein.

Nun eine Geschichte über Cecil West: In den ersten Wochen 1973 verkaufte er seinen Betrieb für eine Viertelmillion Dollar und schloss sich der Freiwilligen Feuerwehr von Invermere an. Feuerwehrmann zu sein war seit langem ein Traum von ihm gewesen, durchmischt mit einer gesunden Dosis Angst, doch Cecil ging alle seine Ängste frontal an, Cecil schaute geschenkten Gäulen ins Maul, steckte zweimal den Daumen in Mausefallen. Er gehört nicht zu denen, die über die Dinge sprechen, die ihn ängstigen, aber in einem seltenen Augenblick des Herzausschüttens erzählte er mir eine Geschichte aus einer Zeit, als er in einem Flugzeughangar vor den Toren Londons arbeitete, das war während der Schlacht um England, als er Hurricanes Mark I reparierte, die von Geschossen durchsiebt waren. Dort beobachtete er, wie der feuerfeste Anzug eines Schweißerkollegen Lippenbekenntnisse ablegte. Cecil nannte es den Dochteffekt – dabei nährte sich brennende Kleidung vom menschlichen Fett wie von Kerzenwachs. Dasselbe hatte ich bei Napalm-Opfern gesehen – bei denen wurden die Flanken wie Fleischkeulen gegrillt, Knöchel und Kniescheiben, pink wie Sonnenbrand, glänzten von der öligen Knochenflüssigkeit.

Ungefähr um die Zeit, als Cecil zum Feuerwehrmann wurde, erwischte ich Jack in Linneas Zimmer ohne Hemd und mit offener Hose, und ich riss ihn an den Ellbogen von ihr hoch. Sein dürrer Körper wog nicht mehr als die Zwei-Dollar-Säcke Erde, die man im Baumarkt kauft, aber er trat und schlug wie wild um sich. Er schrie mich an, ich solle mich verpissen, und um sein Gefuchtel zu unterbinden, hielt ich seine Arme fest an die Seiten gedrückt. Dann schmiss ich ihn zur Haustür raus. Er landete mit den Rippen voraus auf meinem Rasen und rappelte sich, die Fäuste ballend, auf. Ich warf ihm das T-Shirt an den Kopf, es umhüllte ihn, wie eine Qualle oder so was.

Jeder andere würde dich zu Brei schlagen, sagte ich, und tippte ihm mit dem Finger auf seine fleischlose Brust. Er fegte meine Hand weg, zog die dichten Augenbrauen zusammen, und sein Mund zeigte seine verdrehten Eckzähne. So verharrten wir, bis er schäumend abzog, aber man soll nicht glauben, ich hätte ihn nicht bald wiedergesehen. Meine Fähigkeit, ihn einzuschüchtern, schwand zusehends. Dass ich ein halbes Jahr mit der Verlobten seines Dad geschlafen hatte, machte die Sache nicht besser, und die Drohungen, die ich ausstieß, waren immer zu einem Teil Bluff. Ich hatte keine Ahnung, was Jack wusste. Ich hatte keine Ahnung, wem er es sagen würde, falls er etwas wusste.

Nach dem Vorfall im Frühling in Dunbar sah ich Nora wochenlang nicht, und in den Wochen war ich fast nicht ansprechbar. Wir hatten nicht darüber gesprochen, was zwischen uns geschah – nicht in der Hütte oder auf der Heimfahrt und auch nicht danach –, und soweit ich wusste, hätte sie es gern dabei belassen, nur ein Augenblick der Schwäche, ein plötzlicher Schwall bedeutungsloser, verzweifelter Erleichterung und dann wieder zurück zu Cecil, der sie mehr verdiente als ich. Trotzdem, ich muffelte im Haus rum wie ein Teenager, ging jedes Mal mit dem Herzen im Hals ans Telefon, vergeudete Stunden und Tage damit, Landschaften zu zeichnen, die mir im Grunde völlig gleich waren. Ich machte eine fünf mal sieben große Kohlezeichnung eines nahe gelegenen, nach Osten gewandten Berges, weil er ein nierenförmiges Loch in der Felswand hatte, das nie die Farbe wechselte. Ich kehrte zu der Straßenbrücke zurück, wo meine erste Begegnung mit Crib stattgefunden hatte, und zeichnete das Marschland und die Bahngleise, die sich hineinbohrten, und fügte die Gestalt eines Körpers im Schilf dazu. Am See machte ich vom Ufer aus ein Panorama des Horizonts, das einfach bloß aussieht wie jede Wasserfläche, die in der Malerei je dargestellt worden ist. Die Wochen zwischen dem Tag, an dem sich unsere Wege trennten, und dem, an dem wir wieder miteinander sprachen –, die verbrachte ich mit einem Flattern im Magen.

Jack und Linnea waren immer weniger zusammen, und wenn ich sie sah, dann nur auf den Sofas in meinem Wohnzimmer oder auf dem Weg aus Jacks Haus, oder ich hörte nur Geräusche von ihnen – Stimmen, die aus dem Souterrain, aus dem Garten hochschwappten. Wenn ich sie zusammen sah, wurde mir klar, wie allein ich doch war, nicht dass ich einer bin, der in Selbstmitleid zerfließt. Sie erinnerten mich an mich und meine Ex, nicht weil sie sich so verhielten wie wir beide damals, sondern wegen der schlichten Tatsache, dass zwischen ihnen eine Anziehungskraft bestand. Meistens folgt junge Liebe einer vorhersehbaren Bahn, glaube ich, und meistens endet sie auch so. An dem Weg, den meine Ehe nahm, ist nichts Besonderes; sie fällt einfach in die Kategorie der allgemeinen Traurigkeit des Lebens. Wie Jack meine Tochter, lernte ich meine Ex schon an der Highschool kennen. Sie war drei Jahre älter als ich und eine Bauerstochter, und ich kann mich kaum erinnern, dass sie in jener ersten Zeit sauberere Hände hatte als ich. Ihr Vater war von mir nicht eben beeindruckt, daher sahen wir uns wenig und meistens im Freien, häufig an dem Bach, der durch das Land meiner Eltern floss. Und anders als bei Jack und Linnea war ich es, der sie schließlich verließ.

Gelegentlich sah ich Nora auf der anderen Straßenseite, in ihrem Garten oder auf dem Gehweg, dann sagte mir verdammt fast jeder Nerv in meinem Körper, ich solle ein Treffen mit ihr arrangieren. Einmal sah sie mich im Fenster und winkte, und ich wäre nicht überrascht, wenn ich so verhalten zurückwinkte wie ein verliebter Junge. Auf dieser Welt gibt es zwei Arten von Mut, und es reicht nicht, genug von einer zu haben, wenn einem die andere fehlt. Dass Cecil mein bester Freund war, machte die Sache auch nicht besser, aber es schadete auch nicht so sehr, wie ich es mir gewünscht hätte. Wäre es umgekehrt gewesen, man hätte darauf wetten können, dass Cecil seinen Herzschmerz ausgehalten und nicht seines Nächsten Weib begehrt hätte. Man kann darauf wetten, dass er dennoch alt und einsam geworden wäre. Wahrscheinlich hatte er nicht damit gerechnet, mal allein zu sein, aber davon geht wohl niemand aus.

Es schien, als hätten Logik und Vernunft dem Fehler, der in der Hütte passiert war, ein Ende gemacht, und ich sage mit voller Überzeugung, dass mich das erleichterte. Tage gingen in Wochen und ununterscheidbar in das Dröhnen eines mehrachsigen Lasters über, in Waldwege und Kerle mit schlichteren Auffassungen, in deren Gesellschaft ein liebeskranker Veteran sein hämmerndes Herz betäuben kann. Wie alles quälte mich das, was zwischen mir und Nora geschah – und sich verflüchtigte –, zunehmend weniger oder zumindest auf andere Weise. Das Herz ist unverwüstlich, das Herz ist beharrlich. Ich winkte ihr zunehmend weniger zittrig zu. Ich überlegte, ob ich sie fragen sollte, wie sie ihren Holzapfelbaum so gut in Schuss hielt.

In jenem Juli 1972 unternahm Cecil mit Jack einen Jagdausflug im Südosten der Stadt unter dem Vorwand, Pumas aufspüren zu wollen. Ich wäre gern mitgekommen, um auf sie aufzupassen, so blöd das vielleicht klingt, und auch wegen der Gelegenheit, mit Cecil einfach mal zu quatschen, doch es kam keine Einladung. Cecil war fast genauso unsichtbar wie Nora, und nur selten sah ich ihn mal in seinem Zimmer, fast gebeugt. Einmal, er zog die Vorhänge zu, ohne Hemd, zeigte er seinen sehnigen Körper, sodass ich überlegte, ob ich ihn bei einer Prügelei wohl noch schlagen würde. Ich witterte Unruhe bei den Wests, aber Jack ließ nie was raus, seit wir nicht mehr wie Freunde sprachen – er war in diesem Alter; ich stand ihm im Weg. Cecil und Nora verließen das Haus nur selten gemeinsam oder auch nur durch dieselbe Tür, und Jack und Linnea sprachen mit gedämpfter Stimme, die sich in einem Gemurmel verlor, wenn ich das Zimmer betrat. Die Hochzeit, von der Cecil immer redete, fand nicht statt – welch eine Überraschung –, und ich glaube, das war für die beiden zur Belastung geworden. Wenn Sie mich fragen, der alte West war immer noch nicht über den Tod seiner ersten Frau hinweg. Wenn man über so was überhaupt je hinwegkommt.

Sie kam zu meiner Tür, als ihre Jungs jagen waren, eines warmen, dunstigen Abends, nachdem sich die Dunkelheit wie ein Quilt über die Stadt gesenkt hatte. Ihre roten Haare waren offen, sie trug ein babyblaues Kleid, das ihr bis zu den Knien reichte, und sie sah gut aus, wenn ich mich recht erinnere. Bis auf die erste überraschte Begrüßung wussten wir wenig zu sagen. Ich kam nicht mal gleich auf die Idee, sie hereinzubitten, bis sie den Kopf in beide Richtungen die Straße lang reckte, die Arme unter den Brüsten verschränkte und meinte, in Kleinstädten werde gern getratscht.

Ich hab aber bloß Bier, sagte ich.

Das ist in Ordnung, sagte sie.

Möchtest du eins?

Ja, sagte sie. Mindestens.

Sie folgte mir in die Küche. Ich fischte zwei Bier aus dem Kühlschrank, dann setzten wir uns an den Tisch, tranken und redeten nicht. Alles war seltsam – sie, das Licht, sogar der Geschmack des Biers, das auf meiner Zunge wie Seife Blasen warf.

Ich denk oft an dich, sagte ich und schob die Hand unter ihre. Das gab ihr wohl zu denken. Aber sie muss es gewusst haben.

Sie zog ihre Hand zur Seite. Ich trank mein Bier leer und holte noch eins und eins für sie.

Wo ist Linnea?, erkundigte sie sich.

Mit Freundinnen campen. Hast dir einen guten Tag ausgesucht.

Muss wohl. Einen guten Tag ausgesucht haben.

Ich hab auch Whiskey, sagte ich.

Ich bleib beim Bier.

Ich auch.

Sie drehte die Flasche auf dem Tisch, immer im Kreis. Eine gebundene Frau, den Regeln zufolge. Eine Flugverbotszone.

Möchtest du auch wirklich gern hier sein?, sagte ich.

Warum fragst du das?

Ich möchte nur sicher sein, dass du es auch willst. Ich will, was du willst.

Das ist doch bloß feige, sagte sie.

Wie?

Da wirst du nicht schuldig, da kannst du immer sagen, ich hab bloß gemacht, was sie wollte.

Ich hab gedacht, es ist höflich.

Sie beugte sich über die Stuhlkante, streckte sich. Die Beine scharrten auf dem Laminat, und das Holz knarrte nach hinten, und ich betrachtete ihre Kurve, spürte den Hauch ihres Seufzers über meine Wange streichen, warm wie der Sommer, wie wenn man das kriegte, was man gewollt hat.

Du bist an dem hier nicht schuldlos, Archer – manchmal sind die härtesten Entscheidungen eben doch die härtesten Entscheidungen.

Und dann, als hätte das Gespräch gar nicht stattgefunden oder als hätte es etwas Endgültiges, stand ich auf, legte ihr eine Hand um die Taille und zog sie an mich, und die Welt schien im Begriff zu kippen, alles schwummrig, und ich kam mir vor wie ein Teenager mit zu großen Erwartungen und zu vielen Sorgen über das, was auf dem Spiel stand. Ich führte sie ins Schlafzimmer. Dort lief ein Standventilator auf der höchsten Stufe, um das Zimmer auf bewohnbar zu kühlen und damit die Moskitos keinen Ruheplatz fanden. Wir drifteten zum Bett, und sie setzte sich auf die Kante, ich mich neben sie. Unter ihrem Kleid nichts als Weichheit, ihre Brüste, ihr fester-aber-nicht-vollkommener Bauch, was mir aber vollkommen genügte. Eine Rippe war gebrochen und schief verheilt, sie machte eine Beule wie der Knopf eines Jeansmantels. Sie zitterte im Luftstrom des Ventilators. Die feinen Härchen hoben sich, und ihre Haut straffte sich zu Gänsehaut, und ich taumelte hin, um das Ding abzustellen. Als ich ihr den Rücken zuwandte, zog sie das Laken bis zum Kinn hoch. Ich weiß trotzdem, wo du bist, wollte ich sagen, fand aber nicht die richtigen Worte, und ein Scherz schien mir zu gewagt. Ich legte mich zu ihr. Ihre forschenden Finger liefen über meine Brust, Bauch, fanden Halt. Es war schön zu sehen, dass mein Blut noch wusste, wo es hinsollte.

Im Winter '72 hatte ich meinen Malerjob bei Harold und Jones & Sons aufgegeben, um für das Sägewerk, bei dem auch Cecil sein Geld verdiente, einen Holzlaster zu fahren. Den Führerschein für Lkw mit

Druckluftbremse hatte ich schon beim amerikanischen Militär gemacht, und mehr – neben ein paar anerkennenden Grunzern von Cecil beim Bier – brauchten die Betriebsleiter nicht, um sich überzeugen zu lassen. Die Arbeitszeiten kamen mir eher entgegen, die Bezahlung war um einiges besser, und bald kannte ich mich auf den halsbrecherischen Waldwegen, die sich zwischen dem Werk und dem Highway winden, gut aus. Das regelmäßigere Einkommen bedeutete, dass Linnea und ich in ein Haus gegenüber den Wests zogen, sodass ich vom Fenster meiner Bude in Cecils Schlafzimmer schauen konnte. Er und ich witzelten, dass wir nun ja ein Dosentelefon einrichten könnten. Im ersten Monat hatte ich mehr freie Wochenenden, als Harold mir in drei Jahren gegeben hatte, und ich gewöhnte mir an, jeden Sonntag den Zeichenblock unter den Arm zu klemmen und in die nächstgelegenen Ausläufer des Tals zu gehen. Einmal saß ich auf einem kleinen Hügel und zog Wolkenkonturen nach. Ein andermal zeichnete ich an meinem Fenster einen kleinen schwarzen Vogel, der im Garten herumhüpfte und dann in das Rohr einer Wärmepumpe fiel – ich musste ihn retten, was keine Kleinigkeit war, selbst für einen so findigen Mann wie mich. Könnte ich, so dachte ich, ordentlich auf Bäume klettern, ergäben sich einige gute Blickwinkel.

Jeder, der von meinem Hobby wusste, hielt es für Zeitverschwendung – nur Nora nicht. Sie interessierte sich dafür, bat manchmal um einen Papierbogen, um es selbst mal zu versuchen, und so saßen wir beide in meinem Souterrain, meinem Pick-up oder sonst irgendwo – in der Kiesgrube etwa oder auf den Steilhängen bei den Twin Lakes, wo besorgte Mütter den größten Steilhang, über zwanzig verdammte Meter tief, gesichert hatten – und hörten zu, wie unsere Stifte übers Papier ratschten. Ich zeichnete die Berge mit ihren eierweißen Spitzen, Nora machte Porträts von mir – was mir nicht ganz recht war, aber ich brachte es nicht übers Herz, es ihr abzuschlagen. Einmal machte sie eine Zeichnung von mir und Jack, als Vorlage dienten zwei

Fotos. Darauf stehen wir beide nebeneinander vor dem Hintergrund von Cecils Hütte. Es war ziemlich gut gemacht, falls ich das beurteilen kann, auch wenn man Schwierigkeiten hätte, uns auf den ersten Blick zu erkennen. Ich versteckte die Zeichnungen unterm Wäschekorb – unterm Bett wäre zu naheliegend gewesen – in einer getarnten Blechdose, die Bögen zu Röhren aufgerollt und die Dose mit einem kleinen silbernen Schloss gesichert, das ums Schlüsselloch schon abblätterte. Nach dem Zeichnen schliefen wir miteinander oder auch nicht. Es schien nicht wichtig zu sein. So oder so, ich war glücklich. Wahrscheinlich verdanke ich Cecil auch das, schließlich hatte er mir ja den Job besorgt. Aber alles zusammengerechnet verdanke ich ihm eine ganze verdammte Menge.

Das Haus, in das wir zogen, war etwas über zweihundert Quadratmeter groß, zwei Geschosse und an einen Hang gebaut, sodass der Hinterausgang des Souterrains in den Garten führte. Das große Schlafzimmer war hinten – eine ungewöhnliche Anordnung –, und man musste durch meine Bude, um zu Linneas Zimmer zu gelangen. Sie meckerte auch gleich wegen ihrer fehlenden Privatsphäre – in jenem Jahr wurde sie siebzehn –, und man brauchte kein Genie zu sein, um zu wissen, dass sie nach unten ziehen wollte. Das Souterrain war noch nicht fertig, die Außenwände ein Durcheinander aus zerrissenem Polyester und rosa Glasfaserisolierung, die sich büschelweise durch die Risse drückte. An der Decke lagen die Balken und Elektroleitungen offen. An die Innenwände waren nackte Gipskartonplatten geschraubt. Cecil willigte ein – eigentlich bequatschte er mich, damit ich einwilligte –, mir dabei zu helfen, das Souterrain bewohnbar zu machen, und bei einem seiner ersten Besuche schlenderten wir beide, ein Bier in der Hand, von einem Ende zum anderen und inspizierten alles. Er schnalzte mit der Zunge, wenn er Baumängel erkannte: fünf Zentimeter große Löcher durch eine tragende Wand, keine Verkleidung an der Badewanne (das würde ganz schön spritzen, wieherte er), eine dunkle Stelle an den Bodenbalken unter meinem Zimmer, die ein Wasserschaden gewesen sein mochte, dann aber trockener als Knochen war.

Hoffentlich ist das kein Schwamm, sagte er und trat gegen meinen Stiefel. Sonst steigst du nachts mal aus dem Bett und fällst einen Stock tiefer.

An dem Tag, an dem es mit allem abwärts ging, erschien Cecil bei mir in einer Carhartt und Stiefeln mit Eisenkappe, die Baseballmütze tief in den Augen und in einem T-Shirt, auf dem stand: London: Erledigt. Es war Februar, der kälteste verdammte Monat überhaupt, ein Sonntag, und er riss mich mit seinem Gehämmere an der Haustür aus dem duseligen Schlaf, in den ich gesunken war. Beim Aufwachen wusste ich nicht, wie spät es war. Die Sonne war untergegangen, der Himmel hatte die Farbe von Frostschutzmittel angenommen. Ich tastete über den Nachttisch nach dem Lichtschalter, hörte Kleingeld aufs Holz rasseln und etwas davon auf den Teppichboden plumpsen. Im Zimmer roch es wie die Tinte eines Kugelschreibers – die Luft so stickig und schwer, dass man ihr Gewicht auf den Lippen spürte. Die Innenscheibe des Fensters war weiß beschlagen, Schmelzwasser sammelte sich auf dem Sims. Cecil hämmerte in einem methodischen Vierertakt.

Komm schon, Archer, hörte ich ihn sagen. Beweg deinen faulen Arsch. So hart arbeitest du nun auch wieder nicht.

Mein Pick-up stand in der Einfahrt, also würde Cecil wohl nicht lockerlassen. Wenn jemand entschlossen war, dann er. Linnea war auch nicht zu Hause, sonst hätte sie ihm aufgemacht. Meine Hand fand den Lichtschalter, und mit einem Klick wurde das Zimmer bernsteingelb. Neben mir stöhnte Nora und drehte sich auf die Seite, und ich sah die Form ihrer Brüste, die Brustwarzen von den Spitzen ihrer roten Haare geneckt. Dann registrierte sie, dass Cecil klopfte und brüllte, bloß ein bisschen dünnes Holz zwischen uns und seiner Stimme, und dann saß sie aufrecht im Bett, das Laken unterm Kinn. O du liebe Scheiße, flüsterte sie.

Meine Uhr zeigte sechs Uhr dreiundzwanzig abends. Nora sollte eigentlich in Cranbrook sein – anderthalb Stunden weiter südlich –, und der Plan war gewesen, bevor wir weggedöst waren, dass ich sie zu ihrem Wagen fuhr, um das Ganze authentisch zu machen. So regelten wir das an manchen Tagen. Sie parkte an einer Stelle, wo Cecil normalerweise nicht hinkam, oder sie hinterließ vage Nachrichten von wegen Einkaufen, die ihr gestatteten, den ganzen Nachmittag als vermisst zu gelten. Obwohl sie gegenüber wohnte, sahen wir uns gerade einmal die Woche, wenn ich Glück hatte. Im Durchschnitt wohl doch eher alle zwei Wochen.

Nora schob mit den Achseln das Laken nach unten, wischte sich Haare aus dem Gesicht. Ich setzte mich auf die Bettkante und spürte die Müdigkeit in Armen und Beinen, den angenehmen Schmerz in der Leiste. Nora legte mir die flache Hand auf den Rücken, und ich konzentrierte mich auf diese Berührung, noch nachdem ihre Finger wieder weg waren. Cecil hatte keinen Grund, Verdacht zu schöpfen. Ausgeschlossen. Ich öffnete die Schlafzimmertür so weit, dass mein Gesicht durchpasste.

Gib mir noch ’ne verdammte Sekunde, Alter, brüllte ich, worauf Cecil kicherte, so laut, dass ich es hörte.

Nora hatte sich wieder ausgestreckt, drehte sich nun auf die Seite, damit sie mich nackt an der Tür sehen konnte.

Lenk ihn einfach ab, sagte sie, gedämpft. Ich geh zu meinem Wagen.

Wahrscheinlich will er nur einen trinken oder im Souterrain arbeiten, sagte ich.

Oder beides.

Na, du bist ja mit ihm verlobt, sagte ich und verzog gleich darauf das Gesicht.

Acht-Bier-Grippe – das würde ich Cecil sagen. Er würde mich in den City Saloon auf ein Anti-Kater-Glas schleppen oder mir sagen, ich solle mich am Riemen reißen, und mich in das Souterrain zerren, wo wir Gipskartonplatten anbringen würden, während er mir Geschichten von seinen Arbeitskumpeln erzählte, da er jetzt ja zum ersten Mal in seiner langen Karriere welche hatte. So oder so, Nora würde unbemerkt wegkommen.

Dann jaulte die Haustür auf, und ich hörte Linneas murmelnde Stimme, als sie und Jack Cecil reinließen. Seine schweren Stiefel stapften durch den Flur in die Bude. Nora sah zu mir her, und ich malte mir die verschiedenen schrecklichen Möglichkeiten aus, wie das enden, was ich, wenn überhaupt etwas, zu Cecil sagen konnte. Er würde sich prügeln wollen, aber ich würde es nicht über mich bringen, ihm wenigstens das zu lassen. Nun war nur noch meine Schlafzimmertür zwischen uns. Ich weiß nicht, warum ich Nora nicht gesagt hatte, sie solle in Deckung gehen.

Dad, rief Linnea, als sie und Jack hinter ihm zur Tür reinkamen. Mr West ist da. Ich soll dir sagen, dass du ein Faulpelz bist.

Oben polterten Jack und Linnea in Wohnzimmer und Küche herum, und jedes Mal, wenn das Geräusch sich meiner Schlafzimmertür näherte, musste ich schlucken, um die Enge im Hals zu lösen. Nora saß in der Falle, und auch wenn ich nicht unbedingt erwartete, dass es passierte, konnte Linnea doch jederzeit in mein Schlafzimmer hereinschneien. Der Zutritt war ja nicht verboten.

Ganz in der Nähe, bei mir im Souterrain, kippelte Cecil auf der dritten Sprosse einer Holzleiter, die er bei der Feuerwehr requiriert hatte. Überm Kopf hielt er einen Elektrobohrer, das Kabel in einer Abwärtsspirale um den Arm geschlungen, und bohrte Löcher für Elektroleitungen durch die Deckenbohlen. Holzspäne regneten ihm auf die Haare, es roch nach verbrannter Zeder. Woher Cecil den Bohrer oder auch die Grundkenntnisse im Verlegen von Elektrokabeln hatte, weiß ich nicht, aber manche Rätsel müssen eben ungelöst bleiben. Immer wieder ließ er den Bohrermotor totlaufen und grinste mir von oben zu. Ich hatte mich auf eine Kabeltrommel gesetzt, die aussah wie eine riesige Garnspule. Und ich schützte einen Kater vor.

Diese Tür ist bei einem Brand gefährlich, sagte Cecil, womit er die im Souterrain meinte, die in meinen Garten führte. Es gab keinen Schlüssel, um sie aufzuschließen, nicht mal von innen, sodass man in der Falle saß. Auch ein Sofa stand da, das wahrscheinlich älter war als ich; Cecil hatte es mir überlassen, und es spuckte gelbe Schaumbröckchen, wenn man es nur ansah. Er meinte, auch sie seien gefährlich, weil sich die Vorschriften seit seiner Polsterung geändert hätten. Seit er als Feuerwehrmann arbeitete, sah Cecil überall Todesfallen, auf Spielplätzen, in Lebensmittelläden.

Das wird bald geändert, sagte ich, um ihn zu beschwichtigen.

Du sitzt hier unten in der Falle, das wäre schlecht.

Immerhin wüsstest du, wo du mich suchen müsstest.

Alter Optimist, sagte er und bohrte ein weiteres Loch. Der Bohrer heulte, Cecil fluchte, und ich stand auf, als bereitete es mir große Mühen. Ich hörte oben kein Gerenne mehr und überlegte kurz, wo Jack und Linnea jetzt waren. Wahrscheinlich bei ihm oder an einem der romantischen Plätzchen, zu denen er mit Mädchen ging, um sie zu küssen. Jedenfalls mit Linnea. So oder so, es bedeutete, dass ich Nora zur Tür hinausbekam. Allein der Gedanke, dass sie in meinem Haus erwischt wurde, an die schlichte, stumme Art, mit der Cecil es aufnehmen würde – ich weiß nicht, was mir mehr Angst machte. Cecil stieg von der Leiter herab, schob sie über den Betonfußboden und kletterte gleich wieder rauf.

Stirbst du jetzt?, sagte er mit einem Seitenblick auf mich.

So fühl ich mich.

Mach dir einen Kaffee. Schon dein Anblick macht mich depressiv.

Du bist der Boss, sagte ich und salutierte zittrig.

In der Küche stellte ich die Kaffeemaschine an und ging weiter zum Schlafzimmer. Unter der Tür war kein Licht, was bedeutete, wenn Nora sich noch immer versteckt hielt – falls sie nicht gegangen war, was ich nicht mit Sicherheit wusste –, dann war sie im Dunkeln, was gut war. Cecil warf den Bohrer wieder an, und ich machte mir den

Lärm zunutze, um das Klicken der Tür zu überdecken. Das Zimmer schwarz und still, dann ging die Nachttischlampe an.

Kann ich jetzt raus?, sagte Nora. Sie klang sauer, aber das war verständlich. Sie hatte sich angezogen, war fluchtbereit.

Ich nickte, worauf sie durchs Zimmer zu mir schlich, während ich mich vorsichtshalber nicht rührte, damit Cecil nicht mehr als ein Paar Füße hörte. Bizarr war, dass ich gar nicht richtig wollte, dass sie ging; ich mochte es, wenn sie da war. Erst als sie unmittelbar vor mir stand, trat ich beiseite, um sie vorbeizulassen. Einen Moment lang zögerte sie, wandte sich mir dann aber zu, um mich zu küssen; ich neigte den Kopf zu ihr, und genau in dem Moment flog die Tür auf, und Linnea erwischte uns.

Nora prallte zurück und sagte lautlos fuck, und Linneas Blick schoss von mir zu Nora, und ihre Stirn zog sich zusammen, als wollte sie gleich losschreien. Und ich Idiot konnte nur einen Finger auf den Mund legen und hektisch Psst machen. Sie versperrte den Blick in ihr Zimmer, und ich fürchtete mehr als alles andere, dass Jack mit ihr dort drin war. Cecil hatte aufgehört zu bohren. Die Kaffeemaschine ließ ihren überschüssigen Dampf in die Luft ab. Nora ballte die Fäuste. Ich suchte nach einem Ausweg, einer Antwort, doch in der Situation blieb mir nur die Hoffnung, dass Linnea nicht geradewegs zu Jack lief. Cecil war noch unten, und ich musste ihn beschäftigen, ihn ablenken, beruhigen. Ich konnte es nicht mal bereden oder meiner Tochter erklären.

Nora muss los, sagte ich, als hätte das als Erklärung gezählt. Linnea drehte die Hände nach außen, als wollte sie ach wirklich sagen. Ich muss Cecil seinen Kaffee bringen.

Was soll diese Scheiße, Dad.

Pass auf, was du sagst, sagte ich.

Pass auf, was du sagst, zischte sie, und ich klappte den Mund so schnell zu, dass die Zähne klackten. Cecils Arbeitsstiefel schlurften über den Beton, aber ich konnte nicht ausmachen, ob er zur Treppe oder weg von ihr ging. Wäre ich gläubig, dann hätte der Himmel damals eine gute Gelegenheit gehabt, mich zu ignorieren.

Wir können darüber sprechen, sagte ich. Aber nicht jetzt.

Linnea verschränkte die Arme, aber nicht, als wollte sie ihren plötzlichen Vorteil nutzen. Blut ist eben doch stärker. Sie nickte mir zu, einmal – ruckte ernst mit dem Kopf, was Nora signalisierte, jetzt loszulaufen. Ich habe einmal gehört, Geheimnisse schweißten Menschen zusammen, trennten sie aber auch. Linnea wandte sich mit einer schnippischen Handbewegung zu ihrem Zimmer, und als ich das sah, quoll ein großer Druck auf, dort, wo das Brustbein auf den Hals trifft, ein jäher Zorn – wer war sie, mich zu beurteilen, mich, der ich so viel aufgegeben hatte, um hierherzukommen, damit sie es gut hatte? Es war nicht meine Schuld, dass Cecil seine Verlobte nicht glücklich machen konnte, dass er sich von dem, was er verloren hatte, nicht lösen konnte. Man kann so sehr in der Vergangenheit hängenbleiben und in Dingen, die man hätte tun sollen. Man kann so sehr an den Dingen hängenbleiben, die man nicht hat, dass man vergisst, dass man auch noch andere Dinge hat. Wir alle tragen Reue in uns – so ist der Mensch. Entscheidend ist, was diese Reue mit uns macht.

Ich goss Cecils Kaffee ein und ging mit dem Becher nach unten, aber da kam er mir schon entgegen, sodass wir uns auf dem Absatz trafen – kostbare Sekunden. Die Haustür ging auf und wieder zu – Nora –, aber Cecil nahm es gar nicht wahr.

Ich hab schon gedacht, die Kaffeemaschine war zu viel für dich, sagte er.

War knapp, sagte ich und kniff mich in die Nase. Er grinste, klatschte mir auf den Rücken und verschüttete dabei Kaffee auf den Betonboden.

Er ging zu der Trittleiter, wo Elektrokabel von der Decke baumelten, daran vorbei zu dem verschlissenen Sofa vor dem Raum mit der Tür, zu der uns der Schlüssel fehlte. Er schlürfte seinen Kaffee – natürlich schwarz, denn so trinken ihn echte Männer –, dann schwenkte er den Becher zum Boden, zum ganzen Zimmer.

Einen Kühlschrank brauchst du hier unten, damit du ein paar Bier reinstellen und das Werk, das du getan hast, bewundern kannst, sagte er.

Einen Bierkühlschrank.

Zwei Dumme, ein Gedanke …, sagte er. Dann fiel ihm die Hintertür auf. Das Schloss da musst du aber wirklich auswechseln. Oder die Tür offen lassen.

Da kann ich ja gleich meinen ganzen Scheiß auf den Rasen legen, sagte ich.

Und was ist mit deinem Mädchen? Wenn die hier unten festsitzt.

Herrgott, Alter. Ich wechsle das blöde Ding schon aus.

Lass sie bis dahin offen stehen.

Du willst ja bloß leichten Zugang zu meinem Männer-Souterrain.

Stimmt genau, sagte er und grinste mich aufs Lächerlichste an, strahlte übers ganze Gesicht, als gefiele ihm das tatsächlich. Oben knarrten Linneas Schritte von ihrem Zimmer zur Küche, zur Tür, und ich stellte mir vor, wie sie am Fenster stand, die Arme vor der Brust, und finstere Blicke auf das West'sche Haus warf, auf Nora, die über die Straße verschwand. Wenn Jack wieder zu ihr kam – wo er wohl hin war? –, würde sie ihm sagen, was sie wusste. Bestimmt: Ein solches Geheimnis wahrt man nicht ohne guten Grund. Ein solches Geheimnis entfernt eine Tochter von ihrem Vater.

Du siehst aus, als wärst du woanders, meinte Cecil. Er blies auf seinen Kaffee.

Im Land, wo man sich scheiße fühlt, sagte ich.

Du siehst aus, als würdest du über was nachgrübeln. Tief.

Nee, geht schon.

Denkst du manchmal an den verbrannten Jungen?, fragte er.

Er taucht in meinen Träumen auf.

Ist normal.

Wie Trauern, sagte ich.

Cecil lehnte sich mit der Schulter gegen einen Bolzen, an eine Wand, die wir gebaut hatten. Sie kam ihm entgegen, und er sah sie böse an, kurz davor, denjenigen, der für den Rahmen verantwortlich war, anzuschnauzen. Aber dann rückte er einfach seine Baseballmütze zurecht, räusperte sich und forschte mit der Zunge nach Kaffeekörnchen zwischen den Zähnen.

Es ist einfach, Dinge zu bereuen.

Ich bereue nicht besonders viel.

Wie willst du das wissen?, sagte er und bückte sich, um den Becher auf den Fußboden zu stellen. Um das genau zu wissen, braucht's zwei Jahrzehnte Elend.

Das deckt ja so ziemlich alles ab, was wir hier machen, sagte ich.

Ich hätte Nora schon vor Jahren heiraten sollen.

Kann sein, erwiderte ich. Ja.

Glaubst du, es ist zu spät?

Zum Heiraten?

Um sie nicht zu verlieren, sagte er.

Er sah mich mit weichen Augen an, aber ich war noch immer groggy, überlegte noch immer, was ich meiner Tochter sagen sollte, damit alles okay aussah.

Weiß nicht recht, ob ich dazu was Maßgebliches sagen kann, Alter.

Na, du bringst ihr doch Zeichnen bei oder so was, sagte er. Darauf war ich nicht gefasst, ich wusste nicht, dass Nora es ihm erzählt hatte oder warum sie mir nicht Bescheid gesagt hatte.

Stimmt doch, oder?

Das Stimmt doch, oder brachte mich auf die Palme. Cecil schob die Hände in die Taschen, sodass sich seine Jeansjacke ausstellte, und er lehnte sich mit den Schulterblättern an die Bolzen, das Kinn gesenkt, die Mütze tief. Mit einem Fuß stieß er sich immer wieder vom Holz ab, sodass er unablässig zu nicken schien. Wahrscheinlich war er stärker als ich, trotz unseres Altersunterschieds, und man weiß nie, was passiert, wenn einer seinem Rivalen gegenübersteht. Wut, Adrenalin, Gehässigkeit – das ist der Treibstoff, mit dem ein Mann einen Laster stemmt.

Ich hab ihr ein paar von meinen Sachen zum Ausprobieren gegeben, sagte ich und versuchte, verärgert zu klingen. Hab ihr gesagt, welches Ende sie auf das Papier richten soll.

Er grunzte. Ein Lacher? Ich hab ihre Finger gesehen, Holzkohle. Deshalb hab ich gefragt.

Das Zeug kriegt man überallhin, fuhr ich fort und stellte mir dabei Noras blasse Haut mit dunklen Kohleschmierern vor, die ihre Rippen tönten, die Unterseite ihrer Brüste, das Plateau ihres Bauchs, die weichen Linien von Kiefer, Kinn und Ohren. Ja, das hatte man überall. Manchmal, wenn ich pissen gehe, sagte ich, glaube ich, mir fällt gleich der Schwanz ab.

Cecil schnaubte Gott sei Dank.

Mich interessiert nicht, wie oft du dich anfasst, sagte er. Dann verstummten wir beide. Viel mehr öffnete Cecil sich nie. Ich ließ mich auf das verschlissene Sofa fallen, das er mir so großzügig gespendet hatte, und als ich auf dem Kissen landete, wirbelten gelbe Schaumflocken auf, lästig und unaufhörlich wie Fliegen. Cecil federte von der Wand weg und ging zu der Trittleiter und dem Kabel, das von den Balken baumelte, denn was anderes fiel ihm nicht ein, nur so kam er mit seinen Gefühlen klar: ein Urtrieb, durch körperliche Arbeit Erlösung zu finden. Es gibt schlimmere Arten. Glauben Sie's einem, der sich damit auskennt.

Cecil ging zu der Souterraintür, wobei er übertrieben deutlich machte, dass er eingesperrt war, während ich in den Taschen nach dem Schlüssel kramte, dann eilig den Schlüssel ins Schloss fummelte, bis ich ihn schließlich gegen die Wand drückte. Er grinste von einem Ohrläppchen zum anderen.

Reparier mir bloß diese verdammte Tür, sagte er. Sonst hau ich die noch mit der Axt zusammen.

Ich lass den Schlüssel stecken. Provisorischer Türknauf.

Bei einem Brand wird der superheiß. Das sengt dir die Fingerlinien weg.

Geh nach Hause, Alter, sagte ich. Das tat er dann auch, und ich drückte die Tür hinter ihm zu und sah ihn in dem Dämmerlicht davonmarschieren, mit einer Kombizange klickernd. Über mir knarrten Dielen, und ich hörte Linnea in der Küche wursteln, Löffel auf Porzellan, Schubladen auf und zu, Schritte auf dem Holz wie ein sanftes, bewusstes Toi, toi, toi. Ihre Bewegungen klangen so geduldig, so kalkuliert. Bei einem Kampf schüchtert nichts so sehr ein wie einer, dessen Wut man nicht erkennt. Ich konnte mir den Blick vorstellen, mit dem sie mich ansehen würde, wenn ich aus dem Souterrain käme – wie ihre ehemals dichten (jetzt gezupften Teenager-)Brauen hochgingen wie eine Wäscheleine, die Arme fest über der Brust, das Kinn vorgereckt, damit sie über die geblähten Nasenlöcher schauen konnte. So ungläubig. So enttäuscht.

Als ich dann endlich die Treppe hinauf und in die Küche ging, hatte Linnea sich einen Teller Toast gemacht, Kaffee in einen Keramikbecher eingeschenkt und sich an den Tisch gehockt. Als ich auf die letzte Stufe trat, sah ich sie, eine Backe voll wie bei einem Eichhörnchen, den Becherrand vor der Nase. Ihre Haare waren offen und zerzaust wie gerade aufgestanden. Das dürfte das erste Mal gewesen sein, dass ich sie als Erwachsene wahrnahm, und ich glaube, es war mir damals sogar bewusst – dass eine Distanz zwischen uns geschlossen war und sich gleichzeitig aufgetan hatte, dass es einen Machtwechsel gegeben hatte, einen Wechsel in der Physik unserer Welt.

Sie setzte den Becher an den Mund. Dann warf sie mit einer Kopfbewegung ihren wirren Haarschopf über die Schulter, legte das Kinn mit dem ganzen Gewicht auf die Faust – Porträt einer wenig beeindruckten Frau.

Vermutlich möchtest du, dass ich das für mich behalte, sagte sie, bevor ich auch nur Anstalten machen konnte, einen Stuhl unter dem Tisch hervorzuziehen.

Tut mir leid, dass du das sehen musstest.

Mir auch, Dad.

Was machst du jetzt?, fragte ich.

Was kann ich denn machen?

Sie stellte den Becher hin. In der Küche roch es nicht nach Kaffee oder Toast. Ich vermutete, dass sie sich ein wenig bei meinem Whiskey-Schränkchen bedient hatte. Ich vermutete, dass ich mich für diesen plötzlichen Wandel unter anderem auch bei Jack bedanken musste. Vorboten?

Na, weißt ja, wie Jack ist, sagte sie.

Unsicher.

Ihre Stimme senkte sich zu einem Flüstern: Ich weiß nicht, was er täte – keine Ahnung.

Er ist ja nur ein Junge, sagte ich, und sie schaute mich in einer Weise an, die mir sagte, falls ich das glaubte, müsse ich ganz schnell dazulernen. Seit wann, fragte ich mich, achtete ich nicht mehr auf die Dinge? Vielleicht entsteht Selbstgefälligkeit aus sich selbst heraus. Vielleicht ändern sich Dinge genau deswegen, weil man nicht auf sie achtet.

Machst du einfach so damit weiter?

Bin jetzt irgendwie überm Berg, erwiderte ich. Sie klickte mit einem Fingernagel gegen die Keramik. In dem Moment hasste ich mich ziemlich.

Was meinst du, wie lange kann das geheim bleiben?

Keine Ahnung.

Und was dann?

Keine Ahnung, Linnea.

Sie lehnte sich auf ihrem Stuhl zurück, die Schultern wippten, ein Arm ausgestreckt, damit sie in einem fort ihren Becher herumdrehen konnte – in einer Bar kann man eine Single-Frau von einer verheirateten daran unterscheiden, was sie mit ihrem Glas macht. Sie betrachtete den Becher, dann mich, dann wieder ihn – nur ihre Augen bewegten sich, es war ein Abschätzen. Was ist das für ein Mann, zu dem mein Dad geworden ist? Dort am Tisch: der letzte Rest meiner Autorität dahin. Es war, als müsste ich eine Entschuldigung abgeben. Es war wie Altwerden.

Das wird alles kaputt machen, für jeden, sagte sie.

Das muss nicht so sein.

Genau, Cecil ist ja kein nachtragender Typ.

Werd jetzt nicht sarkastisch, gab ich zurück.

Ich glaube nicht, dass du hier Forderungen stellen kannst, Dad.

Ich rieb mich mit dem Handgelenk unter der Nase. Meine Kleider rochen nach Nora, vielleicht.

Ist Cecil denn nicht, also, dein einziger Freund?

Doch.

Was hast du dir denn dabei gedacht, verdammt?

Pass auf, was du sagst, wollte ich sagen. Stattdessen: Ich hab gedacht, es würde nur einmal passieren.

Und dass Nora dann merkt, dass sie doch Cecil liebt? Ganz schön beschränkt.

Sei nicht so herablassend.

Einer muss ja.

Du findest mich selbstsüchtig, sagte ich.

Nein, Dad. Ich finde dich dumm.

Red nicht so mit mir.

Du kannst hier keine –

Ich bin immer noch dein Vater, sagte ich und schlug mit der Hand auf den Tisch. Und ich würde so nicht mit dir reden.

Das saß offenbar. Sie betrachtete die Maserung. Tut mir leid.

Mir auch. Sagst du's Jack?

Ja, sagte sie in den Handrücken hinein. Sie blinzelte mich an – die Lider flatterten zweimal schwer.

Es sei denn?

Linnea rieb sich die Augen. Vielleicht ist es doch nicht so leicht, einen zu erpressen, der einem nahesteht.

Es sei denn, du machst was für mich, sagte sie, und es war kaum gesprochen, kaum gehaucht. Sie wirkte und klang ein ganzes Stück älter als neunzehn. Sie wirkte und klang alles andere als das Mädchen, wie ich es immer gekannt hatte.

Dann saß ich allein am Tisch, und ihr leerer Becher rappelte auf dem Rand, und die Dunkelheit senkte sich um mich herab wie eine Decke, und dann war ich auf den Betonstufen in meinem matschigen Garten, einen Zeichenblock in der Hand. Auf einer Nachbarveranda redete ein Trio Teenager mit Stimmen, die über Invermeres elende, schwarz vereiste Straßen kamen. Ich ging nicht weit. Ich zog keinen Mantel an – die Straße hoch bis zu der Schlucht, an deren Rand Kids die Zeit totschlugen und Krieg und Abenteuer spielten, und ich zog ziellos suchend Kreise und Linien, die ohne Sinn mäanderten, und überlegte, ob hinter meinem Gekrakel etwas verborgen war, ob mein Hirn oder mein Unterbewusstsein einen Weg voran wiesen. Ich zeichnete, bis meine Finger vor Kälte steif waren und ich die Holzkohle dazwischen nicht mehr spürte. Ich zeichnete, als wollte ich eine Antwort finden.

Ich bin schwanger, hatte Linnea am Küchentisch gesagt. Aber ich kann nicht hier bleiben und mit Jack ein Kind großziehen. Es tut mir leid, Dad. Du musst mich gehen lassen.

SECHS

Es ist schwer, gegen das Ziel des Herzens zu streiten;
denn was es sich auch wünscht,
es kauft es auf Kosten der Seele.

Heraklit

Archer und ich pennten überm Verge in umgebauten Wohnräumen, wo aus den Heizklappen die ganze Nacht Küchendämpfe strömten – es roch eher nach verbranntem Toast als Schweinefett –, und die Gefrierschränke unter den Dielen grollten und waren keine Sekunde still. Kurz davor hatten meine Mom und die zwei Jungs Colton durch die Saloontüren in die Küche geschoben, und jenseits der Schwingtüren sah ich seine nackte Brust, die ganze weiße Mitte von der Schwellung blau und gedunsen. Ich kannte mich in Ballistik ein wenig aus, wusste, dass schon eine 9-mm-Handfeuerwaffe fast hundertfünfzig Kilo Mannstoppwirkung erzeugen kann – wusste von Druckwellen in weichem Gewebe und dem theoretischen Risiko eines hydrostatischen Schocks. Colton hatte ein größeres Geschoss als das einer Handfeuerwaffe abgekriegt, und es war keine geringe Leistung, dass er die Eier hatte, sich in seinen Jeep zu schleppen und zu fliehen. Als er mich sah, zwang er sich zu einem Grinsen, das sein Gesicht wie bei einem Killer in einem Slasher-Film spaltete. Er fasste sich an seine Verletzung, ein paar Rippen waren weich wie Knetgummi geworden. Flach atmen, bellte meine Mom ihn an. Langsam atmen.

Bevor ich mich hinlegte, sah ich noch nach Puck. Wir hatten noch ein Bier, das wir ihm geben konnten, aber als ich die Tür des Ranger öffnete, regte er sich nicht. Sein großes sockenartiges Gesicht war zu einem Hundelächeln eingefallen, und ich legte ihm eine Hand auf die Flanke, um seinen Atem zu ertasten, der, wie ich wusste, nicht mehr kam. Seine Augen waren geschlossen, und ich wiegte mich in dem Glauben, dass er im Schlaf gestorben war. Ich berührte sein Pfannkuchenohr, weich wie Hündchenflaum. Ein Windstoß rauschte über den Parkplatz und fuhr mir durch die Haare, kühler als die Welt um mich herum, und ich stellte mir vor, wie Pucks letztes stolzes Heulen hinter der Bö an mir vorbeistrich. Er sah die Welt jetzt anders, alter Puck. Er konnte tun, was er wollte.

Viele Jahre davor hatte Gramps auf der Westside Road eine trächtige Elchkuh angefahren. Da war ich noch keine acht, und er rammte sie, als er gerade nach der Thermoskanne langte. Der Pick-up uffte wie ein kurzatmiger Mann, mein Gurt quetschte mich, und das ganze Fahrzeug schob sich voran wie gegen einen Strom. Der Elch brach knapp neben der Straße zusammen, Hüfte und Hinterläufe kaputt. Gramps machte sich gnadenlos Vorwürfe, nannte es einen Anfängerfehler und eine Verschwendung von Leben. Er ging in die Parkstellung und holte seine Flinte vom Rücksitz. Es war das letzte Mal, dass er dieses Gewehr benutzte, danach wurde sie ganz unten in seiner Werkzeugkiste begraben, unter seinen Zangen und Knarren und dem Metallschrott, der nicht mehr schweißbar war. Ich weiß noch, wie er aussah, den Lauf zur Erde gerichtet, der Elch hingesackt vor ihm: nicht richtig wütend und auch nicht direkt traurig – nur wie einer, dem ein bisschen Schlaf gut täte. Das verletzte Tier wusste, dass es ihn nicht ansehen sollte, sonst hätte Gramps nicht abdrücken können. Wir haben nie darüber gesprochen, aber so ist es nun mal zwischen mir und Gramps. Tiere, sagte er mir hinterher, sterben lieber allein.

Als ich zum Verge zurückkehrte, spielten sich die zwei Jugendlichen einen marineblauen Ball zu, und wenn er fortflog, beschossen sie einander mit Blicken, bis einer schließlich klein beigab und ihn holte. Ich überlegte, ob ich sie nach ihren Namen fragen sollte, brachte aber nicht den Mut auf. Nur selten sagte oder tat einer etwas, was dem anderen ein Lächeln abrang. Fast nach jedem Aufprallen schauten sie zu den Schwingtüren hin.

Von meiner Mom sah ich wenig. Sie fuhrwerkte stundenlang in der Küche herum: einmal kam sie raus, ein Stück Faden und eine Skinadel schwingend, die Fingerspitzen rot, ein andermal riss sie einen Verbandskasten von der Wand und leerte den Inhalt auf dem Restauranttresen aus – ich weiß nicht, was sie suchte oder ob sie es zwischen den verstreuten Verbänden und Antiseptika fand, deren Etiketten schon altersgelb waren. Hin und wieder schlüpfte Coltons Gemurmel durch das Summen der Gefrierschränke wie ein geflüsterter Elternstreit aus dem Schlafzimmer. Ich mühte mich, ein paar einzelne, zu laut gesprochene Wörter aufzuschnappen, erkannte ein paar: gesetzlos war eins. Gewehr ein anderes. Sterben.

Die ganze Zeit hindurch war Archer untypisch still und geruhte auch, seine unendlichen Weisheiten für sich zu behalten. Jedes Mal, wenn meine Mom aus der Küche kam, richtete er sich auf seinem Stuhl auf, und sein Kinn hob sich von der Brust. Sie blinzelte nicht einmal. Wir gehörten hier nicht hin; wir hatten schlicht keine Ahnung. Genau das wollte ich loswerden, doch Archers Schweigen verschloss mir den Mund. Er wusste was. Es gab nichts weiter zu tun als zu warten und zu schlafen.

Puck besetzte meine Träume mit seinem Dummer-Hund-Lächeln und seinem tapsigen Gang, er heulte und nahm große Verfolgungen auf, und sein Körper warf keinen Schatten, er sah weniger nach Materie als vielmehr wie Dunst aus, schwach und irisierend wie eine Erinnerung. Auch Gramps erschien – jünger, wiederhergestellt. Er schob die Hände in die Taschen und schlich von mir weg wie ein geschlagenes Kind. Ich trat nicht zu ihm, er wandte sich nicht um. Als ich ihn rufen wollte, war mein Mund so ausgedörrt, dass ich keine Wörter bilden konnte, und er ging weg, bis er ein Pünktchen am Horizont war, immer unbedeutender, trotz seiner Verjüngung. Bevor ich ihn aus den Augen verlor, spürte ich ein Rucken in der Brust, als wäre er nicht nur aus der Welt, sondern aus meinem Leben als Ganzem entfernt worden, und da wusste ich mit Sicherheit, dass er das mehr fürchtete als den Tod, ebenso wie ich. Es bedeutete, dass er und ich nirgendwo mehr hinkonnten und keinen mehr hatten, mit dem wir weg könnten, falls wir weg wollten.

Ich erwachte nach nur wenigen Stunden Schlaf, dussliger als ein Besoffener. Die Innenseite des Fensters über meinem Bett war beschlagen, und ich fuhr mit der flachen Hand darüber, um die Feuchtigkeit wegzuschmieren. Das Morgengrauen tönte den Himmel, und ich schaute nach Owenswood hinab. Es war ein städtischer Morast, haufenweise Reifenprofile, rostige Autos und Ölfässer, horizontal gestapelt wie Pontons. Ich sah eingefallenes Mauerwerk. Die Straßen waren nicht einmal geteert, und jedes Gebäude war quadratisch; hier und da gingen Haustüren direkt auf Matschwege, als wären sie in Unkenntnis des Verbrennungsmotors gebaut worden.

Archer schnarchte neben mir auf einem Feldbett, und ich sorgte mich wegen wundgelegenen Stellen, Taubheit und der verschwiegenen Qual des Unbeweglichen. Sabber lief ihm aufs Hemd, wie Puck, dachte ich. Im Dunkeln horchte ich auf die Bewegung anderer. Unter mir unablässig ein metallisches Ping – ein Kühlschrank auf einem unebenen Fußboden vielleicht oder ein lose verlegtes Wasserrohr. Der Geruch von Diner-Essen waberte knapp über der Wahrnehmungsschwelle; drehte ich den Kopf zu schnell oder ging ich mit der Nase zu nahe an die Bettlaken, kriegte ich die Mischung aus Spiegelei und verbranntem Kaffee in die Nase. Archer gurgelte, murmelte Laute, die Worte sein mochten. Die Haut auf seiner Stirn zog sich zusammen wie die Falten einer Segeltuchweste. Sogar im Schlaf sah er aus, als versuchte er sich an der Lösung eines Problems.

Ich stellte die Füße auf den Boden. Das Bett quietschte unter mir. Bist du das, Alan?, sagte Archer.

Ja. Kann nicht schlafen.

Komische Träume, krächzte er.

Bei mir auch. Muss an der Luft liegen.

Seine Stimme wurde weicher. Ich schlaf eh nie viel.

Sparst du dir das für den Tod auf?

Seine Arme hoben sich über ihn, zwei Muskelsäulen im matten Licht. Er drehte immerzu die flachen Hände, musterte sie. Ich fragte mich, was er darin sah, in seinen Händen, den Narben und Geschichten, die wie eine Topografie auf den Knöcheln, der runzligen Haut verzeichnet waren.

Ich hätte nie geglaubt, ihn wiederzusehen, sagte Archer.

Colton?

Wir nannten ihn Crib. Ich hab den Anhänger gesehen – wie ein Krebs. Unverwechselbar.

Er rutschte auf dem Faltbett herum, und die Laken machten ein Geräusch, wie man es angeblich in einer großen Muschel hört. Dann bat er mich, ihm aufzuhelfen, was ich nicht von ihm erwartet hätte. Seine Haut war klamm, und die Knochen drückten sich durch, hart und deutlich wie die Bettfedern, auf denen er lag. Ich setzte ihn gegen die Wand, damit er aus dem Fenster sehen konnte. Dann versetzte er seinen Schenkeln einen kräftigen Klaps, einem nach dem anderen.

Manchmal spürt man den Druck, sagte er. Dann vermisse ich das Gehen.

Dazu hatte ich nichts zu sagen. Das muss er gewusst haben, denn er bewegte die Schultern, kein Zucken, um sie zu lockern.

Was ist mit Colton?, sagte ich.

Er war mir aus den Staaten gefolgt. Wir glauben, er war einer von denen, die sie herschickten, um Deserteure und Wehrdienstverweigerer aufzuspüren.

Wir?

Na ja, ich, sagte er.

Die sind aber doch verheiratet, wandte ich ein.

Wieder klatschte er sich auf die Schenkel, diesmal so fest, dass der Laut gedämpft kam, als hätte er auf ein Kissen oder Teig geschlagen.

Als er die Fäuste zu einem dritten Schlag hob, packte ich seine Handgelenke. Das war genau richtig. Seine Arme erschlafften in meinem Griff, und ich senkte sie herab, die Knöchel nach unten. Er betrachtete sie immerzu, eine Faust nach der anderen, sein Kopf drehte sich wie um einen Zapfen von rechts nach links.

Wie sind wir hier gelandet?, fragte er.

Über ein Loch in der Straße gesprungen.

Ich hasse ihn, Alan. Ich hasse Crib so sehr. Warum muss er bloß hier sein?

Archer, sagte ich. Was ist damals passiert?

Crib ist passiert.

Ach, komm.

Ein Atemzug, so lang, wie wenn er sein Bier schlürfte. Er hat uns terrorisiert, sagte Archer. Ist mir überallhin gefolgt, hat Jack angegriffen. Wegen Crib habe ich alles verloren.

Nicht alles.

Was weißt du schon.

Nora?

Seine Zähne klackten aufeinander.

Er hat sich Linnea genommen.

Das dürfte die Wurzel allen Übels gewesen sein. Ich hatte immer geglaubt, Liebe sei das einzige Gefühl, das einen dazu bringen kann, jemanden drei ganze Jahrzehnte lang zu jagen, aber jetzt habe ich meine Zweifel. Dafür lieferte er nun Argumente, der alte Archer Cole, das muss ich ihm lassen. Jedes Mal, wenn die Dielen knarrten, eine Tür knallte oder Luft durch einen Flur sirrte, richtete er sich im Bett auf und versuchte nach Kräften, den geschniegelten Freier zu geben. Ein paar Sekunden lang reckte er dann den Kopf vor, die Augen erwartungsvoll groß. Man sah, wie sehr er seine Tochter vermisst hatte. Er verströmte es geradezu. Gott, er roch sogar wie ein altes Foto – wie Nostalgie, wie Not.

Er hat was gut bei mir, sagte Archer nach einer Weile.

Sie ist doch keine Gefangene.

Er hat sie sich genommen. Er hat Jack angegriffen. Tust du mir einen Gefallen?

Gern, sagte ich.

Er strich sich mit einer Hand übers ganze Gesicht, vom kahlen Schädel bis zum Kinn – eine langsame Bewegung. Bring mir das Gewehr, sagte er. Die Flinte, im Pick-up.

Auf gar keinen Fall.

Ich habe diese Flinte deinem Opa geschenkt, weißt du das? Wär mir wohl auch egal, wenn ich sehe, was er all die Jahre damit gemacht hat.

Kommt nicht infrage.

Er senkte den Kopf, um mir eine blasse Falte hinter der Schläfe zu zeigen – eine alte Narbe. Das hat er mir verpasst, sagte er. Crib. Hat mir eine Weinflasche drübergezogen, seitlich am Kopf, als ich nicht guckte. So einer ist das da unten.

Da steckt sicher mehr dahinter, sagte ich.

Archer holte tief Luft, und beim Ausatmen schrumpelte sein ganzer Körper und schien sich seines Alters zu erinnern: die Schultern sackten vornüber, bis er einen Buckel hatte, sein Kopf wippte nach vorn, die tiefen Augenhöhlen wurden dunkel, maulwurfartig, und die Gesichtshaut erschlaffte, sodass das Pink unter den Lidern in dem matten Licht schimmerte. Vielleicht wusste er selbst nicht, was er wollte oder warum er gekommen war, hatte keine Ahnung, was werden würde, und hatte die Ereignisse gar nicht wieder und wieder im Kopf gewälzt. Vielleicht wollte er, als wir aufbrachen, tatsächlich nur eine Schuld bei Gramps begleichen. Aber das bezweifle ich.

Er schaute aus dem Fenster. Der türkisblaue Himmel, das letzte Blinken der Sterne.

Bin ihm wohl in die Quere geraten, sagte Archer, kaum hörbar.

In der Ferne brannten die Berge in einem unheimlichen Jade. Wir hatten unsere kurze Pause gehabt, unsere paar Stunden Schlaf. Mir schwante, dass Archer hier etwas zu erledigen hatte, eine Vergangenheit, dick wie Kartoffelbrei, und dass er in meiner Gesellschaft nicht viel weiter kommen würde. Natürlich würde ich bei meiner Suche nach Jack am Ende allein sein – was sonst?

Ich bin alt, sagte er. Ich bin alt, und nun bin ich auch allein.

Du bist noch nicht allein.

Hör auf mich, Alan: Verlass dein Mädchen nicht.

Du hast doch immer noch Nora, und Linnea.

Das ist kein Spruch, sagte Archer. Verlass deine Freundin nicht. Cecil würde dir dasselbe sagen.

Ich betrachtete ihn kurz: ein Mann, der alles verloren hatte, fast jedenfalls.

Weise Männer, sagte ich bitter.

Du wirst es bereuen.

Ich glaube nicht, dass ausgerechnet du über Reue sprechen solltest.

Archers Zähne klackten zu. Er räusperte sich. Aber du liebst sie doch, oder?

Und Darby war dann wohl allein in Toronto in ihrem blöden Roboterpyjama, den Laptop auf dem Bett, und zog sich spät nachts irgendeine idiotische Fernsehserie rein, Folge um Folge um Folge. Das haben wir immer gemacht, selbst wenn einer von uns oder wir beide morgens früh rausmussten. Sie ließ einen Becher grünen Tee zwischen den Händen lau werden und hielt die Keramik bis zu einem Spannungsmoment am Mund, dann schlürfte sie und schluckte ihre Aufregung runter. Wir schliefen mitten in einer Folge ein, auf uns der warme Laptop. Auf dem Bildschirm wich ein harter Cop Kugeln aus, um die Welt zu retten. Es ist traurig, einzuschlafen, murmelte Darby mal. Könnten wir doch auch im Schlaf zusammen sein.

Archer haute sich wieder auf die Schenkel. Ich ließ ihn. Früher mal, sagte ich.

Das ist doch schon was.

Genug?

Genug, um es weiter zu versuchen, sagte Archer. Denn wer weiß.

Draußen prickelte die Luft vom Morgendunst, und als ich sie tief einsog, schmeckte die Feuchtigkeit nach Kohle. Meine Mom hockte auf einem umgekippten Baumstamm, das Gesicht zur Stadt gewandt. Ich hatte ein paar Puzzleteile, bei denen sie mir ja vielleicht helfen konnte, auch musste ich meinen Hund begraben. Der Wind wehte Staub zu uns her, als ich zu ihr ging, und sie hielt ihm die Wange hin, sodass die Stäubchen prallend auf ihrer Haut tanzten. Sie trug einen Schaffellmantel, offen, der an ihren Hüften auseinanderfächerte. Die Hände in den Bauchtaschen, die Ellbogen ausgestellt, spülwasserblonde Haare bauschten sich auf ihren Schultern. Sie hockte krumm da, und wenn sie die Augen zusammenkniff, sah ich die Runzeln in den Winkeln, ihr Alter im Morgenlicht sichtbarer. Sie hatte jungenhafte Wangen, an der Halsschlagader einen Leberfleck, der an den Rändern pochte, wo sie daran gekratzt und gekratzt hatte. Trotzdem, meine Mutter.

Gut geschlafen?, fragte sie, sah aber nicht zu mir her. In der Ferne neckte die Sonne den Fuß der Rockies, Marker-orange. Vier, vielleicht fünf Uhr.

Archer schnarcht.

Ich musste die ganze Nacht bei Colton wachen. Wahrscheinlich wird auch er Frühstück wollen.

Wohl eine Zusatzleistung, weil auf ihn geschossen wurde.

Ihr Mund verzog sich zu einem feinen Lächeln, mir zuliebe, und ihre Hände wühlten sich so tief in ihre Taschen, dass das Schaffell ihre Unterarme erreichte. So kalt war es eigentlich gar nicht: irgendwo unter sechs Grad, mein Atem quirlte warmen Nebel. Das Licht war fahl wie an einem Wintertag. Ich roch Bäume, das erdige Aroma von Gegenden mit wenig Verkehr.

Ich zog einen Holzklotz her. Wie geht's Colton?, sagte ich.

Er klagt nicht.

Anscheinend wie jeder in der Familie.

Meine Mom wiegte sich auf ihrem Stamm, ein langgezogenes Badumm. Warum musstest du meinen Dad hierher bringen?, fragte sie.

Ich dachte, du würdest dich mehr freuen, ihn zu sehen, erwiderte ich.

Bloß noch mehr Mäuler zu stopfen, gab sie zurück. Und jetzt ist er auch noch ein Krüppel.

Er war nützlich. Die Straße ist im Arsch, und er kannte sich bei den Holzwegen aus.

Wenigstens das, sagte sie.

Ihre Hand glitt aus der Tasche, griff sich ein Häufchen Erde, das sich auf dem Stamm gesammelt hatte. Hangabwärts zur Stadt hin bildeten zerbeulte Autos einen Wall, der so hoch war wie die Gebäude, die sie einkeilten. Es waren alles altertümliche Gefährte aus der Zeit von Stahl und acht Zylindern, als Autos noch gleich Sex waren. Zu ihrer Zeit begehrt. Jetzt Schatten – ihrer selbst und real da. Mein eigener Wagen stand in der Nähe, und beim Blick darauf zog sich in meinem Hals ein Knoten zusammen, den ich runterwürgen musste.

Ich brauche eine Schaufel, sagte ich.

Meine Mom folgte meinem Blick. Oh, Scheiße, sagte sie.

Schon gut.

Hab ich ganz vergessen. Colton –

Schon gut, sagte ich.

Sie stand auf und drückte sich die Knöchel gegen das Rückgrat, versuchte, Druck abzubauen, und verschwand dann hinterm Restaurant, lockerte sich beim Gehen. Ihr Körper bewegte sich wie ein alter Wanderer, wie einer mit einer Reihe von Verletzungen, die noch schlimmer werden würden, nur Geschlurfe, hohle Gelenke und wie O-Ringe gedehnte Sehnen. Sie fluchte. Sie brummelte etwas über die Tageszeit. Ich hörte, wie ihr Fuß auf Metall traf. Wahrscheinlich hätte ich das Werkzeug selbst holen sollen, aber als mir das dämmerte, war sie mit der Schaufel schon wieder da, schwang sie hüfthoch wie eine Muskete.

Sie begutachtete mich, wie zuvor schon – vielleicht wie eine Mutter. Dir täte Duschen gut. Und Rasieren.

Ich fuhr mir über die Wange und die Stahlwolle-Stoppeln darauf. Waren stressige Tage, sagte ich.

War'n Scherz, Junge. Entspann dich.

Ich will ja bloß Archer eifersüchtig machen, sagte ich.

Das ist er immer. Trägt seine Eifersucht wie ein Lätzchen.

Sie verschränkte die Arme, schaute auf die Stadt. Sie machte mir den Eindruck, als verbrachte sie viel Zeit damit, auf die Stadt zu schauen. Willst du den Hund jetzt oder später holen?

Später.

Ich folgte ihr in den Wald, der das Verge umringte. Zweige hingen tief in unseren Weg, doch meine Mom stapfte unbeirrt durch sie hindurch, nur selten blieb sie stehen, um sie für mich abzuhalten. Fichtennadeln bedeckten den Boden wie Spielplatzmulch, keine einzige davon grün. Alles roch nach den Feuern, die man macht, um Haufen von Gartenabfall zu verbrennen. Ich weiß noch, wie Gramps das tat: eine gebeugte Gestalt, die Traubenkirschen und Gras auf die Ladefläche eines alten Pick-up schaufelte und hinterher im Schein des Feuers saß, eine zerlegte Büchse über den Knien, und mit den Händen an den Teilen klickte.

Vor mir stakste meine Mom vorsichtig über Wurzeln und Grassoden, und ich beneidete sie um ihr Schuhwerk, ihre Balance, ihre geübte Anmut. Als ich aufwuchs, tobte ich durch eine Schlucht, die war wie dieser Wald, verlor mich zusammen mit einer Horde Nachbarskinder in ihrer Freiheit. Verstecken, Fangen, Capture the Flag: Das alles spielten wir in der Schlucht. Ein paar Mal kam Gramps zu Räuber und Gendarm dazu, und er schlug uns alle um Längen: Einmal trat er wie ein Gespenst hinter einem Baum hervor, als wir Kinder ihm alle den Rücken zudrehten, ein andermal kletterte er auf eine dicke Pappel und knallte uns von den Ästen ab, bis der Waldboden mit Schaumkugeln übersät war. Später war es Paintball, aber die gleiche Nummer.

Gramps: unschlagbar. Als ich jetzt hinter meiner Mom her stapfte, wurde mir klar, wie wenig ich hierher gehörte.

Wir erreichten eine kleine Lichtung mit einem Kreis aus Steinen, darin Holzkohlereste.

Hier?, sagte sie. Hierher kommen Leute. Unwahrscheinlich, dass er ausgegraben wird. Und falls es tatsächlich Geister gibt, hat er auch Gesellschaft.

Danke, sagte ich, worauf sie mit der Hand wedelte.

Ich brauchte nicht lange zu graben; die Erde löste sich widerstandslos. Mit jeder Schaufelladung brandete eine Ladung Staub zu uns her, schwerelos im Wind. Ich stieß das Schaufelblatt durch Klumpen spröder Streu und Zweige und lange schon begrabener toter Wurzeln. Meine Mom stand abseits, und ich hätte mir gewünscht, sie würde mehr sagen, irgendetwas, denn eigentlich sollte sie das doch tun – immerhin war sie meine Mutter.

Jack war da, sagte sie endlich, und ich hörte auf zu graben. Sie hatte Ringe unter den Augen, und ihr Gesicht war fahl wie bei einer, die vor lauter Sorgen lange auf gewesen war. Sie kaute an einem Niednagel am Daumen. Ich musterte sie und das Loch vor mir. Ich steckte die Schaufel in die Erde.

Es wird dir schwerfallen, an ihn ranzukommen, sagte sie.

Muss ich fragen, wann er hier war?

Vor paar Tagen.

Und du bist nicht auf die Idee gekommen, es mir zu sagen. Zum Beispiel vielleicht, als ich nach ihm fragte.

Sie lehnte sich an einen Baum, die Arme über der Brust wie ein Wildfang aus dem Corn Belt. Ich wartete darauf, dass sie fortfuhr, doch sie legte bloß den Schädel an die Rinde. Ihre Augen musterten mich von oben bis unten: dieselbe Abschätzung des Werts wie bei einem Pilger, der den ganzen Kontinent durchquert und die Last eines verwundeten Gefährten abwägt.

Er ist nach Westen gegangen.

Du sagst das so, als könnte ich ihm nicht hinterher.

Wir brauchen dich womöglich hier. Owenswood ist kein guter Ort.

Das sagst du ständig.

Es ist Colts Entscheidung, sagte sie. Hier ist Evak-Gebiet. Hast du überhaupt eine Ahnung, was das heißt? Kriminelle, Junge. Schlimmes Volk. Die haben auf meinen Mann geschossen.

Gott, bist du auch ein Cop?

Arschloch.

Ich trat auf die Schaufel, trieb sie tiefer in den Boden. Der Stiel zitterte.

Wir haben hier Ärger, sagte sie, nicht zu mir hin, und ich brauchte nicht aufzublicken, um zu wissen, dass sie wieder die Baumlinie absuchte. Im Wald um uns herum, das fiel mir jetzt auf, war alles still – nicht einmal Käfer waren zu hören. Menschen sind die einzigen Geschöpfe, die nicht instinktiv vor dem Feuer fliehen.

Warum siehst du dich denn immer so um?

Was glaubst du wohl?

Aber warum haben sie auf ihn geschossen? Komm schon, Mom.

Ich bin nicht deine Mom.

Ich biss mir auf die Zunge. Kleinlich: Archers Tochter. Was hält euch denn hier?, fragte ich.

Da musst du mit Colton reden.

Und Archer? Was hat der mit Colton zu schaffen?

Sie spuckte den Niednagel von der Zunge – ein einziges, schnelles Pipp. Das ist eine alte Wunde, sagte sie. Über uns schob sich die Sonne über den Bergkamm, auch wenn wir sie nicht durch die Bäume sehen konnten – nur eine Wärme, die die Wolkenwand befranste. Ach, egal, du bist gleich fertig, sagte sie. Findest du allein zurück?

Ja.

Kannst du ihn allein tragen?

Ja.

Okay, sagte sie. Begrab ihn, dann sprichst du mit Colt.

Das klingt nicht gut.

Achselzuckend schob sie die Hände in die Manteltaschen. Dann ruckte sie mit dem Kopf, zum Verge, zu Colton hin – vielleicht hieß das, wir werden sehen, oder auch, du musst nicht. Ich wusste es nicht.

Puck war nicht so lange tot, dass die Leichenstarre voll eingetreten war, aber ich schaffte seinen steifen Kadaver zu dem Loch, das ich gegraben hatte, und legte ihn hinein. Ich strich ihm mit der Hand über die Flanke, fasste an ein flauschig-weiches Ohr und dachte an das großartige Chaos, das ich angerichtet hatte. Nicht bloß Puck, sondern diese ganze bescheuerte Sache: Darby und diese idiotische Suche und jetzt das mit Archer, der seine wiedergefundene Tochter garantiert keinem wie auch immer gearteten harten Schicksal überlassen würde. Ich hätte nie von Toronto weg sollen. Darby hatte mich einen Feigling genannt, und wie konnte ich ihr widersprechen: Ich war genau deswegen geflüchtet, weil es leichter war, als sich unserer Realität zu stellen.

Pucks Grab war flacher, als ich es haben wollte, aber er würde nicht so schnell ausgebuddelt werden, auch wenn das ja der Kreislauf des Lebens ist, und wahrscheinlich hätte er gar nicht so viel dagegen gehabt. Ich fand, dass Archer nicht unbedingt erfahren musste, dass ich ihn begraben hatte, und ich wusste nicht, was ich Gramps sagen sollte, wenn ich überhaupt die Gelegenheit bekam, etwas zu sagen. Er würde mich als Trottel beschimpfen, und das zu Recht. Ich hatte seinen Hund getötet.

Die Erde erhob sich als Hügel über den Zeltplatzboden. Alles Feststampfen hatte nicht bewirkt, dass er weniger auffällig wurde, also scharrte ich durch die Reste des Feuers und die Scheite darum herum auf der Suche nach etwas, was das Grab weniger markant machen könnte: ein bemooster Baumstamm oder ein paar Schlackensteine, die ein bisschen verschoben wären. Aber am Ende beließ ich es bei einem Bündel armlangen geschwärzten Kleinholzes, das ich dann über Pucks letzte Ruhestätte kippte. Sollte das Feuer über Owenswood hinwegrasen, dann würde es sein Grab wenigstens mit fruchtbarer Holzkohle bedecken, und er könnte selber zu einem Baum werden oder irgendeinem Gewächs – vielleicht Brennnesseln.

Ich ging zum Verge, um Archer abzuholen und weiterzufahren. Wir hatten, fand ich, genug Zeit verschwendet, und Coltons Kampf war nicht der unsere. Durch die vorderen Fenster sah ich Colton und meine Mom, wie sie nebeneinander über den Tresen des Verge gebeugt standen, vor sich Becher mit abgekühltem Kaffee. Ihre Lippen bewegten sich, ihre Brauen zogen sich zusammen, und mehr als einmal tippten sie auf den Tresen, als wäre er eine Landkarte und sie zwei Generäle in einem Zelt. Vier verschränkte Arme, zwei gedämpfte Stimmen, der Geruch von altem Folgers-Kaffee, inzwischen gallenbitter. Colton trug kein Hemd, dafür einen Verband schräg über der Brust wie einen Patronengurt, und selbst dort drinnen, in seinem versehrten Zustand, hatte er eine Fliegersonnenbrille auf. Als er mich sah, zog er die Lippen hoch, ein bisschen wie ein Knurren, aber nicht ganz – eher so, als versuchte er, Knorpelbröckchen vom Zahnfleisch zu prokeln.

Die Eingangstür schlug mir beim Reingehen auf den Hintern, als wollte sie sagen: Nun geh schon.

Es folgte ein Moment, als ich unter ihren Blicken stehen blieb, in dem keiner was sagte. Meine Mom tappte mit dem Fuß zu einem Rhythmus, den niemand hörte, und Colton nahm einen vorsichtigen Schluck von seinem Kaffee, worauf er den Becher so abstellte, dass er kein Geräusch machte. Die beiden hatten Informationen, die mir zu lange vorenthalten worden waren, und ehrlich gesagt hatte ich das allmählich satt.

Colton brach das Schweigen: Hab gehört, du hast gerade deinen Hund begraben. Tut mir leid.

Danke, sagte ich.

Ich habe auch gehört, du kannst mit einer Büchse umgehen.

Hab früher Tontauben geschossen, in der Schule.

Mehr nicht?

Vielleicht auch Rehe gejagt. Ist Jahre her. Ich kann mit einem Gewehr umgehen. Warum?

Colton hob seinen Becher vom Tresen und hielt ihn unter den Rand seiner Sonnenbrille. Seine große Hand umschloss ihn, Rand und Griff. Durch die Sonnenbrille sah ich, dass er die Augen halb zugekniffen hatte.

Wollte nur vorfühlen, Kumpel, sagte er und schlürfte. Beim Sprechen näselte er leicht wie von südlich der Grenze, die Vokale zu weich und zu gedehnt, als hätte er einen Whiskey verkostet – vorfüühlen, Kuumpel. Er hatte was von einem Hilfssheriff, mehr Kleinstadtbulle als Bundespolizist, und es hätte mich nicht überrascht, an seiner Hüfte ein gegerbtes Holster zu sehen, in dem Leder einen alten Revolver. Der letzte Aufrechte, hatte meine Mom ihn genannt.

Ich bin auf der Suche nach meinem Dad, sagte ich.

Wie geht's dem alten Cecil?

Er liegt im Sterben, antwortete ich.

Colton sog durch die Zähne. Sein Mund wölbte sich spitz vor. Das tut mir leid, sagte er. Ich bin mit Cecil immer gut ausgekommen.

Ich schaute meine Mom an. Jack war hier, hast du gesagt?

Vor ein paar Tagen.

Vor drei, sagte Colton, schnitt ihr fast das Wort ab.

Ich werde nicht gern angelogen, sagte ich.

Dann bist du in der falschen Familie, Kumpel.

Das wird mir langsam klar.

Guter Junge, sagte er, und meine Mom verdrehte die Augen. Aber gib die Schuld dem hier, nicht Lin, sagte er, und tippte sich zweimal mit dem Daumen auf die Brust. Kein böses Blut zwischen Blutsverwandten, sag ich immer. Hätte sie dir von deinem Dad erzählt, wärst du ihm nach, und da wärst du nicht sicher, um es vorsichtig auszudrücken.

Deine Sorge rührt mich, sagte ich.

Colton tippte sich an den Kopf, ein Gruß, setzte die Fliegerbrille ab und legte sie neben seinen Kaffeebecher. Seine Backenknochen waren rund wie Bewässerungsrohre, und er hatte papamäßige Stoppeln, streifig ergraut, große Murmelaugen, die in Säcken hingen, und eine todmüde Schalheit um den Mund – wieder eine schlaflose Nacht. Seine Nase war nicht ganz mittig, aber auch nicht krumm wie eingeschlagen; sie war einfach falsch zur Sonne hin gewachsen.

Wer hat auf dich geschossen?, fragte ich.

Er fuhr mit der Zunge über die Eckzähne, jagte Knorpel.

Da ist eine Bande unterwegs, die wollen die Stadt plündern. Die haben sich auf der Straße nach Westen eingerichtet – der, die nach Caribou Bridge führt, wo du ja Jack suchen willst. Hatte gestern Abend mit diesen netten Herren einen freundlichen Plausch. Er gestattete sich ein Lächeln.

War sicher ein Vergnügen, sagte ich.

So vergnüglich wie ein Loch im Kopf. Wirst es auch noch mögen.

Ich habe Biker gesehen, die durchgekommen sind, sagte ich. Wie haben die's geschafft?

Colton rieb sich die Furche seines Brustbeins. Sind wahrscheinlich einfach durchgefahren. Aber die fahren in die richtige Richtung – raus.

Und Jack?

Colton warf die Hände auf. Der hat die falsche genommen.

Meine Mom setzte sich auf den Tresen und ließ die Beine über die Kante baumeln – Kleinstadtmädchen. Die nutzen die Situation bloß aus, sagte sie, aber noch keine Kriminellen.

Bis auf den, der auf mich geschossen hat.

Das ist deine Geschichte, sagte sie.

Mein eigener Onkel, sagte Colton und rieb sich die Wange, wie um das zu unterstreichen. Bisschen böses Blut, und schon ballert er einfach drauf los. Verstehst du, was ich meine, Kumpel? Kein böses Blut zwischen Blutsverwandten.

Und was hast du nun vor?, sagte ich.

Wir hoffen, das Feuer wird sie aufscheuchen. Wie Füchse.

Ich sagte: Wie Füchse.

Genau. Wir scheuchen sie auf wie Füchse.

So lange kann ich nicht warten.

Coltons Mund weitete sich und sog Luft vom Meniskus seines Kaffees ein. Er stieß ihn aus der Nase, als erwartete er Dampf, und nachdem er das einige Male gemacht hatte, fasste meine Mom ihn am Ellbogen, worauf sein Kopf über die Brust pendelte und er zu ihr hinsah. Sie hob die Schultern, ließ sie fallen. Ein Nicken, kaum wahrnehmbar. Sie hatten erwartet, dass ich genau das sagte. Da merkte ich, dass die beiden gegen mich mauschelten. Damit hatte ich nur einen Verbündeten auf Hunderte von Meilen.

Leider bleibst du, Alan, sagte Colton – und als er meinen Namen sagte, tat er das ohne sein Cowboy-Genäsel, ohne den kumpeligen Witz – du bleibst bei uns. Ich habe nicht die Kraft, sie zu verjagen, aber doch so viel, dich hier rauszufahren.

In meinen Speicheldrüsen schäumte Adrenalin. Tut mir leid. Ich kann nicht.

Colton setzte seinen Kaffee ab, dass es klonkte, und lehnte sich auf den Ellbogen vor. Unterm Verband spannte sich der Muskel wie ein Tau. Ich bemerkte die Enden einer Narbe, eine große schorfartige Hautlinie dicht an seinem Schlüsselbein. Du hast keine Wahl, sagte er.

Du willst mich verhaften?

Hm. Ja. Ich habe die Aufgabe, hier alles zu evakuieren.

Wir schnauften einander an. Er legte die Hände flach auf den Tresen, die Finger gespreizt, sodass die Knochen seiner Hand gegen die Haut pressten. Die Nägel waren völlig abgekaut, und die Handkanten – der Teil, der fest an einem Axtgriff oder einem Gewehrschaft rieb – wirkten von Schwielen und hartem Narbengewebe geraut.

Das ist wirklich wichtig, sagte ich.

Er spielte mit seiner Fliegerbrille, den Blick gesenkt. Als ihn das langweilte, schaute er mich wieder an, und ich sah in seinen Augen eine gefährliche Intelligenz, was mich an Archers Warnung erinnerte, und ich fragte mich, ob ich dem Alten vielleicht doch die Flinte hätte bringen sollen. Eine Familie aus Verschwörern hatte ich hier, jeder einzelne von ihnen hielt die Karten an die Brust gedrückt – erst Gramps und Archer, jetzt Colton und Linnea. Sollte in mir noch ein ehrliches Gen sein, dann hatte ich es bestimmt von Jack.

Colton drehte wie zur Entschuldigung die Handflächen nach oben.

Du musst diese Regelung ja nicht mögen, sagte er. Aber du wirst einfach damit leben müssen. Bis wir die Entwarnung kriegen, kannst du dich im Restaurant frei bewegen, mehr kann ich nicht tun. Es sei denn natürlich, du willst los nach Osten, weg von hier. Dann halte ich dich nicht auf. Willst du aber nach Westen, hab ich dich im Blick.

Ich spürte, wie der Drang zu kämpfen in meine Blutbahn floss. Du kannst mich nicht ständig im Blick haben.

Muss ich dich jagen, ist jeder in Gefahr.

Dann jag mich eben nicht.

Verhalte dich bitte so, dass ich dich nicht jagen muss.

Er setzte die Sonnenbrille auf und griff nach hinten an die Hüfte, von wo er mit dem Plopp einer Schnalle Handschellen hervorzog, die vom vielen Gebrauch schon matt waren. Scheppernd fiel ihr Stahl auf das Tresenlaminat, und er starrte einfach nur darauf, wartete und schluckte. Mir verging der Kampf.

Ich verstehe deine Eile, sagte Colton. Aber sobald das vorbei ist, kannst du los. Männerehrenwort.

Ganz plötzlich stank es im Raum nach Schweiß und Speckfett. Coltons Zähne erschienen, fahl wie der Himmel, als hätte er an Holzkohle gelutscht. Dann stieß er sich vom Tresen ab und griente – wäre wohl doch kein Vergnügen gewesen. Von dort stapfte er durch die Saloon-Türen in die Küche dahinter, und einige Augenblicke lang wagten es weder meine Mom noch ich, uns zu bewegen oder zu sprechen, bis Sekunden später Colton in der Küche Lin brüllte. Sie rutschte mit einem dumpfen Geräusch vom Tresen, und mit einer geübten Bewegung wirbelte sie ihren Kaffeesatz auf und schubste ihn samt Becher kreiselnd über den Tresen.

Ich ging zur Tür hinaus, über den Kies zu Gramps' Ranger und drehte den Zündschlüssel. Der Motor erwachte gurgelnd zum Leben; im Radio liefen weißes Rauschen und Musikfetzen, die man aber auch nicht identifizieren konnte. Ich presste die Handgelenke ans Steuer des bebenden Pick-up und versuchte mir vorzustellen, wie ich Gramps in die Augen schauen sollte. Kein Problem, würde er sagen und es wahrscheinlich auch so meinen, aber wirklich wissen würde ich das nie.

Ich zog den Schlüssel wieder raus. Büschel von Pucks gelben Haaren klebten auf dem Rücksitz, und sein ungewaschener, käsiger Geruch hing noch in der Luft. Das würde noch eine Weile so sein, das wusste ich. Gramps' Flinte war nirgendwo zu sehen, und ich vermutete, dass Colton sie in einer Ermessensentscheidung, mit der ich eigentlich einverstanden sein musste, konfisziert hatte.

Archers finsterer Blick folgte mir über den Parkplatz, und ich hielt lange genug inne, um ihm zuzunicken, was ihm sagen sollte, dass wir aufeinander aufpassen würden. Er erwiderte es. Ich kickte noch eine längere Weile Kieshäufchen herum, bis ich den Entschluss fasste, nach oben zu gehen, um mich mit dem alten Sack zu besprechen. Mir fiel ein, dass wir ja Gefangene waren.

In dem Zimmer über der Küche hatte Archer sich auf dem Bett ausgestreckt und war irgendwie in den Besitz einer Metallsäge gelangt, mit der er in den Rahmen der Liege eine Reihe Furchen geritzt hatte. Du bist schon ein trauriger Fall, sagte ich zu ihm und konfiszierte die Säge.

Unten, direkt unter uns, ließen die beiden Jungs ihren Ball in einer Zweitaktschleife prallen, und hin und wieder knallte er an die Decke. Colton und meine Mom waren noch nicht wieder aus der Küche gekommen, und zwischen dem Rhythmus des Balls horchte ich auf Hinweise, dass sie dort waren, entdeckte aber keine. Sogar die stöhnenden Kühlschränke waren verstummt, aber ich wusste nicht, was das bedeutete, wenn überhaupt etwas, es sei denn, man hatte sie abgeschaltet, um mich und den alten Mann leichter zu überwachen. Es dauerte lange, bis der Morgen sich zum Tag aufhellte.

Ich kniete mich neben Archers Liege. Wie aufs Stichwort senkte er die Stimme zu einem Murmeln: Was ist?

Du hattest recht, sagte ich.

Er blinzelte, zweimal. Er legte die flache Hand auf die Brust. O Gott, keuchte er und ließ sich von den Wörtern nach hinten drücken. Das ist das erste Mal in dreißig Jahren, dass ich diese Worte höre.

Archer, es ist ernst.

Okay, sagte er. Er unterdrückte ein Grinsen.

Colton lässt mich nicht weiter. Er will mich verhaften.

Ich wartete.

Er klatschte die Hände auf die Knie, seine Version eines Achselzuckens. Wir haben größere Probleme, sagte er. Die lügen doch wegen der Evakuierung. Die Polizei würde niemals einen allein eine evakuierte Stadt überwachen lassen. Es gibt immer eine Notbesetzung. Einen Kurier, eine Kantine, irgendwas. Bestimmt hat Crib ein paar Jungs hier, und vielleicht zählt deine Mom ja als Funk. Aber es gibt immer mehr als einen Cop.

Irgendwo krächzte das Restaurant – altes Holz mit wachsenden Schmerzen, ein Keckern. Mann, sagte ich.

Genau, Kleiner. Die verstecken was.

Ich hätte dir doch die Flinte holen sollen. Sie ist nicht mehr im Wagen.

Er klopfte mit den Knöcheln auf den Schenkel. Ich hab ihn gesehen, wie er da rumgeschlichen ist, sagte er.

Und du wolltest nichts tun?

Wahrscheinlich hätte ich ihn böse ansehen können. Ihm Gottesfurcht ins Herz pflanzen.

Archer, das hier ist scheißernst.

Was passiert, passiert, sagte Archer. Dabei sah er mich nicht an, ich wusste also nicht, was er damit meinte. Es kam mir eigenartig vor, dass er das sagte. Aber bevor ich ihn bedrängen konnte, kam das leise Quaken eines Motors von draußen, aus der Richtung von Owenswood. Archer neigte den Kopf zur Seite, und ich stellte mich neben das Fenster und linste raus.

Woher hast du überhaupt die Metallsäge?, sagte ich.

Er deutete mit dem Kinn in die hintere Ecke des Zimmers. Hab sie bei der Kammer gefunden.

Aber du kannst doch gar nicht gehen.

Ich kann schon gehen. Ich bin halt keine Scheißgazelle.

Als das Geräusch lauter wurde, polterten unten Schritte. Colton brüllte den Jungs was zu. Meine Mom brüllte was zurück. Überhaupt wurde hier allgemein viel gebrüllt. Beim Klang von Coltons Stimme war Archers Rücken brettgerade geworden, und er verkrampfte den Kiefer so sehr, dass ihm auf den Schläfen der Schweiß ausbrach.

Am Rand des Parkplatzes des Verge schaukelte ein zerbeulter Pick-up in einer Farbe wie Altpapier in den Blick. Die Hinterräder spuckten Kies, und durchdrehende Reifen keuchten und kreischten in die Luft. Auf der Ladefläche des Pick-up hockten drei Typen, alle in grob karierten Jacken und Jeans, Baseballmützen mit Tarnmuster und gestutzten Bärten – Typen eine Generation älter als ich. Jeder von ihnen hielt neben sich eine Jagdbüchse aufrecht, Lauf in die Luft. Eine Präsentation, dachte ich, wie Kriegsbanner.

Was ist das?, sagte Archer.

Die Kavallerie, sagte ich bitter und dachte an Coltons verletzte Brust.

Gut zwanzig Meter vor dem Restaurant hielt der Pick-up an. Ein Mann stieg an der Fahrerseite aus – keine Kappe, weiße Haare, sonst wie die anderen gekleidet. Er schloss die Tür, schob die Hände in die Taschen, lehnte sich mit seinem Gewicht an den Wagen. Er spuckte auf den Boden, tippte mit einem Stiefelabsatz in den Kies, zweimal. Die vier wechselten Worte, die allenfalls als Grunzer rüberkamen. Ein paar Lacher, die Schultern wie ein Schlagbohrer. Von meiner Warte aus sah ich nicht, ob der Mann, der stand, eine Waffe hatte, wahrscheinlich schon. Vibrationen summten durch die Dielen und mir bis zu den Knien – Stereobass, Klimaanlage, großes, jenseitiges Schnurren.

Colton ging zu ihnen raus. Er hatte wieder seine Kevlar-Weste angelegt, hielt sich so aufrecht, wie er es unter dem Verband nur konnte. Er war nicht zurückhaltend, obwohl er verletzt war: Er hatte breite Schultern, die Statur eines verbrauchten Barkämpfers, und wie er sich so vor den älteren Männern aufbaute, sah er aus wie einer, dem die Leute zuhörten. Doch ein kräftiger Hieb gegen seinen Körper würde ihn umhauen – und wenn ich das wusste, dann wusste auch er das, und diese Typen ebenso.

Ein paar Schritte vor der Fahrertür blieb er stehen, die Arme über der Brust, das Kinn gesenkt. Die drei hinten auf dem Pick-up legten sich ihre Büchsen über die Knie und strichen mit der flachen Hand darüber. Einer knibbelte mit dem Fingernagel am Abzug. Ein anderer fuhr mit dem Daumen immer um die Mündung rum, wie bei dem Trick mit dem Weinglas.

Was läuft da?, sagte Archer.

Pick-up voller Typen. Einige Gewehre.

Wie viele?

Drei.

Weitere an der Baumgrenze, außer Sichtweite. Wahrscheinlich.

Unter mir auf dem Parkplatz wischte sich der Ältere den Mund an einem karierten Ärmel ab.

Was hältst du davon?, sagte ich.

Böses Blut.

Du musst es ja wohl wissen.

Archers Mund ging auf, aber er sagte nichts. Auf dem Parkplatz hörte Colton aufmerksam zu. Der andere sagte was. Das ging so weiter, und die drei auf dem Pick-up hatten die Krempen tief, die Fäuste an ihren Gewehren, regten sich kaum. Die Brände rasten außer Sichtweite, die Berge glühten.

Colton kehrte zum Haus zurück und bellte von der Tür aus eine Anweisung. Vielleicht führte sie jemand aus, auch wenn ich durch den Boden keine Schritte wahrnahm. Draußen, hinter ihm, lehnte sich der Weißhaarige an die Fahrertür, und sein Mund klaffte beim Gähnen so weit auf, dass eine Faust hineinpasste. Er haute auf den Pick-up, worauf die drei so lachten, dass ihre Schultern wie alte Generatoren bebten. Er stieg ein. Kies spuckend sauste der Pick-up fort.

Geh mal nachschauen, wer das war, sagte Archer, die Stimme so leise, dass sie nicht bis nach unten ging.

Der wird mir nichts sagen.

Archer hustete den langsamen, schleimigen Husten eines Rauchers. Er schlug sich mit der Faust auf den Schenkel. Nein, sagte er. Aber vielleicht kriegst du ja trotzdem was raus.

Ich stieg zum Restaurant hinab. Colton hatte seinen Revolvergurt angelegt und sein Polizeifunkgerät an die Schulter geschnallt, dessen Spiralkabel ihm über die Brust hing. Er war vorgebeugt, die Handgelenke auf dem Edelstahltresen des Verge, ein Bild totaler Übermüdung. Stoppeln machten seinen Kiefer grau, und neben der Nase leuchtete auf beiden Wangen in einer wächsernen Fläche ein roter Halbmond. Die dunkle Sonnenbrille hing zusammengeklappt aus seinem Kragen. Gelegentlich hob sich seine Brust in Stößen, blieb aber sonst eher flach, weil das Atmen höllisch wehtat. Dass er überhaupt stehen konnte, war ein erstaunliches Zeugnis von Selbsthärte: Jahre davor, als Darby mir drei Rippen gebrochen hatte, brachte ich es kaum fertig, mich zum Tippen an den Computer zu setzen.

Tut mir leid, dass du das mit ansehen musstest, sagte er.

Freundlich haben die nicht ausgesehen.

Wie schon gesagt, wahre Gentlemen.

Er kratzte sich, hielt sich die Rippen und legte ohne ein Klacken die Zähne aufeinander. Das Kinn an der Sprechmuschel des Funkgeräts, sagte er: Josh, hörst du?

Momente vergingen. Wir warteten darauf, dass eine Stimme durch den Empfänger antwortete, von Rauschen erstickt – Verstanden, hier ist Josh oder Geh los, Colton. Doch nach einigen weiteren Sekunden Funkstille ruckte sein Kopf nach vorn, und in dem Abfall der Erwartung stand er einfach da und rieb sich das Genick. Sein Zeh wippte in einem Takt, den niemand hören konnte. Ich beobachtete, wie sein Ellbogen beim Massieren hoch und runter ging, methodisch wie ein Kolben.

Brauchst du Hilfe?

Ich brauche Deckung, Kumpel. Aber danke.

Wo ist dein Partner?

Er kniff den Mund so fest zu, dass seine Lippen weiß wurden. Was soll das heißen?

Nichts, blaffte ich. Josh – dein Partner? Ich kann mir nur nicht vorstellen, dass du das alles allein machst.

Er stieß kraftvoll die Luft aus. Entschuldige, sagte er, ohne mich anzusehen. Wir haben vor ein paar Tagen ein paar Leute verhaftet, und einer von uns musste sie zu der Abteilung in Revelstoke bringen. Einer musste hier bleiben. Im Moment ist schwer zu sagen, wer das kurze Hölzchen gezogen hat.

Scheiße, sagte ich.

Ja. Hab nichts von ihm gehört. Diese Jungs – das sind seine Jungs.

In der Küche rief meine Mom Coltons Namen, er brüllte zurück. Er knallte die Knöchel auf den Edelstahl.

Glaubst du, er ist okay?

Ich kann jetzt gerade nicht nach ihm sehen.

Entschuldige, Colton, sagte ich.

Er drohte mit dem Finger. Dann stieß er sich vom Tresen ab. Hör zu, ich weiß, du wirst abhauen.

Ich hab mich noch nicht entschieden, sagte ich.

Aber bald, sagte er. Es ist mein Job, so was zu wissen. Aber auch, dich aufzuhalten. Und das werde ich tun.

Ich bin nicht dein Feind.

Habe ich auch nie behauptet. Wir fahren bloß auf einer einspurigen Straße aufeinander zu, und ich habe den größeren Pick-up.

Mein Gott, sagte ich und kicherte unwillkürlich.

Colton riskierte ein Grinsen. Hab mir gedacht, dass dir der gefällt. Hab ich jetzt eben erfunden.

Guter Spruch.

Er lächelte mit geschlossenen Lippen und nickte zustimmend. Dann ging sein Blick an meiner Schulter vorbei zur Treppe, und er sog so kräftig an der Unterlippe, dass sie mit einem Plopp freikam. Ich brauchte mich nicht umzudrehen, um zu wissen, was – oder in dem Fall, wer – seine Aufmerksamkeit geweckt hatte. Bevor ich mich umdrehte, musterte ich Colton, doch er brauchte keine Sonnenbrille, um ausdruckslos und undurchschaubar zu wirken.

Lass dich bloß nicht von dem einwickeln, rief Archer.

Colton fasste sich an die messingglatte Haut unterm Auge. Mit demselben Finger kratzte er an zwei harten Falten an der Schläfe. Er schloss die Augen. Ein langsamer, zentrierender Atemzug schwirrte zwischen seinen Zähnen. Er hob einen Fuß und betrachtete die Sohle, dann den anderen, und ein Staubkringel flatterte in der Luft, spielte mit dem Ledergeruch.

Archer, sagte Colton. Ist mir ein echtes Vergnügen, dich wiederzusehen.

Ich habe dir nichts zu sagen.

Mal was anderes.

Du bist meine Zeit nicht wert.

Nicht?

Keine Sekunde.

Für mich warst du nie der versöhnliche Typ, sagte Colton.

Bin ich auch nicht.

Bist eben ein echter Mann Gottes, Archer Cole.

Fick dich doch.

Hast nie auch nur einen Moment an mich gedacht.

Nö.

Nicht ein bisschen.

Hör nicht auf ihn, Alan. Hör einfach nicht auf ihn.

Beide Männer sahen mich an, als müsste ich Partei ergreifen oder ein Urteil fällen. Aber das hier war nicht mein Kampf.

Also, ich habe jedenfalls zu tun, sagte Colton. Es sei denn, du hast mir noch was zu sagen, alter Mann, vielleicht noch eine Beleidigung oder Anschuldigung? Eine vage Bedrohung meines Lebens und Wohlergehens?

Archers Kiefer reckte sich in einem Unterbiss vor. Die beiden waren keine bösen Männer, aber das muss auch nicht immer sein. Colton schnaubte. Archer rutschte auf seinem Rollstuhl herum. Sie schossen einander Blicke zu. Eine Sekunde lang sah ich einen Schimmer der besseren Welt, die hätte sein können, in der Archer ebenso wie ich Colton kennenlernten und in der er mich Jack suchen ließ, weil die beiden Kumpel waren. In dieser Welt wäre meine Familie nicht vor dreißig Jahren zerschlagen worden, und ich hätte die beiden Darby vorgestellt, die jetzt meine Verlobte wäre. Es hätte jungenhaftes Grinsen gegeben, Schattenboxen und Knüffe gegen die Schulter, und Archer – nicht von Schuld gelähmt, nicht vom Krebs zersetzt – würde von seinem Stuhl aufstehen und uns die Hände schütteln. Ich weiß nicht, ob ich Archer und Colton miteinander hätte versöhnen können, aber ich hätte es versuchen können. Vielleicht entscheidet sich das Schicksal eines Menschen eher durch die Entscheidungen, die er nicht trifft – vielleicht bedeutete Prädestination, genau da zu landen, wofür man sich nie entschieden hatte.

Archer sagte: Fick dich.

Colton legte grüßend die Hand an den Kopf. Meine Herren, sagte er und verschwand durch die Küchentüren.

Ich sah zu, wie sie an ihren Scharnieren schwangen, und wartete darauf, dass Archer ihm einen Spruch wie Lass sie dir beim Rausgehen nicht auf den Arsch schlagen nachbrüllte, aber Archers Lippen schälten sich da oben übers Zahnfleisch, und die Haut am Kiefer hing durch wie Stromkabel. Es war nicht die Zeit für Scherze, nicht mal für ihn. Ich ging die Treppe hinauf, um ihm zu helfen, ins Schlafzimmer zu fahren, doch er rollte schon weg, bevor ich den Absatz erreicht hatte. Ich folgte ihm, lehnte mich an den Türrahmen, während er sich am Fenster aufstellte. Wie immer verfinsterte seine Vergangenheit die Welt um ihn herum. Mit einer fleischlosen Hand schob er den Ärmel seiner Holzfällerjacke hoch und entblößte seinen vernarbten Arm, die Haut fahlweiß und geschuppt wie Wachsschichten. Er strich mit der flachen Hand darüber und stieß die Luft aus.

Lass mich in Ruhe, sagte er.

Alter Mann.

Was?

So kannst du nicht weitermachen.

Er sagte nichts. Ich ging zu ihm, knuffte ihn mit der Faust an seine Drahtgitterschulter.

Sag mir, was passiert ist, wollte ich sagen. Mit mir kannst du doch reden. Stattdessen: Das wird nicht einfach.

Er fuhr sich mit der Hand über den Arm, immer wieder. Das tat vermutlich weh, so wie wenn er sich auf die Beine haute. Entschuldige, sagte er und streifte den anderen Ärmel hoch. Einen Moment lang verglich er die beiden Arme, die vogelscheuchenartig vor ihm ausgestreckt waren. Der verbrannte Arm sah aus wie bei jenen hautlosen Gliederpuppen, die man in Schullaboren sieht, Muskeln und Knorpel zuckerherzrot, mit grauen Kapillaren geädert. Archer drehte die Arme in die eine Richtung, dann in die andere. Das Narbengewebe war mit fellfarbenen Streifen marmoriert, und bei den Knöcheln und oberhalb des Ellbogens, wo das Napalm auf sein abgedecktes Gesicht gespritzt war, hatte die Haut weiße Flecken.

Meine gute und meine schlechte Seite, sagte er, ganz ohne Ironie. Ich bin wie Two-Face, bloß dass ich besser aussehe.

Nicht sehr viel.

Er lächelte nicht. Er sah mir nicht in die Augen. Seine Arme klatschten auf die Schenkel, die Ärmel lösten sich über den Ellbogen, und mit einer Anmut, die sein Alter und seinen Zustand Lügen strafte, stemmte er sich aus dem wackligen Alu-Rahmen seines Stuhls und stand auf, perfekt im Gleichgewicht und aufrecht, sodass er auf die Berge und die Brände in der Ferne schauen konnte. Der Morgen war nun voll da, und seine Farben flammten durch das kleine Fenster wie tausend Kerosinlampen. Und Archer, soldatengerade und vom flackernden Rot und Gold des Sonnenaufgangs bestrahlt, starrte in das Licht, als wollte er sich kopfüber in ein Feuer stürzen.

Alan West, mein Enkel, wurde 1974 unter Verhältnissen geboren, die viele Familien ertragen, die ich aber dennoch ändern würde, sollte ich die Gelegenheit dazu bekommen. Cecil war nicht verstört, jedenfalls zeigte er es nicht. Nora brummelte verschlafen Beobachtungen in meine Brust, wie stolz er sei, der alte West, dass sie ihn dabei ertappt habe, wie er sich in jungenhafter Vorfreude im Spiegel angrinste, wie er beim Trinken kürzer trete, wie er Schweißabfälle und kaputte Möbel, die er einmal zu reparieren geschworen hatte, und einen traumatisierten Standventilator, der ihr Haus im Sommer belüftete, aus seinem Abstellraum geschafft habe. Ich mach ein Zimmer, hatte er zu Nora gesagt. Das macht uns im Grunde zu Brüdern, hatte er zu mir gesagt und mir die Schulter geknufft. Das macht uns zu Partnern.

Jack fing in Cecils Sägemühle an, wo er Stämme schob und seinen ersten Lohn mit einem Barbecue verbriet. Das war im September, in der Jahresdämmerung, und südlich der Grenze hatten die Amerikaner einen neuen Präsidenten und heftigere Opposition gegen den

Vietnamkrieg denn je. Praktisch jedem, der sich das ansah, war klar, dass es mit den Kriegsanstrengungen bergab ging. Das war eine seltsame Erkenntnis, als bräche das Selbstbild entzwei. Cecil glaubte, es mache mich bitter, dass wir verlieren würden. Das war's aber nicht: Ich war nicht gerade ein Befürworter des Krieges, aber viele starben dort in dem Dschungel, und ein Rückzug bedeutete, dass sie eigentlich umsonst gestorben waren. Wir werden darin unterschiedliche Standpunkte gehabt haben, der alte West und ich, aber ich dachte, er würde wenigstens kapieren, was für eine Verschwendung das alles war.

Nora bedrängte meine Tochter, bei den Wests einzuziehen, und so war ich oft in einem leeren Zimmer und besuchte sie so oft auf der anderen Straßenseite, dass Cecil die Möglichkeit andeutete, wir könnten doch unsere Kräfte bündeln. Er dachte in erster Linie praktisch. Manchmal redeten wir beim Abendessen wieder über den Krieg, und Nora ließ uns auch eine Weile, bis sie uns dann schließlich runtermachte. Die Welt dreht sich weiter und die Familien mit ihr oder so was. Immer wieder redeten Cecil und Nora auch übers Heiraten, und ich beobachtete Linnea, wie sie lächelte und ins Schwärmen geriet, und da fragte ich mich, wo sie so gut lügen gelernt hatte. Jack alberte herum, mühte sich, ein Dad zu sein. Er strengte sich wirklich an, das sah jeder. Vor langer Zeit dachte ich einmal, mehr bräuchte es nicht – als die Bereitschaft, sich die Hände schmutzig zu machen, die Bereitschaft, einen anderen voranzustellen. Vielleicht habe ich damit ja recht, aber ich bezweifle es. Bei der Brandbekämpfung nützt ein Altruist wenig; Tote können nicht abdrücken. Wahrscheinlich hätte ich Jack warnen sollen, dass Linnea gehen würde, weil er sie hätte aufhalten können, aber Linnea wäre in Invermere nicht glücklich geworden. Jedenfalls rede ich mir das ein. Wie Nora sagte, manchmal sind die härtesten Entscheidungen eben wirklich die härtesten Entscheidungen.

An manchen Abenden blieb Cecil noch bis spät auf der Feuerwache, und an den Abenden fand Nora dann den Weg zu mir. Allerdings blieb sie nie lange, kaum einmal, bis es dunkel war, und ich sah sie weniger, berührte sie weniger – an manchen Abenden redeten wir gar nicht, an anderen kam sie nicht mal über die Türschwelle, half mir nicht, das leere Haus zu füllen, und eines Nachts wachte ich auf und wusste, dass unsere gemeinsame Zeit zu Ende ging. Es war, als würde ich mir plötzlich bewusst – richtig bewusst –, dass ich irgendwann sterben würde. Ich verlor sie an Cecil; ihr neu geborener Enkel hatte den Mann zutage gebracht, der er vor dem Tod seiner ersten Frau gewesen war. Einmal sprach er sogar von einer Doppelhochzeit, dann verdrehte Nora die Augen und schubste ihn wie einen Liebhaber.

Aus September wurde Oktober, und der West'sche Haushalt zeigte Ermüdungserscheinungen. Wenn ich sie besuchte, scherzten Cecil und Jack, dass ich wohl einer Kugel auswich. Draußen schnitt das Herbstlicht Bahnen durchs Tal, große, fahle Flecken, die alles wie Winter in Filmen aussehen ließen. Zum ersten Mal seit Monaten dachte ich wieder an meinen Zeichenblock. Seit Cecil fast hinter die Affäre gekommen wäre, war ich nicht imstande gewesen, Kohle auf Papier zu bringen. Es war, als wäre von der Lüge, die ich ihm auftischte, jede Inspiration verbraucht worden, als hätte ich die Grenzen dessen überschritten, wofür ich sie nutzen konnte oder eben auch nicht. Gelegentlich holte Nora mal die Kohle und schmierte irgendwelche endlosen Linien hin, aber jeder konnte sehen, dass sie nicht mit dem Herzen dabei war. Auch bei mir war sie nicht mehr sonderlich mit dem Herzen dabei.

Dann klingelte es eines Abends an der Haustür, und da wusste ich mit tödlicher Gewissheit, dass es Nora war und dass sie nun auf den Tisch hauen würde. Sie klingelte nie, sondern kam immer gleich rein. Und sie kam auch nie durch die Haustür – was bedeutete, dass es ihr jetzt egal war, ob jemand sie sah.

Hi Archer, sagte sie und zupfte sich Fusseln vom Pullover. Sie war wie eine Lehrerin gekleidet, ganz ordentlich und schick. Kann ich einen Kaffee haben?

Ich setz einen auf.

Tu auch einen Schuss rein, sagte sie.

Ja, Ma'am, sagte ich.

Sie kam in die Küche und setzte sich. Der Kaffee lief durch. Wir sahen zu, wie sich die Kanne bis zu der rostfarbenen Linie füllte, die sich in der Mitte der Karaffe gebildet hatte – genug für zwei gute Becher. Ich weiß nicht, ob ich überhaupt überlegte, was ich ihr sagen konnte. Ich glaube an Problemlösungen, aber auch an das Unvermeidliche.

Von dem Whiskey könnte die Milch gerinnen, sagte ich.

Keine Milch, danke, sagte sie.

Wir hätten einfach bloß Whiskey trinken können.

Sie lächelte, aber ich sah, dass sie es nur mir zuliebe tat.

Wie läuft's im Irrenhaus?, sagte ich.

Immer besser, sagte sie und presste die Lippen so sehr zusammen, dass ihre Grübchen sich zeigten. Du solltest öfter mal reinschauen.

Ich komme mir fehl am Platz vor.

Er ist auch dein Enkel.

Es fällt mir schwer rüberzugehen.

Sie trommelte mit den Fingernägeln auf den Tisch. Ich schwenkte den Kaffee im Becher, blies darauf zu ihr hin, wie einen Kuss. Davon hob sie eine Braue, und ich dachte, vielleicht würden wir ja noch mal miteinander schlafen, bevor sie mich endgültig verließ.

Ich möchte nicht, dass es für dich komisch ist, sagte sie.

Das ist es nicht.

Er ist auch dein Enkel, wiederholte sie.

Es ist nicht wegen dir.

Ich weiß, erwiderte sie und tippte mir mit dem Zeigefinger über die Knöchel – eins, zwei, drei, vier. Aber du bist Cecils bester Freund. Das ist nicht richtig.

Nein, ist es nicht.

Was?

Nein – es ist nicht richtig, bestätigte ich.

Sie drückte die Zunge gegen die Wange. Ich konnte sie nicht ansehen.

Du hast eine Tochter, an die du denken musst. Ich einen Stiefsohn.

Wie geht's Jack?

Ein neuer Dad, so geht's ihm.

Macht er's gut?

Er stellt sich bei allem ziemlich scheiße an, sagte sie und grinste. Gott, ich rede ja schon wie du.

Oder wie Cecil.

Cecil flucht nicht in meiner Gegenwart, sagte sie. Oder nur selten. Er ist ein guter Mann.

Besser als ich?

Ich weiß nicht, ob ich das beantworten kann oder würde. Warum muss es immer eine Konkurrenz sein?

Wahrscheinlich wegen dir.

Sie sog die Luft durch die Zähne. Ich konnte regelrecht hören, wie sie den Kiefer anspannte. Ein Grund, und so gut wie jeder andere, sagte sie.

Ach ja?

Ich meine dafür, dass es aufhört. Das mit uns.

Dann ziehst du ihn also mir vor, sagte ich. Wäre nett gewesen, wenn du mir gesagt hättest, dass es so kommen würde.

Archer, blaffte sie. Das Baby? Sei nicht so egoistisch.

Ich bin nie egoistisch, sagte ich und leerte meinen Kaffee mit einem großen Schluck, der mir Körnchen über die Zähne kippte.

Jetzt schmollst du.

Ich bin bloß müde oder so was.

Jack kann schmollen, aber du bist dafür ein paar Jahrzehnte zu alt.

Entschuldige, sagte ich und drehte den Becher auf dem Tisch, sodass er wie ein Gitarrenakkord dengelte. Ich weiß es einfach nicht, verdammt noch mal. Es muss doch eine Lösung geben. Du bist der letzte Mensch, mit dem ich sprechen kann, Nora. Sieh mich an. Ich wache morgens auf und weiß nicht mal, wer ich bin. Ich schlafe mit dir, aber ich weiß, ich kann dich nicht haben, trotzdem tue ich es – das bin nicht ich, das ist zu, das ist zu typisch. Gott, wenn ich dich verliere, bin ich wirklich allein.

Das kannst du nicht analysieren, sagte sie.

Doch.

Manchmal gibt es eben keine Antworten, Archer. Gibt es hier überhaupt eine Frage? Cecil, Jack, ich und Linnea. Alle mögen dich. Ich weiß nicht, was du dir da für Sorgen machst.

Es gibt immer eine Antwort, sagte ich.

Gott, typisch Militär, sagte sie. Sie führte den Becher an den Mund, atmete den Dampf ein. Es geht nicht nur um die Logistik, Archer. Ich wollte das nicht.

Und was wolltest du, Nora?

Sie faltete die Hände auf dem Tisch und setzte sich gerade hin. Eine rote Haarsträhne fiel auf die Braue, aber sie ließ sie dort, sodass sie sich um das Auge ringelte und es umrahmte und ich sie anschaute und mir klar wurde, dass sie so gut aussah wie an dem Tag, als ich sie zum ersten Mal küsste und mit ihr schlief und sie in den Armen hielt – gottverdammt, es gab einfach keine bessere Frau auf dieser Erde.

Ich wollte, dass Cecil mehr wie du ist, hauchte sie.

Und jetzt ist er es, sagte ich bitter.

Dann hämmerte jemand an die Haustür.

Archer?, rief Jack, und ich brüllte, er solle reinkommen. Er stürmte rein, zerzaust, die Haare wild und Säcke unter den Augen, die Hände zu Fäusten geballt. Er blieb abrupt stehen, als er uns sah. Nora?

Ich drehe dem Chaos bloß kurz mal den Rücken, sagte sie. Alles klar?

Ich kann Linnea nicht finden, sagte Jack, und ich spürte, wie die

Welt weiter wurde, spürte einen großen Druck im Hals, Lichter flackerten und verloren an Helle.

Ist sie hier?, sagte Jack. Ich kann sie nicht finden.

Ich fand sie am Greyhound-Bahnhof am Stadtrand, am Fuß eines breiten Hangs, wo die Straße auf einem Abschnitt von hundert Metern von Asphalt zu Schotter und wieder zu Asphalt wechselte. Auf der anderen Straßenseite war ein einstöckiger Partyschuppen mit einem Hof, der in einen großen, weiten Sumpf überging. Die Lichter in dem Schuppen waren matt, aber Musik plärrte durch die dünnen Wände, und Teenager taumelten raus, um in die Talaue zu kotzen. Der Sevenhead durchschnitt nahe dem Bahnhof die Stadt, und jedes Mal, wenn die Party ruhiger wurde, hörte ich den Fluss plätschern.

Linnea hatte die Haare zu einem Knoten gebunden und ihren Rucksack an einem Riemen über der Schulter. Sie wirkte älter als neunzehn, aber das mochte auch an den Natriumdampflampen liegen, die jede Haut ausgewaschen und gelb erscheinen lassen. Es war so dunkel, dass sie meinen nahenden Pick-up nicht erkannte, aber sie dürfte gewusst haben, dass ich sie suchen käme. Mit beiden Händen umfasste sie ihren Bauch, oberhalb des Beckens. Ich weiß nicht, was das bedeutete, wenn überhaupt etwas. Irgendwann hatte ich etwas ganz falsch eingeschätzt, aber den genauen Moment zu bestimmen ist ein vergebliches, sinnloses Spiel. Es ist bedeutungslos, wie etwas anfängt oder auch, wie es sich entwickelt. Entscheidend ist, wie die Dinge enden.

Linnea lehnte an der Backsteinwand des Busbahnhofs, als ich aus dem Pick-up ausstieg, mich am Hals kratzte und überlegte, was ich denn sagen konnte. Bei aller Weisheit, aller Ergebenheit bin ich angesichts von Gefühlen hilflos. Bei zarten Gemütern bin ich so hilflos wie Cecil. Immerhin hat er echte Trauer erlebt. Er musste mit ansehen, wie seine Lieben um Ecken und über alle Berge verschwanden. Er weiß, wie es ist zu verlieren.

Was machst du denn hier, Dad?, fragte sie.

Ich lehnte mich an die Motorhaube und verschränkte die Arme. Das könnte ich dich auch fragen.

Ich kann nicht bleiben.

Warum?

Das weißt du doch.

Nein, sagte ich. Sag's mir.

Sie zog an einer Haarsträhne, als wäre es eine Angewohnheit, aber ich hatte es noch nie bei ihr gesehen.

Glaubst du, Jack gibt einen guten Vater ab?, sagte sie. Einen guten Mann? Er ist doch noch ein Junge.

Daran hatte ich zu kauen. Gegenüber brach jemand durch die Tür des Partyschuppens, und die Nacht wurde laut vom Musiklärm und johlenden jungen Leuten. Autos rasten vorbei, in die Stadt und raus, und ich wartete darauf, dass die Motorengeräusche leiser wurden. Jedes Scheinwerferpaar konnte ein Bus sein. Alle Gespräche haben ein Verfallsdatum, aber daran denkt man selten, und wenn schon – wenn die eigene Tochter jeden Moment ihren Rucksack nehmen und einen verlassen könnte, für immer, hat man keinen Spielraum mehr. Man sagt nur, was man zu sagen hat. Vielleicht macht es das dann wahrer.

Ich glaube, er möchte es gern sein, sagte ich.

Ich bleibe hier nicht.

Okay, sagte ich, flüsterte es fast, voller Angst, meine Stimme könnte brechen. Ich wünschte, ich hätte meinen Zeichenblock oder eine Flasche Sherry dabei gehabt. Probleme sind leichter zu lösen, wenn es um Sachen geht.

Hast du Geld?

Ein bisschen.

Meine Augen brannten, als hätten sie in eine Neonröhre geschaut. Ich zog aus der Innentasche meiner Jacke ein Bündel Scheine.

Da, sagte ich, und nach einer langen Sekunde, in der ich mit ausgestrecktem Arm dastand, stieß Linnea sich von der Wand ab. Sie kam her, widerstrebend – meine Tochter. Ob sie glaubte, ich würde sie festhalten? Sie schlagen? Gott, was dachten die Leute bloß von mir?

Und du versuchst nicht, mich zum Bleiben zu überreden?, sagte sie.

Ich gebe mein Bestes.

Davon musste sie sich Tränen verkneifen. Ich auch. Sie stopfte das Geld in ihre Jeans. Dann kam sie her und drückte sich an meine Brust, und ich legte ihr das Kinn auf den Schädel, umfasste ihre Schultern. Sie erschauerte, ein langer Atemzug, doch keine Tränen durchfeuchteten mein Hemd. Daddys kleiner Soldat.

Meine Tür, sagte ich, und versuchte zu sagen, ist nie verschlossen. Aber das war ja ohnehin klar. Ich rieb ihr die Arme, roch den Shampoo-Geruch ihrer Haare, wie bei einem Teenager. Man kann einen Menschen nie da behalten, wo er nicht sein will – dafür sind Gefängnisse da.

Rufst du mal an?, sagte ich.

Bestimmt.

Von wo?

Sie rollte die Schulter, zuckte sie irgendwie. Ich glaubte ihr.

Wann geht dein Bus?

Ich fahr nicht mit dem Bus, sagte sie und stieß sich weg, und ich spürte, wie eine Grenze überschritten wurde, spürte etwas Unheilvolles in der Finsternis um den Greyhound-Bahnhof nahen. Ich hatte öfter mal einen Albtraum, in dem die Wand überm Kopfende meines Bettes sich zu einem Abgrund öffnete, schwarz wie das Maul einer alten Farbdose, und aus diesem Abgrund wuchs und wuchs ein Pünktchen zur Form eines Monsters mit Krebsaugen und einem Rachen wie eine Axtwunde heran, und ich zerrte an den Decken, wollte sie mir über den Kopf zerren, fand in meinen Armen aber nie die Kraft dazu. Und jetzt merkte ich, dass mich der Albtraum nie verlassen hatte, als wäre er ein Warm-up, eine ausgefeilte, weitschweifige Warnung. Natürlich nahm sie nicht den Bus. Natürlich nahm jemand sie mit. Und ich wusste auch, wer das war, wer aus dem Dunkel treten würde. Vor uns stand noch eine Auseinandersetzung – anders ging es nicht.

Mit mahlendem Schotter unter den Reifen kam er zum Stehen, die Scheinwerfer auf mich und meine Tochter gerichtet, und meine Brust war von Beschützerinstinkt geschwollen. Ich trat hinaus ins Offene, langsam, ruhig – versuchte, so drohend und beherrscht wie nur möglich zu erscheinen. Die Lichthupe ging an, aus, an, aus. Linnea lehnte sich gegen die Backsteinwand. Die Fahrertür des Fairlane ging auf. Ein Paar Armeestiefel knirschten auf den Schotter. Es war zu dunkel, um ihn deutlich zu erkennen, aber ich brauchte nicht zu raten.

Es ist nicht, wie du denkst, Dad, sagte Linnea, aber ich hörte sie kaum, auch wenn das, was sie sagte, wahrscheinlich wahr war. Ich weiß nicht, was an diesem Fort am Strand so viele Jahre davor geschehen war, nur was Jack mir erzählte, diese Geschichte, die Linnea weder bestätigt noch bestritten hatte. Ich weiß nicht, warum Crib mir ständig über den Weg lief, warum er mich offenbar jagte, was überhaupt der Sinn und Zweck von allem war. Niemand hat das je aufgeklärt.

Hab mir gedacht, dass du hier bist, sagte Crib. Er ging vorn um sein Auto herum. Die Scheinwerfer erhellten ihn zur Hälfte. Zwischen Daumen und Zeigefinger klemmte eine Zigarette, und er schnippte sie auf den Kies, zertrat sie mit dem Stiefel. Langsam, methodisch. Ich reckte den Hals über die Schulter.

Vermutlich bist du hier, um den Alphamann zu geben, sagte ich.

Nöö, sagte Crib und betonte das ö. Das ist dein Gig.

Er wand sich aus seiner Feldjacke, faltete sie einmal zusammen und drapierte sie auf der Haube seines besternten Wagens. Sie verdeckte einen Scheinwerfer. Er trug ein weißes Muscle-Shirt, das seinen eisernen Krebsanhänger und eine Narbe auf dem Brustfleisch zeigte – ein gruseliges Ding, das im Zickzack vom rechten Schlüsselbein und weiter der Kurve seines linken Brustmuskels folgte. Einen Augenblick später wischte er sich die Armeemütze vom Kopf und legte sie säuberlich in das Bett seiner Jacke. Er sah genauso aus, wie ein Junge vom Militär es sollte.

Ich hätte dich vielleicht doch von der Brücke werfen sollen, sagte ich.

Er ließ die Zähne blitzen, es wirkte wie ein echtes Lächeln. Hätte ich bloß einen Penny für die ganzen Leute, die mir das schon mal gesagt haben, sagte er.

Du gehst mit meiner Tochter nirgendwohin.

Schon gut, alter Mann, sagte er. Ich nehm sie ja nicht.

Ich drückte die Hände, so fest ich konnte. Zwei Knöchel knackten. Cribs Schultern hoben und senkten sich, als seufzte er, als hätte er nicht die ganze Zeit, seit er im Tal war, genau das gewollt.

Tja, sagte er und kam zu mir her. Dir kann man wohl nichts ausreden.

Nöö, sagte ich und dehnte das ö. Diesem Kampf konnte ich nicht ausweichen und wollte es verdammt noch mal auch nicht.

Crib packte mich am Revers und schubste mich. Ich versuchte zu antworten, holte zu einem Schlag aus, aber der ging grotesk weit daneben. Ich landete in dem nassen Kies auf den Handgelenken. Die Feuchtigkeit sickerte durch meine Jeans. Blöd von mir, auf die Hände zu achten, wie ein Amateur, wie eine Balgerei unter Highschool-Jungs. Crib bückte sich wie ein Linebacker, die Arme bei neunzig Grad angewinkelt wie die Idioten, die sich Karatefilme ansehen und glauben, dass es so geht. Seine Hände ballten sich zu Fäusten und öffneten sich. Ich wollte ihn so sehr schlagen, sein Gesicht prügeln, bis es bloß noch ein gedunsener, blutiger Brei aus Fleisch und Rotz war.

Ich presste die Zunge gegen die Zähne, bis ich Blut schmeckte, rappelte mich auf, wischte nasse Erde von den Fingerspitzen.

Redest du überhaupt manchmal mit deiner Tochter?, sagte Crib.

Ich wich Cribs Schwinger aus und rammte ihm die Knöchel in die weiche Stelle an der Nasenspitze, legte mein ganzes Gewicht rein, drehte dabei das Handgelenk halb herum, sodass der Aufprall den Knorpel wie ein Ei zerquetschte. Sein Kopf federte zurück, er fuhr sich mit der Hand ins Gesicht, und ich ließ einen Schlag in seinen Solarplexus folgen, seinen Atmungspunkt, nahe genug an seiner Narbe, dass ich spürte, wie die kieselige Haut zusammenschnurrte. Sein Atem zischte mir ans Ohr, so sanft, dass es schon fast intim war, entwaffnend. Ich redete die ganze Zeit mit Linnea, hatte schon immer mit ihr geredet. Wofür hielt Crib sich eigentlich?

Dad, schrie Linnea, als hätte sie was, also drehte ich mich instinktiv zu ihr, und Crib setzte mir die Hand ins Gesicht, die Finger krallten sich in Augen und Backenknochen, sodass ich den Kopf nach hinten bog. Er rammte mir das Knie in die Rippen. Ich spannte den Bauch gegen die Aufschlag seiner Knöchel an, doch er schaffte nicht die Entfernung, die es brauchte, um Wirkung zu erzielen. Wir taumelten auseinander, schnauften wie Sportler.

Hört auf, sagte Linnea. Sie trat von der Wand weg, hatte, wie es aussah, einen Prügel in der Hand. Das ist doch idiotisch.

Du kannst nicht mit dem weg, sagte ich. Nach allem, was er getan hat?

Was hat er denn getan?

Alan. Was ist mit deinem Sohn?

Wessen Dad bist du denn?, sagte sie.

Crib schniefte, wischte sich mit dem Ärmel über die blutige Nase. Aus dem linken Auge lief Saft, und sein Gesicht sah aus wie das eines Mastiffs. Seine Brust hob und senkte sich mit so viel Kraft, dass seine Schultern sich hoben. Er spuckte, rot. Seine Zunge testete die Festigkeit der Zähne. Ich spürte Furchen im Gesicht, von seinen Fingernägeln. Eine leichte Verbrennung, als wäre ich zu lange in der Sonne gewesen.

Ich ging auf ihn los. Es war nicht fair, nicht mehr. Ich konnte Nahkampf; er konnte reden, hatte Haltung. Ich schrappte ihm mit den Knöcheln übers Ohr. Ich verpasste ihm eine abwärts über Stirn, Braue, bis zum Kinn. Mein Daumennagel riss ihm die Lippe auf, er sabberte Blut und Schleim. Cribs linkes Auge schwoll zu, und ich war dazu trainiert, das auszunutzen, einen Schwachpunkt, eine Freischlagzone. Wir verkeilten uns, klammerten uns aneinander wie Verwundete. Er roch nach Galle und Kalkstein, wie die verdreckten Dieselmotoren von Holzlastern. Ich ballte die Fäuste, biss die Zähne zusammen, spürte den Blutdurst und das High, das man kriegt, wenn man einem anderen Schmerzen bereitet. Und dann sog mich die Welt nach hinten und hinab, hinab, hinab, die Beine waren Gelee, mein Kopf schlackerte zur Seite, und die Nacht kaleidoskopierte, zerbarst wie Feuerwerk und Motorbremsen und dann: Dunkel.

Als ich wieder zu mir kam, starrte ich auf meine Stiefel im Kies, auf den Saum der Jeans, dunkel von Wasserflecken und durchweicht, und einen Augenblick lang wusste ich nicht, wo ich war. Der Sevenhead plätscherte in der Ferne, und Crib hockte zwischen den Scheinwerfern des Ford Fairlane. Linnea half ihm auf, sie hatte ihren Rucksack abgelegt, Haare wehten im Wind. Er hatte einen stieren Blick, das Gesicht war mit Knorpel und Rotz verschmiert, die Mundwinkel waren zu einem groben Grinsen aufgerissen. Auch mir tat das Gesicht weh. Die Wange unterm Auge pochte von nicht bloß gestreiften Schwingern und Haken. Der hintere Teil des Schädels war warm, schwer. Etwas Flüssiges lief mir über den Hals den Rücken hinunter, und ohne hinzufassen wusste ich, dass es mich oben am Kopf erwischt hatte. Ich tupfte die Lippen zusammen und spürte Blut pochen, konnte mich nicht erinnern, wann mir die Lippen das letzte Mal an den eigenen Zähnen oder am Knochen eines anderen aufgeplatzt waren.

Ich stützte mich auf die Ellbogen. Neben mir lag die obere Hälfte einer Weinflasche im Kies, das Glas hart wie ein Schaft. Nur einer konnte mich mit dieser Flasche niedergeschlagen haben, und diese Erkenntnis schmerzte mehr als das Kopfbrummen hinter meinen Augen oder die Schrammen, die meine Wangen einfassten, oder Cribs

Scheinwerfer, die wie Nadeln stachen. Es war Linnea gewesen. Nach allem, was ich getan, den Opfern, die ich gebracht, nach all den Jahren, in denen ich mir den Arsch aufgerissen hatte, hatte sie Crib nicht nur als ihren Gefährten, sondern auch als ihren Beschützer ausgesucht. Crib, den Mann, der mich die ganzen letzten Jahre von früh bis spät umgetrieben hatte. Crib, der Jack West so schlimm verprügelt hatte, dass sich sein Selbstvertrauen nicht mehr erholt hatte. Der bald mit meiner Tochter abhauen würde.

Und so etwas konnte ich nicht widerstandslos hinnehmen.

Ich rappelte mich auf die Knie, ignorierte den Schotter, der mir in die Schienbeine stach. Crib lehnte an der Motorhaube, an seiner Jacke, und seine taumeligen Bewegungen schickten Lichtbalken in die Dunkelheit. Ich legte meine zittrigen Finger um den Hals der Weinflasche, zog sie zu mir her. Ich hatte schon eine Gelegenheit verpasst, um mit Crib fertig zu werden. Cecil hätte es nie so weit kommen lassen. Cecil hätte das Problem erledigt, wäre es angegangen – ich dagegen, ich versteckte mich bloß. Mit Verstecken gewinnt man keinen Krieg.

Ich stand auf. Persönlichkeitsstärke. Altmännerkraft. Auf der anderen Straßenseite hatten Teenager unseren Kampf bemerkt, waren aus dem Partyschuppen geströmt, zeigten her, tranken staunend Bier. Jetzt gab es jede Menge Zeugen. Das Glas war glatt in meiner Hand, aber auch klebrig – Weinreste, schmutziges Grundwasser, schmieriges Blut. Ich hätte Crib doch von der Brücke werfen sollen. Linnea hatte ihn auf die Beine gezogen, und er blieb jetzt von selbst im Gleichgewicht, schwankte fast so sehr wie ich. Das Adrenalin war weg, aber ich torkelte voran, versuchte, den Flaschenhals fester zu packen und die Zähne zusammenzubeißen, mich zu Wut zu puschen. Crib rührte sich nicht. Er wartete bloß. Er zog ein Feuerzeug aus dem Innern seiner Jacke und ließ kurz eine Flamme aufspringen, die ich bei jedem Schritt verwundert betrachtete. Als wollte er sich von mir aufschlitzen lassen, die Gedärme rausholen, meine Tochter retten – so einfach.

Was machst du da, Archer?, sagte Linnea, und ich brach fast wieder zusammen. Ich ließ die Flasche fallen, die Schultern hängen. Gibt es eine größere Demütigung, als wenn das eigene Kind einen mit dem Vornamen anraunzt? Ja: Es gibt die Demütigung, etwas zu werden, was zu hassen man sich beigebracht hat.

Ich will nicht, dass du gehst, sagte ich, und während mir die Wörter von den Lippen gingen, fuhr die Welt hoch, drehte sich, und ich spürte Schotter am Arsch.

Dad, sagte Linnea.

Ich stützte mich, Handteller auf nasser Erde. Keinen Trumpf mehr in der Hand.

Was habe ich denn noch?

Jack. Nora.

Ich wünschte, ich hätte ihr da gesagt, ich hoffte mehr als alles andere, dass sie glücklich würde, wo auch immer. Stattdessen sagte ich nichts, hockte zusammengesackt auf der Erde, während der Sevenhead plätscherte und das Partyvolk nach und nach wieder reinging und die Feuchtigkeit in meinen Jeans sich auf Arsch und Schritt ausweitete. Linnea kam zu mir, stieß die abgebrochene Flasche weg, beugte sich herunter und drückte mir ihre warmen Lippen auf die Stirn. Ich spürte, wie sie meinen Geruch einsog. Und einen kurzen, absurden Augenblick lang wünschte ich, ich hätte vor kürzerer Zeit geduscht, wünschte, sie könnte meinen Geruch aus einer besseren Zeit in Erinnerung behalten. Ich habe gehört, dass Geruch die Erinnerung mehr als jeder andere Sinn weckt.

Sie ging ohne ein Wort, stieg auf der Fahrerseite in den Wagen. Ich weiß nicht, wer ihr überhaupt Fahren beigebracht hatte. Crib balancierte an seiner offenen Tür, und ich zwang mich, ihn anzusehen, dass meine Nasenlöcher von der Anstrengung des Atmens weit und eng wurden. Er hatte gesiegt, aber ich wollte nicht leise weichen.

Halt die Ohren steif, alter Mann, sagte Crib und salutierte. Dann schwang er sich in seinen besternten Wagen, und ich sah mit an, wie sie die Kurve aus dem Greyhound-Bahnhof fuhren, und dann, wie ihre Rückleuchten über der Hügelkuppe verschwanden, weg von Invermere, weg von der grässlichen Langeweile dieser kleinen Stadt, weg von Jack und Cecil und Alan und weg von mir.

Jetzt hatte ich niemand anderes mehr. Ich ging zu den Wests. Ich ging zu Nora.

Der Fußweg – Fahren wäre nicht gegangen, und nicht nur, weil ich die Engel singen hörte – hätte eigentlich die Gelegenheit sein können, um den Kopf freizukriegen, eine Zeit, sich über alles klar zu werden, Bilanz zu ziehen, die Verluste abzuschreiben und weiterzumachen. In einem Film hätte jetzt ein trauriges Orchester gespielt. Ich überquerte die Straßenbrücke, auf der ein paar Absperrblöcke verschoben waren. Auf einen hatten Highschool-Schüler einen Penis gesprayt, in gelb. Autos dröhnten vorbei, und zweimal tappte ich aus Angst vor schweifenden Scheinwerfern vom Bankett. Ich wäre gern am See entlanggegangen, hätte gern seinen Kadavergestank gerochen, die Luft – dort kälter – die brennenden Schrammen in meinem Gesicht, das dumpfe Pochen auf meinem Schädel lindern lassen. Wenn der Wind umschlug, roch ich einen Hauch von mir selbst, meinen Atem, Körpergeruch und Essig, wobei Letzterer wohl meine Einbildung war.

Die Hauptstraße von Invermere war leer und nur vom Licht aus Wohnungen über den Geschäften erhellt, und wenn ich sie direkt ansah, flammten sogar diese schwachen Lichter zu Funken und Linsenreflexionen auf, zu Flammenspitzen wie bei einem Schweißbrenner. Autos schlichen durch die Stadt, lauter rollendes Metall und Muskeln wie ein Athlet, und wenn sie mich passierten, sah ich Gesichter und Körper, hörte Gesprächsfetzen. Die Geräusche dopplerten weg, schienen sich zwischen den Gebäuden zu sammeln und wie ein Echo zu hängen, als wäre man unter Wasser oder in einem Fischglas oder als wüsste man nicht, wo oben war. Manchmal, wenn ich an einer Straßenlampe vorbeiging, flackerte sie und ging aus, als wäre ich aufgeladen oder einer, der Uhren anhalten konnte, als versuchte etwas, mich oder den Weg vor mir zu verbergen – eine Macht jenseits der Wissenschaft, die mir unbekannte Dinge wusste. Schicksal, Karma, die's mal probierten, namenlose Götter von Flamme und Finsternis.

Ich klopfte bei den Wests. Ein Baby weinte, und ich hörte Schlurfen, besorgtes Gemurmel wegen der Nachtzeit. Dann drehte sich das Schloss, und Nora machte auf, und es war, als träfe mich ein Wärmestoß, die Erleichterung, sie zu sehen. Sie trug einen Männerpyjama. Ihre roten Haare flossen um ihre Schultern. Ihr Gesicht sagte mir, dass ich um einiges schlimmer aussah als sie.

Mein Gott, Archer, sagte sie. Hinter ihr kam Cecil aus dem Schlafzimmer, oben ohne. Seine alte, muskulöse Brust war fahler als ein Glas Milch, und ich hätte gern einen Witz gerissen, konnte die Zunge aber nicht so bewegen, wie ich's gern gehabt hätte. Jack streckte den Kopf um die Ecke. Er hielt das Baby – Alan – wie eine Katze.

Mir ist ein bisschen schwindlig, sagte ich und schlurfte rein. Nora fing mich auf, weitgehend, und Cecil hakte mir die Schulter unter den Arm, kickboxerschnell. Er nickte Nora zu, worauf sie zurücktrat und er mich allein, halb tragend, halb klammernd, in die gleißend weiße Küche schaffte, wo er, als er sah, wie ich in dem Licht die Augen zukniff, den Dimmer runterdrehte.

Noras Hände berührten mein Gesicht, ein Eiswürfel auf geschürfter Haut. Sie strich mir die Haare zurück, ganze Strähnen waren verklebt, klebten an der Stirn.

Was ist das denn, sagte sie und betastete meinen Schädel, wo die Weinflasche aufgeschlagen war. Ihr Finger war saftig und rot, sie roch daran und wischte ihn dann an meiner Jacke ab. Was ist denn mit dir passiert?

Zu viel Wein, sagte ich, und ich stellte mir Cecils Gesicht vor, wie er in der Tür stand, Arme verschränkt, streng wie ein Vater. Er wird wohl gegrinst haben. Wird darüber wohl ein Grinsen riskiert haben.

Glaubst du, er muss ins Krankenhaus?, sagte Nora.

Keine Ahnung, meinte Cecil. Er hasst Krankenhäuser.

Ach ja?

Na, denk ich mir halt.

Du denkst es dir?

Yes, Ma'am, sagte er. Ziehen wir ihm mal die Jacke aus.

Sie hoben mir die Arme hoch, vier Hände, und zogen mir die Jacke aus. Tsss, machte Nora. Er ist ganz durchnässt, sagte sie.

Cecil wischte mir Haare aus den Augen, viel sanfter, als ich es von ihm gedacht – oder erwartet – hätte.

Er hat sich wohl geprügelt, sagte er und prustete los. Ich testete mein schmerzendes Gesicht mit einem Lächeln.

Ermuntere ihn nicht auch noch, sagte sie zu mir.

Cecil holte Aspirin aus dem Schrank, ließ Wasser in ein Glas laufen. Er hielt mir zwei Pillen hin, als zweifelte er, bis ich sie nahm und in den Mund steckte. Ich versuchte, sie direkt zu schlucken, aber der Winkel war total schlecht. Von der Bitterkeit konnte ich klarer denken – ganz bestimmt.

Zu zweit schleppten sie mich zur Dusche, und Cecil witzelte, dass er mich ausziehen müsse und es ihm zu sehr gefiele. Die Tapete in ihrem Bad hatte Hundekonturen – vor allem Bulldoggen, aber auch ein paar andere, auch ein Greyhound –, und auf dem Fußboden, vor der Wanne, lag eine Willkommen-Matte, wie man sie sich vor die Haustür legen würde. Darauf war eine Grinsekatze, und darunter stand: Vorsicht, bissiger Hund, aber auch der Katze ist nicht zu trauen.

Sie trollten sich. Die ganze Zeit hatte Nora medizinische Distanz gewahrt und Cecil das schwere Heben überlassen, und ich staunte über die Ironie dessen, dass er mich wie einen Sohn oder Bruder durch die Gegend schleifte, während ich an nichts anderes als an seine Verlobte dachte. Das hat was Komisches, das ich nicht ganz genau festmachen kann. Irgendwann im Lauf der Nacht hatte Cecil den Anstand gefunden, ein Flanellhemd anzuziehen. Das machte es mir leichter, ihn mir nicht als ihn vorzustellen, machte es leichter, damit zurechtzukommen, dass ich ihn so heftig betrog.

Dann ging die Tür wieder auf, und Cecil kam mit einem Satz seiner Klamotten auf dem Arm rein. Ich drehte das Warmwasser auf, setzte mich auf den Klodeckel und horchte auf die jammernden Röhren, während das Zimmer vom Dampf ganz stickig wurde. Cecil regte sich kaum, wie er da vor mir stand. Er legte die Sachen auf den Waschtisch und lehnte sich an dessen Kante, schob eine Haarbürste weg und fluchte, als etwas gegen das Abflussrohr pingte. Meine Schultern schmerzten, der Rücken, das Gesicht. Ich schmeckte Essig, Schweiß.

Alles klar?, sagte er schließlich. Ich konnte ihn durch den Dampf, die schwachen Lichter kaum sehen.

Nein.

Wenigstens bist du ehrlich.

Ich will nicht reden.

Ich weiß, sagte er.

Um ihn anzusehen, musste ich den Kopf in einem langsamen Bogen drehen oder riskieren, dass das Zimmer sich in Wirbel auflöste.

Warum bist du dann noch da?

Vielleicht hab ich ja ein paar Sachen von dir gelernt, sagte er. Oder ich versuche, dich richtig grantig zu machen, um dich aus der Reserve zu locken.

Hast du wohl auch gelernt.

So was in der Art, ja.

Was wirst du Jack sagen?

Keine Ahnung. Da kenn ich mich nicht so aus.

Du hast auch jemanden verloren.

Nicht so. Ohne mein Zutun. Tut mir wirklich leid, Archer.

Nicht deine Schuld.

Teilweise schon.

Ich hab's verkackt, Mann.

Crib?

Linnea. Hat mir 'ne Weinflasche drübergezogen.

Er verkniff sich den Scherz. Warum?

Ich suchte meine Hände ab, begutachtete die Dellen auf den Knöcheln, die Abschürfungen vom Schotter auf den Händen und die Steinchen unter den Nägeln. Es war, als untersuchte ich einen anderen nach Wunden, die Fremdheit meiner eigenen verdammten Gliedmaßen. Sie ballten sich zu Fäusten und lösten sich wieder, und ich weiß nicht mal, ob ich die Bewegungen, diese Handlung, selbst ausführte.

Weil ich ihn umbringen wollte, sagte ich.

Cecil schlug auf das Porzellan des Spülbeckens, um sich mit irgendeinem Geräusch, irgendeiner Ablenkung eine Atempause zu verschaffen. Das bleibt unter uns.

Jetzt ist mir nichts mehr geblieben, sagte ich und hätte verdammt beinahe seine Verlobte genannt. Kein Schwein.

Ein Enkel, sagte Cecil.

Ja, das ist wohl von Bedeutung.

Er machte einen Laut, kein richtiges Grunzen, einen Laut, mit dem man ein trauriges Lächeln begleitet. Ich hörte, wie er die Arme verschränkte, sein Fuß auf dem Laminat tapp-tapp-tappte.

Sonst alles in Ordnung? Du blutest nicht, wo du nicht solltest?

Ich tätschelte meinen Bizeps, dachte, ich könnte die Riffel der knorrigen Haut dort durch die Baumwolle spüren.

Was ist denn überhaupt passiert?

Scheiß Eigenbeschuss. Das macht dich fertig, das siehst du nicht kommen.

Er grunzte, sagte kein Wort, und das war gut so.

Ich krempelte den Hemdsärmel hoch, hielt den Bizeps und seine Narbe in den Dampf. Wie immer war es, als zöge sie sich zusammen, als hätte die Haut sich gestrafft.

Ich hasse Feuer. Da kriege ich eine Scheißangst. Was du machst, könnte ich nicht.

Gott hat die Feuerwehrleute geschaffen, damit die Soldaten welche haben, zu denen sie aufblicken können, sagte er, wobei er bloß eine Stimme war, denn ich sah alles verschwommen und vernebelt.

Seine Gestalt bewegte sich, öffnete die Badezimmertür. Dampfschlieren wehten hinaus.

Cecil, sagte ich, worauf er sich umdrehte, doch ich konnte sein Gesicht nicht sehen, nur die Kontur, und mir fiel nichts ein, was ich sonst sagen konnte. Weißt schon.

Er mochte genickt haben, dann ging er zur Tür hinaus. Ich stand auf und zwängte mich aus dem Hemd, und die Baumwolle klebte an meiner Haut wie Neopren, und als es über dem Kopf war, erhaschte ich einen ganz guten Blick auf mich im Spiegel: die blau werdenden Knochen um die Augen, die gelblichen Flecken und Schnitte wie Schlaglöcher in der Brust, die Bierwampe, das käsige Fleisch, wirre Haare und schlaffe Muskeln wie bei einem Mann meines Alters. Meine Stoppeln strotzten von Schmutz und Blut, und Nora hatte mir die Haare zurückgestrichen, damit sie meine Stirn auf Verletzungen absuchen konnte. Ich hätte auch ein verprügelter Action-Held sein können, ohne das gute Aussehen und die schlechten Witze. Ich hätte ein Mann sein können, der von seiner Tochter niedergeschlagen wurde, der knapp an einem Fehler vorbeigeschrammt war, den er nie hätte wiedergutmachen können. Manchmal fällt es schwer, sich in die Augen zu sehen.

Ich stieg in die Dusche und ließ mir das Wasser auf den Rücken trommeln, die Wärme herabströmen. Als ich den Kopf neigte, stach die Hitze in Risse, also entschied ich mich gegen Shampoo – massierte mir nur Spritzer in die Haare, wovon sich das Wasser ocker färbte. Die Ströme, die mir aufs Gesicht pochten, stillten den Schmerz, aber das konnte auch das Aspirin gewesen sein.

Ich trat aus dem Bad in ein Haus voller Schatten, nur eine einsame Lampe glomm im Wohnzimmer, der Schirm wie ein Heißluftballon. Dort hatte sich Nora auf dem Sofa zusammengerollt, die Füße eng an den Körper gezogen. Sie hatte die Wange aufs Handgelenk gelegt, die Augen geschlossen, aber die gingen langsam auf, als ich aus dem Flur hineinschlich. Ich hob meine ruinierten Sachen auf, und sie deutete zur Küche, wo ich sie in den Müll tat.

Cecil ins Bett gegangen?, sagte ich.

Arbeitet früh. Wenn du willst, wecke ich ihn.

Das wäre nicht fair den Leuten gegenüber, die mit ihm arbeiten, sagte ich und setzte mich ans andere Ende des Sofas, sodass ein ganzes Kissen zwischen uns war. Ich versuchte, sie nicht anzusehen, weil sie so gut aussah, weil sie Cecils Verlobte war und weil Cecil, mit der einen oder anderen Ausnahme, alles hatte, was er wollte. Wie ich da in seinem Haus, auf seinem Sofa saß, begriff ich, was passieren musste, irgendwann.

In dem kleinen Holzofen dort, der in eine Wärmesenke aus Backstein eingelassen war, brannte kein Feuer. Nicht dass ein Feuer hätte brennen sollen, aber in dem Moment hätte ich mich nicht darüber beschwert. Zu beiden Seiten hingen Gemälde und ein Wandteppich. Nora hatte mir erzählt, dass eines der Bilder – ein Panda, der sich mit Bambus vollstopfte – von ihrer Schwester war, das erste ihrer Schwester, und ein Geschenk wegen der großen Unterstützung, die sie ihr während des kreativen Prozesses erwiesen hatte. Ich finde es faszinierend, hatte sie mir gesagt, und zum ersten Mal wurde mir bewusst, dass ich etwas hatte, was sie wollte, etwas, was Cecil nicht hatte. Der kreative Prozess, dieser ganze Kram.

Draußen heulte ein Sturm gegen das Fenster, und die Holzäpfel an Noras mickrigem Baum zitterten, fielen aber nicht. Regentropfen pingten gegen die Scheibe, wurden vom Wind weggescheucht. Nora sah mich an und dann auf das Sofa, auf dem wir saßen.

Falls dir zu kalt ist, um nach Hause zu gehen, sagte sie.

Ich bleibe lieber nicht.

Sie blickte aufs Sofa, und ich betrachtete die Lücke zwischen uns. Ich dachte, dass ihre Fersen vielleicht ein Stück hervorgekommen und ihre bestrumpften Füße meinen jetzt näher waren als vorher, als ich mich hinsetzte.

Okay.

Wirklich nicht, sagte ich und beugte mich vor, stellte die Ellbogen auf die Knie. Ich drehte die Hände, dann noch mal. Die Knöchel waren blau und schartig wie ein frisch gespitztes Stück Kiefer, ganz so wie damals, als ich noch jünger war, wilder, als ich über das Stahlbecken in meiner Waschküche gebeugt war und meine Ex mir Jod in die Schnitte massierte, die Hände mit Gaze wie Munitionsgürtel umwickelte. Das waren noch Zeiten, allein schon der ganze Quatsch. Vielleicht vermisst man die schlimmsten Seiten der anderen am meisten.

Deine Knöchel, sagte Nora und langte danach. Die Worte waren gehaucht. Sie nahm die ihr nächste Hand und legte sie in die ihre. Die Haut war kühl, wirkte weich, und ihre Wärme floss in meine Hand wie die Hitze von einer Tasse Morgenkaffee. Gott, sie sah so gut aus, sie war so gut – mir brannten die Augen, allein von der Anstrengung, sie scharf zu sehen und nicht völlig schwach zu werden.

Sie rutschte auf dem Sofa her, und ich roch sie – das Draußen, die Regenluft, diesen Duft von keinen Blumen oder allen, ein Duft, der Bienen anzieht. Sogar sauber roch sie so, eben natürlich. Ihre Finger strichen über meine geschwollenen Fäuste, die violetten Ränder der Risse, die wie fest aufeinander gepresste Lippen waren. Ihr Schlafanzugärmel war über die Ellbogen gekrempelt, und ich zählte die Fleckchen, die ihre Arme sprenkelten, die weichen, unsichtbaren Härchen.

Es wäre in Ordnung, sagte sie.

Ich weiß nicht, erwiderte ich.

Ich sag's Cecil auch nicht.

Scheiß auf Cecil.

Es würde ihn eh nicht interessieren, sagte sie, so nahe, dass ihr Atem mich am Schlüsselbein, den Stoppeln auf dem Kiefer kitzelte. Draußen legte der Trommelschlag der Regentropfen auf Straße und Dach zu, rappelte auf den Schindeln und der Motorhaube von Cecils Pick-up, nahm wieder ab. Das Baby – Alan, mein Enkel – gab ein kurzes, hohes Gähnen von sich, dann wurde auch es still. Irgendwo auf der dunklen Straße jenseits der Stadt lehnte sich Crib gegen die Beifahrertür, die Feldjacke um sich gerafft – ihm war bestimmt klamm, bestimmt kalt –, und schob die Armeemütze über die Augen, stellte einen Stiefel aufs Armaturenbrett seines besternten Wagens. Dann atmete er bestimmt tief, erleichtert aus, leicht als Seufzer, als Balsam gegen den Schmerz misszuverstehen und nicht als das, war es wirklich war: Zufriedenheit, Befriedigung, weil er hatte, was er wollte, was ich nicht haben konnte. Er hatte meine Tochter. Nichts schreckt mich mehr als Einsamkeit.

Nora wischte mir eine Träne von der Wange. Ich weiß gar nicht, wann ich angefangen hatte zu weinen.

Cecil ist viel zu sehr Vater, um sich dafür zu interessieren, sagte sie. Dann umfasste sie mit einer Hand mein Genick und zog meinen Kopf zu sich an die Schulter, und ich atmete ihren vollen Geruch ein und presste die Augen zusammen und spürte, wie in der Baumwolle ihres Hemds die Feuchtigkeit aufstieg. Ihre Finger strichen mir durch die Haare, scharrten über die Kopfhaut, fast wie Cribs, aber so anders. Warum sind Gesten der Zuneigung solchen der Gewalt so ähnlich – oder liegt das nur an mir?

Es ist gut, flüsterte sie, und es fühlte sich an, als sagte sie die Wahrheit, als würde Linnea zurückkommen und ich Cribs Wagen mit dem kaputten Auspuff in meiner Auffahrt gegenüber röhren hören. Er und ich würden uns die Hand geben: halt bloß ein Missverständnis.

Ich langte nach Nora. Meine Hand strich über ihren Bauch, ihr Ellbogen legte sich darüber, ihr Körper drehte sich seitwärts, ihre Hand in meinen Haaren ballte sich zur Faust und zog sanft, hebelte mein Kinn hoch, meinen Mund auf. Ich konnte sie schmecken, fast, die Erdigkeit und meine Tränen und den Sand, ungeschwemmt aus den Graten meines Zahnfleischs, den Nischen zwischen den Zähnen, Orte von Schmutz und Kies. Irgendwo trug ein Auto meine Tochter über Asphalt, über Distanz, trug sie fort, fort, fort.

Was machst du denn da, sagte Nora, wie durch geschlossene Lippen. Ich spürte die Wölbung ihrer Rippen, derjenigen, die gebrochen und schief verheilt war – ihre vollkommenen Unzulänglichkeiten, die

Dinge, die sie schön machten. Die, die sie zu der Frau machten, die sie war.

Archer, blaffte sie.

Nora, sagte ich.

Er ist nebenan.

Bitte.

Noras Schultern hoben und senkten sich. Sie sammelte ihre Haare in der Faust und zog daran, vielleicht eine nervöse Angewohnheit, und ich brauchte keine Sekunde, um zu erraten, was ihr durch den Kopf gegangen sein musste. Tunnelblick, wie es so heißt. Dann stand sie auf und ging ohne auf Geräusche zu achten über den Teppich zu ihrem Schlafzimmer – ihrem und Cecils – und blieb in der Tür stehen. Sie lehnte sich an den Rahmen, Arme verschränkt und eine Ferse angehoben, sodass nur die Fußspitze den Boden berührte. Sie konnte den alten West im Licht der Straßenlampe sehen – dieselbe, die mein Haus gegenüber erhellte. Ich schaute sie nur an, wie sie atmete, ihren Verlobten anschaute. Cecil schlief nur selten unter der Decke – es wurde nachts nicht kalt –, also dürfte sie alles von ihm gesehen haben, seine gewaltige Realität, in seiner Gänze sargartig auf dem Bett, die Finger auf dem nackten Bauch verschränkt. Ich weiß nicht, wie lange sie dort stand. Ich weiß nicht, ob ich ein jähes Erwachen davon entfernt war, sie endgültig zu verlieren, ob Cecil sich nur umzudrehen, den Schlaf aus den Augen zu blinzeln und glücklich zu grinsen brauchte, aufs Bett zu klopfen, da wo sie sich zu ihm legen sollte, wo er ihr die störrischen Arme um die Taille schlingen und sie an sich ziehen würde. Sie liebte ihn. Das konnte jeder sehen.

Doch Nora wandte sich vom Schlafzimmer ab. Sie kam zu mir, wartete, solange ich an meinen Schnürsenkeln fummelte, bis ich schließlich, ohne sie gebunden zu haben, hinter ihr her tappte. Sie nahm sich einen von Cecils Arbeitskitteln vom Haken und legte ihn sich um die Schultern. Wir waren so vorsichtig, die Tür ohne ein Geräusch zu schließen. Wir waren so vorsichtig, huschten um das orangefarbene

Licht, das die schorfige Straße in einem Ring beleuchtete. Wir nahmen die Hintertür, die in das unfertige Souterrain mit dem süßen Geruch von Sägemehl und Gipskarton führte. Das alte Sofa in dem Zimmer mit den schaumigen Eingeweiden, die aus den Nähten platzten, war zu offensichtlich, um es zu übersehen. Nora legte ihren Arbeitskittel ab.

Dann war sie in meinen Armen oder ich in ihren, und sie zerrte mir das Hemd über den Kopf, während ich die ungeschnürten Schuhe von mir stieß. Sie zog mich aufs Sofa oder ich stieß sie, unsere Laute scharf und abgehackt, eingesogene Luft oder rasch ausgestoßene – die intimen Stimmen und Bewegungen und Muster, die außer uns niemand kannte. Ich zog ihr Hemd hoch, und ihre Brüste erschienen, und ich ging mit dem Mund hin. Sie beugte sich zu mir. Ich schob die Hand unter das Gummiband ihrer Schlafanzughose. Ihre Haarspitzen ergossen sich über meinen Rücken, kitzelten mich an Hals und Schultern, und das alte Sofa hustete weiteren Zitronenschaum, genug, dass wir in den Kissen versanken, und als ich mich in sie hineinstieß, geschah es in einem angehaltenen Laut, in Stille, in Erwartung, dann Erkennen, dann Staunen – zwei Keucher, der eine das Echo des anderen, und ich sah ihren ganzen Körper wie eine Landschaft, Luft flirrte darüber, das Schimmern ihrer Haut war wie ein See, die Buckel ihrer Hüften blass und weiß, von der Straßenlampe aber zu Bernstein gemacht, die kräftigen Muskeln an Hals und Kiefer und die Furchen, die sich in ihren Augenwinkeln bildeten, die Verbindungsstellen von Arm und Brust, alle ihre verborgenen Rätsel und die rätselhafte Art ihrer Bewegungen, jetzt, dem Tageslicht und neugierigen Blicken verborgen. Und es gab kein Bedürfnis, keine Sorge mehr – nicht in jenem Augenblick. Alles würde neu werden. Alle müden Wanderer würden ihr Ziel der Ruhe und Versöhnung erreichen. Das war immer die einzige Art, in der es enden würde.

Danach lagen wir auf dem sterbenden Sofa aneinander geschmiegt, klebrig und kalt, aber zufrieden, so zu liegen und dafür zu sorgen, dass die Arme des anderen einschliefen. Ich küsste eine Sommersprosse auf ihrer Schulter, umfasste ihre Brust. Ich liebe dich, sagte ich.

Sie blies eine lange Luftspur aus der Nase. Cecil auch.

Was wird jetzt?

Ich weiß es nicht, sagte sie und legte sich anders hin, sodass mich Nadeln in den Arm stachen.

Was soll denn passieren?

Weiß ich auch nicht.

Sie stützte sich mit dem Handgelenk auf meine Brust und hob sich auf einen Ellbogen, presste sich ihrer ganzen Länge nach an mich. Mit ihrer freien Hand berührte sie die kaputte Haut auf meinem Bizeps, schrumpelig wie eine Apfelschale. Schon von der Wärme ihres Fingers straffte sich die Haut, kribbelte – nicht schmerzhaft, aber beinahe.

Tut das weh?

Wenn du da dranfasst?

Allgemein, sagte sie, die Stimme leise, grollend. Sie legte die Lippen darauf; die Wärme von ihrem Atem kitzelte, wie wenn man sich wusch.

Bloß wenn es warm ist. Aber eigentlich ist es kein Schmerz.

Cecil hat mal gesehen, wie einer gebrannt hat, richtig schlimm.

Er ist mutiger als ich. Der rennt in Brände.

Sag das nicht, sagte sie.

Ich mag die Kälte, sagte ich, spannte den Muskel dort und sah den Arm einen Moment lang, wie er aussah, als es passierte – blutig und mit Saft oder Haut berotzt und gelb und so rot, dass er auch hätte schwarz sein können, ein Geruch wie bratendes Schweinefleisch, ich schwör's.

Seit es passiert ist, meine ich. Ziehe ich die Kälte vor. Macht mich mehr zum Kanadier, hm?

Sie scharrte mir mit den Fingernägeln durch die Haare. Ich umfasste ihre Schulter.

Ich sollte nicht bleiben, sagte sie und wartete noch einen Moment, bis sie sich aufsetzte.

Sie zog die Hose an. Das sollte eigentlich nicht sexy sein, aber meine Meinung von ihr war völlig verzerrt. Ich fand, sie hatte hübsche Knie.

Gut, dass du nicht stinkst, sagte sie und betrachtete mich von der Seite. Sonst könnte er was merken.

Glaubst du denn, er merkt nichts?

Er will es nicht merken.

Hast du ihn schon mal weinen sehen? Kann der alte West überhaupt weinen?

Er würde sagen, er hat sich bei Emilys Tod ausgeweint.

Das ist dir gegenüber nicht fair, sagte ich.

Da geht's nicht um mich, Archer, sagte sie auf eine Art, die keinen Kommentar verlangte. Sie sammelte ihre Haare in der Faust, zog daran, spannte dabei die Halsmuskeln an – eine federnde Bewegung. Ich fuhr mit den Fingern über die Höcker ihrer Wirbelsäule, rieb die Hand in einem langsamen, kräftigen Schwung zwischen ihren Schultern. Sie lehnte sich mit ihrem Gewicht gegen meine Hand. Dann senkte ich sie, so sanft ich konnte, zurück aufs Bett.

SIEBEN

Alles ist Austausch gegen Feuer
und das Feuer nur Austausch gegen alles andere.

Xenophanes

Hier nun die Geschichte von Archer Cole: 2003 schickte er mich allein zum Camp meines mir fremden Vaters, unbewaffnet bis auf einen versifften Jeep, der kaum ansprang, und einen Karton mit sentimentalem Zeug, das den Augen meines Erzeugers die Erleuchtung bringen sollte. Er selbst blieb bei den Toten – ein Restglaube an Hingabe und Gerechtigkeit –, und obwohl wir uns noch einmal sehen sollten, bevor der Tumor in seiner Wirbelsäule ihn hinwegraffte, sollte das meiste des Archer, den ich in jenen zwei Tagen unterwegs kennenlernen sollte, auf immer in Owenswood bleiben, verloren in der Ödnis dort.

Ich fand meine Mom und Colton im Speisesaal des Restaurants in einer Ecknische, beide tranken schwarzen Kaffee. Meine Mom hatte den Kopf auf die gepolsterte Rückenlehne gelegt, sodass ihr Kinn zur Decke zeigte. Colton hatte sich gegen die Wand gekeilt und die Füße hochgelegt, und als ich bei der Karaffe vorbeikam, hob ich sie von der Warmhalteplatte und schüttelte sie zu ihnen hin. Mit einem ernsten Nicken hob Colton die Hand und machte mit den Fingern eine Komm-her-Geste.

Danke, sagte er, als ich dort war.

Kein Problem.

Meine Mom beugte sich vor. Wie geht's meinem Dad?

Stinkig.

Also geht's ihm gut.

Was brauchst du, Alan?, sagte Colton.

Kann ich Gramps anrufen?

Colton setzte sich aufrecht hin. Er schloss die Finger um den Becher und trank laut und übertrieben. Dampf wallte ihm von der Stirn, und er hielt sich den Becher unter die Nase, als wäre es ein duftender Espresso oder wenigstens frisch gebrüht. Ich dachte schon, du fragst mich, ob du gehen kannst, sagte er.

Noch nicht.

Na gut. Wir sind hier keine Wilden. Lin, willst du's ihm zeigen, oder soll ich?

Dann komm, sagte meine Mom. Sie bedeutete mir, ihr in die Küche zu folgen, aus der die beiden Jungs verschwunden waren und wohin sie ihren halbtoten Mann gebracht hatte. Es roch wie in einer Krankenhauscafeteria. Zuvor hatte sie Colton auf eine Stahlinsel gelegt: keine Blutflecken wie im Horrorfilm, aber der Inhalt des Erste-Hilfe-Kastens war geplündert. Das vage Aroma von Jod, der schrumplige Geruch von Haut unter einem Verband.

Gramps hatte eine ähnliche Flickschusterei mitgemacht; ja, eigentlich war es für ihn fast schon eine Gewohnheit, sich meilenweit von jedem Krankenhaus, jeder Hilfe oder auch nur einer Flasche Schnaps zur Sterilisierung zu verletzen, und obwohl ich ihn nie persönlich zusammengenäht habe, war ich viele Male dabei, wie er es selber machte. Einmal riss er sich infolge einer Begegnung von Quad mit Holzstamm das Bein von der Wade bis zum Knie auf. Ein anderes Mal kappte er beim Brotschneiden, um sich ein Käsesandwich zu grillen, die Arterie am Handgelenk. An Silvester sprang er aus dem oberen Fenster der Dunbar-Hütte und schlug sich am Holzrahmen die Stirn auf – er hatte sich im Suff mit der Tiefe verschätzt. Jedes Mal wedelte Gramps alle Hilfsangebote beiseite und führte die Nadel mit einem erregten Leuchten in den Augen selbst. Ich glaube, so was erinnert ihn an eine Zeit, als die Welt noch wilder und das Potenzial für Verletzungen höher war, als mehr auf dem Spiel stand und die Versorgung der eigenen Wunden noch etwas bedeutete. Man konnte ein

Narbengesicht davontragen. Oder einen Wundbrand. Das war wohl in seiner Jugend so gewesen.

Du wirst dich auf die Suche nach Jack machen, sagte sie. Das war keine Frage.

Wenn ich kann.

Colt wird dich verhaften. Er ist ein guter Cop.

Verstehe.

Wird er sauer sein? Cecil, meine ich. Wenn du's nicht schaffst.

Nein, aber darum geht's nicht.

Worum dann?

Das Küchenlicht flackerte und tickte in seiner Fassung, und meine Mom und ich schauten hoch. Wir rührten uns nicht, zeigten keine Regung. Das Licht ticka-ticka-tickte wie ein Falter, und in meiner peripheren Wahrnehmung, in jenen unzuverlässigen, halb gesehenen Räumen, in denen das Gesehene vielleicht gar nicht real ist, sah ich Gramps auf dem Totenbett in dem beschissenen Krankenhaus liegen, nur Nora bei ihm – falls sie überhaupt noch bei ihm war. Tiere ziehen es nicht vor, allein zu sterben; sie wissen es nur nicht besser.

Gramps hat mich nie um was gebeten, sagte ich, und ich wusste, dass es stimmte. Man stelle sich vor: drei Jahrzehnte Selbstlosigkeit und nun, nach wie vielen Monden, in denen es ihm gleich war, wie viel Zeit ihm noch auf Erden blieb, nun, da er die Frau an seiner Seite hatte, von der er neunundzwanzig Jahre nicht gesprochen hatte – jetzt tickt die Uhr dem Ende entgegen? Man stelle sich vor, so lange auf eine Frau zu warten, und dann erscheint sie am Totenbett. Furcht, Empörung, Verlust, Liebe. Einer Kugel kann man so viel leichter ausweichen als einem Kummer. So was würde wohl Archer sagen.

Er war immer für mich da, sagte ich.

Nach ein paar Augenblicken nickte sie und machte sich erneut auf den Weg durch das Gebäude. Eine hintere Treppe führte zum Wohnbereich meiner Mom und Coltons – getrennt von dort, wo Archer und ich geschlafen hatten, ein Überbleibsel aus der Zeit, als das Verge noch eine Frühstückspension war –, und wir liefen unter einem Dachfenster lang, das mit einem Lederstiefel offen gehalten wurde. Die Decke war so niedrig, dass man mit dem Ellbogen drankam, nicht richtig klaustrophobisch, aber fast – ein ausgebauter Dachboden. Um mich herum lagen die Kuriositäten ihres Lebens mit Colton im Treppenhaus, im Flur und auf dem Wohnzimmerboden verstreut: eine Holzgiraffe mit Löchern in der Flanke, für Zahnstocher oder Nadeln, Bände um Bände großer topografischer Enzyklopädien, brusthoch an den Wänden gestapelt, manche an Stellen aufgeschlagen, die mir nichts sagten – Karten der Region mit rot gemalten Wanderwegen. Das alles betrachtete ich länger, als ich eigentlich wollte, und länger, als es höflich war, aber als ich mich wieder ihr zuwandte, hatte sie nur die Arme verschränkt und lehnte an der Wand. Es mochte ihre Normalhaltung gewesen sein – ein Halbgrinsen gespielter Verzweiflung, als wäre sie immer im Rhythmus eines Insiderwitzes. Mich betrachtend: mich, das Wesen, das in ihr Leben getreten war. Wer weiß.

Ich rieche Regen, sagte sie und hob einen Zeigefinger vertikal.

Über uns strömte Luft durchs offene Dachfenster, und ich tat einen kräftigen Zug, Flussbettgeruch. Klar. Ein Tropfen erschien auf der Scheibe, und ich dachte, er müsse etwas bedeuten: dass der raffinierte Plan der Natur sich noch entfalten musste oder dass die Regengötter besänftigt worden waren. Er verwies auf ein Ende der Dinge – dass ich Jack doch noch finden konnte. Die Augenbrauen meiner Mom v-ten zusammen, und gleich darauf schoss sie um eine Ecke und war nicht mehr zu sehen. Diese Jähheit – dass sie weg war brachte mich auf den Gedanken, dass sie irgendwie endgültig verschwunden war.

Ich hörte sie in der Küche herumlärmen, eine Schranktür zuknallen, dann kam sie mit zwei Blechbechern wieder und steckte sie unter dem Dachfenster durch, stellte sie aufs Dach, als der Regen begann. Es war keineswegs ein Guss – zu Hause hätten die Jungs es ein Pinkeln genannt –, aber wir standen da und horchten, wie die Tropfen in diese Blechmäuler ploppten. Vereinzelte befeuchteten das Fenster, und ein paar sammelten sich auf der Sohle des Lederstiefels, liefen seine ganze Länge entlang, um dann an den herabhängenden Schnürsenkeln zu quellen. Ich weiß nicht, wie lange wir so standen und zusahen, wie es tropfte, bis meine Mom die Becher reinholte, jeder mit einem Schluck voll Regenwasser.

Ich führte den Becher an den Mund. Schmeckt wie Rauch, erklärte ich lachend.

Das ist es auch, sagte meine Mom. Geräuchertes Wasser.

Sie schwenkte die Flüssigkeit in ihrem Becher, kippte sie dann wie einen Kurzen. Mein Wasser hatte Krümchen am Rand, Asche oder Dreck, der Staub ihres Hauses. Sie ging mit mir in ihre Küche, ein Raum mit einem viereckigen Fenster und rostfreien Stahlspülen, dem schwachen Nachduft von Essig, als Reiniger benutzt. Ich versuchte, alles aufzunehmen: Eine Küche ist ein Bullauge zum Leben der Leute und ihren Kuriositäten. Über der Spüle hing ein genähtes Huhn in einem Rock, am Arsch hatte es Plastiktütenschwänze hängen. Die Tapete zeigte schablonierte Umrisse verschiedener Hunde, ich sah die unverwechselbaren Konturen von Pitbulls und Greyhounds, die übrigen aber waren irgendwelche Köter und für mein ungeübtes Auge nicht zu erkennen. In der Ecke schlang sich eine amerikanische Fahne um ihren Mast, der Sockel vom Nichtgebrauch verstaubt, und ich stellte mir vor, dass sie sie bei Anlässen wie Thanksgiving und dem Vierten Juli raushängten. Beim Kühlschrank steckte das Telefon in seiner Halterung – das alte Modell mit Schnur, das man sich ans Ohr gedrückt vorstellen kann, wenn man gerade kocht. Meine Mom ging hin, prüfte das Freizeichen und reichte mir den Apparat, den Arm ausgestreckt, wie Leute es in Horrorfilmen tun, wenn sie kryptisch murmeln: Für dich.

Ich bin dann unten, sagte sie.

Danke.

Sie ging, und ich schaute aufs Tastenfeld. Ich wählte die Nummer von zu Hause, hielt den Hörer ans Ohr und horchte auf die blechernen Klingeltöne. Sehr wahrscheinlich hatten sie Gramps nicht aus dem Krankenhaus entlassen, und ich müsste als Nächstes dort anrufen, aber aus irgendwelchen Gründen wählte ich erst seine Nummer. Es war noch früh, aber er stand täglich früh auf, weil er den Morgen liebte, den Hauch von Kühle vor der Hitze. Nach dem dritten Klingeln dachte ich, einmal noch.

Eine Frauenstimme: Hallo?

Nora?, sagte ich. Hier ist Alan.

Hallo Alan.

Wie geht's bei euch?

Kennst ja deinen Großvater, sagte sie, aber ich hörte nicht heraus, ob sie scherzte.

Archer ist noch munter.

Schön zu hören. Hast du Linnea gefunden?

Ja.

Von ihrem Ende kam ein kleines Tick, ein Fingernagel, der an die Sprechmuschel tippte.

Ist Gramps wach?, sagte ich.

Ist der Amerikaner bei Linnea?

Ja.

Sie zögerte. Crib?

Ja.

Ich horchte auf ihren Atem, rhythmisch, ruhig. Und Archer?

Noch munter, sagte ich, sehr langsam.

Alan.

Er hat gesagt, ich soll ihm ein Gewehr bringen.

Hast du's gemacht?

Nein.

Okay, sagte sie, und sie klang müde oder als ob es ihr reichte. Ich wecke mal Cecil.

Ihre Schritte dröhnten über Gramps' hallenden Fußboden. Ich frage mich noch immer, wie viel sie von Archers Zweck dieser Reise wusste, worüber sie gesprochen hatten und ob sie in ihren gemeinsamen Jahren begriffen hatte, was ihn antrieb. Drei Jahrzehnte lang hatte er sich nach seiner Tochter verzehrt, was ich anfangs für ein ungeheures Zeichen von Liebe, von beispielloser Hingabe hielt, aber jetzt erkenne ich, dass es auch was anderes gewesen sein konnte – andere, dunklere Gefühle, die uns aufrechterhalten können. Eifersucht, Rache.

Gramps hievte sich den Hörer ans Ohr. Was zum Teufel willst du?, sagte er.

Ich dachte, ich ruf mal an, damit ich weiß, dass du nicht faul geworden bist.

Große Worte.

Ich kann dir durchs Telefon keine reinhauen, sagte ich. Aber ich tät's.

Er kicherte. Face to face hätte ich gesehen, wie sich die Funkenmale auf seinem Kinn mit dem Haken seines Lächelns hoben. Alles gut bei euch?

Es ist jedenfalls kein Spaziergang, so viel steht fest.

Ich möchte, dass du da wegkommst. Zu gefährlich.

Mitgefühl, Gramps? Von dir?

Ich stellte mir sein Grinsen vor, das Feuer, das in seine Augen tritt, wenn er einen Kampf wittert, selbst einen albernen. Weißt du, was man über Mitgefühl sagt?

Was du mir alles an den Kopf wirfst, sagte ich. Nach allem, was ich für dich getan habe.

Er ließ so etwas wie einen Seufzer entweichen – die Behaglichkeit, in eine Routine zu fallen, die man gut kennt, einen Ort, den man mag. Er hatte nur wenig Leute, das wurde mir klar.

Gramps.

Du kannst jetzt nach Hause kommen, sagte er, schwach.

Der Hörer kratzte an seinem Kinn, den Stoppeln. Er wusste nicht, wie man um Hilfe bat – ich glaube nicht, dass er das je richtig gelernt hat. Ist Archer schon tot?, sagte er.

Er möchte gern helfen.

Gramps brummte, was immer das bedeutete. Nora sagt, da ist ein Amerikaner.

Colton, ja.

Ich hab ihn als Crib gekannt.

Es könnte eine Auseinandersetzung geben.

Guter Junge.

Er ist Cop.

Großartig.

Großartig?

Ja, sagte Gramps. Damit kann er dich nicht einfach umbringen, und hässlicher kann er dich ohnehin nicht machen, also kann ich jetzt ruhig schlafen.

Du Arschloch, Gramps, sagte ich, grinste aber dabei – ich konnte nicht anders –, auch wenn ich ihm alles erzählen wollte, was geschehen war. Er konnte mir helfen: Konnte mir Ratschläge geben, mich auf praktische Dinge hinweisen. Er hätte mir einen Fluchtplan erstellen können, und ich wäre mit seiner Einschätzung einverstanden gewesen, und er hätte mir sagen können, ich sollte, falls nötig, Archer zurücklassen – und auch damit wäre ich einverstanden gewesen. Aber etwas hielt mich davon ab, ihn da reinzuziehen. Was, verstehe ich nicht. Womöglich werde ich es nie verstehen. Wer weiß: Vielleicht hätte das alles geändert.

Aber mal im Ernst, sieh dich bei Crib vor. Besonders, wenn Archer da ist. Die beiden kommen nicht miteinander klar.

Hab ich mir schon gedacht.

Schnell von Begriff, wie immer. Archer meint, er hätte mit Crib noch eine alte Rechnung zu begleichen, aber das ist nachtragend, sogar für meine Begriffe. Weißt du?

Ach ja? Zwischen den beiden ist noch was offen?

Ich weiß nicht, Alan, sagte Gramps, und ich stellte mir vor, wie er den Kopf schüttelte, wie er eine Wange einzog, bis fast ein Grübchen entstand. Ich weiß nicht mehr, wie er tickt. Vielleicht hab ich's auch nie gewusst.

Nun, er sitzt jetzt im Rollstuhl.

Das ist der sturste Mensch, der mir je begegnet ist. Von einem Rollstuhl lässt der sich nicht aufhalten.

Über mir, auf dem Dach des Verge, rappelte der Regen wie eine ferne Kriegstrommel. Ich sah einen Kanister Schuhcreme, die halb in einer Schublade bei mir steckte. Der ganze Edelstahl verlieh der Küche einen Geruch wie der Raum eines U-Bahnwagens – auf eine Weise sauber, die andeutet, dass er bald wieder schmutzig ist. Ich wollte ihn fragen, ob er sich freute, dass Nora da war, ob er Schmerzen in der Brust hatte oder ob er erwartete, bald zu sterben.

Gramps, sagte ich und schluckte, um die Worte zu finden. Was möchtest du Jack denn sagen?

Er ist dein Dad.

Nun komm schon.

Ich hörte, wie er schnaubte, stellte mir vor, wie seine Kiefer mahlten. Weiß ich doch nicht, sagte er. Vielleicht Hallo.

Guter Anfang.

Du Arschloch, sagte er.

Nora sagte etwas, durch Gramps' Schnaufgeräusch klang es vage wie eine Forderung. Seine Stimme bellte eine Antwort, gedämpft, weil er das Telefon im Hemd vergraben hatte. Natürlich stritten sie – wie sonst konnten sie sich wieder annähern?

Ich habe Puck verloren.

Bei was?

Ich räusperte einen Knoten im Hals weg. Und Gramps sofort: Ich werd ihn vermissen.

Es war meine Schuld.

Nein, Alan. Es ist meine Schuld.

Das stimmt nicht.

Ich hab's versaut. Ich hab alles versaut. Auch das.

Quatsch, antwortete ich, aber ich glaube, er hörte mich gar nicht. Hat Nora dir das erzählt?

Ich hatte nie einen guten Sohn, aber mit dir hatte ich Glück, meinte er, und seine Stimme wurde leise und rau, mehr Hauch als Wort. Diese Stimme habe ich seitdem kaum bei ihm gehört: später, bei ein paar kehligen Sätzen, die er bei Noras Begräbnis murmelte, gegenüber Jack nach dem ganzen Quatsch und dem Getue bei einem umständlichen Schön, dich zu sehen, und mir gegenüber natürlich – einige Jahre danach, als er, wieder allein, mir sagte, er wisse bei nichts wie es läuft, am wenigsten bei Leuten.

Sei still, Gramps.

Nein, ich hab das alles satt. Bloß wegen dir bin ich noch da.

Sei still, sagte ich ins Telefon und merkte erschrocken, dass ich die Augen zugekniffen hatte. Als ich sie wieder öffnete, stand am Ende der Küche meine Mom. Ein Windstoß kam herein – vielleicht durchs Oberlicht – und zauste sie mit seinen Lagerfeuergerüchen, worauf sie sich so hinstellte, dass ihre halblangen Haare ihr über die Wange und den Leberfleck auf dem Schlüsselbein wehten: ein Ausdruck höchster Nonchalance. Ihre Schultern hoben und senkten sich in einem tiefen, verzweifelten Atemzug. Sie dachte, ich würde Gramps anschreien, und dass sie wegen ihm und Jack recht gehabt hatte.

Na gut, sagte Gramps, bevor ich mich wieder erholt hatte. Grüß deine Mutter von mir.

Dann war er mit einem Klick weg.

Ich drückte das Telefon in die Halterung. Er lässt dich grüßen.

Alles gut bei dir?, fragte sie.

Ja, sagte ich. Alles gut.

Sie lehnte sich mit der Hüfte an den Türrahmen und musterte mich wie einen Fremden. Colt glaubt, die Brände ziehen bald heran, und ich bin geneigt, ihm zu glauben.

Was bedeutet das?

Ich geb dir die Schlüssel für unseren Jeep. Nimm ihn, dann kann Colt dir nicht folgen. Aber sag nichts von mir.

Warum jetzt?, sagte ich.

Sie bleckte die Zähne. Ich habe Jack nie geliebt. Er ist ein Idiot und Alkoholiker. Aber ich will nicht, dass er stirbt.

Sie stieß sich von der Wand ab und verschwand durch die Tür, und ich hörte ihre Schritte nach unten leiser werden. Draußen trommelten die Regentropfen auf die trockene Erde, das Geräusch gedämpft und beständig wie ein Bass. Das eine Küchenfenster war Viereck um Viereck ascheverschmiert, aber Wasserläufe schnitten Kanäle durch den Ruß, sodass ich durchlinsen konnte, die Landschaft in Scheiben sehen – die Berge wie ein Diorama, die nahen Fichten strotzend grün, das Gefühl, Teil der Größe zu sein und folglich selbst größer. In netteren Zeiten ein netter Ort. Jetzt aber waren die Berge schiefergraue, orange geränderte Schablonen – eine Kinderzeichnung vom Hades – und die Bäume darauf zur Farbe rostenden Stahls vertrocknet. Man konnte die Regenwolken nicht vom Rauch der Brände über uns unterscheiden, und der Himmel schäumte, dunkel und störrisch wie die Wellen, die den Sand an der Küste glatt lecken.

Archer stand am Fuß der Treppe, das ganze Gewicht auf dem Geländer, während einer der Jungs seinen Stuhl runterschleppte. Er hatte sich in eine Decke gewickelt, die von seinen Schultern auf den Boden reichte, wo sie sich zu einer Lache sammelte. Der Junge stellte den Stuhl vor ihn hin, und Archer nickte ihm altmännerhaft zu.

Du bist allein runtergelaufen?

Hoch und wieder runter. Ich hab dir doch gesagt, ich fühle bloß die Füße nicht. Im Rollstuhl bin ich nur schneller.

Er beugte sich vor und schonte dabei ein Bein.

Alles klar?, sagte ich.

Bloß Schmerzen, sagte er und wedelte mit einer Hand durch den Schlitz seines improvisierten Schals den Jungen weg. Geh weiter.

Als der außer Hörweite war, sagte ich: Ich fahr los, Jack suchen.

Archer sah aus, als stützte er sich auf eine Krücke, einen Stock. Er drehte sich herum, setzte sich aber nicht in seinen Rollstuhl. Im Zweifel habe ich ja den hier, sagte er.

Du stehst schief, sagte ich.

Schmerzen, sagte er noch einmal, mit einiger Verärgerung.

Brauchst du Hilfe?

Er wedelte nach mir, ein Schlenker mit dem Handgelenk. Hau ab hier.

Ich nehm seinen Jeep, sagte ich, damit er mir nicht folgen kann. Brauchst du was von mir?

Nein, blaffte er. Hau einfach ab.

Und halt dich zurück.

Bin doch kein Baby, verdammt, sagte er.

Ist auch wirklich alles gut?

Ja.

Nervt dich was, alter Mann?

Ja, sagte er und zeigte mit dem Finger auf mich. Du.

Fast erwartete ich, dass er ihn mir in die Brust stieß. Aber er war alt, einfach sauer, wegen nichts – ich ließ ihn in Ruhe.

Auf dem Parkplatz des Verge standen Colton und meine Mom und stritten. Ich hielt mich zurück und ließ sie machen. Regen klammerte sich an die Kiesel, und die Luft roch knochentrocken und nass zugleich, als verbrauchten wir mit jedem Atemzug das bisschen Feuchtigkeit, das noch da war. Ein fremder Wind raunte von Westen. Horchte man, hörte man nur Stille – alles verlassen und leer. Alles Lebende war geflüchtet; die Tiere spürten, was bei uns nicht ins Bewusstsein drang. Colton zeigte meiner Mom die kalte Schulter und sah zu mir her. Dann kam er mit aggressiven Schritten herangestapft, und ich dachte: Jetzt geht's los.

Ich habe dir gesagt, du kannst erst weg, wenn das hier vorbei ist, ich habe mich klar ausgedrückt. Kumpel, ich finde es nicht gut, wie du meine Frau gegen mich einsetzt.

Bitte, sagte ich.

Nein, kein Bitte mehr. Geh rein.

Ach komm, Colton.

Er langte nach seinen Handschellen. Hier sind auch noch andere, Alan, nicht bloß du. Ich kann nicht zulassen, dass du hier abzwitscherst, wie es dir gerade passt. Und ich kann nicht davon ausgehen, dass du die richtige Entscheidung triffst. Also. Geh wieder rein.

Lass es mich doch riskieren. Der Wind dreht sich. Ich muss Jack holen. Er wird sonst sterben.

Colton leckte sich die Lippen. Ich sage das nicht gern, wirklich nicht. Aber Scheiß auf Jack.

Meine Mom tauchte neben ihm auf. Colton, sagte sie, fast vor sich hin, und fasste ihn am Ellbogen. Ich hörte, wie er die Luft einsog und sie kontrolliert ausstieß, wie wenn man seine Nerven beruhigen will. Dann stürmte er an mir vorbei ins Verge. Meine Mom deutete mit dem Kopf zum Jeep, während Colton in der Küche herumpolterte. Sie legte mir zwei Schlüssel in die Hand – einen für die Tür, den anderen fürs Zündschloss. Durch die vorderen Fenster des Verge sah ich, wie Archer uns bequem von seinem Rollstuhl aus beobachtete. Ich weiß nicht, was er dachte oder wie er wirklich nach unten gekommen ist.

Ich halte Colton auf, sagte sie. Geh jetzt.

Danke.

Lass nur, sagte sie.

Ich trabte zum Jeep. Drinnen roch er nach nasser Erde und Old-Spice-Deo, und um die Pedale herum hatten sich trockene Fetzen toten Laubs gelegt. Auf der Rückbank war die vieljährige Kuhle von einem liegenden Hund, ein paar Sabberflecken verkrusteten das Kissen wie Rost. Sie erinnerten mich an Puck, was ich nicht wollte. Zwischen den Sitzen war die Halterung für eine Flinte, und ich stellte mir Colton vor, wie er sie sich an die Brust drückte, und fragte mich, wie ermüdend es wohl war, ständig so viel Paranoia mit sich herumzutragen.

Hinter dem Pick-up trat ein Fuß auf Kies, und ich schaute in den

Spiegel, in dem Colton sich gemächlich näherte, die Arme an den Seiten, der Gang eckig und steif. Ich sah nach meiner Mom, sah sie aber nicht auf Abfangkurs, also steckte ich den Schlüssel ins Schloss und drehte ihn. Der Jeep erzitterte unter mir zum Leben, und ich langte zum Schalthebel. Doch Colton hatte die letzte Strecke binnen Sekunden zurückgelegt – Dinge im Spiegel sind eben doch näher –, und noch bevor ich die Tür verriegeln konnte, riss er sie auf.

Er drosch mich mit dem Griff seines Teleskopstocks. Von der Wucht flog ich über die leere Gewehrhalterung, und bevor ich mich berappelt hatte, schleifte er mich Nase unten auf den Kies. Wärme blühte auf meiner Wange, und als ich daran fasste, waren die Finger rotgeküsst. Blut lief mir über die Haut und wurde vom Hemdkragen aufgesogen. Ich fuhr mit der Zunge im Bereich des Aufschlags über die Zähne, spürte aber keine Bröckchen, keinen Schaden. Schmerz ist unterhaltsam, wenn er einen nicht zum Krüppel macht, eine echte Verletzung schmerzt am meisten deswegen, weil man das, was sie einem genommen hat, nie wieder ganz zurückerhält.

Meine Mom schrie seinen Namen, und er grub mir eine harte Stiefelspitze in die Gedärme. Ich zog die Ellbogen an, hoffte, ein Bein oder einen Arm zu erwischen, etwas, was ich packen konnte, aber da hatte ich schon die Übersicht über mich und auch über ihn verloren. Er pflanzte mir eine Faust in die Haare, zerrte mich auf dem Arsch Richtung Verge, bis der Jeep gute sechs Meter weg war. Dort keilte er mir ein Knie zwischen die Schultern und drehte mir die Arme auf den Rücken. Ich hörte das metallische Klick der einrastenden Handschellen. Ich dachte an Darby. Ich dachte an ihren Fotografinnenblick, wie sie Orangen aß und mir so viel Scheiße erzählte und Kummer bereitete, wie ich sie vermisste wie Sau.

Mitten in die Wirrnis eine Frauenstimme: Colton, hör auf.

Halt dich da raus.

Mein Gesicht brannte, und Wärme sickerte in Richtung meiner Lippen, und ich stellte mir vor, dass ich wirklich preiswürdig aussah, aufgeschrammt von Kinn bis Ohr. Selbst von meiner Warte aus wirkte Colton nicht eben wie ein Behemoth, aber das muss man wahrscheinlich auch nicht immer. Er trug eine unauffällige graue Jacke, die offen stand, kein Hemd darunter, sodass sein Verband zahnweiß aussah. Mein Gesicht schrillte vor Schmerz. Colton ging mit dem Mund an sein Funkgerät und sagte: Hört mich jemand?

Das Blut erreichte meinen Mund. Ich schmeckte sein Eisen; das Mineralsalz des Regenwassers hinterließ Harz auf den Kieseln am Boden.

Ich hab dir gesagt, Junge, du kannst erst weg, wenn das hier vorbei ist. Jetzt bist du verhaftet. Soll ich dir deine Rechte erzählen und es damit offiziell machen, oder einigen wir uns auch so?

Ich holte tief Luft, und meine eingetretene Rippe schmerzte, als wäre sie lose. Colton hockte sich neben mich. Dabei schonte er ein Bein – als reagierte es nicht ganz so, wie man es von einem Bein erwartet. Ich überlegte, ob ich versuchen sollte, mich aufzurichten, aber es war ja nicht so, als könnte ich was mit den Händen auf dem Rücken oder überhaupt gegen ihn ausrichten. Wo – an diesen Gedanken erinnere ich mich noch – waren die anderen?

Warum musstest du auch hier aufkreuzen?, meinte er.

Ich bin bloß auf der Suche nach meinem Dad.

Herrgott, erwiderte er. Er berührte die Stelle unterm Auge, und seine Backenknochen hoben sich – ein Blinzeln, Schmerz. Er fuhr sich mit einem Ärmel über die Stirn, senkte ihn dann auf Kinnhöhe, um ihn zu betrachten. Der Arm bebte in der Luft, und er schaute von ihm zu mir mit einem Blick, als hätte er vergammeltes Fleisch gerochen. Du bist hartnäckig.

Eher verzweifelt.

Ich bewundere eine gute, gesunde Dosis Verzweiflung, sagte Colton. Er stützte sich mit den Handgelenken auf die Knie. Von Zeit zu Zeit bin ich sogar ein bisschen nachsichtig. Aber meinen Jeep klauen – das ist ein Klassiker. Linneas Idee, was?

Archers.

Colton lächelte – echter Humor. Aha, und woher sollte er die Schlüssel haben? Keine Sorge, Junge, ich bin nicht mal sauer. Mann, eigentlich möchte ich dich laufen lassen.

Meine Mom kam aus der Tür des Verge und musterte uns beide mit einem Medusenblick. Das ganze Nachmittagslicht schien an ihr zu kleben, ließ sie strahlen. Colton, sagte sie. Er wird Jack retten.

Wusste gar nicht, dass dir an Jack was liegt.

Komm schon.

Coltons Mund bog sich an den Winkeln; die Lippen bewegten sich, doch es kam kein Laut. Ich sah ihn nur an.

Du bist nicht im Unrecht, sagte ich.

Ich weiß, Kumpel. Du auch nicht. Komm, ich nehm dir die Dinger ab.

Ich willigte ein. Er steckte die Handschellen weg.

Dann knallten die Türen des Verge wieder auf, und wir drei wandten uns ihnen zu. Archer kam rausgerollt, vorgebeugt und klein, todesgleich, ohne Haare und mit gesenktem Blick. Er hatte sich seine Decke über den Schoß gelegt und trug die große karierte Jacke, die in Falten an ihm herunterhing. Seine Arme stießen mit der bewussten Sorgfalt tiefer Konzentration, die Haut auf seinen Knöcheln wurde weiß, wenn er die Räder packte. Es schien Stunden zu dauern, bis er den Schotter erreichte, und darauf wurde er dann noch langsamer. Doch er ließ nicht nach. Er gab nicht auf – so war er immer gewesen –, bis er auf dem Parkplatz auf einer Höhe mit Crib war.

Was wir bei Colton auch an Gefühlen ausgelöst hatten, sie verschwanden, als Archer anhielt. Sein Kiefer kaute auf nichts.

Hatte mir schon gedacht, dass wir noch mal plaudern, bevor ich sterbe, meinte Colton.

Archer strich sich mit den Händen über die Schenkel. Glaub mir, erwiderte er, ich hätte gern darauf verzichtet.

Sie funkelten einander an. Ich fasste an den Riss in meiner Wange, ein Fetzen Haut hing weg wie Fleisch. Wärme flutete mein Gesicht – Schwellung, Sorge. Ich wischte das Blut an meiner Jeans ab.

Dann sind wir also nicht alt genug, um es hinter uns zu lassen, meinte Colton.

Nicht in tausend Jahren, antwortete Archer. Seine Stimme war angestrengt, hoch. Sein Adamsapfel bebte, und die Hautfalten unterm Kinn tanzten wie Hängebacken. Er war voller Angst oder sehr wütend – oder beides.

Weiß er von dir?, sagte Colton. Weiß er, was du angerichtet hast?

Archer reagierte nicht.

Colton neigte den Kopf zu mir. Du könntest mein Stiefsohn sein, wenn die Zeiten besser gewesen wären.

Du bist überhaupt kein Vater, sagte Archer. Ganz plötzlich hatte er einen Akzent, etwas Schleppendes, das eindeutig von südlich des Neunundvierzigsten kam.

Lieber kein Dad als ein beschissener.

Hätt dich schon damals umbringen sollen.

Colton ging nicht darauf ein. Er wandte sich wieder mir zu. Sein Gesicht zeigte jene überlegene Gleichgültigkeit, die Cops so gut können. Er war unergründlich.

Was willst du, Archer?

Ich will, dass du nie geboren bist.

Das krieg ich nicht hin. Was noch?

Archer hob das Kinn, aber es schlackerte dabei.

Du kannst es mir ja nicht mal sagen. Seien wir doch ehrlich: Du willst Linnea. Du willst, dass sie ihren Kram packt und zu dir zieht. Aber auch das kriegst du nicht, Archer. Sie hat dich einmal verlassen, und das aus gutem Grund.

Was weißt du schon?, sagte Archer.

Nein, Archer. Was weißt du?

Ich weiß was von Familie. Ich weiß, wie man sich um Leute kümmert.

Nenn mir ein Familienmitglied, das dich nicht verlassen hat, sagte Colton und ging Richtung Jeep. Auf halbem Weg blieb er stehen und klaubte die Schlüssel aus dem Kies, wohin sie gefallen waren, als er mich vom Fahrersitz zerrte. Er ließ sie kurz in der Hand klirren, warf sie mir dann zu. Sie prallten mir ans Bein, dann nickte er, weise. Ich bin mir nicht mal sicher, ob Archer von dieser Aktion überhaupt etwas mitbekam.

Hast du denn einen Plan?, sagte Colton.

Nach Westen fahren. Jack finden. Ihn retten.

Er schnaubte – tatsächlich ein Laut von Heiterkeit. Weißt du, du hättest schon meiner sein können.

Meine Backe war angeschwollen. Mit dem Hemd tupfte ich mir Streifen Rot vom Mund. Ich bin der von Gramps, sagte ich.

Siehst auch so aus, sagte er. Mehr oder weniger.

Dann wandte er sich Linnea zu, und sein Gesicht hellte sich zu einem schmalen Lächeln auf – nur am halben Mund. Hast gewonnen, sagte er. Der Junge ist einfach verzweifelt. Mann, sind wir das nicht alle?

Archer wirkte irgendwie komisch, er hatte eine gewisse Ruhe, die nicht so recht passte. Colton ließ mit dem Fuß Kies aufspritzen, und wo die Steinchen landeten, wallte Staub auf, und da begriff ich, viel zu spät, dass nicht er die Flinte aus Gramps' Pick-up genommen hatte und warum Archer sich am Treppenabsatz so merkwürdig und steifbeinig verhalten hatte, warum er sich auch jetzt so seltsam verhielt. Coltons Fuß hatte kaum wieder den Boden berührt, und er hatte kaum wieder festen Stand, als Archer die Decke von den Knien zog und Gramps' Flinte anhob, die nun abgesägt war und die er auf dem Schoß versteckt gehalten hatte.

Die Ladung hob Colton vom Boden und schleuderte ihn wie eine Puppe etwa einen Meter vor den Kühlergrill des Jeep hin. Er ließ einen ungläubigen Schrei los, eher ein Japsen als ein Brüllen, wölbte den Rücken und grub die Hacken ein. Seine Ellbogen schlugen aus, und sein Mund kaute auf nichts – die Verblüffung. Mit den Händen – blutig und abgeschürft – schleppte er sich zum Jeep, bis er die Stoßstange zu fassen kriegte und sich aufsetzen konnte. Der Schuss hatte ihm Hemd und Verband von der Brust gerissen, das Fleisch darunter lag roh und klaffend da wie ein Dutzend nasse Mäuler. Er tat kleine Atemzüge; die Lippen schälten sich übers Zahnfleisch und wurden schlaff. Ich sah ihn schlucken – ein übertriebenes Hüpfen seines Adamsapfels.

Archer war von dem Rückstoß aus seinem Stuhl geworfen worden. Er kroch auf dem Bauch und hatte Gramps' malträtierte Zwanziger angelegt, um zu beenden, was seine erste Patrone angefangen hatte. Er rieb sich mit einer Schulter das Auge.

Was hast du getan?, sagte ich, doch Archer nahm es nicht zur Kenntnis.

Meine Mom schüttelte den Kopf, bewerkstelligte ein paar zögernde Schritte zu ihrem Mann hin. Sie gab keinen Laut von sich.

Siehst du, sagte Colton. Seine Stimme kam geflüstert. Er befeuchtete die Lippen. Siehst du, alter Mann?

Archer legte neu auf ihn an.

Wo du auch hingehst. Ich hab's dir gesagt. Weißt du noch? Ich hab's dir gesagt.

Du hast mir nichts gesagt.

Coltons Hand umschloss ein Häufchen Kiesel. Ein Lächeln, die Zähne rot und glatt. Er warf einen, aber der landete weit vor seinem Ziel. Sieh dich an, sagte er. Sieh dich an.

Er warf noch einen Stein, der hüpfte über den Kies, aber Archer blinzelte nicht mal. Er hielt den Blick auf Colton gerichtet, der den Kopf zu dem Blutbad um uns herum drehte.

Du Sch-sch-scheiß-Amerikaner, sagte Colton.

Archers Hand streichelte den Lauf der Abgesägten, und ich stellte mir den polierten Stahl unter seinen Fingern vor – ölig, wie Leder –, und wie er roch, durchdringend metallisch. Seine haarlosen Brauen wurden starr, und auf seiner Stirn zogen sich zwei dicke Knubbel zusammen, auf ganzer Breite. Coltons Schultern hoben und senkten sich stockend. Die Augen liefen im Zickzack in ihren Höhlen, und um sie auszurichten, blinzelte er mit allen Gesichtsmuskeln.

Geht dir einer ab, wenn du Leben ruinierst?

Komisch, dass das ausgerechnet von dir kommt.

Coltons Kopf sackte seitlich weg. Seine Brust wölbte sich, und er betrachtete die Sammlung Steinchen in seiner Hand. Vielleicht sah er darin eine letzte Ironie: die Lippen hoben sich, um eine Annäherung an ein Lächeln zu erzeugen, dann warf er sie alle – seine letzte Handlung – mit der ganzen Kraft, die noch in ihm war. Sie prasselten auf Archer nieder, der die Stirn gegen den Regen senkte. Ein paar klickten vom Gewehrlauf ab. Einer traf ihn überm Ohr und hinterließ einen Schmutzklecks, streifig wie ein Fettfleck. Er reagierte kaum; ich glaube, er nahm den Blick nicht ein Mal von dem Sterbenden.

Coltons Atem rasselte im Hals, ein Laut wie ein ersticktes Schnarchen, so unregelmäßig, dass man alles gegeben hätte, dass es aufhört. Die Wunden in seiner Brust gurgelten. Er hob die Hand dahin, wo die Brustwarze hätte sein sollen, und legte sie flach darauf. Sie blieb dort einige Augenblicke und rutschte dann schlaff in den Schoß. Seine Augen wurden glasig und richteten sich nach oben, und mit dem Blick auf einen rauchverhangenen Himmel starb er.

Archer senkte den Kopf aufs Visier. Nässe betaute die Spalten seiner Augen.

Es ist vorbei mit ihm, sagte ich.

Ich will sehen, wie er stirbt.

Du Arschloch, Archer.

Ich ging zu ihm und legte die Hand auf die Schrotflinte. Er reckte sich hoch, und als er mich ansah, war sein ganzes Gesicht wutverzerrt, aber ich blieb ungerührt. Ich nahm ihm die Flinte weg. Er sackte muskellos auf die Erde, der Kopf kippte auf die Schulter, er selbst wie tot. Er hatte was mit Gramps' Schrotflinte angestellt: über einen halben

Meter abgehackt und nicht mal den Lauf nachgebohrt. Die Ränder waren schartig und ungleichmäßig; er musste sich die Waffe über die Knie gelegt und sich mit seiner ganzen Altmännerkraft und -bitterkeit dran festgeklammert haben. Das soll jetzt nicht als Lob klingen.

Ich legte die Waffe hin. Alle sahen her. Meine Mom, unergründlich und fern, machte zögernde Schritte zu ihrem Mann hin. Sie kniete sich neben ihn, berührte die blutige Hand in seinem Schoß, seine Wange. Ihre Zähne schlossen sich, die Lippen bewegten sich nach oben, und sie drückte ihrem Mann sacht die Augen zu. Dann kniete sie reglos, streichelte Coltons Knöchel. So viel Verlust, und ohne jeden guten Grund – ich musste wegsehen.

Archer lag wie eine Schnecke vor mir, halb fetal gekrümmt, der Kies trocknete an ihm zu Mineral. Er nahm mit Daumen und Zeigefinger ein Steinchen auf und betrachtete seine Konturen.

Archer, sagte ich. Warum?

Er schaute auf, blinzelte Tränen, so alt und traurig. Ich weiß es gar nicht richtig, sagte er.

Ich zog ihn hoch, seine ganze winzige, drahtige Masse, und setzte ihn wieder in den Rollstuhl. Archer verdiente diesen Akt des Mitleids nicht, aber ich konnte ihn nicht einfach da liegen lassen, und ich weiß nicht, ich weiß nicht, warum. Der Rollstuhl ruckelte, als ich ihn reinsetzte. Er schlang die Arme um mich, und zunächst begriff ich gar nicht, dass er sich nicht einfach festhielt, um sich in dem Stuhl aufrecht zu halten, sondern weil er jemanden brauchte, an dem er sich festhalten konnte.

Seine Fäuste schlugen mir hilflos auf den Rücken, zwei Kinderklapse. Er roch wie eine Mischung aus Körperschweiß und etwas Abgestandenem, wie etwas, was sich nicht viel bewegt hatte – alt, verbraucht. Seine Schluchzer grollten tief in seiner Kehle und wurden länger und lauter, bis es ihm egal war, wer ihn weinen sah. Aber dann habe ich auch wieder Zweifel, ob es hier überhaupt jemanden kümmerte, dass er weinte. Seine Schluchzer stiegen heulend aus ihm auf, sein ganzer Körper rüttelte wie eine Maschine, und seine babyglatte Backe strich über meine, und indem seine Tränen zwischen uns kühler wurden, wollte auch ich weinen, aber ich wusste nicht, ob um Archer, um Colton, um meine Mom oder um mich. Er hatte ohne jede Not einen Mann getötet, und ich hatte einen Anteil daran gehabt.

Danach hockten die beiden Jungs mit schlotternden Knien auf der Erde, und sie wirkten unbeschreiblich verloren. Archer zog sich tief in seine Erinnerung zurück; er sackte halb von seinem Stuhl, die Beine wahllos auf den Kies gestreckt. Meine Mom wiegte den Leichnam ihres Mannes an der Stelle, wo er hingefallen war, am Kühlergrill des Jeeps. Es roch nach Herbst, Regen und schwach nach Tod. Ich schaute nach Lücken im Wolkenschirm, nach einer Farbschärpe, die uns sagte, alles würde gut.

Meine Füße trugen mich an der Rückseite des Verge vorbei, wo das Gelände träge zu etwas abfiel, was ich als Schlucht erkannte – einer Wildnis innerhalb der Wildnis –, und wo ein Pfad aus Reifenspuren im Schotter über die Kante nach unten führte, obwohl am Grund kein Fahrzeug lag. Auch das nur eine Owenswood'sche Kuriosität. Mir war nicht klar gewesen, wie hoch sich das Verge über seine Umgebung erhob: von dort aus, dem oberen Ende des Steilhangs, hatte ich einen Blick an den zahnstocherkahlen Bäumen entlang auf die Rockies, die den östlichen Horizont vollstellten, nicht einladender als die Purcells. In diese Richtung ging's nach Hause, dachte ich, auch wenn mich nichts dorthin zog. In dieser Richtung ging die Straße zurück, aber nach Hause? Zu Hause ist der Ort, an den wir gehen, um Veränderungen abzufangen, uns an lieb Vertrautes zu klammern.

Jemand war so vernünftig gewesen, an die Rückseite des Verge einen Balkon zu bauen, und jemand anderes hatte daraus einen Ort gemacht, wo der Tag einen nicht fand; es gab dort einen Liegestuhl, der zum Horizont ausgerichtet war, einen Aschenbecher und einen hölzernen Milchkasten, in dem ein, zwei leere Flaschen standen. Ich stellte mir die Angestellten vor, die dort ihre Rauchpause abhielten: einer mit Krähenfüßen und Wampe, in den Liegestuhl gezwängt; ein jüngerer, die Füße überm Balkon, Fersen auf Holz. Normale Leute, Leute, die etwas zu bereden und Dinge zu verlieren hatten. An Wochenenden suchten Kids den Balkon nach Absackern ab, die Arbeiter unangerührt hatten stehen lassen. Manchmal, in den frühen Morgenstunden nach einer Privatfeier oder einem Neujahrsfest, saßen die Leute da, sinnierten über Pläne und gestanden ihre Liebe zu Dingen, die einem nie einfallen würden: Jive-Dancing, Handball, der Bleichgeruch eines frisch entwickelten Fotos.

Und da hätte ich alles für ein Bier gegeben oder dafür, anderswo zu sein. Die Blutung an meiner Backe hatte aufgehört, mehr oder weniger, außer ich knibbelte daran. Wenn ich angestrengt horchte, meinte ich meine Mom über dem ermordeten Leichnam ihres Mannes weinen zu hören, und obwohl ich wusste, dass ich eigentlich dort sein sollte, um zu helfen, irgendwie, wusste ich auch, dass ich es nicht könnte. Egal, wie die Dinge sich entwickelten, ich hatte meinen Anteil am Tod dieses Mannes. Der Gedanke an Schlaf schreckte mich: bei jedem Blinzeln sah ich Colton, wie er mitten in der Luft hing, in den Augen seine wilde Energie, die Verblüffung, als er auf die Erde prallte. Ich sah, wie er sich an die Wunden, die Steine, den Kühlergrill des Jeeps klammerte – reine ungläubige Verzweiflung, wie ein Tier. Trotz aller unserer evolutionären Vorteile fehlen uns Glaube und Verständnis, und wir verstehen einfach nicht. So wenige, glaube ich, sind je zum Sterben bereit.

Ich setzte mich hin. Alles – selbst das Denken – schmerzte.

Meine Mom weckte mich.

Hey, sagte sie und berührte mich am Fuß.

Sie setzte sich aufs Holz, die Beine übereinander, die Ellbogen auf den Schenkeln, wildfangmäßig. Sie sah aus, als hätte sie schon eine Weile da gesessen. Ich drückte mir einen Knöchel ins Kreuz. Im natürlichen Licht waren ihre blond gesträhnten Haare dünner und wurden schon grau, und ihr Gesicht wirkte über die Elastizität der Haut hinaus angespannt, als würde es jeden Moment schrumpfen. Sie hatte geweint oder sich zumindest die Augen gerieben. Die Sonne hatte ihren Höhepunkt erreicht und schon den Abstieg begonnen – aber ich führe kein Leben im Freien, ich weiß nicht, wie lange ich weggetreten war.

Hey, sagte ich.

Ich hab dich schlafen lassen.

Wie geht's dir?, sagte ich.

Sie hatte den Blechkasten mit dem Erste-Hilfe-Zeug dabei, ein Fläschchen Jod und, eingerollt unterm Arm, ein einfaches weißes T-Shirt. Du blutest an der Backe, sagte sie. Es war in den Kragen gelaufen und weiter auf die Brust, und ich war so gefühllos zu denken, dass es wohl aussah, als wäre ich angeschossen worden. Ich schälte das Hemd ab und warf es zur Seite. Sie berührte den Schaden, den Colton angerichtet hatte, die Hand kühl auf der Schwellung. Sie reichte mir ein feuchtes Tuch, damit ich mir Gesicht und Hals säubern konnte, und ich drückte es mir auf die Backe und stieß einen kurzen Seufzer der Erleichterung aus, auch wenn ich wusste, dass ich mir hier kein Selbstmitleid gestatten durfte. Eine Frau hatte ihren Mann verloren.

Das müsste genäht werden, sagte sie.

Dafür sind wir zu müde, sagte ich.

Ich kann das machen. Lass mich mal.

Okay.

Lass das T-Shirt erst mal weg.

Ich hörte, wie sie in der Dose kramte. Das Blech schepperte. Sie nahm mir das Tuch ab und hob es an, um sich die Sache anzuschauen. In der Hand schwang sie eine Nadel, die so lang und gebogen wie ein Daumen war. Sie hielt inne, um sie hochzuheben, hielt erneut inne, um einen kurzen Blick auf mein blutiges Hemd zu werfen, das zusammengeknüllt auf dem Boden lag. Ich hörte sie schlucken: so laut.

Geht's wirklich?

Kommt ganz auf dich an, presste sie hervor.

Du hast wohl keinen Verband dabei?

Keinen.

Sie stieß einen Faden durchs Nadelöhr. Sie wischte sich die Finger an ihrer dunklen Jeans ab, aber der Staub hatte sich schon auf ihren Schenkeln niedergelassen. Wird schon gehen, sagte ich.

Sie betastete die Wunde, stupste die Backe ins verräucherte Licht. Als die Nadel durchging, kribbelte mir die ganze Wirbelsäule, wie der Druck von einem Elektrorasierer. Sie zog den Faden durch.

Ich weiß nicht recht, was ich machen soll, meinte sie.

Mit Colton?

Überhaupt.

Wie geht der Spruch, wenn man nicht weiß, wohin man soll?, sagte ich.

Wir könnten ja meinen Dad fragen, sagte sie bitter. Sie kniff den Faden in meiner Backe durch. Die Haut ging mit – eine fast angenehme Empfindung. Hätten wir euch bloß nicht aufgehalten, fuhr sie fort. Wärt ihr doch nie gekommen.

Sie zurrte den Knoten fest und bedachte den Riss mit einem Spritzer Jod und einem Ballen Käseleinen.

Es tut mir sehr, sehr leid, sagte ich.

Nur mit dem kleinen Finger – demselben, an dem sie gekaut hatte – hakte sie sich eine Strähne hinters Ohr. Ich sah, dass am Ohrläppchen unten ein Stück Haut fehlte, ungefähr von der Größe des Dorns einer Gürtelschnalle. Sie schob das Shirt-Bündel zu mir her. Ist von Colt, sagte sie. Vielmehr war.

Ich nahm es. Es wirkte schwerer als normal. Danke.

Entschädigung, sagte sie.

Ist nicht nötig.

Sie wedelte mit der Hand – dummer Junge. Ihre Füße schwangen aus- und einwärts. Immer wenn sie den Balkon berührten, spürte ich die Vibrationen und hörte das Klopfen – eher ein Hauch, ein Kaumberührt. Das hatte sie wohl oft gemacht – mit Colton draußen gesessen, vielleicht auch mit den Jungs. Man kann andere nie kennen. Ich hatte nicht das Recht, etwas zu wünschen.

Sie drapierte die Beine über den Balkon, legte die flachen Hände aufs Holz. Wir saßen da und trommelten mit den Fersen aufs Holz. Ich muss Jack nicht unbedingt sehen, sagte sie nach einer Weile.

Okay.

Wir waren doch noch Kinder, Alan. Spielt keine Rolle, was er dir erzählt. Wir waren Kinder. Wir wollten das nicht.

Ihr wolltet mich nicht, sagte ich.

Sie presste die Lippen zusammen, lächelte verkehrt herum. Nicht mal ein Stirnrunzeln – sie bedauerte es nicht, und sie bestritt auch die Wahrheit nicht. Ich weiß nicht, ob ich das bewundern oder sie deswegen hassen soll, aber man könnte auch behaupten, dass ich, gäbe es mich nicht, Jack nicht nachgejagt wäre und Archer auch nicht nach Owenswood gebracht hätte, und dann wäre Colton jetzt nicht tot. Ich ließ diese Erkenntnis auf mich einwirken, ihre Unfassbarkeit.

Was machst du mit ihm?

Ihn hier begraben.

Toll, hier in Owenswood.

Du bist ein Arschloch.

Hast ja recht, dachte ich. Und Archer?

Sie kniff mit den Zähnen in den Nagel des kleinen Fingers. Nichts?, sagte sie. Ihn sterben lassen?

Könntest ja zur Polizei gehen.

Mach du, was du willst, ich bin dann nicht mehr da.

Sie stand auf und klemmte sich ihren Erste-Hilfe-Kasten unter den Arm. Kann ich bitte deinen Ranger nehmen.

Warum ist das wichtig?

Der Jeep riecht bestimmt nach Colton.

Ich zog die Ranger-Schlüssel aus der Tasche und schubste sie ihr hin, sie klirrten über die Verandalatten.

Tust du mir einen Gefallen?

Ja.

Melde ihn nicht als gestohlen, jedenfalls nicht so schnell.

Kann ich machen.

Sie schwenkte den Arm in die ungefähre Richtung aller. Ihr blieb die Stimme im Hals stecken. Dein Großvater hat nämlich alles richtig gemacht. Archer war immer jedem im Weg. Das hier ist ein riesiges Schlamassel. Du kannst dir deine Familie oder die Leute, die dir wichtig sind, nicht aussuchen, und keiner sonst tut dir so weh. Ganz gleich, wie sehr sie es nicht wollen – deine Familie macht dich fertig. Das ist mein Rat, Alan, von deiner Mom. Wenn er dich überhaupt interessiert.

Ich glaube es, sagte ich, auch wenn ich es nicht glaubte und noch immer nicht glaube.

Sie blinzelte, zweimal – ein Flattern. Die ganze Asche und der Dreck in den Augen, ein Wunder, dass wir alle hier nicht rumheulten. Ich sah sie schlucken, sah, wie sie was von ihrer Jeans schnipste. Der Fingernagel ratschte über den Stoff. Niemand hatte so viele Verluste wie Archer Cole verursacht. Er hatte nicht mehr lange zu leben – wenigstens eine nette Geste. Für ihn und alle anderen. Er hatte sein Glück überstrapaziert.

Jack ist auf einem Campingplatz bei Caribou Bridge, nicht weit westlich. Er wartet, dass man ihn nach Hause bittet. Er wird sich freuen, dich zu sehen.

Sie steckte die Ranger-Schlüssel in die Tasche.

Ich hoffe, du findest das, was du dir erhoffst, sagte sie. Ganz ehrlich. Hier ist es einfach nicht, und ich möchte wetten, auch nicht in Caribou Bridge. Aber das musst du schon selber rausfinden.

Danke fürs Zusammenflicken, sagte ich und nannte sie beinahe – beinahe – Mom.

Meine Mom sah zu mir her, aber nicht mich an, als wandte sie sich an eine frühere Version von mir, als wandte sie sich an einen Erzeuger oder einen Vater. Ich war mitten in etwas gelandet, was ich nie richtig verstehen würde. Unsere gemeinsame Zeit neigte sich einem Ende ohne Abschluss zu, und mit jeder Sekunde schwand meine Hoffnung. Aber vielleicht hatte ich mir auch überhaupt nichts erhofft: vielleicht, dass ich meine Mutter und meinen Vater inmitten der Folgen ihres Lebens finden, dass ich ein paar alte Liebende vereinen oder ich eine Erklärung dafür erhalten würde, warum alles so wurde, wie es war. Warum, nicht wie: Denn das ist eine Sache der Zeitschiene.

Ich möchte nur wissen, was dich dazu brachte zu gehen, sagte ich.

Sie klopfte auf den Blechkasten. Sie ließ den Kopf hängen. Es war genau so ein Augenblick, um den Kopf hängen zu lassen. Es gibt so viele Arten zu leben, krächzte sie. So viele Arten, wie das Leben sich entwickeln kann. Und du musst dich entscheiden, Alan, irgendwie, auch wenn du nie wissen kannst, was richtig ist. Es kann auch sein, dass gar nichts richtig ist. Trotzdem musst du dich entscheiden. Ich habe mich entschieden zu gehen. Es wäre eben entsetzlicher gewesen zu bleiben.

Macht dich das zum Feigling?

Wieder strich sie sich mit dem kleinen Finger durch die Haare. Er zog einen kleinen Kanal über die Schläfe. Was ist schlimmer, als Feigling geboren zu werden oder sich zu entscheiden, einer zu werden?

Ich sah sie an, meine Mutter. Sie leckte sich die Lippen, rasselte mit den Schlüsseln in der Tasche. Falls sie Wiedersehen sagte, hörte ich es nicht. Sie ging nicht rein, um sich von Archer zu verabschieden, so viel weiß ich – noch etwas, was er bedauern würde. Ich hörte sie in der Küche herumklappern. Ein Deckel einer Kühltruhe klaffte weit auf und klappte mit einem vakuumartigen Fumm wieder zu. Sie stellte ein paar Dosen mit wer weiß was auf irgendeine Arbeitsplatte. Dann ging die Haustür auf und wieder zu, und ich sollte sie nie wiedersehen.

Der Wind fuhr die Purcells hinab, fast schon ein Chinook, und strich mir über die Arme, richtete die Härchen wie Gänsehaut auf, doch ich saß da und starrte auf nichts und wünschte mir ein Bier oder Schlaf. Vielleicht taten Gramps und Darby weiter östlich dasselbe, vor ihrer Version des Sonnenuntergangs. Vielleicht auch meine Mom, als sie sich auf den Fahrersitz setzte. Wir können andere nie kennen, wie ich schon sagte.

Vom gelben Sofa, mit seinem klebrigen Schaum gesprenkelt, sehe ich Nora weggehen. Sie ist nackt, hält sich mit einer Hand das Kreuz, rollt den Hals auf den Schultern, um Knötchen, Wehwehchen, andere Schmerzen des Liebens loszuwerden. Das Haus knarrt, ächzt, scheint Luft zu holen. Das Sommerlicht glüht durchs Souterrainfenster, die verschlossene Souterraintür – davon bekommt ihre Haut die Farbe von Wildleder. Am Eingang zum Partyraum bleibt sie stehen, die Hand am Türrahmen.

Hast du ein Aspirin?, sagt sie, worauf ich mich aufrichte, dann aufstehe, ihr eine Hand auf die Hüfte lege und sie zur Tür am Treppenabsatz lotse.

Ich bin wenige Schritte weg – ich schwör's bei Gott, bloß ein paar Schritte –, sie erreicht die Tür vor mir, sie öffnet sie, und es folgt ein Laut wie eine fauchende Katze, dann rast von der Tür die Faust der Finsternis heran und schlägt ihr mitten ins Gesicht. Es dauert eine Sekunde, nicht mal: Sie klappt wie ein nasser Sack zusammen, so schnell, dass ich sie nicht auffangen kann, obwohl ich keinen Meter von ihr weg bin, und knallt mit dem Kopf auf den Betonboden. Gott, ich weiß es noch wie heute: sie nackt, ihre Körperspannung erschlafft, die roten Haare folgen ihrem Sturz wie Troddeln. Es ist der letzte Tag, den ich als Cecils Freund verlebe, und etwas in mir weiß es selbst da schon. Das Geräusch ihres Kopfs auf dem Beton – das ist die Totenglocke für mich und Cecil. Nora stöhnt, tritt mit den Beinen. Ich habe mich geduckt – Instinkt – und lasse das Dunkel in das Souterrain fließen, dick wie Teer. Blut quillt aus ihrem Kopf, aus dem Spalt zwischen den Beinen. Dann bin ich bei ihr, und ich trete die Tür zu, sehe flüchtig, durch den unteren Spalt, am Treppenabsatz etwas orange glimmen. Holzkohle, Wärme, die Trockenheit der Luft, ihre Feuchtigkeit ist wie weggebrannt – das schmecke, rieche ich. Und das Haus atmet ein, aus, knackelt. Es brennt. Es atmet Feuer. Um mich, über mir, brennt mein Haus.

Die Wochen nach Linneas Weggang verschwammen wie ein Schiefer- oder Walzblechhimmel. Meine Tage waren durchsetzt von Momenten der Hoffnung, in denen ich ihre Rückkehr ersehnte. Jeden Morgen schaute ich in den Flur nach ihren Schuhen. Hatte ich den Kopf in den Kühlschrank gesteckt, schloss ich die Tür halb in der Erwartung, dass sie dann mit verschränkten Armen dastand, ihr Gewicht an der Wand. Am Ende einer langen Schicht stellte ich den Motor ab und musterte die Fenster des Hauses nach Zeichen von Licht. Ich konnte nicht mit einem Bier an einer Stelle sitzen. Abends machte ich das Radio an, nur damit es so klang, als wäre das Haus nicht so leer. Sogar Nora spürte es, wenn sie vorbeischaute – eine Kälte. Und manchmal, nachdem ich mit ihr geschlafen hatte, stand ich auf, groggy, taumelte ins Bad und blieb auf dem Weg vor Linneas stillem altem Zimmer stehen, um zu horchen.

Aber sosehr ich sie auch vermisste, kann ich doch mit Bestimmtheit sagen, dass Jack sie noch mehr vermisste. Nicht dass er einer war, der seine Gefühle deutlich zeigte. Aber man sah es – die zusammengekniffenen Augen, die Ringe unter den Augen, die nicht weniger wurden. Sogar an der Art, wie er das Baby hielt, als wäre Alan West nichts weiter als ein Relikt aus einer besseren Zeit. Dabei hatte keiner von uns Jack die ganze Wahrheit erzählt, weil es keinem nützte, wenn er gewusst hätte, dass sie mit Crib davon war. Dann fand Cecil eines Abends in seinem Wohnzimmer, wo er und ich Alan hüteten, klare

Worte. Cecil trug Jeans und Baseballkappe, und er war unrasiert, daher sprossen struppige Haare auf seinen Wangen, einige sogar in den Ohren, der alte, hässliche Sack.

Der Tag wäre verschwendet, sagte der alte West und presste sich die Daumen an die Schläfen, und er selbst sah schon sterbensmüde aus. Der Junge macht auch so schon genug durch. Der braucht nicht auch noch das.

Verständnis, Cecil?, sagte ich. Von dir?

Was meinst du damit?

Weißt du, was über Verständnis gesagt wird? Im Wörterbuch steht es zwischen verrückt und verstimmt.

Sag's ihm einfach nicht, Archer.

Keine Silbe.

Ich sag's auch Nora, sagte er.

Die ist wahrscheinlich schon selber draufgekommen.

Ja, die ist da besser als wir, sagte er und stand auf, um Bier zu holen, kam mit vier wieder, damit er nicht gleich wieder aufstehen musste. Alan schlief gegenüber auf dem Sofa, und Cecil behielt unseren Enkel sogar im Blick, als er die Kronkorken abknipste.

Ich weiß nicht, was ich ihm sagen soll, sagte Cecil. Er klang, als würde ihm was in der Kehle stecken. So was ist mir noch nie passiert, dass jemand einfach geht.

Ich kenn da wohl beide Seiten, sagte ich.

Er brummte dazu. Seine Flasche machte klong an seinen unteren Zähnen, und er fluchte.

Was soll ich ihm bloß sagen?

Sag ihm, das wird schon wieder.

Ich weiß nicht, ob das stimmt.

Schon, sagte ich. Aber sag's ihm trotzdem.

Ich find's nicht richtig.

Manchmal muss es sein. Man will nicht immer die Wahrheit hören.

So eine Scheiße. Auch, es ihm nicht zu sagen. Weißt du?

Ich kratzte mich an meinem zernarbten Arm – macht bei jedem Wetterumschwung Theater, sogar wenn es zwei Grad wärmer wird.

Ich weiß, sagte ich. Man muss nicht immer die Wahrheit erfahren. Eine Verschwendung, wie du gesagt hast.

Er stieß von seinem Bier auf, schmiss seine Kappe auf den Tisch. Er sah aus wie einer, der sich mit was abfindet.

Wir müssen mit ihm reden.

Wir?

Na, vor allem du.

Cecil.

Er seufzte, seufzte richtiggehend.

Das ist deine Sache, Archer. Mit Leuten reden. Ich bin da nicht sanft genug.

Er ist dein Sohn.

Ich bitte dich um einen Gefallen. Und du wirst ihn mir erfüllen.

Ich nahm das Bier vom Tisch. Und was machst du, Alter?

Ich mach 'ne gute Figur.

Na, sehr gut machst du deine Sache nicht, wenn man das mal sagen darf.

Es dauerte eine Weile bis zu diesem Gespräch mit Jack. Dafür habe ich eine ganze Reihe von Entschuldigungen, darunter vor allem die Angst, es werde ihm das Herz noch einmal brechen; er erholte sich gerade wieder, aber ich weiß aus erster Hand, wie lange das dauert und wie schnell diese Erholung wieder kippen kann. Und so riss ich endlose Stundenschleifen ab, in denen ich Holz schleppte und mich aus dem Leben der Wests zurückzog vor Angst, ich würde alles um mich herum in Chaos verwandeln. Cecil schaute gelegentlich mal abends auf ein Bier herein, um mit demselben Gewehr, mit dem Jack mir vor langer Zeit eine Kugel in die Wade geschickt hatte, auf Dosen zu schießen. Nora und ich winkten uns zu; unsere Begegnungen außerhalb des Schlafzimmers waren unpersönlich und angespannt. Etwas hatte sich geändert, was, kann ich nicht sagen. Unsere Affäre fühlte sich jetzt irgendwie wie eine Pflicht an, wie Routine. Ich weiß nicht mal, ob ihre Haut überhaupt warm wurde, wenn sie an meine gedrückt war, ob unser Atem in kalter Luft zu sehen gewesen wäre.

Jack hatte angefangen, Cecils Feuerstelle mit Steinen, die er an abgelegenen Stellen im Steinbruch hatte mitgehen lassen, auszubauen – Brocken, groß wie Autoreifen, die er mit einem Vorschlaghammer zerschlagen musste. An den meisten Abenden hörte ich ihn hinterm Haus, der Hammerschlag methodisch, und ich kann mir seinen Atem zwischen jedem Ausholen – eigentlich ein Ächzen – vorstellen und wie jeder Schlag von der ganzen Kraft, die sein Körper aufbieten konnte, unterstützt wurde. Er schlug seinen Frust heraus. Er machte sogar noch weiter, als es fror, beschaffte sich einen Pickel, um damit die härter werdende Erde aufzubrechen. Er grub Löcher, die unten eben waren, und legte Steine rein, hämmerte sie flach, falls nötig, bis er ein Spiralmuster in die Erde gebaut hatte, einen festen Boden um seine Schlackensteingrube. Cecil sagte, Jack mache manchmal das Feuer an und sitze dann auf einem Klotz Feuerholz und starre in die Flammen, bis sie zu Kohleglut niedergebrannt seien. Cecil sagte, er lasse es einfach geschehen – das ganze Projekt – und werde erst helfen, wenn der Junge ihn darum bitte, dann würden die beiden Steinbrocken, an der Unterseite gepackt, rumschleppen, die Knie durchgebeugt und mit den Knöcheln fast auf der Erde wie bei Gorillas. Sie tranken Bier und saßen nahe beieinander, machten knappe Bemerkungen.

Dann schickte Nora mich eines Nachmittags zu ihm, als wir unter der Decke kuschelten, so eng und zufrieden wie selten. Der Winter ging bald zu Ende, vielleicht hatte das was damit zu tun – ein Hochgefühl, dass man die tödlichen Monate mal wieder überlebt hatte. Jacks sinnlose Arbeit dröhnte zum Schlafzimmerfenster rein, und Nora schmiegte sich an mich, stieß mir mit den Zehen an die Füße. Sie streckte sich, stieß mir ins Gesicht, als sie mich beim Hinsehen ertappte.

Red jetzt mal mit ihm, forderte sie mich auf.

Hab's vor mir hergeschoben.

Das wissen wir, sagte sie. Es war ungewöhnlich, dass sie Cecil erwähnte, selbst beiläufig.

Ich setzte mich auf, und Nora fischte unter der Decke nach ihrem BH. Sie zog ihn an, während ich ihr den Rücken zudrehte und meine Jeans über den Fußboden zog.

Archer, sagte sie, und ich spürte den Hauch ihres Atems am Rücken, spürte den strengen Ton, und als ich mich zu ihr umdrehte, sah sie müder aus, als ich sie je gesehen hatte. Ich bin schwanger, sagte sie.

Die Nachricht schockierte mich gar nicht mal, da noch nicht. Aber sie erklärte jedenfalls einiges.

Weiß Cecil es?

Natürlich weiß er es.

Ich wusste nicht, was ich dazu sagen sollte. Sie ließ die Schultern hängen, Unterarme über den Schenkeln gekreuzt, saß da wie ein Junge. Mein altes Haus hatte kalte Bereiche – Stellen, wo die Isolierung wohl feucht geworden war, Stellen, die renoviert, und andere, die es nicht waren. Wir machten nie Feuer im Holzofen aus Angst, dass der Kaminrauch für Aufregung sorgte. Auf dem Fenstersims bildeten sich Wasserlachen, und wenn ich die Augen zusammenkniff, glaubte ich, meinen Atem als Wölkchen zu sehen. Mir tat es im Schritt weh – ein jäher Schmerz.

Wer?, wollte ich sagen, doch sie drückte eine Wange an meine Brust, und wir legten uns wieder ins Bett, und Jack hämmerte weiter an seiner Feuerstelle – klong, klong, klong.

Nora hustet, schrill und keuchend. Als ich ihr das Ohr an die Brust lege, rast ihr Herz wie bei einem Sportler, und ich versuche verzweifelt mich an das zu erinnern, was der alte West mir über Rauchinhalierung und Haut erzählt hat, die zerfällt wie Papier, über Luftwege und Narbengewebe und die menschliche Schwäche bei Feuer – alle seine Geschichten in all den Jahren. Das Haus stinkt. Rauchfahnen winden sich um die schlecht gerahmte Souterraintür. Die Luft wirkt orangefarben, wie auf einem Polaroid-Foto. Es schmeckt nach Schwefel, Schießbaumwolle, Lagerfeuer. Ich nehme Nora in die Arme, verdrücke mich zum Ausgang und versuche, nicht daran zu denken, was Cecil tun wird. In der Ferne: Sirenen, knackendes Holz. Noras Kleider liegen in einem Haufen auf dem Sofa, und ich überlege kurz, ob ich Nora anziehen soll. Dann erreiche ich die Hintertür und will sie aufmachen, aber der Schlüssel steckt nicht. Und in meinen Taschen ist der Schlüssel auch nicht, auch nicht auf dem Fensterbrett, auch nicht zwischen den Schuhen und dem Kram unten an der Tür. Ich kann sie nicht öffnen – ich sitze fest. Und ich höre fast schon, wie der alte West mich wegen der Tür anmacht.

Es gibt ein Fenster, das ich hätte einschlagen können und dann durchsteigen, aber Nora hätte ich auf keinen Fall mitnehmen können. Rauch flackert über die Decke, blau und schwer, wie in einer Kneipe. Noras Haut ist klamm geworden, und ich versuche sanft, sie zu wecken, doch sie gurrt, sie stöhnt. Ich küsse sie auf die Stirn. Ich weiß noch, wie ich dachte: Wo bleibt Cecil?

Ich lege Nora auf den Fußboden und greife nach dem Türknauf, aber der versengt mir fast die Hand. Hitze pulsiert durch das Holz, strafft meine Wangen wie Duschdampf. Mein Arm und die zerstörte Haut auf dem Bizeps leuchten, als wäre wieder '62, und ich rieche Benzin und den Gestank von Gummizement und Haaren, die wie Teer brennen, und ich muss alles tun, um meinen Würgreflex zu unterdrücken. Dann bin ich im Dschungel, ganz schnell, auf den Knien, der Ärmel in dunklen Fetzen, Haut und Muskeln eiterweiß, und die ganze Welt keckert wie der Tod. In der Nähe brutzelt ein Funkgerät, eine schwarze Hand, Stiefel und Stücke von Menschen, und die Luft schimmert wie ein Highway. Sie schmeckt nach Motorenfett, die Luft – die Zunge fühlt sich dick an, belegt. Eigenbeschuss, schrie jemand, kurz bevor wir von dem, was uns da traf, getroffen wurden. Beschissener Eigenbeschuss.

Nora stöhnt im anderen Zimmer, aber es klingt schwach, wie von anderswo – als hörte ich sie durch das Schrillen in den Ohren oder sogar überhaupt nicht, genau wie damals, als uns die Bombe traf, Desorientierung. Und ich kann nicht zu ihr, kann sie nicht aus diesen Geräuschen, diesen Gerüchen ziehen. Es ist, als wäre alles, was schief gelaufen ist, zum Leben erwacht, dort in dem Souterrain, da vor mir in dem orangenen Leuchten: der Krieg und meine Trennung; Crib und der Junge, den wir nicht aus dem Feuerball retten konnten; Linneas Weggang und Jacks gebrochenes Herz. Cecil, der über die Straße gerast kommt, um seine Verlobte und mich aus dem Feuer zu retten.

Jack wurde in jenem Winter ziemlich schnell erwachsen. Seine Jacke stand weit offen, als ich um die Ecke kam, die Picke über der Schulter und eine Pünktchenlinie Schweiß auf der Stirn – keine Handschuhe, keine Mütze. Das Feuer prasselte, beleuchtete die Steinspirale zu meinen Füßen. Er sah nicht mehr sehr wie ein Junge aus: Ein Schatten Gesichtsbehaarung streifte seine Wangen, die Lippe, und er hatte sich die Haare so lang wachsen lassen, dass er bald ein gebatiktes Hemd tragen würde. Auch war er fast so groß wie ich, verdammt noch mal, und nicht der dürre, großäugige Junge, an den ich mich gewöhnt hatte und irgendwie nicht vermisste. Als er mich sah, hob er einen Stiefel auf ein Stück Feuerholz und rammte die Picke bis zum T in die Erde, wischte sich die Hände an den Jeans ab.

Hey, sagte er.

Hey, Jack.

Setz dich, sagte er und deutete langsam auf einen der Hackklötze, die die Grube säumten. Ich tat es, ließ mich darauf nieder, reckte die flachen Hände zum Feuer hin und merkte dabei, wie mein Bizeps juckte, schmerzte. Hab Feuer nie gemocht, selbst wenn es einen warm und in Bewegung hält. Willst du ein Bier oder so was?

Nein, danke.

Wo ist Nora?, sagte er.

Was?, sagte ich und sah zu ihm hin.

Er deutete mit dem Kinn an mir vorbei aufs Haus; Licht war angegangen. Da ist sie, sagte er.

Er zog mit dem Finger eine Spirale, fuhr einen unsichtbaren Bogen um die Steine nach, die er in die Erde gebettet hatte. Wenn dir gefällt, was du hier siehst, könnte ich dir auch so was machen.

Ich folgte dem Pfad – denn das war es beinahe, ein Pfad, auf dem man gehen konnte, von Stein zu Stein zu Stein – mit den Augen; er füllte den ganzen Lichtkreis, den das Feuer warf. Zwischen jedem Stein war braune Erde, festgetreten; im Sommer würde er dort einsäen und Gras ziehen, dann würde es ganz gut als Veranda durchgehen – da konnte man dann gut ein Barbecue veranstalten, und alle wären neidisch. Ich kann nicht mit Sicherheit sagen, wo er arbeiten gelernt hat, aber in jedem Fall hat es sich bezahlt gemacht. Hatte es in den Genen.

Mensch, vielleicht nehme ich dich beim Wort, sagte ich.

Du siehst müde aus, sagte er.

Ich schlafe nicht viel, ja.

Er nickte, ein einzelnes, rasches Kopfrucken. Du sagst es, Archer.

Ich weiß.

Haben sie dich hergeschickt, damit du mich aufmunterst?

Merkt man das so sehr?

Du und mein Dad, Mann. Nicht gerade Meister der Täuschung.

Wo ist der alte Knacker überhaupt?

Auf der Feuerwache und arbeitet nicht.

Oder hart.

Da bist du ihm schön aufgesessen.

Das beruht auf Gegenseitigkeit, sagte ich und hob eine Augenbraue, Jack schüttelte den Kopf. Der Kleine?

Er zeigte aufs Fenster, das einen Spalt offen stand.

Wenn er aufwacht, höre ich ihn.

Was wirst du ihm sagen, wenn er alt genug ist, um zu fragen?

Jack stocherte im Feuer, gab den Flammen Luft.

Die Wahrheit, nehme ich an? Vielleicht habe ich bis dahin ja auch wieder geheiratet und kann das alles als tiefes, dunkles Geheimnis hüten.

Oder vielleicht kommt Linnea zurück, sagte ich, und Jacks Lippen formten langsam ein Lächeln. Wieder stocherte er im Feuer, setzte sich auf einen der Hackklötze, die Knie nach außen, die Ellbogen auf den Schenkeln. Er ließ den Kopf hängen. Rauch wirbelte im Uhrzeigersinn ums Feuer, fast auch in einer Spirale, und als er ihn einhüllte, murmelte Jack etwas, eine Beschwörung, um die Schwaden abzuwenden.

Das wäre der Moment gewesen, um etwas zu sagen. Aber vielleicht war es besser so. Jack und ich saßen in bequemem Abstand und ließen den Raum kreiseln. Es war eine Nacht, in der man ein Nordlicht erwarten konnte, auch wenn es in diesem Tal ziemlich selten auftritt. Jack zog ein Zippo aus der Tasche und rieb es an – eine sieben Zentimeter hohe Flamme, wie ein Karnevalstrick. Es war das Feuerzeug, das er Crib weggenommen hatte, damals als Cecil Crib wegjagte, und Jack hatte es wohl als Trophäe behalten, vielleicht auch als Erinnerung an das, was er verloren hatte. Ehrlich gesagt weiß ich nicht recht, was von beidem bei den Wests wahrscheinlicher war.

Und dann fiel mir auf, dass Jacks Steinarbeit nicht nur den Feuerschein ausfüllte, sondern sich noch weiter schlängelte, darüber hinauslief und breiter wurde und sich in die Dunkelheit ausbreitete – er hatte über den größten Teil des ganzen verdammten Hofs Steine ausgelegt. Es sah alles ungeheuer sorgfältig aus – gleichmäßige Abstände und auf einer Ebene, und ich kann mir nicht vorstellen, wann er die Zeit hatte, was anderes zu machen – beispielsweise Vater zu sein.

Jack stand auf, als er sah, dass es mir auffiel, ging zu der Picke und zog sie aus der Erde, nahm den unteren Teil fest in die Hand und hielt das Ding waagerecht an der Hüfte. Seine Schultern reckten sich vom Einatmen nach hinten und kamen mit dem Gewicht der Picke wieder nach vorn. So atmet man, wenn man richtig müde ist oder richtig wütend oder wenn man was zu sagen hat, das man lange, lange nicht sagen wollte.

Ich weiß, dass du Nora vögelst, sagte er.

Er legte sich die Picke über die Schulter, wie ich es auch schon bei Cecil gesehen hatte – eine Haltung, die bedeutete: Ich bin gespannt, was du zu sagen hast.

Eine kühne Behauptung.

Ich hab's meinem Dad nicht gesagt.

Warum nicht?

Linnea hat mich darum gebeten.

Du hast mit Linnea gesprochen?, sagte ich.

Er verzog das Gesicht. Die hat's mir ja gesagt.

Sie hat es dir gesagt?

Hat gemeint, außer ihr sollte es noch jemand wissen, bloß für den Fall.

Für welchen Fall?

Seine Hand hob die Picke in die Luft; sie glitt herunter und hängte sich auf seiner Schulter ein. Dann machte er sein Dummer-Junge-Achselzucken und grinste von einem Ohr zum anderen, als wollte er sagen: Sie hat dich ziemlich zum Narren gehalten, alter Mann.

Ich wusste, dass sie geht, schon Monate vorher, sagte ich.

Sein breites Lächeln war in weniger als einer Sekunde erloschen. Warum hast du mir nichts gesagt?, fragte er und kniff dann die Augen zu – hatte Rauch abbekommen.

Sie wollte es nicht.

Ich hätte sie umstimmen können.

Sie hat gesagt, sie glaubt nicht, dass du ein guter Dad wärst.

Er machte ein saugendes Geräusch; Wind fuhr ihm über die Zähne. Es sah aus, als hätte er etwas zu sagen. Stattdessen kniff er die Augen zu und trat in die Dunkelheit hinaus, wo ich ihn aus den Augen verlor. Ich schaute angestrengt und suchte, doch die Augen passten sich nicht an. Der Feuerschein wogte, funkelte auf den Steinen, als läge ein Glanz auf ihnen. Es war kalt, aber nicht schlimm; mein Atem machte Nebel. Jack lief außerhalb meines Gesichtskreises herum. Er schniefte, unterdrückte Schluchzer. Ich bin nicht gerade stolz darauf, wie das durchgesickert ist, das möchte ich doch sagen.

Komm wieder her, rief ich. Es ist ja nicht das erste Mal, dass ich dich weinen höre.

Dann wurde er totenstill, und ich stellte ihn mir vor, wie er mich von dort böse ansah, den gebeugten alten Mann in einem Lichtkreis. Vielleicht war es dasselbe verdammte Ding wie die ganzen Jahre davor. Ich war faul geworden; ich suchte den Hof nicht ab und auch nicht die Anlage, und, verdammt, ich hatte Jack West nicht wirklich durchschaut.

Er tauchte neben mir auf, überraschend für mich, und verpasste mir einen Schlag, den Cecil ihm höchstwahrscheinlich jahrelang beigebracht hat. Genau auf die Schläfe, genau aufs Ohr – dahin schlug er mich, und ich ging zu Boden, und es schrillte in meinem Kopf, als hätte jemand eine Flinte abgefeuert. Ich landete mit den Handgelenken voraus auf dem Boden, dann packte Jack mich an der Jacke und stürzte sich auf mich. Er zerrte mich auf den Rücken, und ich fühlte mich älter denn je. Er trat einen Holzhackerschemel beiseite und zog mich über den eingegrabenen Stein. Das war er: Jack West, rot und orange und beschienen wie aus der glühenden Erde aufgestiegen.

Davon wird's dir nicht besser gehen, meinte ich, aber er hörte mich nicht, da noch nicht, nicht bei dem Adrenalin und der Wut und dem Feuer und wie ich über Stein und Erde scharrte.

Er ging auf mich los. Ich trat ihn gegen das Schienbein, krabbelte rückwärts. Kälte schoss mir ins Handgelenk. Er schlug zurück, rammte mir eine Stahlkappe so kräftig in den Schenkel, dass das ganze Bein taub wurde. Gott, der brachte mich noch um – da war ich mir sicher. Ich war dem Tod vielleicht näher als je zuvor; zu keiner Zeit sonst in Vietnam unter Beschuss oder in den Stunden im Militärlazarett, als mein Arm wie Schmorfleisch abblätterte und gemurmeltem Vielleicht-vielleicht-auch-nicht. Ich hätte nicht so dumm sein sollen, zu Jack zu gehen, wenn er gerade an einem Feuer saß. Bei Feuer habe ich nie Glück, nie.

Er holte wieder mit dem Stiefel aus, aber ich klammerte das Bein an der Brust fest, eine Falle wie aus dem Lehrbuch.

Was sagst du denn mal Alan? Dass du seinen Opa umgebracht hast?

Er drückte mir das Knie auf die Brust, dann rangelten wir, ich hatte meine Hände an Jacke und Hals, er seine in meinem Gesicht. Ich griff nach der weichen Stelle vorn am Hals. Er keilte einen Ellbogen zwischen meine Arme, hielt mit dem anderen Bein meinen Bizeps fest, und so waren wir einen Augenblick lang ineinander verkeilt, mit gespannten Muskeln, die Zähne zusammengebissen, und tiefes Grollen drang aus unseren Kehlen. Und ich merkte, dass ich gar nicht mit ihm kämpfen wollte, dass ich es nicht über mich brachte, gegen ihn zu kämpfen – ihn, Cecil Wests Sohn –, vielleicht war es auch einfach nicht richtig. Also ließ ich los. Ich ließ ihn machen. Und ich erinnere mich an seine Faust an seinem Ohr, die Farbe der Knöchel wie Sperrholz, Herdringe, Rost und nicht viel anderes, bis Noras Stimme von der hinteren Treppe kam.

Jack!, rief sie, und ich blinzelte Tränen und Blut weg, um zu ihr hinzusehen – sie trug eine von Cecils Arbeitsjacken, sie hing ihr von den Schultern. Sie verschränkte die Arme, hielt das Flanell umklammert. Wirklich, Jack?

Er schnaufte über mir wie ein Pferd, dicke Nebelstöße wallten aus seinen Nasenlöchern. Er hatte die Faust noch immer am Ohr, rot und blutig geschunden, und er hielt einen Bausch meines Hemds gepackt, hatte ihn zu einem festen Griff verdreht, der mich von der Erde emporhob. Mein Kopf hing halb lose herab. Ich hustete Blut, spuckte es zur Seite, schmeckte Rotz, Schweiß, Metall. Tränen stachen mir in die Augen – Nasenhiebe, die mir die Sicht nahmen –, und ich kniff sie nacheinander zu.

Du weißt ja nicht, was er gesagt hat, brüllte Jack zu ihr hin.

Ich glaube, das ist mir egal.

Du bist nicht meine Mutter.

Du hast keine Mutter.

Fick dich.

Geh runter von ihm, sagte Nora. Sie klang wie Cecil, diese Mischung aus Frust und Autorität.

Du pennst mit ihm, sagte Jack. Er hatte nicht losgelassen.

Ja, sagte Nora, und Jacks Augen schlossen sich, und der Hals reckte sich zur Seite, und ich weiß nicht, ich weiß nicht. Der arme Junge. Und du kannst es auch Cecil sagen, wenn du willst.

Nein, das kann ich nicht, knurrte er. Warum tust du das?

Entschuldige, Junge, begann ich, aber er drückte mich nieder.

Du nicht. Bei dir überrascht's mich nicht. Du nimmst immer bloß, sonst machst du nichts.

Fehler passieren, sagte Nora. Wir sind gute Leute.

Er sah sie nun an. Er ließ mein Hemd los, und ich entspannte den Kopf, entspannte die Halsmuskeln.

Mein Dad ist ein guter Mensch. Das wird ihn umbringen.

Dann sorg dafür, dass er's nicht erfährt.

Das mache ich ja schon, sagte er. Und wie kannst du nur darum bitten? Dass ich ihn anlüge und du einfach weitermachst – weiter mit ihm pennst?

Es ist deine Entscheidung, Junge, sagte ich.

Du Arschloch, Archer, halt bloß die Klappe.

Das mit Linnea tut mir leid, sagte Nora.

Hier geht's nicht um Linnea, brüllte Jack. Mit einer wegwerfenden Handbewegung zeigte er auf mich. Hier geht's um dich, Nora. Was findest du bloß an ihm?

Jack –

Na? An dieser Null? Diesem – diesem Dieb?

Da fiel Noras Blick auf mich, und ich empfand mich auf eine Weise taxiert, wie ich es noch nie erlebt hatte. Es ist, als bräuchte man ein bestimmtes Licht, um die Leute richtig zu sehen, als müsste man dazu geschaffen sein, um zu bewerten und zu beurteilen. Wir sind hervorragend darin, das, was reglos vor unserer Nase ist, nicht zu sehen.

Ich sehe einen Mann, wie ich mir deinen Dad gewünscht hätte, sagte Nora.

Jack hielt mich weiter fest, noch immer bereit, mich zu schlagen, dann ließ er los, ließ mich da auf dem Stein liegen und stürmte, mit den Fäusten den Hemdsaum packend, wie er es als Kind getan hatte, auf Nora zu. Nora wich nicht von der Stelle – natürlich nicht –, bis er dicht vor ihr stand, irgendwie klein unter ihrem Blick. Ich hatte keine Ahnung, was gleich passieren würde, was hätte passieren können. Keiner der beiden regte sich, der Feuerschein schien schwächer zu werden, ich rappelte mich auf und wischte mir mit dem Ärmel übers Zahnfleisch. Vielleicht war dieser Abend eine letzte Chance – vielleicht hätte einer von uns Jack wirklich sagen müssen, dass alles gut würde, vielleicht hätte er mich auch totschlagen sollen. Ich weiß es nicht.

Dann drängte er an ihr vorbei, Schulter streifte Schulter, und gleich darauf erschien sein Schatten in Alans Zimmer, und das Fenster knallte zu. Nora lehnte sich an die Hauswand, schloss die Augen, schüttelte den Kopf – tief enttäuscht. Ich fuhr die Form meiner Nase nach, tastete nach dem Zustand meines Gesichts, brachte es nicht gleich fertig, sie anzusehen.

Na, krächzte ich.

Wage es ja nicht, jetzt einen Witz zu reißen, sagte sie. Ihre Stimme klang wie die einer Mutter, einer Lehrerin. Nie hatte ich sie weinen sehen, nie schwach werden. Sie stellte uns alle in den Schatten, jeden einzelnen von uns. Eine Frau wie sie verdient was Besseres als mich – natürlich ist mir das klar.

Lohnt eine Entschuldigung überhaupt?

Ja, Archer. Verfluchte Scheiße.

Na dann, sagte ich. Tut mir leid.

Sie strich sich Strähnen hinters Ohr, erst auf der einen Seite des Gesichts, dann auf der anderen. Sie sah so verdammt gut aus da auf der Betonstufe.

Findest du nicht, dass du das ein bisschen zu oft sagst?, sagte sie, ging rein und machte das Licht aus, und ich blieb auf dem Stein, geschlagen und müde, und ließ mich abkühlen, während die Kohlen ausglühten.

Das Feuer machte Geräusche, ein großes, gespenstisches huuuuh, und etwas in mir klickte mich in die Welt zurück. Ich trat gegen die Tür zur Treppe, blind vor Panik. Rauch quoll durch die Ritzen, und es sah aus, als wölbte sich die Tür, und mein Bauch sagte mir, dass ich wegmusste. Inzwischen musste ich mich unter dem Rauchschleier hinwegducken, und selbst die Luft darunter wurde schon zu Nebel, der mir Kehle und Nasenlöcher ausdörrte. Ich ging zurück zu Nora, zu unserem einzig möglichen Ausgang, und ich trat so fest ich konnte gegen die Tür, aber sie regte sich keinen Millimeter – sie war mit einem Schließriegel versehen, damit niemand reinkam. Ein anderer, besserer Mann als ich hätte sie aus den Angeln treten können, davon bin ich überzeugt.

Dann erzitterte die Tür wieder, von außen.

Archer?, rief Cecil.

Fuck sei Dank, sagte ich.

Mach die Tür auf, mach, dass du da rauskommst.

Ich hab meinen Schlüssel nicht da.

Dann geh durchs Fenster.

Kann ich nicht.

Er hielt inne – Warum nicht?

Genau davor hab ich dich gewarnt, sagte er. Dann: Ich hol meine Axt.

Ich hörte ihn nicht weggehen, nicht bei dem Geprassel. Nora keuchte, und ihre Augen flatterten auf, und ich schaute zu ihr hinab: Ihr Blick war wässrig, aber das war kein Wunder – sie hatte ja einen Rauchstoß ins Gesicht abgekriegt. Wie gerne hätte ich ihr gesagt, dass alles gut werden würde, auch wenn ich das gar nicht wissen konnte. Also drückte ich sie an mich und überlegte, was ich zu ihrem Verlobten sagen würde, wenn er durch die Tür gekracht käme. Da in dem brennenden Haus konnte ich die Minuten zählen, die mir noch von meiner glücklichen Zeit in Invermere, B. C., blieben. Selbst Freundschaft hat ein Verfallsdatum.

Über mir knarrte Holz, und ich hatte die jähe, schreckliche Angst, der Boden über mir könnte einbrechen. Dann hieb Cecil mit der Axt auf das Schloss, ein Loch splitterte auf, und als das erste Licht durch den Spalt im Holz loderte, spürte ich, wie das Feuer oben Atem holte, spürte, wie die Hitze wie eine Lunge wartete, um gleich loszublasen. Ich bettete Noras Kopf auf meinen Bizeps, verteilte ihr ganzes Gewicht auf den Armen. Ihre Muskeln krampften, Arm, Schlüsselbein und Hals bis zum Kiefer. Mein anderer Arm, auf dem ihre Beine lagen, war vom Blut suppig. Ich wünschte, ich wäre näher bei ihr gewesen – dass ich die Tür zu dem ersten Rauchschwall geöffnet hätte, dass ich schneller gewesen wäre, sie aufgefangen hätte, bevor sie mit dem Kopf auf den Beton knallte. Wie sie zu Boden ging – Mann, als hätte eine Kugel sie erwischt. Das Haus roch nach Holzkohle, auch sie, wahrscheinlich auch die Welt draußen, meine Kleider, Cecil. Die Hitze wärmte mir den Nacken, und ich riskierte einen Blick nach hinten, auf die dunklen Flure und das ockerfarbene Glimmen, das wie ein Sonnenuntergang unter der Treppentür hervorströmte.

Dann brüllte Cecil, ich solle zurücktreten, und trat die Tür mit dem flachen Stiefel auf, und da stand er, Cecil West, ein verrückter Kanadier mit einem Heiligenschein von dem Whiteout, der hinter ihm leuchtete. Ich erinnere mich noch daran – sein anfängliches, trockenes Lächeln (hab dich wegen der Tür gewarnt, wollte er bestimmt gleich sagen) zum Schild seiner halb schiefen Baseballkappe hochgebogen, seine Action-Filmpose, die Ellbogen weit auseinander, den Axtgriff über der Schulter wie ein Holzfäller-Champion. Jeans: rußfleckig und verdreckt, mit streifigen Handabdrücken. Hemd: in einem dunklen V nass, eingerahmt von einer karierten Jacke. Und ich weiß noch, wie rasch sich seine Miene änderte, wie sie erst in einem Augenblick des Nicht-Verstehens erstarrte – eine vorübergehende Unterbrechung, eine Kluft zwischen Erwartung und Wirklichkeit –, wie er Nora in meinen Armen sah, Nora, die doch in Cranbrook hätte sein sollen. Verlobte, bester Freund, Feuer – dann wurde er neutral. Kein Zorn, pure Neutralität. Fast, als hätte er es sich schon gedacht – aber natürlich hatte er es sich schon gedacht. Am Ende sind wir doch nichts als eifersüchtige und misstrauische Männer.

Er trat beiseite, damit ich hinaus konnte, dann trabten wir über die Straße, während das Feuer mein Zuhause verzehrte. Ich legte Nora ins Gras unter ihrem Stechapfelbaum, sah mit Schrecken ihr Blut auf meinem Unterarm, als hätte sie eine Wunde abgekriegt. Cecils Kiefer mahlten, als wiederkäute er. Er verschränkte die Arme und packte dicke Bäusche seiner Jeansjacke. Jack in der Einfahrt betrachtete uns, dann das Feuer, dann wieder uns. Neben ihm: Alan, fest an seiner Hand.

Lass den Scheiß-Pick-up an, brüllte Cecil seinem Sohn zu.

Nora atmete, hustete. Ich kniete mich neben sie, doch Cecil schubste mich mit der Hüfte weg und legte in derselben Bewegung seine Jacke über sie. Er ging mit dem Ohr an ihren Mund, wischte ihr die Haare aus dem Gesicht, zog eine Strähne aus dem Mundwinkel. Ihre Haut wirkte klamm und runzlig, als hätte sie in einem See gelegen, als wäre sie fast ertrunken.

Was ist passiert?, sagte Cecil.

Rauch eingeatmet, hat sich den Kopf angeschlagen, sagte ich.

Hast du sie nicht aufgefangen?

Ich war nicht nahe genug bei ihr.

Na, so was.

Er ließ ein Handgelenk vom Knie hängen, fasste sich mit der anderen Hand ans Kinn – nachdenklich.

Warum blutet sie?, fragte er, aber ich konnte ihn kaum hören.

Alter Mann –

So heiße ich nicht.

Er drehte den Kopf ins Profil, weit genug, dass ich die hochgezogene Nase und Lippe sah, und ich dachte, dass auch er Rauch in die Augen bekommen haben musste. Cecil leerte die Lungen und wenigstens teilweise den Magen. Seine Hände hatten sich zu Fäusten geballt. Gleich würde er mich windelweich prügeln – das konnte jeder sehen.

Ich brauch dich wohl nicht zu fragen, was ihr gemacht habt, sagte er. Er wedelte mich mit der Hand weg. Ich blieb auf Distanz. Jack stieg in den Pick-up, Alan auf dem Schoß. Sie rollten die Einfahrt runter.

Ist das so deine Art?, sagte Cecil. Er drehte sich um, damit er sehen konnte, wie mein Haus hinter mir in Flammen aufging. Da gibt dir einer das alles, und du schießt ihm in den Rücken. Machst du das gern, Archer?

Sag, was du willst.

Er zog ein Zippo-Feuerzeug aus der Tasche, darauf war die amerikanische Fahne. Er wog es in der Hand, stand nicht auf.

Das hab ich vor deinem Haus gefunden, sagte er und warf es mir zu.

Ein verschmierter Fingerabdruck war darauf. Ich drehte es in der Hand.

Ein Papierstapel zum Anzünden, bei deiner Veranda, sagte Cecil. Hinterlässt keine Spuren. So was weiß bloß der Sohn eines Feuerwehrmanns.

Jack kam hinter mir rangerollt, im Pick-up. Er war totenbleich.

Was hast du vor?, sagte ich zu Cecil.

Was würdest du machen, allmächtiger Verzeiher?

Weiß ich nicht.

Hast du Linnea schon verziehen, dass sie dich hier verlassen hat?

Sie hat mich nicht verlassen.

Stimmt, sagte er und wölbte beide Hände vor die Brust. Crib hat sie mitgenommen. Vielleicht hat Crib sie ja auch gerettet.

Du Arschloch, Cecil.

Du siehst es einfach nicht, du blinder Arsch. Wie die Leute dich anschauen. Niemand ist dir nahe.

Deine Verlobte schon.

Er zeigte das Zahnfleisch, stand noch immer nicht auf, kniete nur weiter neben Nora da auf dem kühlen Gras.

Und es ist für sie ungefähr genau so gut ausgegangen wie für deine Tochter.

Fick dich doch.

Schließlich stand er doch auf. Baseballkappe, faltiger Kiefer, Augen zu Perlen zusammengekniffen. Ein Feind jetzt – und größer, als ich dachte oder bemerkt hatte. Vielleicht nimmt man seine Freunde nicht als das wahr, was sie sind. Oder vielleicht doch, und Cecil hatte mich die ganze Zeit als das gesehen, was ich bin. Er nahm die Kappe ab und legte sie neben Nora auf die Erde, wahrscheinlich, damit sie ihm nicht die Sicht verdeckte, damit er das Kinn auf die Brust legen und meine Schwinger von der Stirn wischen konnte, durch meine Deckung kam.

Jetzt nicht mehr so schlau, sagte er. Kein schlauer Spruch, wie ich meinen Sohn erziehen soll? Bei deiner Tochter hast du's ja richtig gut gemacht.

Meine Hand ballte sich, fast gegen meinen Willen, das Pochen des Adrenalins in den Spuckedrüsen, dass man die eigene Zunge kauen möchte. Cecil nahm die Deckung hoch, den rechten Arm nach vorn – die Schwinger würden von links kommen. Er hatte sich nicht mehr geprügelt, seit ich im Tal aufgetaucht war. Seine Armeeausbildung war begrenzt. Sein Alter ein Nachteil. Er hatte in seinem faltigen Gesicht noch immer keine echten Narben, nur die Brandmale am Kinn, kleine Dellen, die den Grat des Kiefers wie eine Reihe übrig gebliebener Nähte säumten. Er sah jetzt aus wie ein Armeeveteran. Ich fragte mich, wie lang das schon im Raum stand, ob einer oder wir beide die ganze Zeit gewusst hatten, dass unsere Wege sich mit Schlägen trennen würden.

Cecils Fäuste fielen an den Seiten runter.

Ich schlag mich nicht mit dir, Archer, sagte er und kniete nieder, um seine Kappe aufzuheben. Er wischte sie ab, zweimal mit der flachen Hand, obwohl sie gar nicht schmutzig war. Er setzte sie auf, richtete sie gerade. Bei jeder seiner Bewegungen zuckte ich, hämmerte mir das Herz in der Kehle. Ich hatte gerade wohl eine Schlacht verloren, welche, das weiß ich nicht. Ich weiß es einfach nicht. Wie er mich ansah, auf mich herabsah.

Du hältst dich für so schlau.

Ich weiß nicht mehr, was ich wofür halte.

Er wiegte Nora in den Armen, murmelte ihr etwas zu, was tröstlich gewesen sein muss, denn ihre Finger gruben sich in seinen Unterarm – was nicht passiert war, als ich sie genauso gehalten, sie vom Feuer weggetragen hatte. Ich weiß noch immer nicht, was Cecil hatte, das ich nicht habe.

Er deutete mit dem Kinn auf Jack.

Weiß es der Junge?

Warum sollte er?, sagte ich.

Ihr seid doch so dick, ihr zwei. Ich frage dich noch mal, Archer: Weiß es Jack?

Wir schnauften einander an. Nun gab es zwischen uns keine Lügen mehr.

Alter Mann, sagte ich, aber er drängte an mir vorbei. Jack öffnete die Beifahrertür, und Cecil stapfte zu ihm hin, jeder Schritt so schwer, dass er Grasstückchen ausriss.

Cecil!, brüllte ich, doch er blieb nicht stehen, sondern setzte einfach Nora auf dem Beifahrersitz ab und ignorierte mich total. Ich sah zu, wie er ihr die Füße unter seine große Jacke schob, sie anschnallte. Er vorn um den Pick-up rum, riss die Fahrertür auf, und als Jack nicht sofort ausstieg, packte er seinen Sohn an der Jacke und zerrte ihn mit mehr Gewalt, als ein Vater sollte, heraus. Jack taumelte, verlor fast das Gleichgewicht. Er sagte kein Wort. Dann hob Cecil mit aller Sanftheit eines Großvaters Alan an den Armen hoch – der Junge kicherte, froh, Opa zu sehen – und reichte ihn Jack.

Jack war keinen Millimeter gewichen, als ich mit meinem Pick-up vor ihm hielt. Alan taumelte, und Jack hielt ihn mit einer väterlichen Hand auf der Schulter ruhig. Das Feuer prasselte. Weitere rot-weiße Lichter rotierten hinter der Kurve am Ende der Straße. Männer, die Cecil gekannt haben musste, drängten sich auf die Straße.

Steig ein, sagte ich.

Wo ist dein Hemd?, fragte Jack.

Brennt.

Jack hob Alan durch die Beifahrertür, und ich nahm seinen kleinen Körper unter den Armen, worauf er kicherte. Man hatte ihm ein rotes Sweatshirt angezogen, auf dem Speed Demon stand, er hatte kurze, lockige Haare, Brauen, die sich eines Tages fast bei allem ungläubig hochziehen würden.

Ich besorg dir eins, sagte Jack und trabte zum Haus. Gegenüber wurde alles, was ich besaß, verzehrt, aber das kümmerte mich nicht – vielleicht war ich auch gar nicht in der Lage dazu. Alan hüpfte mir aufs Knie, legte die pummeligen Hände aufs Lenkrad und mühte sich nach Kräften, es zu drehen. Ich stützte ihn, legte ihm die Hand ins Kreuz, umfasste dabei fast die ganzen Schulterblätter, Daumen bis zum kleinen Finger.

Jack kam mit einem einfachen grauen T-Shirt wie einen Football untern Arm geklemmt wieder. Er gab es mir.

Eins von meinen, sagte er.

Er stieg ein, und ich gab ihm Alan zurück, legte den Gang ein und begann unsere Fahrt zum Krankenhaus. Ich weiß, dass du das Feuer gelegt hast, sagte ich.

Ich weiß, dass du's weißt, hörte ich Jack sagen. Er schnallte Alan auf dem mittleren Sitz an, als würde das was ändern. Der Pick-up kroch den steilen Berg aus der Siedlung hinauf. Wir passierten das Wohnheim mit den Doperauchern, die uns groß und leer anglotzten, als wir vorbeifuhren. Die Straßen waren wellig und beschissen, wie immer. Alles erinnerte mich an Cecil.

Glaub mir – ich hatte keine Ahnung, dass ihr da drin wart, sagte Jack. Das tut mir echt leid.

Aber nicht das Feuer selbst?

Das gab ihm zu denken. Alan langte nach dem Schalthebel, ich schubste seine Hände weg. Jack ließ das Fenster runter, schaute auf den Himmel, den Horizont, die Berge. In einem war eine Höhle, die Form wie eine verbogene Blechdose, man sah sie von der Hügelkuppe aus. Jack legte den Ellbogen auf den Fensterrahmen, wischte in den Staub auf dem Spiegel eine klare Bahn. Vielleicht ändern sich die Leute ja auch gar nicht, egal, was das Sprichwort sagt. Vielleicht sieht man sie mit der Zeit nur besser.

Nein, sagte Jack, während wir Richtung Westen zum Krankenhaus fuhren. Das tut mir nicht leid.

Wenigstens bist du ehrlich.

Er schaute auf Alan, stupste seinen Sohn an die Schulter, zog den Finger zurück, bevor der es merkte. Der Junge grinste.

Glaubst du an Gott, Archer?

Ja.

Dann kriege ich, was mir blüht.

Dafür brauchst du keinen Gott. Es gibt auch noch Cecil.

Er lächelte, wie wenn man sich an bessere Zeiten erinnert. Das sah ich aus drei Meilen Entfernung. Tja, sagte er und beließ es dabei.

Ich bog auf den Parkplatz des Krankenhauses ein und stellte den Motor ab, dann saßen wir drei da, als würden wir bald gehängt. Jack klatschte sich auf die Schenkel, atmete tief ein. Er löste Alans Gurt und hob ihn zu mir her.

Du kannst eine Weile bei mir bleiben, sagte ich und begriff nicht, warum ich das jetzt ausgerechnet zu Jack West sagte. Wo ich eben lande. Wenigstens, bis du auf eigenen Füßen stehst. Wenn du was brauchst.

Danke, lieber nicht, Archer, sagte er. Wir schauten auf die Türen zur Notaufnahme, die auf und zu glitten. Ich geh dann mal. Du musst ja nicht dabei sein.

Deine Entscheidung.

Warum macht dir das alles gar nichts aus?, sagte er und hob die Arme in einer pathetischen Geste.

Ich werde alt, sagte ich, als wenn das zählte, worauf Jack die Tür aufklickte und erhobenen Hauptes durch die Krankenhaustüren schritt. Alan drückte auf die Hupe, was ein abgeschnittenes Tröten erzeugte, doch das Türenmaul hatte sich schon wieder geschlossen, und Jack hätte, selbst wenn er es gehört hätte, nicht die Möglichkeit gehabt, sich danach umzudrehen.

Sie kamen gemeinsam aus dem Krankenhaus, Jack voraus, Cecil bloß ein paar Schritte hinter ihm – fast wie bei einer Geiselnahme. Jack hatte rote Augen, darunter dicke Ringe. Der alte West hatte die Hände in den Taschen, das Kinn auf der Brust, und machte flache Schritte, die über den Asphalt schlurften. Ich stellte mich zwischen sie und Alan, so absurd das auch war.

Jack sagt, du nimmst ihn bei dir auf, rief Cecil, viel früher, als natürlich war. Bisschen bescheuert, muss ich schon sagen.

Muss ich nicht, wenn du deinen eigenen Sohn nicht vor die Tür setzt.

Ist nicht mein Sohn, sagte er, und Jack kniff die Augen zu.

Er hat nicht gewusst, dass wir da drin waren, Cecil.

Er hat gewusst, dass du nicht allein warst.

Darum geht's also?

Ein kluges Kerlchen wie du sieht bestimmt, dass das eine Rolle spielt.

Ein kluges Kerlchen wie ich sieht, dass du dabei bist, den letzten Menschen zu verlieren, der dir nahesteht.

Und wie nahe, sagte Cecil.

Ich wollte dich nicht verletzen, Dad, sagte Jack.

Wenigstens einem ist es nicht gleich.

Nora wollte es auch nicht, sagte ich.

Cecil zeigte das Zahnfleisch, machte ein ts-Geräusch. Er spuckte mir vor die Füße, wischte sich den Mund mit dem Ärmel ab. Oh, wie edel, sagte er. Dann kam er her, an Jack vorbei, langte mit beiden Händen nach Alan, und ich trat zur Seite, fuhr die Hüfte gegen seine Arme aus.

Cecil richtete sich zu voller Höhe auf, ein Funkeln in den Augen: Los, komm schon.

Archer, ich schwöre bei Gott, sagte er und langte erneut nach ihm, und diesmal ließ ich ihn gewähren, auch Jack ließ ihn. Cecil hob Alan auf einen Arm, uns beiden zugewandt. Und das war's wahrscheinlich – das Ende von etwas.

Wie geht's Nora?, sagte ich.

Fehlgeburt, sagte er. Wir hätten es Mary-Rose genannt. Rose war wohl deine Idee.

Das tut mir leid, Cecil.

Schon gut, sagte er.

Ich zog die Schlüssel aus der Tasche, warf sie Jack zu. Geh nach Hause, sagte ich zu ihm. Cecil blinzelte nicht mal, versuchte gar nicht erst, ihn aufzuhalten.

Nora kommt zu dir, wenn sie entlassen wird, sagte Cecil.

Jack machte, was ich sagte, ließ mich allein mit dem alten West. Wir stellten uns voreinander auf, wir zwei, so wie wir es vor so langer Zeit vor seiner Hütte getan hatten. Ich will nicht sagen, dass sich da ein Kreis geschlossen hat, weil es mit uns ja nie in Feindschaft angefangen hatte, sondern mit einem Missverständnis. Aber das spielte jetzt keine Rolle, es gab nur uns.

Du willst, dass wir das alles hier hinter uns lassen?, sagte er und hob Alan auf den anderen Arm. Du willst, dass ich sage, schon gut, kein Problem, viel Glück?

Er setzte Alan ab; der Junge klammerte sich an die Jeans seines Opas. Cecil rieb sich den Kiefer, starrte an mir vorbei auf was auch immer. Ich stellte mir die Ruine meines Hauses vor. Cecil steckte wieder die Hände in die Tasche, wahrscheinlich, um sich zu bremsen, aber Alan ließ los, als wollte er zu mir kommen, und da schoss Cecils Hand an seine Schulter.

Sollte ich dich noch mal sehen, Archer, bringe ich dich um.

Das meinst du nicht so.

Du hast mir genug genommen, sagte er. Bleib von meinem Enkel weg.

Er ist auch mein Enkel.

Nein.

Und wenn nicht?

Liefere ich dich der Armee aus.

Das meinst du nicht ernst, sagte ich, und da sackte seine Brust ein. Aber ich bleib von ihm weg.

Ich hörte, wie seine Zähne aufeinanderschlugen. Du hast alles kaputt gemacht.

Was es auch war, Cecil?

Verpiss dich, sagte er und schob die Hände in die Taschen, kniff die Augen zu Punkten zusammen. Und das meine ich ernst.

Nora und ich verließen Invermere. Wir sahen Jack noch einmal, kurz – er war noch ein wenig bei uns in unserem neuen Haus, bevor er sein Glück woanders suchte. Ich bot ihm noch ein Bündel Scheine an – warum, weiß ich nicht. Vielleicht ein obskures Verantwortungs- oder Pflichtgefühl. Natürlich wollte er es nicht annehmen, wahrscheinlich hatte ich das vorausgesehen. Er überquerte einen Ozean und war in mehr Ländern, als ich kenne. Er war ein beständiger Wanderer, einer, den man auf keinen Ort, keine Vorsätze oder, auch das soll gesagt sein, keine Stabilität festlegen kann. Jack West, Musterbeispiel des verlorenen Sohns.

Die Stadt fühlte sich an, als hätte sie sich vom Festland abgelöst. Unsere Wurzeln waren nicht tief genug; auf die Gestaltung dieses Kaffs hätte ich keinen Schweiß verschwendet. Was nicht heißen soll, dass mir die Entscheidung leichtfiel; in Invermeres Erde war Blut von mir, glückliche Jahre, trockene Sommer und lange, gute Winter – Erinnerungen, die man auch noch nach Jahrzehnten nicht leicht abschütteln kann. Hätte ich Cecil nicht so viel geschuldet, hätte ich ihn nicht so ruiniert, dann hätte keine Macht der Welt mich von meinem Enkel weggebracht. Aber wir können nicht alles kontrollieren, und manchmal hauen die Dinge eben nicht so hin. Nora hielt meine Hand, als wir schließlich in meinen Pick-up stiegen, und ich will nicht so tun, als hätte ich es auch ohne sie geschafft. Wir wussten nicht mal, wo wir landen würden, aber wenn man nicht weiß, wo man hinwill, führen alle Straßen hin.

Cecil kam kein einziges Mal aus seinem Haus, jedenfalls nicht so, dass ich ihn sah, aber genau deswegen mochte er sich zurückgehalten haben. Wie einsam es in seinem Haus gewesen sein muss, das Echo jedes tropfenden Hahns, der herumtapsende Alan und die Geräusche dabei, sie schrieen nach einer Mutter oder wenigstens einem Vater – wie bedrückend es gewesen sein muss, zur Küche in der leisen Erwartung zu gehen, dort Gesellschaft zu finden, und diese Hoffnung wie Hunger in ihm nagte. Ich hatte Cecil West alles genommen.

Als wir losfuhren, der Pick-up trotz aller unserer Sachen nur halb voll, war es früher Morgen, so früh, dass ich hoffte, Cecil würde noch schlafen, auch wenn mir das als reine Fantasie erscheint. Wir drehten eine Runde am Haus vorbei – Nora hatte darum gebeten –, und als wir dahinschlichen, horchte ich auf die Straße, wie sie unter den Profilen knarzte.

Wir blieben nur einen Augenblick stehen, Nora mit zusammengebissenen Zähnen, die Haare offen auf den Schultern, angeweht von der warmen Luft, die aus der Heizung blies. Es war, als hätte sie schon immer gewusst, dass es so kommen würde. Auch, als hätte ich es schon immer gewusst. Es heißt, man kann mehr als einen Menschen lieben, und ich glaube es, weil ich es muss.

Wir verließen die Stadt auf der langen, einschläfernden Straße Richtung Süden, durch Wald, der eines Tages bis auf die Schalen abgebrannt sein würde, um tückische Kurven, die einmal Namen wie Totenkehre erhalten würden, über eine Brücke, die ein selbstgebauter Doppeldecker zerstören würde, was, Zeugen zufolge, wie Artilleriebeschuss aussah. Ich habe diese Straße verfolgt, die Dinge, die ihr widerfahren, als wäre sie eine Fluchtroute, eine Schneckenspur, die ich auf dem Zockelweg nach Cranbrook hinterließ – der lange und einzige Weg nach Hause.

Wir fuhren. Die Rockies hielten Schritt, starr und nach der geologischen Zeitspanne Teenager, die Gipfel weiß bemützt wie die Spitze einer Butanflamme, wie die Bilder von Bergen, die man als Kind malt. Die Luft roch nach Wald. Bäume standen dickstämmig und dicht am Straßenrand, grün wie die Gesundheit, und die Sonne knallte von den Dächern, ich musste die Augen zusammenkneifen, sie trockneten aus, tränten.

Ich habe gelernt, dass das Herz unverwüstlich ist. Reue, Verlust, Kummer, Schuld – an solchen Schmerzen wird das Herz nicht lange leiden, aber sie bleiben tief im Muskelgedächtnis, stecken in jedem Herzschlag und Blutpuls, in jedem Brustschmerz, der einen aus dem Schlaf reißt, voller Angst.

Ich habe diese Schmerzen erlitten wie auch zugefügt, daher kann ich mit einiger Berechtigung sagen: Sie vergehen nicht. Man vergisst sie nicht. Man lebt mit ihnen, als wären sie getarnt, sie stehen an der Wahrnehmungsschwelle, bis etwas das Licht auffängt: Die Ehefrau rubbelt sich Badewasser aus den Haaren, wie sie es viele Male bei dem Freund, dem man sie gestohlen hat, getan haben muss; ein Vater und ein Sohn kicken Steine auf der Straße und fühlen sich miteinander wohl; selbst die Landschaft, ihre schiere Existenz, groß wie die Fantasie und das Mögliche, groß wie die Vergebung, sie sollte die Sorgen der Menschen eigentlich bedeutungslos machen – doch sie tut es nicht, überhaupt nicht.

ACHT

Jedes menschliche Handeln hat eine dieser sieben Ursachen:
Zufall, Natur, Zwang, Gewohnheit, Vernunft,
Leidenschaft und Begierde.

Aristoteles

Viele Jahre lang hatte Jack West nur wenige hundert Kilometer von meiner Mom entfernt gewohnt, in einer Stadt namens Caribou Bridge – nicht mal eine Stadt, eher ein Ort, durch den die Leute kommen, während sie auf dem Weg zu Besserem sind. Er lag am Fuß dreier Berge in einem engen Tal, das wegen seines Winterhimmels gepriesen wurde. Die Fahrt dauerte nur ein paar Stunden, und ich gondelte wieder durch den zundertrockenen Wald, dessen Kiefernnadeln kupferrot geworden waren und, unglaublich, nach Metall stanken.

Am Morgen nach Coltons Tod machte ich mich früh auf den Weg. Wir hatten alle unruhig geschlafen, und ich stand in der blutroten Stunde auf, in der die Sonne erst wenige Strahlen ausschickte, und sah, dass die Jungs schon wach waren – zwei, die nie ein Auge zumachten. Sie gaben mir die Schlüssel, ohne groß Fragen zu stellen, und ich schleppte mich gegen Müdigkeit ankämpfend in die Küche, wo ich mir zwei Becher abgestandenen Kaffees reinschüttete. Die Wange tat mir weh, allerdings weniger, als man meinen würde. Ich fuhr die Nähte mit den Fingern nach. Vielleicht Reste von Adrenalin. Wahrscheinlich eher Selbsttäuschung. Archer schnarchte auf einem siebzigergelben Sofa, und ich überlegte, ob ich ihn wecken sollte, um Mach's gut, alter Mann zu ihm zu sagen, aber mir fehlte der Mut, ihm in die Augen zu schauen – mir fehlte der Mut, mir anzuhören, wie er sich rechtfertigte. Dann fuhr ich aus der Stadt, und die matte Sonne wärmte mir die Schultern.

Staub hatte sich auf dem Highway wie auf einem Kaminsims angesammelt; hinter mir ließen die Reifen des Jeeps zwei Fingerstreifen zurück. Ich konnte die Augen kaum offen halten und erwog mehr als einmal, am Straßenrand ein wenig zu dösen. Die Luft war von der Elektrizität eines Gewitters aufgeladen, ein Geschmack ganz hinten in der Kehle. Ich kam an einem verlassenen Auto vorbei, die Heckklappe stand offen, Plastiktüten lagen in Panik verstreut, auf die Erde gedrückt von Inhalten, die ich nie kennen würde. Gemeindeschilder rosteten, schon lange brüchig. Auf einem Holzschild stand Frisches Obst – 200 Meter, doch zweihundert Meter weiter gab es keinen Obststand. Überall: die Überreste von Leben. Auf dem Sitz neben mir lag Gramps' kastanienbraune Schachtel, ungeöffnet, die ungelesenen Postkarten verblassten zu Weizenfarbe. Ich drehte am Sendeknopf des Radios und hörte durch das gebrochene Rauschen nur Baritonstimme auf seinem Posten. Im Jeep roch es noch schwach nach Hund, wie ein Haufen Jacken aus dem Keller – ein provisorisches Bett, nun verlassen.

Mein ganzer Körper schmerzte von Müdigkeit und Gefühlen, die ich nicht begriff; sogar mein Blut strömen zu lassen war anstrengend. Ich knetete die Hände am Lenkrad, zählte die Knöchel von links nach rechts, bis sie zu sehr wie Schafe wurden und mir fast die Augen zuklappten. Dann fuhr ich auf dem Wüstland rechts ran, stellte die Kiste ab und ließ die Morgendürre zum Fenster reinrauschen, während der Motor tickend abkühlte. Die Stunden auf der Straße hatten mich durstig gemacht, nicht prophetisch. Ich hatte so viel Zeit mit dem Versuch verbracht, zu Jack zu kommen, dass ich mir gar nicht überlegt hatte, was ich sagen würde, wenn ich dort war. Es war ja nicht so, dass ich ihm gegenüber etwas fühlte – etwa Groll – oder dass ich glaubte, er hätte mir großes Unrecht angetan. Jack musste sich bei Gramps entschuldigen, falls er es tat und falls Gramps es annahm; ich kann mich über meine Erziehung kaum beschweren. Aber ich wusste nicht, was ich erwarten sollte, da ich mich nun allmählich dem Mann näherte, der mein Vater hätte sein können. Würde er betrunken sein? Ablehnend? Leugnend? Oder schlimmer: Würde er mit hängenden Schultern aus seinem Haus geschlurft kommen, unscheinbares Äußeres, ein geschlagener Mann in einer grauen Trainingshose und der Windjacke eines Sportvereins, der gern zugab, dass er, ja, dass er im Unrecht gewesen sei – ganz, ganz schrecklich – und dass die letzten dreißig Jahre eine furchtbare Verschwendung gewesen seien? Das trieb mich um. Ebenso, dass die ganze verdammte Sucherei und Stöberei eine Maskerade war, Gramps' ungelenke Art, die Dinge richtigzustellen. Man musste nicht besonders schlau sein, um Gramps' Logik zu erkennen: Er brauchte einen, der auf mich aufpasste, musste die Last des Vaterseins abgeben.

Dann startete ich den Jeep und fuhr weiter, obwohl mir alles nach wie vor unklar war.

Jahre davor war Gramps auf dem Weg zur Westküste mit uns durch Caribou Bridge gefahren. Damals hatte die Stadt aus einem Motel bestanden, das ebenfalls The Bridge hieß. Viel hatte sich nicht verändert; die Straßen strahlten von dem Motel im Zentrum aus, von der Hauptstraße umringt wie ein Wassergraben. Läden, die eine Stadt am Leben halten – Schnapsladen, Lebensmittelladen, Postamt – sprenkelten den Ring, und ich fuhr ihn in trägen Runden ab. Zu jener Zeit im August hatten die Waldbrände die Breitseite der relativ nahen Berge erklommen, und Rauch brodelte in die Luft darüber wie drei große, grau behaarte Beine. Alles war bedeckt von Asche und Ruß: Motorhaube und Windschutzscheibe des Jeep waren wie von Öl verschmiert, die Dachrinnen der Häuser dort, die grimmigen Gesichter der wenigen noch verbliebenen Kinder, die sich nach draußen wagten und deren Eltern sich entschieden hatten, die Stellung zu halten.

Ich parkte vor einem scheunengroßen Backsteinhaus, das vom Lebensmittelladen abgeriegelt war. Das rote Schild der kanadischen Post war schief drangenagelt; Löcher und die rostigen Reste von Betonverankerungen sprenkelten die Wand, wo das Schild davor gehangen hatte – abgerissen von Gewittern, Teenagern ohne ordentliche Angstventile, dem alten Vater Zeit. Es war reine Spekulation, dass das Büro geöffnet hatte – schließlich war die Stadt evakuiert – und auch, dass man dort Jack so gut kannte, dass man einen Fremden zu ihm weisen konnte. Ich schälte mich aus dem Jeep und stand in den letzten Strahlen des Tageslichts; ich stellte mir vor, dass Leute mich, wäre die Stadt noch bevölkert gewesen, mit verstohlenen Seitenblicken beäugt, die Läden ihrer Fenster geschlossen und ihre Kleinkinder an die Brust gedrückt hätten. Auf der anderen Straßenseite, in einem Liegestuhl auf dem Kiesparkplatz des Bridge Motels, hielt sich ein Kerl, älter als ich und mit Rockstarhaaren, an einem Bier fest.

Die nehmen keine Post an, brüllte er.

Ich zog am Saum meines T-Shirts und raffte die letzten Reste meiner Geduld zusammen.

Ich bin auf der Suche nach Jack West, rief ich und ging zu ihm hin.

Glauben Sie, die Brände kommen hierher?, fragte er. Ich heiß übrigens Trevor. Der Laden da hinter mir ist meiner.

Ach ja?, sagte ich. Er sah verkatert aus, hatte das Frühstadium eines Bierbauchs. Seine Nase war leicht krumm, und Ermüdungsfurchen verschatteten seine Backenknochen, dunkel wie Fettschmierer. Doch er sah ganz entspannt aus, hatte die Pose eines Typen, der einfach gern quatschte. Das Kämpfen hatte er aufgegeben. Ich heiße Alan.

Trevor tätschelte seine Schenkel – weite, frisch gewaschene Jeans – und breitete die Arme aus, um alles zu umfassen.

Die Familie hat sich verpisst, die waren überzeugt, die Brände kommen bis hier ran, sagte er. Aber die Berge haben uns noch nie im Stich gelassen. Mann, die könnten doch jeden Moment abrutschen, wenn sie wollten. Das Schlimmste ist hier manchmal eine Bergkatze, und die ist nicht mehr als ein ungebetener Gast. Ich kenn den alten Jack, komischer Typ, aber der würd Ihnen sein letztes Hemd geben. Kannst mit dem gut ein Bier trinken.

Ich bin sein Sohn.

Das ist aber eine Überraschung, erwiderte Trevor. Er knibbelte am Etikett seines Biers, aber ich hatte noch nicht gesehen, dass er einen Schluck trank. Vielleicht wollte er auch bloß einen bestimmten Eindruck vermitteln.

Das kommt mir auch so vor.

Er hat nie was von Kindern gesagt. Ist mir wohl auch nie eingefallen, ihn danach zu fragen. Sie sehen ungefähr genauso helle aus wie er.

Ist er auch weg?

Jack doch nicht. Vermutlich ist er auf dem Campingplatz. Außer er hat versucht, mit dem Kanu abzuhauen. Wolln Sie ein Bier? Ich hab mir'n Vorrat angelegt, als ich gemerkt habe, dass alle weg sind. Bin dann nicht so einsam.

Nein danke, Trevor.

Ich spüre, dass das kein fröhliches Wiedersehen wird, hm?

Elend zeugt Elend, sagte ich.

Trevor ließ das Kinn auf die Brust sinken – nicht ganz ein Nicken.

Sie werden ihm Schwierigkeiten machen?, fragte er ohne eine Spur von Drohung, Warnung oder Urteil.

Das weiß ich nicht, antwortete ich ehrlich.

Na, dann fahrn Sie mal aus der Stadt nach Norden bis zu der Abzweigung, die durch einen Treckerreifen markiert ist. Das ist der Campingplatz, der ihm gehört. Sagen Sie ihm einen Gruß von mir, außer Sie wollen ihn umbringen, dann sagen Sie ihm keinen Gruß von mir.

Ich hoffe, das hier brennt nicht ab, sagte ich.

Ich hab ja noch meinen Van. Wenn's so weit kommt, lad ich alle ein, die noch da sind, und fahr uns in Sicherheit.

Dann trank er doch noch einen Schluck und drückte die Flasche an die Stirn, die Augen geschlossen und die Züge entspannt wie nach großer Erleichterung. Fast hätte ich mir sein Angebot noch mal überlegt, aber ich brauchte meine Sinne, musste Jack nötigen, bedrohen, ihm Schuldgefühle machen können, sodass er in meinen requirierten Jeep stieg. Gramps hatte lange genug gewartet.

Ein Tor mit Vorhängeschloss verwehrte mir die Einfahrt auf den Parkplatz des Campingplatzes, also ließ ich den Jeep an der Straße stehen und stieg locker über den Zaun. Auf dem Gelände war eine gemeinschaftliche Grillgrube, an der Schieferplatten spiralig ausgelegt waren und Hackklötze in einem Ring um die Grube standen. Ein Stück weiter: Anschlüsse für amerikanische Wohnmobile, die Satellitenfernsehen nutzen wollen, eine Hütte mit Verteilerkasten, auf der Heiße Dusche – 25¢ stand. Gegenüber hatte jemand an ein langes, flaches Gebäude mit durchgerosteten Kehlblechen eine Holzhütte angebaut. Von drinnen kam der matte Schein schwacher Glühbirnen. Verwaltung stand darauf. Es gab eine Rollstuhlrampe, grün vermooste Holzstufen, Fenster, die lange nicht mehr geputzt waren, und Schindeln, die sich wie gierige, durstige Zungen hochwellten. Weiter weg, wo sonst Zelte standen, verlor sich eine Reihe von Lagerfeuern in der Ferne. Darüber trommelten Rauchsäulen gen Himmel, verdeckten, massig und verdreht wie Bollwerke, die Sonne, und durch den Wolkenschirm drang kaum das Tageslicht. Aber ausnahmsweise roch es einmal nicht nach brennendem Holz – es roch nach meiner Kindheit, nach schönen Zeiten mit Gramps. Daher komme ich, dachte ich. Und dann: Hier könnte ich sterben – bloß der Wind müsste sich drehen.

Auf meinen Händen bildete sich Schweiß, also wischte ich sie am Saum meines T-Shirts ab. Das Campinggelände war in ordentlichem Zustand; ich hatte Rost und Verwahrlosung erwartet, Gestank nach Müll und verkohltem Fleisch, was Hingeklopptes auf Erde und Schotter, wo Besoffene torkelten, statt nach Hause zur Frau zu gehen. Jacks Campingplatz dagegen war sauber, angelegt, die Bäume voller Grün und Leben. Geradezu heimelig. Wie ein Zuhause. Ums Verwaltungsgebäude herum hatte er Büsche gepflanzt; in einiger Entfernung ticktickte ein Sprinkler, vermutlich in Missachtung der Wasservorschriften – und auch lächerlich, so oder so. Der ganze Augenblick, die Zeit, die ich brauchte, um das alles aufzunehmen, war, als träte ich in den Traum eines anderen: ein gestreifter Liegestuhl war nach der untergehenden Sonne ausgerichtet – und gut durchgesessen; am Fuß der grünen Holztreppe schlenkerte ein Fußball im Wind; im Haus flammte schwaches orangenes Licht auf und erlosch wieder. Mir war, als stünde ich an der Schwelle zu einer Erinnerung oder außerhalb von einer und schaute hinein. Eigentlich hätte ein Hund bellen sollen oder ein Raubvogel in den Himmel steigen und davonfliegen. Stattdessen die Stille eines Ortes, frei von jeglichem Leben, wie es im Wald vorkommt, ein verlassener Ort. Caribou Bridge war eine Geisterstadt, und das für mehr als die Leute, die ihr Zuhause zurückgelassen hatten.

Er kam mit Baseballmütze und Khakihemd heraus, die Jeans war an den Schenkeln ausgebleicht, die abgewetzten Stiefel mochten vom Militär sein. Durchschnittliche Größe, meine Größe, nackte Oberlippe – erwartete ich einen Schnurrbart? –, die Koteletten grau meliert. Siebenundvierzig dürfte er gewesen sein, oder achtundvierzig. Unter den Augen waren die Backenknochen zu sehen, im Schatten von Ringen der Schlaflosigkeit, und als er näher kam, sah ich die zu Knöpfen verengten Pupillen, das Weiß ädrig wie Minzplätzchen – er trank allein hier hinterm Ende der Welt.

Er hinkte mit dem rechten Bein, und sein Fuß hob sich meist nicht hoch über den Schotter, sondern wühlte mit der Sohle Steinchen auf. Gramps wie aus dem Gesicht geschnitten, wäre Gramps vierzig Jahre jünger gewesen. Er bewegte sich unsicher, schob die eine Hand in die Gesäßtasche, legte die andere in den Nacken, rieb ihn in Zeitlupe wie einer, der zu einer Erkenntnis gelangt ist. Jack West, mein Vater – ein mittelalter, müder Kerl in Stiefeln, die mal wieder geputzt werden mussten.

Er blieb – lächerlich – auf Duellentfernung stehen, und es hätte mich nicht überrascht, an seiner Hüfte ein Holster zu sehen, einen gelösten Peacemaker mit gespanntem Hahn, die dicken, väterlichen Finger zwei Zuckungen vorm Ziehen. Da standen wir und schnauften einander an. Ich glaube, dort auf dem Parkplatz verstand ich, warum er nicht ohne Einladung vor Gramps hätte erscheinen können.

Geht's um Dad?, fragte er und wedelte mit der Hand, wie um sie zu trocknen. Dann rieb er sich die Knöchel.

Er hatte einen Herzinfarkt, antwortete ich nach einer Pause. Aber er hat ihn überstanden.

Jack fuhr sich mit der Hand an die Wange, ein Finger kratzte die Haut beim Ohr.

Aber geht's ihm gut?

Er glaubt, er stirbt bald.

Und? Stirbt er?

Ich schob die Hände in die Taschen. Er hat mich losgeschickt, dich zu suchen, dich zurückzubringen. Ich hab ein paar von deinen Sachen.

Erinnerungskarton?

So was in der Art.

Möcht ich gern sehen, sagte er. Er hatte eine Raspelstimme wie jemand, der etliche Stunden geweint hat. Ich sah, wie beim Schlucken die Kehle hüpfte. Eine Brise strich durch seine kurzen Haare, ein, zwei Strähnen tanzten auf und ab.

Kommst du ihn besuchen?

Hab fast dreißig Jahre drauf gewartet, klar besuch ich ihn. Könnt vorher noch einen Schluck gebrauchen, aber natürlich besuch ich ihn. Möchtest du reinkommen?

Ich beugte mich, und er blieb stehen, bis ich ihm nahe genug war, dass er mir einen freundschaftlichen Knuff auf die Schulter hätte versetzen können. Er drehte auf dem Absatz um, und fast Seite an Seite gingen wir das letzte Stück zum Verwaltungsgebäude. Am Eingang klopfte er die Stiefel an einer Stufe ab; ich folgte seinem Beispiel. Die Tür hing lose in den Angeln, aber drinnen dann sah ich eine weitere, kräftigere aus Holz, die den Eingang zu seiner Hütte verwehrte, seinem kleinen, zurückeroberten privaten Raum. Auch durch sie gingen wir.

Die Hütte hatte die Größe eines Studios. Die Küche lief über eine Wand gegenüber dem Bett; nachts würde er das grollende Rappeln des Kühlschranks hören. Die Backofentür stand offen – die Hütte war wahrscheinlich nicht groß isoliert, und Wärme ist Wärme. Auf dem Fenstersims lag ein Knäuel getrockneter Reben, irgendein Kraut. Am Hahn war ein Filter. Draußen gab es wahrscheinlich einen Komposthaufen.

Findest du nicht, dass ich mir einen tollen Moment ausgesucht habe, um hier aufzutauchen?, sagte ich vorsorglich. Jack ging zur Spüle, ließ einen Kessel volllaufen, stellte ihn auf eine Platte.

Er zuckte die Achseln, machte einen auf schusselig. Hast du Hunger?, sagte er.

Ich frühstücke eigentlich nicht.

Wie wär's mit Eiern. Zu dem Kaffee, den ich da mache.

Er fuchtelte mit einer Pfanne, griff nach der Schranktür.

Ja, ein paar Eier, sagte ich.

Bio, sagte er, dann machte er sich daran, sie zu braten, und ich ließ mich auf das glänzende Ledersofa fallen, das irgendwie fehl am Platz wirkte.

Ich sah mir alles an, die Hütte mit ihren grob behauenen Kiefernwänden, die Kerosinlampen und das Kerzenwachs, das einen Couchtisch sprenkelte, den rußigen Staub, der alle nicht leicht zugänglichen Flächen vergoldete. Ich wollte den Schlüssel zu seinem Leben finden – Bilder, Nippes oder Krimskrams, wie man ihn in einen kastanienbraunen Schuhkarton stopft und unters Bett schiebt. An der Wand gegenüber stand ein Bücherregal, bestückt mit Titeln wie Feuerwasser, Selbstbrauen leichtgemacht und Europäische Spirituosen. Auf dem obersten Brett: eine Flasche mit einer pflaumenfarbenen Flüssigkeit, in die irgendwie ein aufgequollenes Holzkreuz reingezwängt war. Das Haus hatte einen fremdartigen Geruch. Ich roch Hund, aber noch mehr: Ich roch einen Ort, den ich aus meiner Kindheit kannte, wie ein Déja-vu oder wie wenn man auf einmal in den Besitz einer Erinnerung gelangt – wie wenn man aus einem Traum erwacht, der so real war, dass man nicht genau weiß, ob es überhaupt einer war.

Ich schaute auf Jacks Schultern, die Steifheit seiner Nackenmuskeln, so entschlossen, nicht den Kopf zu drehen. Er schüttete Öl in die Pfanne und schlug zwei Eier auf, verrührte sie mit raschen Gladiatorenstößen. Neben der Spüle türmten sich Teller, zwischen Kühlschrank und Tresen waren platt gedrückte Pizza-Schachteln gekeilt. Dreißig Jahre trennten uns, und ich konnte ihn nirgendwo zuordnen. Verlegen, demütig, zurückhaltend wie Schüchterne und Dads, die nicht mit ihren Söhnen reden können.

Hast du einen Hund?, sagte ich.

Hab ihn mit einem Kumpel weggeschickt, sagte er und kratzte die Eier auf einen Teller. Er stellte ihn auf den Couchtisch vor mich hin, drückte mit dem Daumen auf die Kante, damit er nicht mehr wackelte.

Warum hast du ihn nicht selber gefahren?

Keinen Führerschein, sagte er. Dann zog er einen Stuhl vom Tisch, setzte sich verkehrt herum drauf, die Arme über der Rückenlehne wie ein Teenager. Ich hab die Fahrt nach Owenswood gemacht, um zu versuchen, Linnea da rauszuholen, aber eigentlich darf ich nicht fahren.

Er machte eine Pause, verschränkte die Finger, Ellbogen weit auseinander. Sein Blick lief über die Knöchel, als zählte er jeden einzelnen.

Gibt Schlimmeres, sagte ich.

Ich hol dir mal Besteck.

Ich aß, während es ihn vom Stuhl zum Fenster zog, wo er mich betrachtete oder das, was draußen war. Vielleicht die Brände, die nun so nahe waren, dass man die Hitze wie Atem auf der Wange spürte. Wir mussten uns in Coltons Jeep setzen und nach Osten fahren, das wussten wir beide. Aber ich aß zu Ende, und er nahm den Teller, wusch ihn ohne Spülmittel und stellte ihn auf das Abtropfgestell aus geflochtenen Baumzweigen. Einen Moment lang verharrte er, als würde er sich gleich auch noch die anderen Teller vornehmen, stattdessen aber ließ er kaltes Wasser laufen und senkte den Mund zu dem Strom, kam wieder hoch und wischte sich mit dem Ärmel das Kinn ab, wie ich es tausend Mal bei Gramps gesehen hatte.

Jack entzündete eine seiner Kerosinlampen, nahm sie vom Haken.

Sag ehrlich: Geht's Dad gut?

Er glaubt, er stirbt bald.

Die Haut um Jacks Augen zog sich zusammen, der Muskel in einer Wange spannte sich.

Und, stirbt er?

Er hatte einen Herzinfarkt, aber sie haben ihn defibrilliert.

Kannst du's mir nicht einfach sagen?

Ich weiß nicht, ob er tatsächlich bald stirbt, Jack. Ich bin kein Arzt.

Tja, sagte er und zuckte wie geschlagen die Achseln. Das hab ich nicht gewusst.

Er ging mit der Kerosinlampe zur Tür der Hütte. Dann schien es ihm aufzufallen, denn er verzog das Gesicht und schüttelte verwirrt den Kopf.

Trinken wir einen, sagte er und ging durch die Tür.

Ich folgte ihm nach draußen. Sein Hof – seine Fläche – hatte eine eigene Feuergrube mit handgefertigten Holzstühlen und ebenfalls einer Schieferspirale, die weit sorgfältiger angelegt war, mit gleichmäßigeren Abständen und wie nach Maß gebogen. Er humpelte zu einem Schuppen mit Vorhängeschloss zwanzig, dreißig Meter weiter. Bäume durchbrachen den Blick auf die Berge; das Gras war erst kürzlich gemäht worden. Zwischen zwei Bäumen hing ein Reifen. An seinem unteren Ende: ein Football, an beiden Spitzen zu Stupsnasen abgewetzt. Im Gras lag hier und da eine Bierdose, manche verbogen und von Kugeln durchlöchert. Dann eine Schaukel, warum, weiß ich nicht. Jacks Humpeln wurde deutlicher, je näher er dem Schuppen kam, vielleicht lief er auch nur schneller. Bei jedem Schritt warf er das Bein aus der Hüfte vor, beugte kaum das Knie. Von so einer Verletzung wird das Bein irgendwann mal so schwach, dass es einknickt, und ich überlegte, ob ich ihn fragen sollte, wie es passiert war, und auch, ob ich ihm dann auch gleich sagen sollte, welches Schicksal Colton ereilt hatte und dass er meine Mom nicht mal jetzt zurückbekommen würde.

Es ist weit weg, um die Vibrationen zu reduzieren, sagte er, als er die Tür erreicht hatte. Ein faustgroßes Vorhängeschloss verwehrte den Zugang, und Jack nahm den Schlüssel von einer Lederschnur um den Hals. Drinnen war eine Brennerei, Fässer mit ihren hochgebogenen Rohren und dem warmen Fermentiergeruch wie in einer Kleinstadtkneipe. Er zog die Stiefel ab, zwinkerte mir zu, ging auf Zehenspitzen über den Boden – Beton, wahrscheinlich tadellos eben – und griff sich von einem Gestell eine Flasche. Darin schwappte eine durchsichtige Flüssigkeit. Er hielt sie mir hin, mit beiden Händen, wie etwas von großem Wert.

Ich hab was Europäisches versucht, sagte er, sprach es aber *Europeïsches* aus. Eigentlich nicht viel mehr als Feuerwasser. Ich krieg das nicht hin.

Hast du alte Blechdosen, aus denen wir das kippen können?, sagte ich von der Tür her.

Er schaute scheel, hob die Mundwinkel.

Ich könnte eine Dose Bohnen ausleeren.

War ein Scherz, Jack.

Sein Blick schoss sogleich auf die Flasche. Er schwenkte sie.

Mir egal. Ich könnte eine Dose Bohnen ausleeren. Wenn du das möchtest?

Trinken wir einfach einen.

Wir gingen über den Hof. Jack trat gegen eine leere Bierdose, und etwas darin klingeling-te. Er hielt inne, schaute auf den Rauch, sog ihn durch die Nase ein und schüttelte den Kopf, atmete viel langsamer aus als ein. Er deutete auf zwei Liegestühle in dem Schatten, den die kleine Hütte warf, und ich ließ mich auf einen sinken, während er drin nach zwei sauberen Gläsern kramte. Durchs offene Fenster hörte ich Wasser laufen, das Quietschen, als er mit der bloßen Hand scheuerte. Er kam heraus und schnippte dabei Wasser aus zwei Marmeladegläsern.

Ich hab nicht eingesehen, warum ich Gläser kaufen soll, sagte er und reichte mir eines, mit Gewinde und so.

Wie lange bist du schon hier?

Ich zähl gar nicht mehr. Über zehn Jahre. Aber ich war weg.

Wo weg?

Europa, sagte er mit einer gewissen Strenge.

Was gemacht?

Als er den Schnaps in die Gläser schüttete, zitterten seine Hände. Der Schnaps schmeckte wie Schnaps und sonst nichts weiter. Als würde man einen Weihnachtsbaum trinken, hatte Gramps mal über den Selbstgebrauten eines Kumpels gesagt. Jack kratzte sich unablässig an der Schläfe; dort war die Haut wund und wächsern, und als er damit aufgehört hatte, überprüfte er die Nägel auf Blut und totes Gewebe. Von Osten her wehte eine Brise, aber sie kühlte nicht sonderlich, bewegte eher die Hitze herum. Streckte ich die Zunge raus, schmeckte ich Holzkohle.

Jack füllte sein Glas nach, einen Finger hoch.

Ich hätte nicht gedacht, dass Dad dich schickt, sagte er nach einer Weile.

Ich auch nicht.

Wie hast du mich gefunden?

Archer, dann meine Mom. Hatte Zoff mit ihrem Mann.

Überrascht mich nicht, erwiderte Jack. Dann kippte er den Schnaps in seinem Glas und keuchte von dem Brennen.

Das ist eine Geschichte für die Fahrt, sagte ich, und er beäugte mich fragend zwischen seinen Hustenanfällen.

Als er sich wieder gefangen hatte, saß er da und starrte wie ein Wahrsager einfach bloß auf den Alkohol in seinem Glas. Dann leerte er ihn in hohem Bogen auf seine Fläche und verkorkte die Flasche. Der Liegestuhl sackte durch, als er sich mit vollem Gewicht darauf fallen ließ. Ich fragte mich, was ich ihm sagen sollte, welche Geschichten er hören wollte, wenn überhaupt welche.

Magst du Football?

Eishockey.

Ich hab nichts gegen die CFL. Hoffe bloß, die Yanks kaufen sie nicht auf.

Keine Meinung.

Wie steht's mit dem Irak? Du bist ja noch jung.

Es heißt, das wird wieder ein Vietnam.

Ach ja?

Er schaute auf die Flasche. Ich überlegte, ob ich noch einen wollte, aber es war noch früh am Tag.

Willst du mal einen werfen? Einen Football?

Die Frage hing zwischen uns, und wir beide betrachteten eine Weile den gezackten Horizont und die Brände auf dem Scheitelpunkt vor ihrem Abstieg. Es sah aus, als wären den Bergen Haare gewachsen. Ich konnte nicht mal mehr Rauch riechen, obwohl der Geruch stärker denn je war. Meine Zähne fühlten sich pelzig an, wie nach einer schwer durchzechten Nacht. Ich wusste nicht, wie viel Zeit uns noch blieb: selbst die geballte Macht menschlicher Findigkeit konnte diese Brände nicht stoppen, und man hatte es wirklich versucht. Groß und machtvoll und so weit jenseits von uns – so fühlte es sich an, wie ich so dasaß. Verkleinernd. Als hätten wir nichts richtig in der Hand, nicht mal unsere Existenz. Wir mussten da raus, aber etwas musste passieren, damit wir los konnten. Ich glaube, das spürten wir beide.

Schmeißen wir einen?, sagte ich.

Er grinste mich an wie ein Dad. Wirfst du wie ein Mädchen?

Inzwischen habe ich wahrscheinlich gelernt, wie eine Frau zu werfen.

Jack stand auf. Er ließ die Flasche durch die Faust rutschen und reckte das Kinn. Komm.

Wir gingen über den Hof zu dem Reifen, der mit einer hellen Neonschnur zwischen den Bäumen aufgehängt war. Glasscherben bedeckten die Fläche, wie Dünger in die Erde gemörtelt: die Reste von

Flaschen zu Korn geschrotet. Kerne knackten unter meinen Füßen, und ich hatte das Gefühl, dass außer Jacks nicht viele Füße diesen Garten langgelaufen waren. Er stellte den Schwarzgebrannten auf einen abgetrennten Baumstamm und schlappte zu dem Reifen, wo er sich nach dem Football bückte. Dabei bogen sich seine Knie kaum. Er schlug auf den Ball, fest. Seine Muskeln spannten sich, und er presste ihn an die Brust, dann holte er Arm über Kopf aus und feuerte ihn ab, und er schoss durch die Luft. Beim Fangen rüttelte es mir die Schulter durch, eine jähe Hitze wogte über mich, und ich zog am Kragen.

Ich strich mit den Fingern über das glatte Leder und die gelb-grau gefleckten Nähte. Später erzählte er mir, wie er in manchen Nächten auf dem Hof Stunden damit verbrachte, als Beleuchtung das schwache Glimmen im Haus, Ball um Ball durch den Reifen zu dreschen, als hätte es eine Bedeutung. Er war ein gutes Ziel, sagte er. Ich warf ihm das Leder zurück, es eierte durch die Luft, und Jack barg es in einer lehrbuchmäßigen Annahme an der Hüfte. Er leckte sich die Lippen, laserte mir noch einen zu, und diesmal war ich mit dem Arm zu lässig und fing nicht richtig, und er knallte mir gegen die Finger. Ich fluchte, aber Jack sagte nichts, während ich ihn aufhob. So machten wir weiter. Er wollte mir Ratschläge geben, wie man den Football wirft, und ich wollte fragen, doch an ein Gespräch war nicht zu denken. Ich hatte so viele Fragen an ihn, zu Archer und Gramps, und irgendwie wusste ich, sollte ich denn eine wahre Antwort erhalten, dann von ihm. Alle Wege führten irgendwann zu Jack West, sogar meiner, obwohl ich es neunundzwanzig Jahre lang geschafft hatte, meinen Weg ohne seinen allgegenwärtigen Geist zu gehen. Gramps, so viel begriff ich, wollte sich nicht damit abfinden, dass er Jack verloren hatte; er war zu stur, und ich hatte Angst vor ihrer baldigen Begegnung. Ich fragte mich, ob sie beide erschrocken darüber sein würden, wie viel Schaden die Zeit anrichten kann, wie Männer mit dem Alter anspruchslos werden und wie selbst diejenigen, die, wie Gramps, ihren Stolz nicht verloren hatten, die Schultern hängen ließen und den Blick auf den Asphalt richteten. Männer und Dämonen, beide können weich, fett und normal werden.

Der Football sauste durch die Luft, als leuchtete er.

Schließlich verpatzte ich einen kräftigen Wurf, er schlenkerte so weit weg, dass ich ihm hinterhertraben musste. Als ich ihn aufhob und mich wieder aufrichtete, sah ich, wie Jack die Flasche an den Mund gedrückt hielt, das Gewicht ihres Inhalts auf den gespitzten Lippen, schwebend und voller Erwartung. Er tat einen langen, brennenden Zug, und ich dachte: Es ist lange her, seit er jemanden geküsst hat. Danach schaute er von mir auf die Flasche und wieder auf mich. Dann sprang er vorwärts – so schnell, wie sein verkrüppeltes Bein es zuließ – und schleuderte die Flasche achtkantig in das Gestrüpp, das seine Fläche umfriedete. Sie stieg hoch in die Luft und er selbst ging auf die Knie, und ich wusste nicht, wem ich nachschauen sollte. Er sackte ins Gras, Fingerknöchel voraus, und kippte in jener komischen Weise nach vorn, bei der es die Knie in die Luft zwingt. Das Eigengebräu landete irgendwo, um nie wieder entdeckt zu werden. Jack richtete sich auf. Sein T-Shirt rutschte ihm über die Taille und gab eine Bierwampe frei, und immer wieder zog er es mit einer ungelenken Hand runter.

Der Abend sickerte herein und machte sein Zimmer kälter, als man im August erwarten würde, und er sagte, das liege daran, dass das Fenster nicht schließe und er keinen Bock habe, es zu reparieren. Der Rauchgeruch von B.C. kam einfach so rein. Er öffnete den Backofen und stellte ihn auf Voll, und ich hockte mich wieder aufs Sofa, das so fehl am Platz wirkte. Jack zündete die Kerosinlampen an und kochte auf dem Herd was zusammen, während es im Zimmer warm wurde. Er löffelte es in zwei Keramikbecher, sagte, er habe keine Schalen, sehe darin keinen Sinn. Er schwenkte eine weitere

Flasche Schnaps in meine Richtung, aber ich schüttelte den Kopf, und er stellte sie offen auf den Fußboden. Wir aßen und machten uns Mut.

War mal Kaninchen wildern, sagte er. In England, auf einer aufgegebenen Satellitenstation. Der Bursche, der dabei war, war auf einem Auge kurzsichtig und auf dem anderen weitsichtig.

Hoffentlich hast du ihn nicht fahren lassen.

Doch, sagte Jack und hob endlich den Kopf.

Ich aß noch einen Löffel voll. Und das ist jetzt das Kaninchen?, sagte ich wissend.

Nee, sagte er. Billiges Rind.

Danke.

Er saß verkehrt herum auf seinem Stuhl, gebeugt, die Lehne am Kinn.

Ich glaub, ich muss dir was erzählen, sagte er und schaute angestrengt aus dem Fenster auf den Himmel, der an den Rändern dunkel wurde.

Ich gab ihm keine Antwort, sog Fleisch zwischen den Zähnen raus.

Wenn ich bloß wüsste, was. Dachte aber nicht, dass du es bist.

Ich hielt seinem Blick stand. Mein Dad und ich: er mit einem Becher Eintopf unter der Nase, die Hand zitternd, als bräuchte er einen Schluck, ich mit hängenden Schultern neben ihm, Ellbogen auf den Schenkeln und zur Abwechslung mal an nichts denkend. Ich wollte ihn bloß reden hören. Er hatte was zu erzählen, ein gelebtes Leben. Die ganze Welt darauf reduziert: keinen Meter Abstand, ein Mann auf dem Weg zu Tränen, der Geruch starken Schnapses.

Du wolltest bleiben, sagte ich.

Na klar. Er ist doch mein Dad.

Hast du's ihm gesagt?

Ja, sagte Jack. Er hat dann geweint.

Seine Hände krampften nach dem Schwarzgebrannten. Er atmete tief aus durch Lippen, die zu einem O geschrumpft waren.

Niemand hat's gesehen. Er hat geweint.

Der Wind rappelte am Fenster. Würgender Rauch zog an uns vorbei, so kräftig, dass uns die Augen tränten.

Gott, sagte Jack keuchend.

Schon gut.

Ich hab viele Fehler gemacht, aber Scheiß drauf.

Er nahm seine Baseballkappe ab und fuhr mit den Fingern den Schild entlang.

Seine Stimme brach. Ich kann's dir gar nicht sagen, sagte er. Tut mir leid … Sohn?

Das ist jetzt auch nicht mehr wichtig.

Dir nicht.

Nein, Jack, mir nicht, sagte ich bitter.

Sein Löffel scharrte über den Becherboden. Na, tut mir dann auch nicht leid.

Ich stellte mein Essen hin. Und was müsste dir denn auch leidtun?, sagte ich.

Hey, sagte er und griff endlich nach der Flasche. Es tut mir leid, dass ich keinem gesagt habe, dass Archer Nora vögelt, und es tut mir leid, dass Dad sie weggeschickt hat –

Gramps hat Nora weggeschickt?

Jack stieß sich die Handballen in die Augen. Sie wollte bleiben, so wie ich. Aber das wollte Dad nicht. Siehst du, das ist mein Fehler, mein Sohn. Ich hätte mich einfach raushalten sollen.

Er trank einen kräftigen Schluck.

Und dann kommen die Brände, und ich hab keinen Führerschein, und sogar hier, am Ende, schaffe ich es nicht, dass Linnea meine Entschuldigung akzeptiert. Also ist es wohl Karma. Die Welt hat einen Gerechtigkeitssinn. Verbrenn was und du wirst verbrannt – scheißpoetisch. Also warte ich bloß darauf, dass sie den Berg runterkommen. Seit dreißig Jahren versuche ich schon zu sterben.

Und dann tauche ich auf, sagte ich.

Er warf die Flasche hin, und sie rollte über den unebenen Hüttenboden, dabei unablässig speiend. Und dann tauchst du auf, sagte er.

Ich ging zu Coltons Jeep, um etwas Luft zu schnappen und damit Jack sich wieder berappeln konnte. Der Wind war nun stetiger, und der Rauch umringte uns fast wie die Wolken um ein Hurrikanauge. Die Purcells hatten Jahrtausende Erfahrung in der Kunst, ein Feuer aufzuhalten, aber ich will nicht lügen: Ich war besorgt, wie viel Zeit uns noch blieb. Rauchsäulen vereinigten sich zu einem Dunst über uns, dick wie Kissenwolken, Teer oder das blubbernde Pech in den alten Dino-Comics. Er kochte und brodelte, und wie ich ihn so anschaute, hatte ich das Gefühl, hineingezogen zu werden – als näherte ich mich einem großen, undurchdringlichen Dunkel.

Am Jeep lehnte ich mich dann ans Fahrerfenster und gestattete mir einen Augenblick der Angst, dass ich wie mein Vater enden würde. Gramps' Charakter hatte er jedenfalls nicht. Ob Gramps ihm den nicht hatte mitgeben können oder ob Jack einfach zu lange weg gewesen war, wer weiß; vielleicht kann sogar der Mut bei Nichtgebrauch wie ein Muskel schrumpfen. Mein Vater, den Gramps so dringend noch mal sehen wollte: ein allzu rührseliger Mann mit beginnender Glatze und einem Mangel an Entschlusskraft. Aber das war wohl nicht so wichtig. Wir suchen uns unsere Familie nicht aus, und, wie Mom sagte, wir suchen uns eigentlich auch nicht aus, wen wir mögen.

Jack hatte sich auf der Veranda auf einen Stuhl gesetzt, und er nahm kaum zur Kenntnis, dass ich wieder da war, bis ich ihm Gramps' kastanienbraunen Karton gab. Neben ihm stand eine weitere offene Flasche Selbstgebrannter. Ich sagte kein Wort.

Was ist das?, sagte er, aber ich hielt ihn ihm einfach bloß hin. Er nahm den Deckel ab, hielt ihn in der Luft und schaute nur, bis etwas ihn in Bewegung setzte und er sich die Schachtel auf den Schoß stellte. Kopfschüttelnd berührte er die Sachen drin. Er ging mit den Knöcheln an die Zähne und kaute darauf. Ich sah seinen kahlen Kopf und wie die gealterten Rückenmuskeln trotz der Jahre körperlicher Arbeit schlaff geworden waren. Seine Schultern hoben sich zitternd, fielen auch so ein. Warum?, sagte er. Seine Augen waren schmal, feucht. Er machte ein leises, ersticktes Geräusch, ein sprudelndes Stöhnen. Warum hat er sich bloß nie gemeldet?

Weißt ja, wie er ist.

Aber warum ist er so?

Das ist die Frage. Das ist die Frage.

Kannst du nicht Dad zu mir sagen?

Nicht jetzt, sagte ich. Vielleicht später mal.

Das schien ihm zu genügen. Er schloss den Karton. Der Wind wehte Staub gegen seine Schienbeine und die abgewetzten Stiefel. Er trat in die Erdwolke, die sich unter ihm erhob, bis auch sie wegflog, zu den Grashalmen abzog und was sie sonst noch erwartete. Alles war von unserem Schweiß durchsetzt, und der Ruß trieb im Wind dahin, das Feuer so gefährlich nahe; die leeren Schnapsgläser stanken wie reines Benzin. Er stand auf und ging von der Veranda, führte die Hand zum Mund. Sich seinen Dämonen zu stellen beinhaltet die Erkenntnis, dass nicht jedem das gelingt.

Ein Ding, einmal auf einem bestimmten Weg, bleibt auf diesem Weg, es sei denn, äußerliche Kräfte wirken darauf ein – das ist nicht mal Philosophie, sondern bloß Physik. Kugeln fliegen mehr oder weniger geradeaus. Menschen halten im Allgemeinen Kurs aufs ihre Bestimmung. Und selbst jene Vagabunden, die ohne Ziel reisen, bleiben auf dieser Reise, auch wenn Winde sie in die Irre wehen. Herumwandern ist, wie sich am Ende zeigt, auch nur eine gerade Linie.

Jack blickte ins Licht, die Hand an der Stirn zum Abendgruß. Er kratzte sich am Kinn, die polierte Stoppellinie. Ganz plötzlich sah er edel aus, wie ein Mann aus den dreißiger Jahren mit ihren Staubstürmen: vielleicht ein Kohlenschipper. Oder ein Luftwaffenkadett, unauffällig und anspruchslos, ein Mann von überragender Mittelmäßigkeit – genau so einer, der zum Überraschungshelden werden sollte.

Da stand er auf dem trockenen Gras, auf ihm das dünne Licht, und er war einfach nur Jack West, und in diesem Augenblick schien es, als drehte sich die Welt um uns und nicht wir uns um sie. So hatte ich mich noch nie gefühlt und seitdem auch nicht mehr – als läge man auf dem Rücken und sähe den Sternen zu, wie sie rotierten, aber mit allem, mit der ganzen Existenz. Jack West: mein Vater, aber mehr als das. Mysterium, Rätsel, Trope. Sohn, Liebender, Feigling. Anfang, Mitte und Ende.

DANK

Das Buch ist in vier Jahren entstanden, und die vielen Menschen, die bei seiner Schöpfung mitgewirkt haben, machen mich demütig. Es heißt ja, Schreiben sei eine einsame Kunst, und Schreiber seien einsame Menschen, aber ich weiß nicht, ob ich das glaube.

Wie stets waren meine Mom, mein Dad und meine Schwester mir während dieses wie aller anderen Projekte eine große Unterstützung, ebenso meine Surrogate auf der älteren Seite des Atlantiks: Annabelle, Greville, Corty, Thomas und Charlie. Es ist unmöglich zu ermessen, wie viel es bedeutet, jemanden an seiner Seite zu wissen.

Aus mir unbegreiflichen Gründen und nach fast vier Jahren wartet Andrew Cowan weiterhin mit seinem scharfen Lektorenauge, seinem Fachverstand und unschätzbaren, konstruktiven Zynismus auf. Lorna Jackson hat mir gezeigt, wie man einen Satz schreibt, und so sehr an mich geglaubt, dass auch ich es tat. Beides eine beachtliche Leistung.

Weite Teile dieses Buchs entstanden an der University of Victoria während meiner Studentenzeit und an der University of East Anglia während meines MA. Dank an Giles Foden und meine Kommilitoninnen und Kommilitonen an beiden Unis, besonders Joshua Piercey, Armando Celayo, Ben Lyle, Anna Smith, Bernardo »Bro-1« Bueno, Hal »Soulbrother« Walling und Trevor »Chest« Wales.

Elaine und Andrea von Massaro's Coffee gewährten mir die Zuflucht, die ich brauchte, um die letzten beiden Durchgänge zu schaffen; in den dunkelsten Stunden, auf den dunkelsten Straßen hielt mich ihr Kaffee aufrecht, und dank ihrer Beschimpfungen blieb ich bescheiden.

Meine Agentin, die elektrisierende Karolina Sutton, erduldet weiterhin meine Flausen und überredet Verlage, meine Arbeit zu bringen; sie ist als Agentin und Freundin unersetzlich. Wie bei meinem vorigen

Buch bin ich meinen Lektorinnen und Lektoren dankbar – Nick Garrison bei Penguin Canada, Helen Garnons-Williams bei Bloomsbury UK und Anton Mueller bei Bloomsbury US – dafür, dass sie dieses Buch so gut wie nur möglich poliert haben. Emma Daley ist eine unglaubliche Pressefrau und Steve Myers zwar ein besoffener Irrer, aber auch nicht schlecht. Natürlich danke ich auch allen anderen Mitarbeitern bei Bloomsbury und Penguin für ihre anhaltende Begeisterung.

Schließlich noch, weil er gezwungen wurde, die allererste Fassung dieses Buchs zu lesen, und weil er mir nicht sagte, ich solle es lieber gleich sein lassen, einen großen Dank an Thrasher Gaston – Mythos, Legende und Mann von unwandelbarer Größe.

D. W. Wilson, 2014